HERA LIND | Eine Handvoll Heldinnen

HERA LIND

Eine Handvoll Heldinnen

ROMAN

Diana Verlag

MIX
Papier aus verantwortungsvollen Quellen
FSC® C014496

Verlagsruppe Random House FSC® N001967
Das für dieses Buch verwendete
FSC®-zertifizierte Papier *EOS*
liefert Salzer Papier, St. Pölten, Austria.

Umschlaggestaltung | t.mutzenbach design, München,
unter Verwendung von Motiven von © masterfile/Arcaid
Autorenfoto | © Regina Hügli
Satz | Leingärtner, Nabburg
Druck und Bindung | GGP Media GmbH, Pößneck
Printed in Germany

978-3-453-29156-0

www.diana-verlag.de

Für Petra

1

»Nebenan, is det besetzt oder wat?« Die Sonne verfinsterte sich. Ich schreckte hoch.

»Ähm … Also, im Moment nicht.«

»Denn kann ick mir also den Liegestuhl nehmen?« Ein Flusspferd im grün gemusterten Badeanzug nahm mir die Sicht. Die massige Gestalt mit der rauchigen Stimme flößte mir Angst ein.

»Ja, bitte. Weggegangen, Platz vergangen.« Hastig räumte ich Alberts Klamotten von der Liege und ließ sie unter meinem Liegestuhl verschwinden. War ja nicht so appetitlich, was mein Göttergatte da hinterlassen hatte: seine ausgebeulte Dreiviertelhose, ein grelles Hawaiihemd, Socken, Sandalen, Schnorchel, Flossen … und eine nasse Badehose.

Das Flusspferd schnaufte. Es schien von den Fluten des Ozeans direkt neben mir angespült worden zu sein. Und es sprach berlinerisch. Ich beobachtete das Einparkmanöver: Es ließ sich rückwärts in den Liegestuhl plumpsen, der daraufhin gefährlich ächzte und bis zum Fußboden durchhing.

Doch die dicke Frau hatte es geschafft. Ihr Bauch wölbte sich wie ein Medizinball, ihre vergleichsweise dünnen Beine waren braun gebrannt, und ihre fleischigen Zehen steckten in rosa Strandlatschen. Sie entledigte sich ihrer quietschbunten Strandtasche, steckte sich eine Zigarette an und gab mir die Hand:

»Tach. Anjenehm. Ick bin die Frau Doktor.«

Wie jetzt? Frau Doktor? So sah die aber echt nicht aus.

»Wat kieken Se so? Det is mein Name! Erna Doktor! Musst ich noch nicht mal 'ne Doktorarbeit für schreiben!« Ihr raues Lachen ging in Husten über.

Ich musste grinsen. Humor hatte sie. Und was blieb mir auch anderes übrig, als beherzt ihre fette Pranke zu schütteln? Obwohl ich eigentlich nur meine Ruhe haben wollte.

Denn immer, wenn Albert im Fitnessstudio seine Muskeln stählte, genoss ich die freie Stunde wie eine Mutter, die ihr schwer erziehbares Kind für eine Stunde im Hort unterbringen kann. Ich fühlte mich herrlich frei. Zumal ich gerade in einen Roman vertieft war, mit dem ich lieber allein sein wollte. Er handelte von einer jungen, gut aussehenden, ledigen Amerikanerin, die sich gern von einem jungen, gut aussehenden, ledigen Multimillionär verhauen lässt. Warum ich dabei rote Ohren bekam, war mir schleierhaft. Ich verdeckte schnell den Einband und tat so, als läse ich das Alte Testament in griechischer, hebräischer oder lateinischer Sprache.

»Angenehm«, behauptete ich und schob die Geschichte von der ausgepeitschten Amerikanerin unter mein Handtuch. »Und ich bin Katja Richter.«

»Denn sind wa ja beede zwee kluge Weibsbilder«, stellte das Flusspferd fest.

»Wie?«

»Na, Doktor und Richter. Da müssen andere lange für studieren.«

»Stimmt.« Mir entfuhr ein verdutztes Lachen. »Das klingt allemal vornehmer als die vielen Handwerkernamen: Schneider, Müller, Meier …«

»… Bäcker, Bauer, Koch, Schmied und wie sie alle heißen«, fuhr Frau Doktor fort.

»Schulz, Breuer, Fischer …«

»… Köhler, Metzger, Fleischhauer!«

»Gärtner, Schuster, Kaufmann!«

Wir hauten uns die Namen nur so um die Ohren wie bei einem Tischtennismatch. Die Unterhaltung begann mir richtig Spaß zu machen.

»Aber keen Mensch heißt ›*Financial Analyst*‹ oder ›*Assistant Manager*‹«, berlinerte das pfiffige Flusspferd neben mir.

»Oder ›*Beauty Stylist*‹«, fing ich den Ball auf.

»Nee, wa? ›Nagel-Else‹ schon eher. Oder Hure«, sagte Erna unverblümt. »Juten Tach, ick heeße Hans Heinrich Hure.«

Ich musste lachen. »Kommt ein Mann zum Standesamt und sagt: ›Ich möchte meinen Namen ändern.‹ Kennen Sie den?«

»Nee. Erzählnse ma.«

»Ich heiße Klaus Penner.«

»Na?«

»Ich möchte lieber Peter Penner heißen.«

»Der is jut!« Frau Doktor lachte, dass der Liegestuhl nur so wackelte. »Aber ick schwöre, ick kannte eine, die war sojar Ärztin, wirklich jetzt, die hieß Dr. Ficker. Und dann hat se einen Dr. Penner jeheiratet, und weil Ordnung sein muss, hat se den Doppelnamen Penner-Ficker in ihren Pass eintragen lassen.«

Ich starrte sie an. »Im Ernst?!«

»Dr. Penner-Ficker. War meine Hausärztin in Ballin. – Und wo kommse her, Sie Ulknudel?«

Ulknudel, dachte ich. *Der is jut. Det biste selba, wa.*

»Das Gegenteil von Berlin. Eine winzige Kleinstadt in Bayern.«

»Wie heeßt det Kaff?«

»Freilassing.«

»Na, det hört sich ja nach Ende eines langen Strafvollzugs an«, bemerkte die dicke Frau Doktor amüsiert. »Wie 'ne freijelassene Ehefrau sehen Sie aber nicht aus!«

War sie nun eine wortgewandte Humorzone oder eine spaßbefreite Kampfemanze?

Der Liegestuhl ächzte, als sie versuchte sich aufzurichten und mir ins Gesicht zu sehen. Frau Doktor spielte mit ihren pink lackierten Zehen. »Schöne Seen, schneebedeckte Berge und glückliche Kühe hamse da, wa? Det is 'ne Bildabuchidylle, wie se am Wannsee nich schöner sein kann.«

»Ja. Nur stiller.«

»Denn versteh ick überhaupt nicht, warum Sie jetzt im Mai hier in Ägypten Urlaub machen!« Sie stieß sich mit den Füßen ab, um ein bisschen Bewegung in ihre Hängematte zu bringen.

Ich überlegte, wohin ich fliehen konnte, ohne die redselige Frau Doktor allzu sehr zu brüskieren. Ich wollte wirklich nur hier sitzen. Na gut … und mit roten Ohren meine Geschichte von der ausgepeitschten Amerikanerin weiterlesen.

»Mein Mann wollte mal mit mir alleine Urlaub machen«, hob ich zu einer Erklärung an. »Wir hatten gerade zwanzigsten Hochzeitstag.«

»Na, denn gratulier ick aber!« Sie stützte sich auf den dicken

Ellbogen und musterte mich von der Seite. »Oder soll ick lieber sagen: ›Herzliches Beileid‹?«

Eigentlich traf die Berliner Schnauze den Nagel auf den Kopf.

Ich ließ mich demonstrativ in meinen Liegestuhl zurücksinken und schob mir meinen Sonnenhut übers Gesicht. Die ausgepeitschte Amerikanerin löste sich gerade in Luft auf. Mist! Dabei kniete sie doch gerade nur mit einem Höschen bekleidet vor dem Multimillionär und wartete auf weitere Anweisungen, während beide von vierzigstimmiger (unter uns: o-ber-gei-ler) Chormusik von Thomas Tallis beschallt wurden: *»Spem in alium«* – Lateinisch für »Hoffnung auf einen anderen.«

»Ick willse ja nicht stören«, behauptete das Flusspferd und rauchte.

Was eigentlich sehr in meinem Sinne war. So, Ende der Sprechstunde.

»Wo ist denn der werte Jatte immer so!?« Die dicke Berlinerin wollte mich leider doch stören.

Der Jatte, den sie hatte, fiel vom Blatte, zitierte ich stumm aus Heinz Erhardts Gedicht »Die Made«. Das traf aber leider nicht zu. Schade für die Made.

»Im Fitnessstudio.« Seufzend richtete ich mich wieder auf. »Er trainiert zweimal täglich. Die Zeit nutze ich gern, um zu LESEN.« Letzteres betonte ich ausdrücklich. Lesen. Buch. Mund halten. Das Alte Testament ist gerade sehr spannend.

Doch sie wollte sich nicht an die Spielregeln halten.

»Ick amüsier mir ja prächtig, wenn ick sehe, wie Ihr Mann immer den Bauch einzieht, sobald wat Frisches daherkommt«, demütigte sie mich weiter und stieß ein glucksendes Lachen aus. »Det hilft dem ollen Jatten aber ooch nicht mehr. Det Testosteron is schon wat ranzig.«

Sie hatte wirklich Humor, wenn auch sehr schwarzen.

Während sie weitere Zigaretten auspackte, damit die auch mal an die frische Luft kamen, fächerte sie sich Sauerstoff zu. Stirnrunzelnd sah ich zu ihr hinüber.

»Sie sind ja eine scharfe Beobachterin!« Alles, was recht war. Ich durfte über meinen Albert ablästern, so viel ich wollte. Unsere gemeinsame Tochter Juli und ich, wir durften uns über seinen albernen Fitnesswahn und seinen übermäßigen Eiweißkonsum amüsieren, die meinen kurzbeinigen, stämmigen Albert auch nicht attraktiver machten, aber seine Muskeln anschwellen ließen wie überstrapazierte Autoreifen. Aber von fremden Dickhäutern mit ausgeblichener Nassfrisur im Nachbarliegestuhl konnte ich mir das nicht unwidersprochen gefallen lassen. *Ich* hatte den Mann schließlich geheiratet, nicht sie. Keiner hatte mich dazu gezwungen – im Gegenteil! Meine Eltern hatten mir sehr von ihm abgeraten. Was noch stark untertrieben ist: Sie hatten mich seinetwegen enterbt und jeglichen Kontakt zu mir abgebrochen! Die gnadenlose Frau Doktor drehte gerade ihr Skalpell in einer offenen Wunde. Dabei lächelte sie süffisant und beugte sich verschwörerisch zu mir herüber, wodurch ihr mächtiger Busen aus dem Doppel-D-Körbchen rutschte wie ein in sich zusammenfallendes Salzburger Nockerl vom Dessertteller.

»Der kiekt zwar dauernd nach Frischfleisch, hat aber trotzdem kurze Beene und 'ne Glatze. Und diese Janzkörperbehaarung! Mit dem hat der liebe Jott ooch keen Mitleid mehr.«

Na, mit Frau Doktor schien er noch nie welches gehabt zu

haben! Albert würde über sie sagen: »Schon lang jenseits der Knuspergrenze.« Aber dass schon Wildfremden auffiel, wie Albert jedem Bikini nachstarrte?

Ich schämte mich bereits seit zwei Wochen für ihn und floh Tag für Tag in mein schattiges Eck am Rande der Hotelanlage, um nicht weiter aufzufallen. Unsere Auftritte im Restaurant, in dem Albert dreimal täglich das Büfett abräumte und alles Essbare auf seinen Eiweißgehalt untersuchte, waren schon peinlich genug. Gut, dass wir morgen wieder abreisen würden! Verspannt lag ich auf meiner Liege. Dieser letzte Nachmittag hatte eigentlich nur mir gehören sollen! Ich wollte vor dem letzten Sonnenuntergang am Meer noch einen Blick auf letzte Schatten von Grau erhaschen, mich heimlich in die Grauzone zwischen Erotik und Fantasie flüchten.

Erna Doktor tätschelte meine Hand. »Machen Sie sich nichts draus, Frau Richter! Wenn Sie mich fragen, haben Sie sich für Ihr Alter zehnmal besser gehalten als Ihr Mann. Sie sind 'ne richtig schöne Frau, aber det merkt der olle Gorilla ja nicht mehr mit seinem vernagelten Jagdinstinkt.« Sie trommelte sich auf die Brust und stieß ein paar gutturale Urschreie aus, woraufhin sich die benachbarten Sonnenanbeter zu uns umdrehten.

Jetzt hatte sie mich erst recht in Verlegenheit gebracht. Ich spürte, wie rot ich unter meiner Bräune wurde. Meine Ohren hatten die Farbe der exotischen Früchte angenommen, die hier morgens, mittags und abends auf dem Büfett lagen.

»Na ja, ich bin schließlich viel auf den Beinen so als berufstätige Frau mit Kind, Hund und Haushalt«, wiegelte ich ab. »Mein Mann benutzt das große Auto, meine Tochter neuerdings meinen Kleinwagen, und ich mache die Einkäufe mit dem Fahrrad ...«

Ja, ich hätte gut in einen Rosamunde-Pilcher-Film gepasst, in dem die properen Heldinnen mittleren Alters grundsätzlich mit einem Fahrrad über die Straßen holpern, wobei sie vorne im Körbchen ein struppiges Arrangement aus Gemüse und Blumen balancieren und hinten im Körbchen einen struppigen Dackel.

Als berufstätige Gattin eines selbstzufriedenen Machos und Mutter einer kratzbürstigen »Kaktusblüte« war das Leben für mich eher vermintes Gelände statt Ponyhof. Trotzdem: Ich genoss es, meine Lieben zu umsorgen und zu bekochen, sogar den Hund. Aber was bedeutete ich meinen Lieben und dem Hund, die ich umsorgte und bekochte? Okay, der Hund nahm mich noch wahr. Aber ich fühlte mich oft unsichtbar und nicht genügend geschätzt. Wie eine Daunenjacke, die einem erst dann fehlt, wenn es stürmt und schneit.

»Sie brauchen das gar nicht so kleinzureden!« Erna stützte die Ellbogen auf ihren delligen Schenkeln ab. Plötzlich kam mir ihr mächtiger Hängebusen mütterlich-tröstend vor. Am liebsten hätte ich mich diesem Flusspferd an den Hals geworfen und Rotz und Wasser geheult.

»Ick beobachte Sie jetzt seit Tagen«, raunte sie mir mit ihrer verrauchten Stimme zu. »Herr Richter macht den großen Macker, und Frau Richter versucht, ihm alles recht zu machen. Sie rennt ihm hinterher, bringt ihm Wasser, legt ihm das Badelaken zurecht, cremt ihm den haarigen Rücken ein und massiert ihm die Füße. Hoffentlich verwöhnt er Sie auch so.«

Langsam nervte sie mich mit ihren stichelnden Bemerkungen. Ich schluckte trocken.

Nein. Die Antwort war ein klares Nein. Also wenn er mir die Füße massierte, dann nur, um zwanzig Sekunden später zur Sache zu kommen. Zu seiner Sache, wohlgemerkt! Auf die Idee, mich zu verwöhnen, kam er gar nicht. Immer drehte sich alles nur um Albert. Er war der Nabel der Welt. Leider auch meiner Welt.

»Da bin ick froh, det ich keen Mann hab. Den Meinen hab ick schon lange in' Wind jeschossen«, winkte Frau Doktor ab. Ihre Oberarme winkten gleich mit.

Aha, na, das hätte ich mir denken können. Einen HERRN Doktor an ihrer Seite gab es also nicht.

»Wenn ick 'ne Dienstleistung für'n Kerl tu, dann verlang ich dafür 'ne anjemessene Gegenleistung«, grunzte sie zufrieden. »Also praktischerweise Geld.«

Vielleicht war sie Köchin oder so? Oder Putzfrau? Aber im Prinzip hatte sie recht.

Komisch. So hatte ich das noch nie gesehen: dass es sich in unsere Ehe so eingeschlichen hatte, dass ich die Dienstleisterin war und Albert der Pascha. Seit wann war das eigentlich so? Am Anfang war Albert doch so ein charmanter, witziger Kerl gewesen!

»Na ja, jeht mich ja nüscht an.« Nach dieser reichlich späten Erkenntnis ließ sich die Dicke schnaufend nach hinten plumpsen.

Ja. Das ging sie wirklich nichts an. Doch anscheinend war sie immer noch nicht fertig. Nachdenklich zog sie an ihrer nächsten Zigarette, blies Rauchringe in die Luft und sagte:

»Ick frag mich nur, wat der Gegenwert ist. Ich meine, ist er wenigstens witzig oder steinreich? Oder berühmt? Wat hat er, wat andere Kerle nicht haben? Außer 'n Riesen-Ego? Ick muss ja weinen, wenn ick Sie so sehe.«

Ja. Da konnte sie sich lange fragen. Ich war jetzt fertig mit meiner Ehe-Analyse. Albert war genauso wenig reich, witzig, berühmt oder außergewöhnlich wie ich. Er war auch kein Traumprinz mehr – weder schlank noch spontan, noch schwarz gelockt, sondern feist und bräsig, körperbehaart und glatzköpfig, eben ein echter Macho. Nur, wahrscheinlich war ich nicht ganz unschuldig daran. Ich hatte ihn grenzenlos verwöhnt, ihm jeden Wunsch von den Augen abgelesen. Damals wollten meine Eltern nicht, dass ich ihn nehme, und was hatte ich getan? Das Gegenteil. Aus Trotz und jugendlichem Leichtsinn.

Ich setzte meine Brille wieder auf. Ehrlich gesagt wollte ich schon noch erfahren, wie es jetzt weiterging mit der Amerikanerin. Denn was sie wirklich auf jeder fünften Seite hatte, war gigantischer Sex. Erst stundenlanges Prickeln, dann ein Vorspiel der besonderen Art und schließlich jede Menge multipler Orgasmen. Und Haue obendrein.

Wenigstens in Romanen wollte ich raffinierte Erotik genießen wie ein Fünf-Gänge-Menü. Bei uns zu Hause war eher ein Schnellimbiss angesagt, wenn nicht ein Drive-in-Besuch: Albert rauf, Albert rein, Albert grunz, Albert raus, Albert runter, Albert schnarch.

Wenn ich Pech hatte, vergaß er Schritt fünf vor Schritt sechs und schlief auf mir ein.

Dafür schenkte er mir – beziehungsweise sich – zum Geburtstag, Muttertag und Hochzeitstag Reizwäsche. Und zum Valentinstag auch. Und hielt sich für den Rosenkavalier persönlich. Der alte Ochs auf Lerchenau!

»Na, wenn man vom Teufel spricht!« Erna wies mit dem Kinn in die Richtung, aus der sich Albert wie ein kampfbereiter Stier näherte. Er hatte einen roten Schädel, wie immer, wenn er gerade vom Krafttraining kam, und ein Handtuch hing um seinen kräftigen Nacken. Sein Feinripphemd war schweißdurchtränkt, schwarzes Achselhaar quoll büschelweise daraus hervor und verströmte einen entsprechenden Geruch.

Interessantes Intermezzo: Stier trifft Flusspferd. Er schnaubte, und das Weiße in seinen Augen war blutunterlaufen. Auf in den Kampf, Torero!

»Aha. Hast du meinen Platz also vergeben.« Missmutig starrte Albert auf die dicke Erna, die es gewagt hatte, sein Terrain zu besetzen. Sofort hatte ich ein schlechtes Gewissen und versuchte zu erklären, warum ich es nicht geschafft hatte, seine Liege gegen die Fremde zu verteidigen.

»Im Schatten war sonst nichts mehr frei.« Rasch reichte ich ihm die Wasserflasche aus dem Kühler. »Hast du gut trainiert? Geht es dir jetzt besser?«

Albert trainierte nämlich gegen schlechte Laune. Er nannte das »abreagieren«.

Albert setzte die Flasche an den Mund und trank sie auf einen Zug leer. Dann warf er sie mir in den Schoß, als wäre ich eine Mülltonne auf zwei Beinen.

»Wir haben noch was vor.« Er sah in Richtung Hotel: Abreagieren, Teil zwei.

»Wieso isn det IHR Stuhl?«, erwiderte Erna ungerührt. »Ick geh ma davon aus, der Stuhl gehört dem Hotel, und für det bezahl ich jenauso jut wie Sie.«

Albert würdigte sie keines Blickes.

»Komm, Katja!«

»Wie jetzt?«, ereiferte sich das Flusspferd. »Wo will er denn hin?«

»Das geht Sie einen feuchten Kehricht an!«

Paarungsbereit, wie er war, drehte Albert sich um und stapfte davon. Es war völlig ausgeschlossen, ihm jetzt nicht zu folgen. Außer, ich wollte am letzten Tag einen Riesenkrach heraufbeschwören.

Pflichtschuldig rappelte ich mich auf, krabbelte unter den von Erna gefährlich ausgebeulten Liegestuhl und holte Alberts Hab und Gut hervor. Nachdem ich unsere Sachen zusammengerafft hatte, tippelte ich hinter meinem Mann her. Schließlich war heute Endspurt – Ehe vollziehen und Kofferpacken waren angesagt. Und zwar genau in dieser Reihenfolge. In einer Stunde öffnete das Büfett.

»Ick gloobe, ick erblinde«, ätzte Frau Doktor hinter mir. »Det macht die wirklich. Liebe geht anders. Aber so blöd war ick ooch mal.«

2

»Ich kann nicht glauben, dass der schöne Urlaub schon wieder vorbei sein soll«, maulte Albert, als wir im Morgengrauen ins Taxi stiegen. »Warum haben hart arbeitende Menschen wie ich nur sechs Wochen Urlaub im Jahr?«

Albert war Bankdirektor bei uns im Ort. Die Filiale war klein, und so hart arbeitete er auch wieder nicht. Das Wort Doppelbelastung war *ihm* fremd.

»Zum Airport«, befahl er dem ägyptischen Taxifahrer knapp. »Warum ist das Leben so ungerecht? Guck dir mal die Luxusjachten an! Die gehören alle reichen Erben. Und ich? Ich hab nix geerbt, nur mein Leben lang geschuftet.«

Ich unterdrückte den unschönen Gedanken, dass ich sehr wohl etwas geerbt hätte, nämlich ein hübsches Landhotel, wenn ich nicht aus Trotz und jugendlichem Leichtsinn Albert geheiratet hätte. Meine Eltern wollten es nicht in seine Hände fallen lassen, sodass auch ich leer ausgegangen war. Selber schuld! Seit zwanzig Jahren galt es auszulöffeln, was ich mir selbst eingebrockt hatte.

Milde lächelnd legte ich meine Hand auf seine. »Bestimmt sind diese Erben auch nicht glücklicher als wir. Du weißt doch: Das Glück, das einem in den Schoß fällt, ist viel weniger wert als das Glück, das man sich erarbeitet.«

Diesen Spruch hatte ich mal irgendwo gelesen und fand ihn sehr zutreffend. Übersättigt sein, gelangweilt sein ist schlimmer als krank sein. »Nichts ist schwerer zu ertragen als eine Reihe von guten Tagen. Das hat schon Goethe gesagt.«

Aber Albert wollte von Goethe nichts hören. »Scheißdreck«, fluchte er.

Albert in seiner jetzigen Form hatte ich mir auch erarbeitet, ich dumme Nuss!

»Komm, Albert, wir haben doch so viel!«, versuchte ich seine Laune zu heben. »Wir haben beide einen Job, eine wunderschöne, gesunde Tochter, die gerade ihr Abitur bestanden hat, ein Haus und einen Hund, und wir wohnen in einer der schönsten Regionen Europas mit lauter netten Nachbarn in einer geschmackvollen Siedlung …« Ich legte ihm die Hand auf die Schulter, spürte jedoch selbst, wie lahm das klang. Ein Geschmack nach alter Sack machte sich in meinem Mund breit, und ich schluckte tapfer. »Und morgen fährst du wieder mit deinem tollen Auto in deine Bank und bist der Herr Direktor, alle tanzen nach deiner Pfeife …«

»Jaja, Hauptsache, der Mann ist gesund, die Frau hat Arbeit, und zu fressen hat der Hund«, murrte Albert. Dann bellte er den Taxifahrer an: *»Do you have a wife? Children?«* Als dieser höflich nickte, sagte Albert verächtlich: »Arme Sau.«

»Albert, bitte!«

»Hoffentlich hat der Flieger keine Verspätung«, nörgelte Albert weiter. »Juli hat doch den Wagen reparieren lassen und holt uns ab? Dann kann ich wenigstens heute Abend noch trainieren gehen.«

Durch unsere frühe Abreise war mein Göttergatte heute noch nicht dazu gekommen, und ein untrainierter Albert war ein schlecht gelaunter Albert.

»Wo wollen denn die ganzen Deppen hin? Etwa alle nach Salzburg?«, war dann auch das Erste, was er blaffte, als wir in die kühle Abflughalle traten. Alle Abfertigungsschalter waren besetzt, und die Angestellten arbeiteten fieberhaft, um dem Ansturm gerecht zu werden. Na klar. Es war ein Charterflug – sehr früh und deshalb billig. Hatten wir selbst gebucht. Als »Hochzeitstagsreise«. Toll, Albert.

Kleinkinder weinten vor Müdigkeit, junge Eltern mühten sich mit Windelpaketen, Rucksäcken, Kinderwägen und Übergepäck, aber die meisten Touristen standen einfach nur gelangweilt und unausgeschlafen mit ihren Cowboyhüten und Sonnenbränden herum und schoben ihre Koffer zentimeterweise vorwärts. Der Anblick so vieler Kaugummi kauender Touris verschlug auch mir den Atem. Sie erinnerten an eine Herde Kühe.

»Wieso müssen die bloß alle so furchtbar aussehen? Wer hat die gezwungen, sich so in die Öffentlichkeit zu begeben?«, sagte Albert laut, und ich zuckte zusammen. Andererseits: Wohin das Auge sah: Dreiviertelhosen, ausgelatschte Sandalen, kleinkarierte Kurzarmhemden, die sich über Bierbäuchen spannten, und dazu diese ätzenden Baseballkappen, grauenhaften Piercings und Tätowierungen. Guter Geschmack sah anders aus. Zuchtbulle Albert murmelte was von »grässliches Gesocks« und nahm mit gesenkten Hörnern Kurs auf den First-Class-Schalter, obwohl wir natürlich nur Holzklasse gebucht hatten. Typisch Albert: grundsätzlich das Billigste buchen, aber dafür das Beste erwarten. Und gleichzeitig auf alle anderen herabsehen. Aber beim Italiener vollmundig

»Due vino rosso« bestellen, zum Kellner *»Capisci?«* sagen und sich unheimlich weltmännisch fühlen. Was musste so ein Kellner nur denken, der schon seit zwanzig Jahren in Deutschland lebte? Ich stellte mir vor, wie es wäre, ein deutsches Restaurant in Italien zu betreiben, relativ gut Italienisch zu können und mir dann Bestellungen anhören zu müssen wie: »Zwei Birrää mit Kartöff und Schweinebröt, kapiero?«

Albert war ein Stier im Porzellanladen. Und ich hatte diesen Stier in mein Leben gelassen. Auf dem er jetzt herumtrampelte. Vor dieser Situation hatte ich mich schon gefürchtet. Gerade hatte ich insgeheim noch über Piercings gelästert, aber jetzt wünschte ich mir, Albert hätte einen Nasenring, an dem ich ihn vom First-Class-Schalter wegziehen könnte.

»Albert, nicht!«, protestierte ich schwach, hoppelte aber folgsam mit unseren Rollkoffern hinterher. Ich war es längst gewohnt, dass Albert sich überall vordrängelte. Andere Menschen waren grundsätzlich »Gesocks«, besonders wenn es sich um Ausländer handelte. Dass wir in diesem Land selbst Ausländer waren, schien ihm nicht bewusst zu sein.

Albert knallte unsere Pässe und Tickets auf den Tresen. Freundlich, aber bestimmt wurden wir von einem jungen Mann ans Ende der Schlange gewinkt, von der wir gerade kamen. Ich schaute zu Boden und hoffte, dass niemand dieses peinliche Manöver mitbekommen hatte. Mein Leben mit Albert bestand eigentlich nur aus Fremdschämen.

»Es ist doch immer das Gleiche auf diesen gottverdammten Flughäfen«, schimpfte Albert. »Die am Erste-Klasse-Schalter feilen sich die Fingernägel, während hier der Mob tobt.«

»Albert, es ist gut jetzt!«, sagte ich dermaßen unfreundlich, dass ich mich an seiner Stelle schon ein wenig gefürchtet hätte. Doch Albert war völlig schmerzfrei. Dafür drehten sich einige Passagiere bereits befremdet zu uns um.

Vor uns stand ein junges Liebespärchen, das gerade Abschied voneinander nehmen musste. Voller Zärtlichkeit schauten die beiden sich an und küssten sich immer wieder innig. Für eine Sekunde dachte ich an Albert und mich vor zwanzig Jahren: So hatten wir uns auch mal abgeknutscht. Dieses Leben mit dem jungen, übermütigen Albert schien mir Galaxien weit entfernt zu sein.

»Sucht euch 'n Zimmer«, maulte der Albert von heute und rammte dem jungen Mann fast seinen Schalenkoffer in die Hacken. »Kann man ja kaum mit ansehen, dieses Abgeschlecke hier!«

Dennoch fixierte er das spärlich gekleidete Mädchen ungeniert und ließ seine Blicke immer wieder über ihr Spaghettiträgerhemdchen gleiten, unter dem sich erigierte Brustwarzen abzeichneten. Auch ihre schlanken, langen Beine in den kurzen Shorts fanden seine Aufmerksamkeit. Sie versteckte ihr Gesicht an der Schulter ihres Freundes. Albert deutete das als Flirtversuch und wurde gleich zwei Zentimeter größer.

Ich wollte wieder im Boden versinken. Mit Blicken entschuldigte ich mich bei den jungen Leuten. Ich hatte inzwischen eine ganze Palette von Entschuldigungs-Blicken parat, angefangen von »Er meint es nicht so« über »Er kann nichts dafür« bis hin zu Petrus' berühmtem Verleugnungsschwur »Ich kenne des Menschen nicht«.

Das Mädchen war vielleicht so alt wie Juli, achtzehn oder neunzehn.

Ach, was freute ich mich auf meine wunderbare Tochter!

Wäre sie nicht gewesen, hätte ich mich bestimmt schon von Albert getrennt. Aber ich wollte ihr ein intaktes Elternhaus bieten, hielt das für meine oberste Pflicht. Man trennt sich doch nicht einfach so vom Vater seines Kindes, nur weil er in die Breite geht, unaufmerksam und egoistisch wird und sein Leben dem Kraftsport weiht. Ich meine, er misshandelte mich ja nicht. Er sagte »Spatzl« zu mir und schenkte mir Reizwäsche. Er lobte meine Kochkünste und tätschelte mir im Vorbeigehen den Hintern. Auch eine Form der Anerkennung! Schließlich hatten wir uns vor zwanzig Jahren bei unserer Hochzeit versprochen, in guten und schlechten Zeiten beieinanderzubleiben. Und das hier waren ja wohl eindeutig gute Zeiten, oder etwa nicht?

Zentimeterweise rückte die Schlange vor.

Hoffentlich hatte Juli inzwischen ihr Abitur bestanden! Ich schloss die Augen und stieß einen Seufzer aus. Dass ich sie ausgerechnet jetzt im Stich gelassen hatte, in ihrer Prüfungsphase, lag einzig und allein an Albert. Schließlich war unser zwanzigster Hochzeitstag, und da gab es überhaupt keine Diskussion, *capisci?*

In Wahrheit war er wahnsinnig eifersüchtig auf die engen Bande zwischen meiner Tochter und mir. Juli und ich waren beste Freundinnen, da passte kein Blatt dazwischen. Wir kuschelten uns oft abends auf dem Sofa zusammen, und sie vertraute mir ihre geheimsten Gedanken an. Albert fühlte sich oft außen vor und glaubte, wir würden uns über ihn lustig machen. Was nicht immer ganz von der Hand zu weisen war. Je mehr er sich wie ein Pascha aufführte, desto mehr hielten Juli und ich zusammen. Und ja, wir lachten auch über ihn. Ich meine, das war doch immer noch besser, als über ihn zu weinen oder ihn zu vergiften oder so!

Mein Möchtegernbodybuilder war eins zweiundsiebzig klein und wirkte durch seine antrainierte Muskelmasse wie ein pummeliger Schlumpf. Besonders, wenn er seinen blauen eingelaufenen Bademantel anhatte, was bei ihm eigentlich ständig der Fall war. Wenn ich morgens in Seidenbluse, Kostüm, Seidenstrümpfen und Pumps aus dem Haus ging, lag er noch im »Morgenmantel« vor dem Fernseher. Und wenn ich abends aus dem Büro und vom Einkaufen kam, bot sich mir dasselbe Bild. Manchmal fragte ich mich, ob meine »bessere Hälfte« überhaupt zwischendurch zur Arbeit ging. Aber aufgrund der verschwitzten Hemden, die ich täglich auf dem Badezimmerfußboden fand und des immer kleiner werdenden Stapels gewaschener und gebügelter Hemden in seinem Schrank ging ich mal davon aus.

»Nie und nimmer würde ich so einen Mann heiraten wie Papa!«, sagte Juli oft. Und ich kam dann nicht umhin zu murmeln: »Ich auch nicht, wenn ich noch mal die Wahl hätte.«

Nach außen hin waren wir natürlich die perfekte Familie. Albert wollte sich sogar für die nächsten Bürgermeisterwahlen aufstellen lassen. Mit mir und Juli als schmückendem Beiwerk. Es kamen stressige Zeiten auf uns zu. Gut, dass ich im Urlaub noch einmal etwas Kraft getankt hatte. In Gedanken lag ich immer noch unter meiner Lieblingspalme am Ende des Pools, mit Hut, Sonnenbrille und meinem Lieblingsroman, träumte von einem gut aussehenden Multimillionär, der mich gleich auf sein Zimmer entführen würde, wo mich wieder irgendeine erotische Überraschung erwartete, während nebenan eine Haushälterin Kanapees kreierte und oben auf dem Dach der Hubschrauber samt Pilot wartete, um mich zum nächsten sinnlichen Abenteuer zu fliegen …

Wohl wissend, dass das alles sehr an den Schamhaaren herbeigezogen war. Ich hatte schon wieder rote Ohren.

»Hallo! Träumst du? Her mit dem Pass, Katja!«

Endlich waren wir dran.

»Wo möchten Sie sitzen – am Fenster oder am Gang?«

»Ich am Fenster, meine Frau am Gang. Die muss ja dauernd aufs Klo. Und der Platz in der Mitte muss frei bleiben.«

»Das können wir leider nicht garantieren.« Die Mitarbeiterin schüttelte bedauernd den Kopf. »Die Maschine ist ausgebucht.«

Maulend und kopfschüttelnd riss Albert die Bordkarten an sich. »Ein Scheißladen ist das hier! Wie soll man das bei den engen Sitzen bitte schön vier Stunden lang aushalten?«

»Sie hätten Business- oder erste Klasse buchen können«, konterte die Angestellte mit einem Zahnpastalächeln, das auf viele Trainingsstunden schließen ließ. »Da gibt es eine Komfortzone für solche Ansprüche.«

Hatte sie »Ansprüche« gesagt oder »Kotzbrocken«? Der Tonfall ließ eher Letzteres vermuten.

»Wissen Sie, was das kostet?«, herrschte Albert sie an.

»Ja. Ich arbeite hier. Der Nächste, bitte!«

Ich entschied mich für den Petrus-Blick: »Ich kenne des Menschen nicht«, und schlenderte möglichst unbeteiligt davon. Vielleicht konnte ich mir eine Bunte kaufen, mal schauen, was sich inzwischen so bei Königin Maxima getan hat mit ihren drei Wonneproppen und dem holländischen Meister Proper.

Wir mussten noch durch die Sicherheitskontrolle, wo Albert sich wieder mit den Mitarbeitern anlegte, weil er seinen Gürtel mit der dicken Goldschnalle nicht ablegen wollte, und ich hoffte mal wieder, nicht mit ihm in Verbindung gebracht zu werden. Überall wurde schon getuschelt. Ekel Albert schien seinen Auftritt aber eher zu genießen, als sich dafür zu schämen. Er stand gern im Mittelpunkt.

Er fand, alle Menschen müssten aufhören zu atmen, wenn er den Raum betrat. Und da er nicht der Dalai Lama war oder sonst irgendwie durch Nächstenliebe, Heiligkeit oder Prominenz auffiel, spielte er eben den Kotzbrocken. Irgendwo hatte ich mal gelesen, dass kleine Männer sich gerne durch irgendwas hervortun. Indem sie Kriege anzetteln und grausame Völkermorde betreiben. Albert benahm sich zum Glück »nur« daneben.

Ich kam mir vor wie die Mutter eines Schwererziehbaren. Nur dass leider kein Gattenamt kam, um ihn mir wegzunehmen: »Guten Tag, wir haben gehört, hier wohnt ein schwer erziehbarer Gatte, mit dem Sie nicht mehr fertigwerden? Die Nachbarn haben uns verständigt. Wir nehmen ihn mit und stecken ihn ins Gattenheim. Dort gibt es speziell ausgebildete Erzieher. Wenn er sich gebessert hat, können Sie ihn wieder abholen.«

Was ich natürlich nie tun würde. Wie hatte die dicke Erna geunkt? Freilassing! Ich ertappte mich bei dem Gedanken, wie sehr ich es genießen würde, von ihm befreit zu sein.

Der Lautsprecher knackte, es wurde zum Einsteigen aufgerufen. Albert drängelte sich sofort vor.

»Bitte lassen Sie Familien mit kleinen Kindern zuerst einsteigen« verhallte ungehört.

Ich wollte mich hinten anstellen, aber Albert pfiff mich zu sich her: »Nachher sind wieder alle Zeitungen weg und die Fächer fürs Handgepäck belegt!«

Kaum saßen wir, hielt Albert eine vorbeieilende Stewardess an: »Die Süddeutsche und einen Kaffee.«

Die Stewardess war aber gerade noch mit den Gepäckfächern beschäftigt.

»Der Einsteigevorgang ist noch nicht beendet. Unser Service beginnt nach dem Start!«

»Was bildet die Saftschubse sich ein!«, murmelte Albert, nachdem sie weitergehastet war. »Los, dann hol du mir wenigstens die Süddeutsche. Und 'ne Bildzeitung. Du sitzt am Gang!«

Um des lieben Friedens willen musste ich mich also wieder nach vorne arbeiten, um mir dort eine Zeitung vom Stapel zu nehmen, was mir tadelnde Blicke eintrug. So, Albert, für heute reicht es!, dachte ich. Dabei war es noch nicht mal sieben Uhr.

Während Albert die Zeitung bereits auf ein Vierfaches ausgebreitet hatte und fingerleckend umblätterte, quetschte sich eine weitere Passagierin schnaufend auf den Mittelsitz. Oh. Diese kraterartigen Oberschenkeldellen kannte ich! Ein ausladender Hintern zerknüllte den Kulturteil, und billiges Veilchenparfum umnebelte mich. Das Flusspferd hatte rückwärts eingeparkt. Wie schön.

»So sieht man sich wieder, wa?!«

»Ja. Das ist ja ein Zufall!«

»Na, denn ma juten Morgen, Frau Richter.«

»Guten Morgen, Frau Doktor!«

Albert ließ abrupt die Zeitung sinken und starrte auf die vermeintliche Akademikerin, die sich neben ihn gezwängt hatte. Blankes Entsetzen stand ihm ins Gesicht geschrieben, als er meine Freundin von gestern erkannte. Diesmal trug sie keinen Badeanzug, sondern ein rosa T-Shirt mit der Aufschrift »Emanze«, das sich an ihre Speckringe schmiegte.

»Ick weeß, watse denken«, schnaufte sie. »Kennen Sie den?

Sitzt 'n Mann in der Sauna und hat ›Rumbalotte‹ uffn Penis tätowiert. Sacht sein Nebenmann: Wieso steht'n da ›Rumbalotte‹? Sacht der, det heeßt nich Rumbalotte, det heeßt ›Zu Ruhm und Ehre der baltischen Flotte!‹«

Albert ächzte fassungslos, schien sich aber vor weiteren verbalen Angriffen ihrerseits zu fürchten. Er verschanzte sich hinter dem Wirtschaftsteil.

Nach dem Start kamen die Damen mit dem Getränkewagen und fragten mit professioneller Freundlichkeit, was wir zu trinken wünschten.

»Bestell mir'n Kaffee«, kam es hinter der Zeitung hervor.

»Für mich und meine Freundin bitte einen Piccolo«, flötete Frau Doktor.

»Der kostet aber fünf Euro extra.«

»Det isser mir wert.« Frau Doktor knallte einen Zehner auf das Tischchen und prostete mir zu. »Auf uns! – Ick freu mir!«

»Ick mir ooch.« Jetzt berlinerte ich auch schon! Wir strahlten uns gerade an, als Albert sich über Ernas wogenden Busen beugte und mich anzischte: »Bestell mir noch 'n Kaffee!«

»Aber wieso, du hast doch schon einen?«

»Ich will noch einen!«

»Kinder, die wat wollen, kriegen wat auf die Bollen«, deklamierte Erna amüsiert.

»Dir steht doch auch einer zu!«, beharrte Albert. »Na los, den nehm dann ich!«

»Na, wenn det so ist … kann er meinen auch noch haben. FROLLEIN!« Erna hielt die Stewardess am Rockzipfel fest. »Zwei Kaffee stehn uns noch für lau zu, sacht der Herr gerade! Also heißen Kaffee, aber für lau.« Sie lachte schallend.

Genervt kippte die Stewardess das schwarz dampfende

Heißgetränk in zwei weitere Pappbecher, und Erna bedankte sich freundlich und stellte sie mit schwabbelnden Oberarmen auf Alberts Tischchen. Dort standen jetzt drei Kaffeebecher. Für seine Süddeutsche war nun beim besten Willen kein Platz mehr.

»Was soll ich denn damit!«

»Janz wie der Herr befohlen haben.« Erna klopfte ihm gönnerhaft auf die Schulter. »Na, denn ma juten Kaffeedurst. Sie ham ja noch viel vor heute, wa.«

Ich mochte die Frau.

Leider gerieten wir in diesem Augenblick in ziemliche Turbulenzen. Der Flieger fiel in ein gefühlt zehn Meter tiefes Luftloch. Ein Kreischen hallte durch die Kabine, nur Erna jauchzte, als säße sie in der Achterbahn. Ich klammerte mich instinktiv an ihren stabilen Oberarm. Alle drei Kaffeebecher vor Albert schwappten über und ergossen sich heiß dampfend über seine Kronjuwelen. Erna und ich versuchten die Bescherung mit unseren Papierservietten aufzutupfen, was Albert erst recht in Rage brachte. Noch immer schwappte der Kaffee in den drei Bechern. Zwei davon riss er hoch, sodass sein weißes Polohemd auch noch besprenkelt wurde.

»Shit! Fuck!«, fluchte er und kämpfte mit der Zeitung. »So tu doch was!«, giftete er mich an.

Ich nahm ihm die Zeitung weg.

Und Erna nahm einen genüsslichen Schluck von ihrem Sekt: »Katja, det is wie ’n Orjasmus, nur schöner!«

Ich hatte da schon lange keine Vergleichsmöglichkeiten mehr, aber die dicke Erna musste es ja wissen.

Ich ließ mir den Schaumwein ebenfalls munden, und so gerieten wir in immer bessere Laune, während die von Albert kontinuierlich sank. Neben der weichen Pufferzone Erna fühlte ich mich gleich viel sicherer. Er konnte im Moment nicht viel tun, außer auf seinem Fensterplatz zu schmollen. Und das tat er dann auch. Die Süddeutsche klebte auf seinem nassen Schoß. Und die Bildzeitung lag auf seiner Glatze. Dahinter stellte er sich schlafend.

3

»Wie happta euch eigentlich kennenjelernt?«, wollte Erna nach dem zweiten Piccolo wissen. Ich wollte nicht so recht raus mit der Sprache, so in Alberts Anwesenheit, aber sie versetzte mir mit ihrem fleischigen Ellbogen einen Stoß in die Seite und flüsterte verschwörerisch: »Is am Pennen!«

Ich erzählte es ihr. »Meine Eltern hatten ein kleines nettes Familienhotel am Waginger See …«

»Wat? Am Vagina-See?«, johlte Erna begeistert.

»Okay, also an einem bayerischen See. Und in den Ferien habe ich als einzige Tochter dort mitgearbeitet: Frühstück servieren, Betten machen, Zimmer putzen, dann Küchendienst und abends wieder servieren.«

»Ach so, nee is klar.«

»Meine Eltern wollten mich darauf vorbereiten, es einmal selbst zu führen. Es war ein harter Job für ein junges Mädel wie mich, aber er wurde mir versüßt: Der junge schwarz gelockte lustige Kerl an der Bar, den meine Eltern für die Sommersaison eingestellt hatten, hieß Albert Richter und war genau mein Typ: schlank und durchtrainiert, temperamentvoll und witzig.«

»Det muss aber lange her sein«, murmelte Erna betroffen, während ich mich in schönen Erinnerungen verlor.

»Geschickt hat er mit den Flaschen jongliert und rasend schnell raffinierte Getränke gezaubert, sodass alle von ihm begeistert waren: die Gäste und die Mädels aus dem Ort, die abends extra zu uns an die Bar kamen. Wenn er dahinter stand, angestrahlt von Scheinwerfern, kam er mir vor wie der Traumprinz schlechthin. Ein Adonis!«

»Wie dieser David von Michelangelo in Florenz? Der besteht ja nur aus Muskeln und Samensträngen ...«, ließ Erna mich an ihrer gesunden Halbbildung teilhaben.

»Albert hatte schon eine Banklehre und bei uns im Hotel gejobbt, um sich das BWL-Studium in München zu verdienen. Ich hab ihn angehimmelt, und da die Konkurrenz groß war, tat ich alles, um ihn zu erobern. Keines von uns Mädchen hat seine Begeisterung verhehlt. Wir haben uns um ihn geschart wie Tauben um einen Mann, der im Park Toastbrot verfüttert. Albert hat mal die eine, mal die andere Dorfmaid mit auf den Heuboden genommen, und ich habe mir die Augen ausgeheult. Meine Mutter hat zusätzlich Salz in die Wunden gestreut und behauptet, er wär ein selbstverliebter Schönling, ein Blender.«

»Na wo se recht hat, hat se recht.«

»›Du bist ja nur eifersüchtig‹, hab ich gesagt, doch sie kannte keine Gnade: ›Glaub ja nicht, dass der schöne Albert in dich verliebt ist!‹, hat sie gesagt, und daraufhin mein Vater: »Der will doch nur das Hotel! Du bist so verknallt, dass du nicht mehr klar denken kannst.«

»Ja, det passiert leida imma wieda, wa ...«

»Das tat unglaublich weh, und ich habe meine Eltern dafür gehasst, dass sie mir nicht zutrauten, er könnte sich wirklich in mich verliebt haben. Sie erreichten das genaue Gegenteil: Ich habe alles drangesetzt, seine Aufmerksamkeit zu bekommen. Ich habe ihn bedient, ihm Essen gebracht, seine Hemden gebügelt, sein Zimmer geputzt und sein Bett gemacht – einschließlich Knick im Kopfkissen! Als Albert sich am Ende für mich entschieden und die anderen Dorfmaiden abserviert hat, habe ich meinen Eltern insgeheim die Zunge rausgestreckt: So. Ich bin es doch wert! Wir verloben uns, nur damit ihr es wisst! Alles nur aus kindlichem Trotz und verletzter Eitelkeit.«

»Det haste schön jesaacht.«

»Doch meine Eltern blieben hart: ›Er hat es nur auf das Hotel abgesehen‹, hat mein Vater immer wieder gesagt, und meine Mutter: ›Der wird dir nicht treu bleiben, der hat an jedem Finger eine andere!‹ Dass sie es nur gut mit mir meinten, verstehe ich erst jetzt, zwanzig Jahre später: Jetzt, wo ich selbst Mutter einer Achtzehnjährigen bin. ›Dieser Mann ist kein Umgang für dich! Ein Luftikus, ein Egoist, selbstverliebt und geltungssüchtig. Der möchte immer nur Spaß haben, aber das Leben besteht nicht nur aus Spaß.‹«

»Nee. Det is wahr. Aber det weeßte als dumme kleene Jans noch nich.«

»›Doch!‹, habe ich damals stumm geschrien, wahrscheinlich auch lauthals. ›Das Leben ist sehr wohl ein Spaß, ihr alten Spießer! Mit Albert ist alles traumhaft, und ihr gönnt ihn mir nur nicht!‹ – ›Sieh doch nur das dicke Auto, das er fährt, obwohl er es sich eigentlich nicht leisten kann.‹ – ›Na und?! Er liebt mich eben und will es mir schön machen im Leben! Er will mir was bieten!‹ So ging das hin und her. Wir sind mit dem teuer geleasten Auto nach Paris gebrettert. Albert nannte es ›Die Sonne putzen‹«, erzählte ich Erna flüsternd. »Doch meine Eltern haben mich gewarnt: ›Nimm die rosarote Brille ab! Spätestens wenn es ernst wird und ihr einer geregelten Arbeit nachgehen, ein Haus abbezahlen und Kinder erziehen müsst, wird er sich drücken.‹ Ich hab die Augen verdreht und fand ihr Gerede oberspießig. Von wegen, sie wollten nur mein Bestes, aber das würden sie nicht bekommen! Und da habe ich es Albert gegeben.«

»Und denn warste schwanger. Det is doch immer det alte Lied.«

»Ja. Meine Juli hat sich angekündigt. Also haben wir ganz schnell geheiratet. Ich war mir sicher: Mit Albert an meiner Seite wird das Leben nie langweilig. So ein Mann wie Albert hat mich irgendwie aufgewertet. Aus der braven Bürgerstochter wurde eine flippige Rebellin. Meine Eltern sind nicht mal zur Hochzeit gekommen und haben das Hotel schließlich an Fremde verpachtet. Damit haben sie sich ihre Rente gesichert. Ich war zu Tode beleidigt und wollte nichts mehr mit ihnen zu tun haben. Die Unterstellung, Albert würde mich nicht meinetwegen, sondern nur aus Berechnung lieben, hat mich damals bis ins Mark getroffen. Ich war ohnehin nicht besonders selbstbewusst, und das hat mir den Rest gegeben. Oh, ich wollte es ihnen beweisen! Wir würden so was von glücklich werden, auch ohne den Segen und die Kohle meiner spießigen Eltern! Wir würden in Saus und Braus leben, Reisen machen und Spaß haben – wir brauchten ihr blödes Hotel nicht! Die Fronten haben sich dann so verhärtet, dass wir seit zwanzig Jahren keinen Kontakt mehr haben. Sie haben ihr Enkelkind Juli noch nie gesehen.«

Mit zitternden Fingern griff ich nach meinem schal gewordenen Sekt.

»Aber det is ja janz fürchterlich!« Erna sah mich fassungslos an. »Dann hat der Kerl dich also deine Eltern und dein Erbe gekostet.«

So drastisch hatte mir das noch niemand gesagt.

»Das Problem ist: Ich habe Albert geheiratet, als ich noch nicht wusste, wer ich bin. Leider habe ich mich nie gefragt, was mir außer diesen herrlich blauen Augen und dem dicht gelockten Haar eigentlich an diesem Mann gefällt. Er war schon immer ein Aufreißer. Selbst wenn man ihm beide Augen ausstechen würde – er würde trotzdem eine Möglichkeit finden, anderen Frauen nachzuschauen.«

»Und?« Erna stupste mir ihren weichen Ellbogen in die Seite. »Nu sachma ehrlich. Isser det wert?«

»Ich weiß nicht …« Hilflos zuckte ich die Achseln. »Früher dachte ich es jedenfalls. Aber früher haben wir uns auch noch geliebt …«

Erna schüttelte den Kopf. »Wenn de da mal nicht was verwechselst, Kindchen.« Sie schloss die Augen und stieß einen tiefen Seufzer aus. »Ick war ooch mal verheiratet, der Mann hat mich fast um den Verstand gebracht, zwee kleine Kinder haben wir gehabt und keinen Groschen mehr. Er ist abgehauen und hat mich wochenlang alleingelassen, da musste ich erfinderisch werden.«

Ihre dicken kleinen Hände hatte sie über dem Bauch gefaltet, sodass der »Emanze«-Schriftzug jetzt nicht mehr zu lesen war.

»Soll ick dir mal meine Geschichte erzählen?«

Na ja. Wir hatten ja noch gut zwei Stunden. Jetzt hatte ich die Wahl: Bord-Programm oder live?

Ich bin immer für live. Frauen sind was Spannendes.

4

Sie war gelernte Altenpflegerin, verheiratet mit Spacko, einem Lastwagenfahrer, lebte am Stadtrand von Berlin und hatte Eigenheim und Einrichtung auf Pump, als die beiden nach und nach pleitegingen. Spacko traf sich immer öfter mit zwielichtigen Gestalten auf Autobahnraststätten und ließ Erna mit den Kindern und Schulden im Stich. Manchmal blieb er wochenlang weg. Angeblich war er auf Tour, doch sie hatte keinen Überblick mehr. Sie fand nur die Mahnungen und Rechnungen im Briefkasten, und auf ihrem Konto herrschte totale Ebbe.

»Ick wusste nicht mehr, wat ich den Kindern aufs Brot schmieren soll außer olle Margarine. Und jeden Tag gab es Nudeln mit Maggi, sonst nüscht. Ick hab meinen ganzen Schmuck verkauft und am Ende sogar den Ehering.«

So sah die dicke Erna gar nicht aus. An jedem ihrer fetten Finger prangte ein dicker Ring, der so eingewachsen aussah, dass sie ihn nie wieder abbekommen würde. Ich starrte sie neugierig von der Seite aus an. Was war das Geheimnis ihres Erfolgs? Während sie erzählte, zerfetzte ich vor lauter Aufregung meine Serviette: Ernas Kinder brauchten Schulbücher,

Essen, Klamotten und Geld für Klassenfahrten, Sport und Freizeit. Spacko drückte sich. Zahlte nicht. Blieb verschwunden. Die Schulden für das Haus und die Einrichtung wuchsen. Da erwachte Ernas Kämpfernatur.

»Ich hab mich gefragt, was kannste, Erna, was biste.« Erna knabberte Nüsschen.

»Und?«

»Ich hab gelernt, wie man alten Leuten den Hintern abwischt, wie man sie wäscht und eincremt und ihnen das Leben ein bisschen nett macht. Aber davon wirste ja in diesem Land nicht reich.«

»Nein.« Das fand ich übrigens total ungerecht. »Der Beruf der Altenpflegerin kann gar nicht hoch genug bezahlt werden«, bemerkte ich empört. »In kaum einem Beruf ist so viel körperlicher und seelischer Einsatz gefragt. Und dann die Verantwortung!«

»Det kannste laut sagen.«

Sagte ich auch.

»Wenn man bedenkt, wie unverhältnismäßig viel Geld beispielsweise Banker verdienen, die doch nur mit Geld hantieren!« Ich warf einen Blick auf Albert, aber der schnarchte friedlich.

»Det stimmt. Alte Menschen sind dir komplett ausgeliefert. Die haben oft niemanden mehr. Wenn du einmal am Tag in ihre Wohnung kommst, jeht für die die Sonne uff.«

Ich sah Erna von der Seite an und stellte sie mir als Sonne vor.

»Du musst erfinderisch, geduldig, liebevoll und jeschickt sein, immer stark und positiv.«

Auf einmal sah ich Erna mit ganz anderen Augen. Sie

versank nicht in Selbstmitleid. Sie war autark, stark wie eine Löwin. Inzwischen vielleicht auch eine etwas aus dem Leim gegangene Raubkatze, die es nicht mehr nötig hat zu rauben, weil man ihr den Fraß vor die Füße wirft.

»Die alten Leutchen waren oft einsam, traurig und verwirrt. Die Bude war dunkel und hat jestunken. Ick hab die Fenster ufjerissen und Licht rinjelassen, und denn hab ich die Menschen jewaschen und ihnen Streicheleinheiten jejeben. Die haben mir einfach leidgetan.«

Ich nickte. »Kann ich mir vorstellen.«

»Also jut, det konnte ich«, berlinerte Erna weiter. »Als ich da jesessen bin mit den zwei Kindern, zwölf und zehn Jahre alt, und Spacko sich vertschüsst hat, hab ich überlegt … Anjebot und Nachfrage. Wer könnte deine Streicheleinheiten und dein Entertainment sonst noch brauchen? Wer würde gutes Geld dafür bezahlen?«

»Ja?« Gespannt sah ich sie von der Seite aus an.

»Und dann hab ich mich selbstständig gemacht.«

»Als Altenpflegerin?«

»Im weitesten Sinne, ja. Ick hab eine Anzeige aufjejeben: ›Frau Doktor macht Hausbesuche. Privat.‹«

»Oh.« Ich schluckte.

»Das Telefon stand nich mehr still!«

»Einfach nur: Hausbesuche?«

»Ja!« Erna knabberte Nüsschen, als gäbe es kein Morgen, und ich schob ihr bereitwillig meine hin.

»Ick hab mir ’n bisschen nett jemacht.«

Mampf, stopf, krümel.

»Damals war ich ja noch halbwegs jung und ansehnlich.«

Ich versuchte mir das vorzustellen.

»Und denn bin ich einfach zu der Adresse gefahren, mit

der U-Bahn oder mit 'm Bus, und hab da jeklingelt und jesaacht, hier bin ick! Sie wünschen?«

Ich starrte sie an. »Und was … ähm … wurde so gewünscht? Doktorspiele vielleicht?«

»Det war so unterschiedlich, da würdest du von selbst nie draufkommen!«

»Nämlich?«, fragte ich dämlich. Sofort sah ich wieder die Amerikanerin vor mir, die sich von einem Multimillionär verhauen ließ. Aber das war doch alles frei erfunden!

Doch Erna erzählte mir von menschlichen Grundbedürfnissen. Und von der Marktlücke, die sie entdeckt hatte.

»Da gab es welche, die wollten nur eine Stunde den Rücken jekratzt kriegen.« Erna lachte und weidete sich an meinem erstaunten Gesicht.

»Den Rücken …?«

»Ja, wer fasst denn alte Leute noch an?«

»Ähm … Ich weiß nicht …?«

»Alt sein heißt ja nicht, keine Sehnsucht nach Hautkontakt mehr zu haben. Ick hab Männer erlebt, die fingen bei der ersten Berührung an zu weinen! Frau Doktor, so jeduldig wie Sie hat mich seit zwanzig Jahren keener mehr gestreichelt!«

Ich nickte. »Aber die wollten doch sicher nicht alle nur den Rücken gekratzt kriegen?«

»Nee, det is klar. Die wollten noch andere Sachen jekratzt kriegen. Aber ick hab so vielen alten Leuten den Hintern gewischt und den Pimmel jewaschen, da war det für mich keine so große Überwindung. Die Leute ham bezahlt. Ick war wieder wer. Die Kinder hatten zu essen und wat anzuziehen und die nötigen Schulbücher und Hefte. Keener hat mehr mit dem Finger auf sie gezeigt.«

Ich schluckte schwer, gleichzeitig stellte ich fest, dass sie mir immer sympathischer wurde.

»Wenn du im Prinzip nix gegen Menschen hast und keine Bedenken, sie anzufassen, verlierst du schnell die Scheu.« Erna riss auch noch die dritte Nüsschentüte auf, die von Alberts Klapptischchen zu ihr gerutscht war.

»Überleg doch mal, was ein Zahnarzt alles machen muss«, sagte sie schmatzend. »Eklig, wa? Oder ein Urologe oder Fußpfleger. Ick finde, sogar Friseure müssen oft Schäbiges sehen und anfassen. Aber der Blick aufs Honorar nimmt ihnen den Ekel. Es ist nur eine Frage der Einstellung, reine Jewöhnungssache. Det is alles.«

»Und was … ähm …«

»… wollten die Leute noch so alles?« Erna grinste mich an.

»Na ja, jetzt, wo du das Thema schon mal angeschnitten hast …«

So bald würde ich nicht wieder so kurzweilige Dinge zu hören bekommen!

»Natürlich wollten die meisten Sex. Ick bin ja nicht blöd. Aber die wenigsten wollten einfach nur rein und raus, wisch und weg. Das wollen meist junge Kerle, und die waren nicht meine Zielgruppe. Die gehen wirklich mal eben in den Puff und suchen sich jedes Mal neues Frischfleisch.« Sie nahm einen Schluck Sekt. »Ick hab mir janz viel Zeit für jeden genommen und wirklich zujehört: Wat will der, wat braucht der, wat traut der sich nicht zu sagen …«

Ich traute mich auch nicht mehr, etwas zu sagen.

»Die haben alle heimlich Fantasien, und wenn du die bedienst, biste janz vorn dabei.« Sie sah mich triumphierend an: »Du musst gar nicht viel machen, sondern denen nur was ins Ohr flüstern. Schließlich heißt es ja Ohr-Jasmus.«

Jetzt bekam ich wirklich heiße Ohren.

Erna fischte das letzte Nüsschen aus der Tüte und warf es ein.

»Du kannst stundenlang an einem Kerl rummachen. Aber wenn du dabei an die nächste Müllabfuhr denkst oder an den letzten Elternabend, merken die det. Und dann fällt der schönste Piepmatz wieder in sich zusammen.«

Sie zerknüllte die Nüsschentüte und wischte sich die Krümel vom Busen.

»Aber wenn du dich wirklich in die reinversetzt, total auf die eingehst, ihnen zuhörst und im richtigen Moment das Richtige sagst, gehen die ab wie 'n Zäpfchen.« Sie lachte und wischte sich die Hände an der Hose ab.

»Die Kinder haben Abitur jemacht und studiert.« Erna sah mich lächelnd an. »Wenn die eine Familie ernähren wollen, haben sie andere Möglichkeiten.«

Ich nickte beeindruckt. »Und dein … Spacko? Hat der nichts gemerkt?«

»Oh, det is noch so 'n Kapitel für sich!« Erna stieß ein verächtliches Lachen aus. »Mein Spacko hat sich bei seinen Stippvisiten natürlich gewundert, dass bei uns der Kühlschrank wieder voll war, die Kinder neue Sachen hatten und ich sogar irgendwann einen Kleinwagen, mit dem ich zu meinen Kunden fuhr. Da blieb er wieder zu Hause und saß jeden Tag im Bademantel vor dem Fernseher.«

Oje. Welch schreckliche Parallelen! Mir wurde heiß. War es bei uns auch schon so schlimm?

»Mein Spacko hatte nichts Besseres zu tun, als mich von einem Kumpel beschatten zu lassen. Ick hab schon lange kein Verständnis mehr für Männer, die mit Veränderungen nicht klarkommen. Det Leben ändert sich eben! Der Kumpel hat dann bei Spacko Meldung gemacht: Deine Alte geht auf den Strich. Dabei bin ick nie auf den Strich gegangen, ich war nie eine billige Straßennutte, sondern hab nur meine Dienste anjeboten – anjefangen von erotischen Massagen bis hin zu angewandter Fantasie. Manchen habe ich einfach nur was zu essen mitgebracht, anderen die Fußnägel geschnitten oder die Haare. Blumen habe ich denen hingestellt oder den Wintermantel in die Reinigung gebracht. Ick hab die alten Männer spüren lassen, det se noch wat wert sind. Aber det war meinem Spacko egal. Er hat mich windelweich geprügelt, damals. Ich hatte so ein blaues Auge, dass ich zwei Wochen nicht auf die Straße konnte.«

»Und die Kinder? Haben die nichts gemerkt?«

»Doch. Die haben natürlich zu mir gehalten. Meine Tochter hat ihn angezeigt.«

»Wow. Wie mutig!«

»Erst bin ich mit den beiden in ein Frauenhaus, und er hat versucht, mich zurückzuholen. Stell dir vor, er hat mir sogar anjeboten, mich gegen eine gewisse finanzielle Beteilijung zu ›beschützen‹!«

»Das heißt, er wollte dein Zuhälter sein? Dein eigener Mann?«

»Jenau! Aber da war er bei mir an der falschen Adresse.«

»Hast du dich scheiden lassen?«

»Viel zu spät, leider. Aber … ja. Das war die reinste Befreiung. Und ab diesem Zeitpunkt ging's mir wieder richtig jut. Eins hab ich damals ein für alle Mal gelernt: Nimm einen Kerl nicht aus Schuldjefühlen, nimm ihn nicht aus Mitleid … und nimm ihn nicht aus Versehen!«

Sie sah mich schräg von der Seite an. »Und nicht aus Trotz.«

Seufzend schloss ich die Augen. Das Bordprogramm war vorbei. Ich spürte eine sanfte Erschütterung. Wir waren wieder auf dem Boden der Tatsachen gelandet.

5

Noch am Kofferband – Albert, die Hände in den Taschen seiner Dreiviertelhosen, gähnend und betont gelangweilt und ich rotfleckig und angeregt vom Sekt und dem interessanten Gespräch mit Erna – entdeckten wir hinter der sich öffnenden Glastür den rot gelockten Schopf unserer Juli. Ich konnte es kaum erwarten, ihr um den Hals zu fallen.

»Albert, ist das okay für dich? Könntest du auch meinen Rollkoffer vom Band nehmen?« Aufgeregt trat ich von einem Bein aufs andere, um sie nicht aus dem Blick zu verlieren. »Ich will zu Juli!«

»Kommt ja gar nicht infrage! Im Gegenteil! DU bringst meinen Koffer mit raus«, befahl Albert. »Ich muss sofort wissen, was mit meinem Auto ist.«

Schon latschte er von dannen. Ich stand am Kofferband und kämpfte mit den Tränen. Albert wollte nicht etwa wissen, wie Julis Abiturprüfungen verlaufen waren! Nein, er interessierte sich nur für sein Auto!

»Na, Katja? Isser nu'n Arschloch oder isser eins?!«

Die dicke Erna näherte sich von hinten und legte ihre Hand auf meinen Arm. »Pass ma uff, Kleene. Ick weeß ja nich, ob du das überhaupt möchtest, aber hier ist meine Telefonnummer.« Sie steckte mir ihre Karte zu, goldene Schrift auf schwarzem Grund, und ich ließ sie in meine Handtasche fallen, ohne in der Eile einen Blick darauf zu werfen.

»Wenn du mal 'ne alte Freundin zum Reden brauchst.«

»Danke.« Ich wandte mich ab, um den ersten Koffer zu stemmen. Hartschale, silbern. Mit Golfaufklebern. Alberts Golfsack musste noch vom Sperrgepäck abgeholt werden. Erna half mir. Ihre vielen Armreifen klirrten. »Mädchen, wat haste den verzogen!«

Höflichkeitshalber kritzelte ich ihr auch noch meine Handynummer auf ihre Bordkarte, in der festen Überzeugung, dass sie die bestimmt verlieren würde. Urlaubsbekanntschaften erledigen sich ja meist schnell, und das mit gutem Grund. Von wegen Freundin! Ich hatte genug Freundinnen. Na ja, Bekannte, Kolleginnen, Nachbarinnen. Das reichte. Aber keine davon hatte mir jemals etwas ähnlich Berührendes erzählt wie Erna vorhin auf dem Flug. Man wahrte gern den schönen Schein.

Gleichzeitig irritierte mich, dass Frau Doktor ausgerechnet mir, einer Wildfremden, ihr ganzes Leben auf die Nase gebunden hatte. Und warum mischte sie sich so in mein Privatleben ein? Ich wollte mich doch gar nicht von Albert trennen, geschweige denn scheiden lassen. Mein Mann schlug mich nicht, erpresste mich nicht, ließ uns nicht hungern, verschwand nicht wochenlang und hetzte auch keine Spitzel auf mich. Er war nur dann und wann etwas … unsensibel. Ich wollte ihn nur etwas … ändern. Bei passender Gelegenheit würde ich ihn ganz höflich bitten, nicht immer so ruppig zu sein: »Schatz, das geht mir nahe, wenn du so grob bist. Ich möchte dich freundlich einladen, auch einmal nach meinen Bedürfnissen zu fragen. Du streichelst mich nie. Ich verlange ja nicht, dass du mir ständig die Sterne vom Himmel holst, aber ein kleiner Blumenstrauß würde mich durchaus freuen. Oder mal Frühstück ans Bett, ein gemeinsamer Sonntagsspaziergang. Und wenn du mir zuliebe deinen ausgeblichenen alten Bademantel gegen ein appetitlicheres Kleidungsstück eintauschen würdest, hätte ich auch nichts dagegen. Liebling, das sind alles nur Kleinigkeiten. Deswegen müssen wir doch keinen Eheberater aufsuchen!«

Ich vergaß ganz, das Flusspferd zu fragen, wieso es eigentlich nach Salzburg geflogen war, wo es doch aus Berlin stammte oder irgendwelchen Sümpfen der Spree, in die es bestimmt bald wieder abtauchen würde. Aber wer weiß, vielleicht hatte es ja Verwandte hier.

Wir wuchteten noch gemeinsam ihre pralle Tasche vom Band, und dann hatte ich wirklich keinen Blick mehr für sie. Eilig hängte ich mir den Golfsack um und schob das Gepäck durch die Glastür. Da stand sie auch schon, meine geliebte Juli, mit ihren hennagefärbten, langen Locken. Neben ihr zerrte unsere schwarze Hündin Donna jaulend an der Leine. Während Juli und ich uns stürmisch um den Hals fielen, sprang Donna an uns hoch und schrie vor Glück, als wäre ein Zalando-Paket für sie gekommen. Dabei war es doch nur ich! Wieder guckten die Leute, aber diesmal schämte ich mich nicht.

»Ist ja gut, Donna, altes Mädchen, beruhige dich!«

Arm in Arm gingen wir zum Parkplatz, auf dem Albert seinen Range Rover mit Argusaugen musterte.

»Warum ist das Auto verdreckt bis zum Dach? Bist du damit durch den Wald gefahren? Und innen nichts als Krümel und Hundehaare! Man muss sich ja schämen vor all den Leuten!«

Komisch, dass er sich für das Auto schämt!, dachte ich. Aber für sich selbst nie.

»Ist doch nicht so schlimm«, sagte ich beschwichtigend. »Fahren wir halt schnell durch die Waschanlage.« Dabei warf ich Juli einen tadelnden Blick zu. Hätte sie das nicht vorher noch erledigen können? Sie wusste doch, wie pingelig Albert mit seinem Angeberschlitten war!

»Nix Waschanlage«, polterte Albert los, während er sich schon auf den Fahrersitz warf und Julis Tasche nach hinten schleuderte. »Zu Hause wird unser Fräulein Tochter das Auto von Hand waschen. Damit die verwöhnte Prinzessin lernt, wie das geht! Und die Felgen kannst du mit Wattestäbchen reinigen, da hast du was zu tun!«

Es war schon lustig, dass Albert unsere Tochter als verwöhnte Prinzessin bezeichnete, ohne zu bemerken, wie verwöhnt er selber war. Und wer war schuld daran? Ich!

Ich setzte mich einfach nach hinten neben Juli, während Donna hechelnd auf den Beifahrersitz sprang.

»Das Vieh gehört in den Kofferraum!«

»Da liegen schon das Gepäck und dein Golfsack!«

Mit quietschenden Reifen parkte Albert aus und nahm einem Kleinwagen die Vorfahrt.

»Und? Wie war's?« Ich nahm erwartungsvoll Julis Hand. »Wie ist das Abi gelaufen?«

Juli presste die Lippen zusammen. Auf einmal war sie ziemlich blass um die Nase.

»Voll Scheiße. Latein nur drei Punkte. Ich kann nichts dafür.«

»Bist du etwa …« Ich hielt die Luft an.

»Jetzt sag nicht, du bist durchgefallen!«, polterte Albert.

»Doch. Bin ich.« Juli verschränkte die Arme vor der Brust.

Ich fühlte mich miserabel. Oh, Gott, warum hatte ich mein Kind nur im Stich gelassen? Warum hatte ich brav Ja und Amen gesagt, als Albert ausgerechnet in diesem Zeitraum auf unsere »Hochzeitsreise« bestanden hatte? Nur weil es ein Billig-Schnäppchen war, *last minute?*

»Ja aber, Liebes, wie kommt das denn?«

»Liebes!«, höhnte Albert. »Verwöhnte Prinzessin, sag ich doch!«

»Der Ovid war einfach so verdammt schwer, das hat der Prüfer mit Absicht gemacht, um mich durchrasseln zu lassen. Er konnte mich noch nie leiden!«

Es war mir völlig unverständlich, dass jemand mein Kind nicht leiden konnte!

»Dich kann man gar nicht *nicht* mögen!«, sagte ich tröstend, auch wenn mir alles andere als wohl dabei war.

Das musste ich erst mal verdauen: Sie war durchs Abi gerasselt! Während ich in der Sonne lag und Softpornos las, hatte mein Kind die Reifeprüfung vergeigt!

»Aber Schätzchen, hast du denn nicht genügend gelernt?«

»Schätzchen!«, äffte Albert mich nach.

»Hab ich wohl, Mama! Hörst du mir denn gar nicht zu? Es war unmöglich, das zu schaffen!«

»Aber die anderen haben es doch auch geschafft!«

»Bei den anderen war ja auch die Mutter zu Hause und hat Vokabeln abgefragt, jeden Tag ein gesundes Vollwertbrot mit in die Schule gegeben und so.«

»Also jetzt behaupte bloß nicht, das sei unsere Schuld!«, kam es erbost vom Fahrersitz.

»Behaupte ich ja auch gar nicht.«

»Doch, tust du. Wälz jetzt nicht die Verantwortung ab!«

»Abitur heißt Reifeprüfung.« Ich warf ihr einen ernsten Blick zu.

»Du bist einfach nur faul und verwöhnt, das ist alles!«, schnauzte Albert. »Und wessen Schuld das ist, muss ich nicht extra erwähnen.«

Seine Worte trafen mich bis ins Mark. ICH war schuld! Ich war schuld an Julis schulischem Versagen, weil ich Rabenmutter einfach an meinem zwanzigsten Hochzeitstag in Urlaub gefahren war. ICH war natürlich auch schuld daran, dass Juli so unselbstständig war. Klar war die nicht in der Lage, sich eine gesunde Mahlzeit zuzubereiten, das hatte ich ihr schließlich ein Leben lang abgenommen – aus dem Bedürfnis heraus, eine perfekte Mutter sein zu wollen. Nicht zuletzt weil Albert sich null um sie kümmerte. Ich wollte das ausgleichen. Ich hatte jeden Handgriff für sie erledigt, während sie auf der Küchenbank gelegen, Handy, Laptop, Fernseher und mich ferngesteuert hatte.

Aber das ließ sich alles reparieren. Ich drückte ihr aufmunternd die Hand. Eine Ehrenrunde würde ihr vielleicht ganz guttun. So würde ich mein Mädchen noch ein Jahr länger bei mir haben. Ein Jahr mehr, um gemeinsam auf dem Sofa zu sitzen, zu reden, Tee zu trinken, zu lästern, zu lachen, Frauenfernsehen zu gucken, sich gegenseitig Klamotten auszuleihen und Schminktipps zu geben. Beim nächsten Mal würde ich ihr helfen, das Abi zu bestehen. Und sie bei Gelegenheit in die Geheimnisse der Haushaltsführung einweihen. Das schwor ich mir. Das würde unser Jahr werden! Wie immer konnte ich gar nicht anders, als alles positiv zu sehen.

»Bestimmt hast du beim nächsten Mal einen viel besseren Numerus clausus«, tröstete ich sie. »Macht gar nichts, so eine Ehrenrunde zu drehen. Als ich mein Abitur gemacht habe, war ich auch schon neunzehn Jahre alt.«

»Jetzt munterst du sie auch noch auf! Ja, braves Kind, du bist durchgefallen, das ist aber schön!«, ätzte Albert.

»Darf ich dich daran erinnern, dass du beim ersten Mal auch durchs Abi gesegelt bist?« Diese Bemerkung konnte ich mir einfach nicht verkneifen.

»Das ist doch überhaupt kein Vergleich! Und außerdem hatte ich dir das unter dem Siegel der Verschwiegenheit anvertraut! Dass du das jetzt gegen mich verwendest …« Albert schlug so fest auf das Lenkrad, dass Donna ein erschrockenes Bellen ausstieß. Sie konnte sich kaum noch auf dem Beifahrersitz halten, weil Albert so schnell in die Kurven ging. Er fuhr aggressiv auf die Autobahn, setzte den Blinker und wechselte sofort auf die linke Spur. Dann gab er Gas – alle sollten sehen, wie viele PS unter seiner Motorhaube schlummerten. »Der Führerschein war ein vorzeitiges Geschenk zum Abitur! Du rührst mein Auto nicht mehr an!«

»Ja, ist ja gut, reg dich ab!« Ich sah, wie Julis Halsschlagader pulsierte. Beruhigend streichelte ich ihre Hand.

Juli drehte sich zu mir um. »Wie hast du das mit dem alten Tyrannen bloß zwei Wochen lang ausgehalten?«

Ich lächelte matt. »Weiß ich auch nicht«, flüsterte ich. Fast hätte ich ihr von Erna erzählt, aber die war schon wieder aus meinem Leben verschwunden. Jetzt gab es Wichtigeres zu tun.

Zu Hause angekommen, warf Albert die Autoschlüssel in die Schale im Flur und überließ es Juli und mir, Koffer und Golfsack aus dem Auto zu wuchten. Wir stolperten erst mal über seine Schuhe, die er wie immer mitten im Flur hatte liegen lassen.

»Komm, Süße, wir quatschen erst mal in Ruhe über alles.«

Ich zog Juli auf unser ehemals weißes Mädchensofa, das Donna allerdings ebenfalls für sich beanspruchte. Deshalb war es auch nicht mehr weiß. Es war genauso mitgenommen wie Alberts Bademantel, aber bei dem Sofa fand ich das gemütlich. Zu dritt kuschelten wir uns darauf. Donna warf uns dankbare Blicke aus halb geschlossenen, dunklen Hundeaugen zu.

»Die hat dich echt voll vermisst, Mami.«

»Bist du denn auch jeden Tag dreimal mit ihr rausgegangen?«

»Wie denn! Ich hab sie einfach zu meinen Prüfungen mitgenommen und solange im Kofferraum gelassen. Klar, dass ich mich nicht konzentrieren konnte!«

Aha. Deshalb sah das Auto auch so aus. Eine gefrustete Donna hatte sich gründlich darin abreagiert. Unmut stieg in mir auf, der jedoch gleich von schlechtem Gewissen mundtot gemacht wurde. Schließlich hatte ich in der Zeit einfach Romane am Pool gelesen.

»Ist ja gut, Juli.« Ich strich über ihre rote Mähne, als könnte ich so alles wieder ausbügeln.

Das Blöde war nur, dass ich auch Albert gegenüber immer ein schlechtes Gewissen hatte. Seit achtzehn Jahren fühlte ich mich bei Albert und Juli wie zwischen Baum und Borke: Ich saß zwischen den Stühlen, was meine zu verteilende Liebe anging, und kam mir vor wie der ewige Verlierer bei der Reise nach Jerusalem. Es war wie in Brechts »Kaukasischem Kreidekreis«: Jeder zerrte an mir. Gleichzeitig blieb immer alles an mir hängen: Ich ging dreimal am Tag mit dem Hund. Ich erledigte den Haushalt, ich räumte meinen beiden Menschen alles hinterher. Und ging zur Aufbesserung der Familienkasse auch noch täglich acht Stunden ins Büro. Da ich keine abgeschlossene Berufsausbildung hatte, jobbte ich in einer Versicherungsagentur und nahm am Telefon Beschwerden entgegen. Im Lauf der Jahre hatte ich in der Erwachsenenbildung viele Kurse belegt, sodass ich es viel weiter hätte bringen können. Aber wie, wenn Albert mich nicht unterstützte? Meine Eltern hatten damals völlig recht gehabt: Albert war kein Familienmensch und würde es auch nie sein. Wieder musste ich an Erna Doktor denken. Die hatte so heftig den Kopf geschüttelt, dass ihr Doppelkinn schwabbelte, als Albert mich am letzten Tag aufs Zimmer zitiert hatte. »Liebe geht anders«, hatte ihr Kommentar gelautet.

Ach, was wusste die schon! Am besten, ich hörte auf, an die alte Schabracke zu denken. Oder an meine Eltern. Ich schüttelte mich wie ein nasser Hund und konzentrierte mich lieber auf meine Tochter.

Juli begann zu erzählen, und ich hörte ihr aufmerksam zu. Ich kannte alle ihre Freundinnen und Freunde, hatte sie jahrelang bei mir zu Hause gehabt. Und jetzt hatte ich ihnen allen einzeln fürs Abi die Daumen gedrückt. Alle hatten bestanden – nur meine Juli nicht. Immer wieder drückte ich tröstend ihre Hand und versicherte ihr, dass wir es beim nächsten Anlauf gemeinsam schaffen würden.

Als Albert mit seiner Sporttasche die Treppe herunterpolterte und verkündete, er werde den restlichen Tag im Fitnessstudio und in der Sauna verbringen, um seinen Frust abzutrainieren, wurde mir schlagartig klar, dass Julis Nichtbestehen auch einen herben Imageverlust für ihn bedeutete, den Bankdirektor und Bürgermeisterkandidaten. So etwas sprach sich in unserer Kleinstadt schneller herum, als ein Kleinwagen den Kreisverkehr umrunden kann.

»Ich nehme jetzt Mamas Auto, und wenn ich in zwei Stunden wiederkomme, ist mein Range Rover picobello sauber, *capisci?!*«

»Ja«, sagten wir wie aus einem Munde, und Donna gähnte laut.

»Das Essen fällt heute für mich aus, mir ist der Appetit vergangen!«

Na, das war ja vielleicht eine Strafe! Dass ich nicht kochen durfte heute Abend!

»Du hast den Ruf des Oberindianers befleckt«, sagte ich lächelnd, nachdem er mit meinem Kleinwagen Kies spritzend von dannen gefahren war.

»Weißt du, wie scheißegal mir das ist, Mama?« Juli sprang auf und der Hund gleich mit. »Es geht immer nur um Papa. Als ob ich Abitur machen würde, um Papa gut dastehen zu lassen!«

Polternd verschwand sie im Keller und kam bald darauf mit Gartenschlauch und Eimer wieder heraus. »Ich kapiere nicht, wie du das so lange mit diesem Arschloch aushalten kannst, Mama. Ich kapier's einfach nicht.« Sie ließ einen harten Wasserstrahl auf den schwarzen Lack und die Felgen prasseln, dass es nur so schepperte. Donna sprang bellend um sie herum. Man hätte meinen können, Juli wollte nicht das Auto, sondern Albert mal so richtig nass machen.

Ich kapier's auch nicht, hätte ich am liebsten gesagt. Diese Erna Doktor hatte mir nicht nur einen Floh, sondern ein ganzes Volk Flöhe in den Kopf gesetzt. Aber stattdessen schleppte ich die Koffer nach oben und kümmerte mich um Alberts schmutzige Wäsche.

6

»Spatzl! Aufwachen! Wann gibt's Frühstück?«

Alberts behaarter Arm rüttelte mich unsanft.

Aus halb geöffneten Augen schielte das Spatzl auf den Wecker: sieben Uhr.

»Aber heute ist doch Sonntag«, jammerte ich schlaftrunken. »Unser letzter Urlaubstag!«

»Für Faulenzer wie dich und Juli vielleicht!« Albert war schon aufgesprungen und machte neben seinem Bett ein paar Liegestützen, sodass seine morschen Knochen knackten. Klarer Fall: Auch Männer haben Wechseljahre.

»Ich treffe mich um neun mit Bernd. Wir fahren mit dem Mountainbike auf den Gaisberg.«

»Wie schön für euch.« Gähnend wollte ich mich noch einmal auf die andere Seite drehen. Draußen zwitscherten die Amseln, und der Himmel war blau. Ein herrlicher Tag kündigte sich an. Auch weil Albert ja nicht da sein würde. Ich könnte mit Juli und Donna einen langen Spaziergang an der Saalach machen, um die Salzachseen wandern und dort picknicken, vielleicht konnte man schon mit den Füßen rein.

»Mach dir 'ne Jause und nimm sie mit!«, murmelte ich müde in mein Kopfkissen.

»Du weißt genau, dass die Nahrungsaufnahme eine Stunde vor dem Sport beendet sein muss!« Albert begann, sich die Zähne zu putzen. »Also huschhusch! Eiweiß und Kohlenhydrate mit frischem Obst! Außerdem möchte ich noch in Ruhe die Süddeutsche und die Bild am Sonntag lesen!«

Ich sah vor meinem inneren Auge, wie Erna fassungslos mit schwabbelndem Doppelkinn den Kopf schüttelte, während ich folgsam wie ein Roboter die Treppe hinuntertappte. Mechanisch holte ich Joghurt und frische Erdbeeren aus dem Kühlschrank und fing an, frisch gemahlene Nüsse und Haferflocken zu mischen.

Donna kam schwanzwedelnd aus ihrem Körbchen und stupste mich erwartungsvoll an. Ja, ein Hund konnte sich nicht anders äußern. Du. Mensch. Mir. Essen. Machen. Jetzt.

Aber ein Mann mit zwei gesunden Händen hatte eigentlich andere Möglichkeiten. Außer, die Frau hatte ihm das abtrainiert. Gott, was war ich nur für eine blöde Kuh! Ich raspelte Nüsse, als wollte ich Schrot für eine Flinte herstellen.

Juli erschien gähnend im Sterntalerhemdchen auf der Schwelle und ließ sich auf den Küchenbarhocker fallen. »Isser weg?«

»Dir auch einen schönen guten Morgen. Nein, aber bald.«

»Dann geh ich wieder ins Bett.«

Seufzend schlurfte das liebreizende Kind wieder davon.

Sogar der Hund ließ von seinem Fressnapf ab und huschte mit eingekniffenem Schwanz zur Terrassentür hinaus, als Albert in seinem unsäglichen Fahrraddress die Küche betrat.

»Ich hab mich anders entschieden.« Er schlug die Süddeutsche auf. »Zuerst drei Eier, Schinkenspeck und frischen Schnittlauch. Aber …« Er leckte am Finger und blätterte um, ohne den Kopf zu heben. »Von den drei Eiern nur zwei Dotter, aber drei Eiweiß. Den Schinkenspeck in Zwiebeln anrösten und kein Salz, dafür Pfeffer und frisches Baguette.« Seine Augen huschten über die Seiten. »Das leckere Vollkornbrot von neulich geht aber auch.«

Wie großzügig von ihm!

»Das Müsli ess ich dann später. Du kannst es mir in die Tupperdose tun. Aber nicht wieder in Milch ertränken, das wird ein ekelhafter Matsch. Milch extra in die Thermoskanne.«

Als er meinen fassungslosen Blick auffing, fügte er noch hinzu: »Schlimm genug, dass ich dir das alles einzeln sagen muss. Eine gute Hausfrau macht das automatisch.«

Ich widerstand dem heftigen Verlangen, ihm die drei Eidotter samt Schinkenspeck über den kahl rasierten Schädel zu kippen und ihm mit der Pfanne noch eins draufzuhauen, so wie das in Filmen gern getan wird, und murmelte nur, »Geht klar«, während ich die »Hafer-Joghurt-Erdbeer-Matsche« wieder in den Kühlschrank schob, um ein neues Müsli anzurichten. Wieder hörte ich Ernas Stimme: »Liebe geht anders.«

»Wo bleibt denn der frisch gepresste Orangensaft?«

Kopfschüttelnd stand Albert auf und holte das Netz mit den Orangen aus der Vorratskammer. »Alles muss man selber machen! Was ist mit der Prinzessin? Die kann ihrer Mutter ruhig auch mal zur Hand gehen!«

Und ehe ich ihn daran hindern konnte, drückte er die Klinke der Kinderzimmertür herunter und bellte: »Juli! Aufstehen! Küchendienst!«

War das Kind schon vorher übellaunig gewesen, erklärte sie jetzt der ganzen Welt den Krieg. Ihre rote Mähne schlug regelrecht Funken, aber ich lächelte sie begütigend an, um mich für ihren Vater zu entschuldigen. Ein besonders häufig benutztes Mimik-Programm.

Irgendwann saßen wir zu dritt um den Küchentisch. Albert schaufelte sich das Frühstück unter der Zeitung hindurch in den Mund, ich nippte immerhin am Orangensaft, und Juli kaute an ihren Nägeln.

»Was machen wir heute?«, fragte ich munter. »Wir könnten mit Donna an der Saalach spazieren gehen und anschließend zu den Salzachseen wandern. Vielleicht kann man schon mit den Füßen rein?«

»Och nee, voll krass, echt keinen Bock auf so'n uncooles Rentnerprogramm.« Juli lutschte an ihren Haarspitzen, und ich zog sie ihr mütterlich-mahnend wieder aus dem Mund. »Schätzchen, das machen wir nicht am Frühstückstisch.«

»Ihr zwei habt jetzt Sendepause.«

Albert verteilte die Zeitungsteile, die er bereits gelesen oder auch nur durchgeblättert hatte, auf dem Fußboden, damit er auf dem Esstisch mehr Platz hatte.

»Ich konzentriere mich gerade auf die Stellenanzeigen. Einer von uns muss ja dafür sorgen, dass die hohen Ansprüche dieser Familie erfüllt werden.«

Mit diesen Worten hielt er mir die leere Kaffeetasse vor den Busen, ohne auch nur den Blick zu heben. Ich ertappte mich bei dem Gedanken, dass ich Albert, wäre er der Mann einer Freundin, kurz zur Seite nehmen und ihm raten würde, sich ein bisschen zu mäßigen. Doch seine Dreistigkeit deprimierte mich so sehr, dass ich mich in Schweigen hüllte. War ich es, die sich das seit Jahren bieten ließ? Und wer erfüllte hier eigentlich die hohen Ansprüche in dieser Familie? Das konnte sich wohl kaum Albert zuschreiben!

Nachdem der Speck und die Eier samt frischem Vollkornbrot verspeist, der Kaffee sowie der frisch gepresste Orangensaft ausgetrunken und die Krümel überall um seinen Teller verteilt waren, verließ er zufrieden grunzend den Tisch.

»Ich bin jetzt mal im Bad und will nicht gestört werden.« Dafür nahm er eine erbaulichere Lektüre mit: die Bild am Sonntag.

»Die Süddeutsche ist übrigens sehr interessant, Spatzl. Die solltest du dir auch mal zu Gemüte führen. Lesen bildet, meine Liebe! Nachdem du schon körperlich nicht mehr trainierst, solltest du wenigstens Gehirnjogging betreiben.«

Juli verzog das Gesicht und verdrehte die Augen, während sie ihre Haarspitzen sorgfältig auf Spliss untersuchte. »Der kann scheißen gehen«, murmelte sie.

»Das gilt auch für Leute, die durchs Abi gerasselt sind!«

Die Luft war zum Zerreißen gespannt, aber es lag kein erotisches Knistern darin wie bei meiner amerikanischen Romanheldin. Es hätte nicht viel gefehlt, und die Süddeutsche hätte Feuer gefangen.

»Für die Ausdauer genügt joggen«, lenkte ich schnell ab. »Und Pilates, abends vor dem Fernseher. Zu was anderem komme ich zeitlich nicht.«

Ja, das musste man sich mal vorstellen: Während Albert breitbeinig im zu kurzen blauen Bademantel auf dem Sofa lag und zu Gundula Gause selbstvergessen mit seinen Kronjuwelen spielte, wälzte ich mich stöhnend zu einer Pilates-DVD im Laptop auf der Matte, um knackig genug für seine Ansprüche zu bleiben! Eine Darbietung, die er als Appetizer empfand. Regelmäßig folgte er mir nach den Nachrichten unter die Dusche und danach ins Schlafzimmer, obwohl ich eigentlich nur in Ruhe fernsehen wollte. Irgendwas machte ich falsch.

»Das liegt daran, dass du deiner Prinzessin alles nachträgst«, bestätigte mich Albert von der Treppe her in meiner Selbstkritik. »Mit dem Hund gehen ist Julis Sache. So. Hier ist besetzt. Geschäftsbesprechung.« Türenknallend verschwand er im Bad, klappte den Klodeckel runter und ließ der Natur ihren Lauf.

»Mama, warum lässt du dich nicht scheiden?!«, murmelte Juli.

Ich zuckte hilflos mit den Achseln und schaute ratlos zur Decke, als wäre eine Scheidung etwas, das völlig unerwartet über einen kommt wie ein Regenschauer, wenn man ohne Schirm aus dem Haus gegangen ist.

»Liebes, bitte! Er ist schließlich dein Vater.« Ich räumte den Frühstückstisch ab.

»Ich wünschte, er wäre es nicht!«

Tja. Das wünschte ich mir manchmal auch. Wenn Juli vom Postboten wäre oder vom Bademeister des Freibads, hätten wir vermutlich ein entspanntes Leben. War sie aber definitiv nicht. Ich sah sie entschuldigend an: »Weißt du, das ist seine Sturm- und Drangzeit, neudeutsch Midlife-Crisis. Ich denke, das gibt sich wieder.«

»Arme Mama!« Plötzlich schmiegte sich Juli in meine Halsbeuge. »Ich weiß ja, dass du Papa nur geheiratet hast, um deinen Eltern eins auszuwischen. Aber war das nicht im Endeffekt ein Eigentor?«

»Aber Juli!« Ich musste mir ein Lachen verbeißen. »Das stimmt doch so gar nicht! Meine Eltern waren nur total dagegen, und wie immer, wenn man jung ist, macht man es dann gerade erst recht! Aber ich wollte ihnen damit doch keins auswischen! Ich hab deinen Vater wirklich geliebt!«

»Oh, Mama, wenn du doch den Mut hättest, es ihnen zu sagen!«

»Was?«

»Dass es ein Fehler war!«

»Und dann?«

»Lässt du dich scheiden!«

»Liebes, man lässt sich nicht einfach so scheiden.« Ich räumte die Spülmaschine ein, um ihr nicht in die Augen sehen zu müssen.

»Ich glaub, du hast nur Schiss wegen der Leute, stimmt's?«

»Ach!« Ich winkte ab. »Die Leute sind mir doch ganz egal.«

Ich richtete mich auf, lehnte mich an die Arbeitsfläche und schüttelte den Kopf. »Ich verlasse deinen Vater nicht wegen der Leute nicht, sondern weil wir eine Familie sind. Da gibt es nun mal Höhen und Tiefen, Punkt.« Entschlossen fuhr ich damit fort, das Geschirr wegzuräumen. »Wenn du mir hilfst, dieses Chaos zu beseitigen, können wir anschließend mit dem Hund raus.«

»Aber erst muss ich duschen und mir die Haare waschen«, sagte Juli. »Und mich schminken. Aber solange es im Bad so stinkt, geh ich da nicht rein.«

Natürlich ging ich allein mit dem Hund. Und natürlich räumte ich allein die Küche auf. Machte die Wäsche und wartete schließlich bügelnd, bis Juli fertig war.

Ich wählte einfach immer den Weg des geringsten Widerstands. Für alles andere war ich zu müde.

»Es riecht noch gar nicht nach Essen, und der Tisch ist auch nicht gedeckt? So kommt ein Mann nicht gern nach Haus!«

Albert stand wieder auf der Matte. In seinem verschwitzten eng anliegenden Fahrraddress sah er aus wie eine Presswurst.

»Ich komme gerade selbst erst zur Tür herein!« Ich wischte Donna die Pfoten ab, wofür sie mir die Hände leckte. Wenigstens der Hund zeigte noch so was wie Dankbarkeit.

»Na, dann kommt mal in die Hufe, Mädels. Ich werde jetzt erst mal duschen, aber dann muss der Futternapf gefüllt sein! Danach plane ich ein Nickerchen, gerne mit meinem Spatzl, gell? Und anschließend geht's noch mal ab ins Fitnessstudio. Ich hab ja heute nur Beinarbeit gemacht, und die Brustmuskeln müssen auch noch ran. Also, alle an die Arbeit!«

Während Albert auf Socken die Treppe hinaufstapfte, gab er mir weitere Anweisungen, die Trinkflasche in seinem Rucksack betreffend: Diese sei mit der Hand zu spülen und nicht etwa in die Spülmaschine zu stellen, damit dem teuren Stück ja nichts passiere. Die verschwitzten Klamotten seien noch heute zu waschen, da er morgen nach Dienstschluss mit Bernd eine weitere kleine Tour zu unternehmen gedenke. Und während er im Badezimmer verschwand, schob er noch die Meldung nach, er brauche morgen früh fürs Büro das neue weiße Hemd, in dem noch die Nadeln steckten: Einmal waschen und bügeln bitte. Den Geruch der Verpackung konnte Albert nämlich nicht ausstehen.

»In einer halben Stunde erwarte ich eine anständige Mahlzeit! Sonst steht der Bursche gleich nicht.«

Der »Bursche« war ja auch den ganzen Tag auf einem harten Sattel durchgescheuert worden. Mir kamen schier die Tränen. Dann hörte ich das Prasseln der Dusche.

Okay, Juli hatte recht: Ich sollte mich scheiden lassen. Aber nicht mehr heute. Verschieben wir es doch auf morgen. Ich klopfte an Julis Zimmertür, und als kein Herein ertönte, drückte ich sie vorsichtig auf.

»Komm, Juli, wir hatten doch einen schönen Tag ...«

»Und der soll auch schön bleiben!«

»Aber Papa geht ja nach dem Essen wieder!«

»Nee, da will er erst 'ne Runde poppen!«

Oh, Gott, das hatte sie mitbekommen! Unwillig folgte sie mir in die Küche. Wie ein riesiges Fohlen, das mit seinen langen Beinen gar nicht weiß, wohin.

Ich schob ihr Tomaten, Mozzarella und Basilikum für die Vorspeise hin und begann, Spaghetti mit Shrimps-Soße zu zaubern. Dabei kam ich mir vor wie in einer Kochshow, wenn es um Zeit geht und alle um die Wette kochen.

Doch statt des gutmütigen Lafer-Lichter-Leckerduos und eines anfeuernden Publikums, das laut »Hmmm!« machte, schlurfte nur Albert in seinem verwaschenen Bademantel in die Küche. Ich sagte gerade zu Juli, während ich ihre Vorspeise etwas appetitlicher anrichtete: »Das Auge isst mit.«

»Na, das wüsste ich aber!« Juli warf einen Blick auf ihren Erzeuger und legte das Messer weg.

»Albert«, sagte ich milde. »Wir hatten uns doch darauf geeinigt, dass wir uns immer angezogen an den Tisch setzen.«

»Und wer war heute Morgen nicht angezogen?« Albert musterte uns beide tadelnd. »Soweit ich weiß, hattest du gerade mal ein T-Shirt und Jogginghose an, und das Fräulein Prinzessin hat uns im Nachthemd beehrt.«

Na gut, dafür war einfach keine Zeit gewesen – so wie er uns gehetzt hatte!

»Ich laufe in meinem Haus rum, wie ich will, *capisci?*«

Albert machte sich bereits über die Vorspeise her. »Und wenn ich nackt hier sitze!«

Was der Himmel verhüten möge!, dachte ich. Ein Schlumpf im Bademantel war mir immer noch lieber als ein nackter Schlumpf mit Haaren an den unmöglichsten Stellen.

»Es genügt schon, dass die Bank mir diesen steifen Dresscode vorschreibt. Apropos: Ist mein Hemd gewaschen?« Er schlang die Spaghetti hinunter.

»Ist im Trockner.«

»Aber nicht, dass das einläuft! Du weißt, wie sehr ich zu enge Kragen hasse.«

Da er immer stiernackiger wurde, war das kein Wunder. Und für einen Choleriker wie ihn wahrhaftig keine Entspannung.

Albert wischte sich mit dem Bademantelärmel über den Mund, hinterließ eine rötlich braune Spur darauf.

Na gut, das Auge isst doch nicht mit!, dachte ich und schaute schnell weg.

Noch mit dem letzten Bissen im Mund ließ mein Göttergatte Gabel und Löffel fallen und verzog sich mit der Fernbedienung auf die Couch, um die Nachrichten zu sehen. Die Tagesschaufanfare ertönte. Judith Rakers schaute liebreizend wie immer unter ihrer seidig blonden Haarpracht hervor und wünschte guten Abend.

Ich seufzte erleichtert auf. Feierabend!

7

Komisch. Bisher war mir das noch nie so aufgefallen. Aber nach diesem Urlaub stellte ich fest: Nicht nur meine Ehe war vollkommen aus dem Ruder gelaufen, auch im Job lief nichts mehr rund. Wie hatte ich es nur sieben Jahre in diesem Großraumbüro der kleinen Versicherungsagentur ausgehalten?

»Ah, die Richterin ist wieder da!«

»Na, schönen Urlaub gehabt?«

»Besonders braun biste aber nicht!«

»Na endlich! Das wurde aber auch Zeit! Ich musste hier Überstunden für dich schieben!«

So wurde ich mehr oder weniger herzlich begrüßt. Auf meinem Schreibtisch türmten sich die Akten, und meine Topfblumen wiesen eine dicke Staubschicht auf. Ich riss erst mal das Fenster auf.

Draußen war herrlichstes Sommerwetter, und mir graute bei dem Gedanken, dass ich nun wieder täglich acht Stunden hier sitzen und Beschwerdeanrufe entgegennehmen musste. Dafür war ich immer gut, mit meiner »freundlichen, sanften Stimme«.

»Du sollst zum Reuter kommen!« Irene Förster, die langhalsige, kurzhaarige Kollegin vom Nachbarschreibtisch, die so gern Ballon fuhr, beugte sich verschwörerisch zu mir herüber. »Vieraugengespräch!«

Irene »flog« nicht Ballon, sie »fuhr« Ballon. Und streckte dabei ihren Giraffenhals so weit über den Korb hinaus, dass er immer länger wurde. Überall musste sie sich einmischen. Davon wurde der Giraffenhals nur noch länger.

»Später.« Ich gab mich unbeeindruckt und fuhr mir lässig durchs Haar. Dabei hatte ich heftiges Herzklopfen. Schließlich spekulierte ich schon eine ganze Weile auf eine Beförderung. Qualifiziert war ich dreimal dafür! Sollte ich die Stelle bekommen, würde ich dieses ganze Elend hier nicht mehr sehen müssen! Diesen Raum mit gelangweilten Kollegen, die sich gegenseitig das Schwarze unter den Nägeln nicht gönnten.

Frau Kummer zum Beispiel, die mollige Quasselstrippe mit dem komischen Haarteil, die uns mit ihren selbst gestrickten Ensembles beeindruckte: Alles, was sie am Leib trug, war selbst gemacht. Wahrscheinlich hatte sie auch ihre Perücke selbst geknüpft. So was kann dauern, deshalb kam sie auch ständig zu spät. Auf ihren stämmigen kurzen Beinchen kam sie so gegen halb zehn ins Büro gekeucht, schon von einer Treppe völlig außer Atem. Sich das Tuch vom Hals reißend, pflegte sie dann zu sagen: »Ich hab aber auch wieder einen Stress heute!« Dabei wohnte Frau Kummer ganz in der Nähe. Sie hatte weder Mann noch Kind – nur Kummerspeck, den es zu umgarnen galt. Und sie war noch harmlos!

Wer mir viel mehr auf die Nerven ging, war Marianne Wiedebrecht. Frau Wiedebrecht mit ihrem akkuraten grauen Herrenschnitt hielt sich für eine begnadete Fotografin und beglückte uns ständig mit Diashows auf ihrem Computer.

Da konnte es vorkommen, dass wir uns vierhundert finnische Wasserfälle angucken mussten. Oder eine Flut von Fliederbüschen aus dem Kurpark von Bad Reichenhall. Frau Wiedebrecht liebte es nämlich, lauter gleiche Dinge zu fotografieren. Zum Beispiel sämtliche Salatköpfe auf dem Markt. Oder sämtliche Bräute vor Schloss Mirabell. Das hatte etwas sehr Eintöniges. Genau wie die Tage in dieser Versicherungsagentur. Die liegen gebliebene Arbeit durfte ich dann nachholen.

Und dann gab es noch Lisa Deppe, die blasse Vorzimmerdame des Chefs. Sie sammelte Steine, aber damit nicht genug: Sie verschenkte sie auch gern. Ab und an fand ich einen solchen Findling auf meinem Schreibtisch. Er sollte mir Energie schenken. Die brauchte ich dringend in diesem Umfeld! Nur dass die Steine immer mehr wurden. Wie viele ich davon schon heimlich aus dem Fenster ins Blumenbeet geworfen hatte, kaum dass die Deppe mir den Rücken zukehrte! Wahrscheinlich herrschte deshalb so schlechte Energie im Raum.

Die männlichen Kollegen waren auch nicht besser. Einer, der immer ganz besonders laut lachte, aber nur über Witze, die er selber machte, war Franz Gernhaber, ein graubärtiger Wanderbursche mit Knickerbockerhosen. Dann gab es da noch einen hessisch sprechenden Familienvater, der bei uns im Büro immer die Protokolle vom letzten Elternabend schrieb, sowie den Blockwart namens Kleinehellefort, der ständig nach oben petzte, wenn man mal privat telefonierte oder eine zu lange Zigarettenpause einlegte. Auch er fühlte sich zu Höherem berufen.

Höchste Zeit, dass ich an meiner Karriere arbeitete, um diesen spießigen Kollegen zu entkommen.

Ich atmete einmal tief durch, zog mein Kostüm glatt und marschierte zu Reuter, unserem Personalchef. Mit meiner dezenten Bräune über dem schneeweißen Blusenkragen und meinem ebenso sicheren wie bescheidenen Auftreten würde ich bestimmt Eindruck machen. Nach forschem Anklopfen trat ich ein.

»Ah, die Sonne geht auf«, begrüßte mich der graue alte Leitwolf freudig, knöpfte sein Sakko zu und kam mir entgegen. Er streckte beide Hände nach mir aus, als wollte er mich über den Tisch ziehen: »Frau Richter, Sie haben sich hoffentlich blendend erholt?«

»Ja, vielen Dank. Ich hörte, Sie wollen mich sprechen?«

Reuter wies mir großzügig den Ledersessel vor seinem Schreibtisch zu und blätterte in einer Mappe.

Da merkte ich, dass ich viel gerader saß als sonst, als wäre ich hier in der Rückenschule. Jetzt kam bestimmt meine Beförderung. Ich hielt den Atem an.

»Liebe Frau Richter, wie ich sehe, haben Sie sich als Abteilungsleiterin beworben.« Reuter schenkte mir ein einnehmendes Lächeln. »Und erstaunlich viele Abendkurse mit sehr gutem Abschluss besucht.« Er klopfte anerkennend auf meine Diplome.

»Ja.« Mir klopfte das Herz. Gleich würde er sagen: »Bitte, Sie können gleich in meinem Büro bleiben, es gehört Ihnen. Ab sofort bestimmen Sie, wo es langgeht.« Oder so ähnlich.

Stattdessen machte er ein betrübtes Gesicht und sagte: »Ich hätte Ihrem Antrag ja auch furchtbar gern stattgegeben, aber da sind mir leider die Hände gebunden.«

Oh. Ich spürte, wie alle Farbe aus meinem Gesicht wich. Meine Knie wurden weich, und mein Kostüm bildete Jammerfalten.

»Es gibt da einen Kollegen, der sich ebenfalls auf diesen Posten beworben hat. Und nachdem er der Dienstältere ist, darf ich ihn nicht übergehen.«

Kleinehellefort. Der Blockwart. Der Berufspetzer. Der war schon länger da als ich.

»Ach so«, sagte ich.

»Das heißt aber nicht, dass Sie nicht ebenso qualifiziert wären. Aber ich muss es leider mal ganz deutlich sagen: Es wurden während Ihrer Abwesenheit doch berechtigte Bedenken laut.«

»Wie? Ich verstehe nicht …«

»Na ja, es ist doch so, dass sich Ihr Mann für das Bürgermeisteramt bewirbt. Das pfeifen ja die Spatzen von den Dächern.« Er lehnte sich zurück und machte die Merkel-Raute.

»Ja, aber was hat denn mein Mann damit zu tun?«

Ich schluckte. Wenigstens hier in der Agentur wollte ich ich sein und nicht nur Ehefrau!

»Und Ihr Töchterchen muss eine Ehrenrunde drehen.«

»Ja, aber was hat denn meine Tochter …«

»Während Sie in Urlaub waren, ist sie durchs Abitur gerasselt. Man hat sogar Ihren Hund stundenlang im Auto sitzen sehen, direkt vor der Schule.«

»Ja, aber was hat denn der Hund …«

»Es bleibt eben letztlich immer alles an der Frau hängen, nicht wahr?«

Ich knetete meine Finger.

»Ich fürchte, als Abteilungsleiterin wären Sie heillos überfordert.«

»Nein«, murmelte ich trotzig. »Wäre ich nicht!«

»Sie werden als Frau an der Seite des zukünftigen Bürgermeisters bestimmt viel zu beschäftigt sein, um sich hier einer

Führungsaufgabe widmen zu können. Oder haben Sie etwa nicht vor, Ihren Mann zu unterstützen?«

»Nein! Ich meine natürlich ja! Aber ER will Bürgermeister werden, nicht ich!«

»Denken Sie doch mal an die vielen Wahlveranstaltungen …«

»Da muss ICH doch nicht dran teilnehmen!«

»Doch. Seien Sie ehrlich, Frau Richter. Uns, aber auch sich selbst gegenüber. Sie sind die Frau an seiner Seite. Sie werden ihm den Rücken freihalten, auf Pressefotos und Plakaten mit ihm posieren und auf vielen Abendveranstaltungen anwesend sein.«

Ich schüttelte heftig den Kopf. »Nein, darauf lege ich gar keinen Wert.«

»Aber zu Hause werden Sie ihn doch unterstützen müssen, nach unzähligen Sitzungen, wenn er müde und hungrig heimkommt. Da kann es oft bis nach Mitternacht werden – wie wollen Sie dann hier am nächsten Morgen hundert Prozent geben?«

Ich machte den Mund auf, um heftig zu protestieren, klappte ihn aber erschöpft wieder zu.

»Ich gebe immer hundert Prozent«, sagte ich würdevoll.

»Das wissen wir. Und das löst auch bei manchen Kollegen Missgunst aus.«

Aha. War das jetzt etwa auch schon ein Fehler?

»Und last but not least«, sagte Reuter und guckte mich an, »… braucht Ihre Juli Sie ja auch noch ein Jahr.« Seine Fingerspitzen berührten sich wieder, als wollte er sich leise Beifall klatschen für diese einfühlsame Bemerkung. Er fand seine Entscheidung anscheinend alternativlos. Aber noch gab ich mich nicht geschlagen!

»Wie? Was haben denn die schulischen Leistungen meiner Tochter mit meiner Beförderung zu tun?«

»Kommen Sie! Sie können sich schlecht in Stücke reißen.«

»Aber …«

»Wir sind ein Betrieb mit Familiensinn«, schnitt mir Reuter das Wort ab. »Diese Entscheidung treffe ich ganz im Sinne des Betriebs- und Familienfriedens!«

»Aber …«

»Der Kollege Kleinehellefort ist ein Mann.«

»Das ist mir bekannt.« Ungläubig starrte ich ihn an. »Ich wusste nicht, dass im einundzwanzigsten Jahrhundert noch so argumentiert wird.«

Reuter hob zum wiederholten Mal beschwichtigend die Hand. »Anders als Sie kann er sich voll und ganz auf diese Aufgabe konzentrieren.«

Ich sagte nichts mehr.

»Ich bin froh, dass Sie Verständnis haben.« Reuter erhob sich und gab mir die Hand. »Wir schätzen Sie sehr als zuverlässige und loyale Mitarbeiterin. Sie haben eine ganz besonders angenehme Telefonstimme. Keiner kann so gut zuhören wie Sie.« Er klopfte mir aufmunternd auf die Schulter. »Bleiben Sie uns erhalten.«

Nach diesem frustrierenden ersten Arbeitstag konnte ich einfach nicht direkt nach Hause radeln. Ich wusste nicht, ob ich dieser Firma noch erhalten bleiben wollte mit meiner angenehmen Telefonstimme und meinen geduldigen Beschwerde-Ohren. Der Wunsch nach Veränderung überrollte mich wie eine Lawine. Ich musste dringend nachdenken.

Es war noch warm und hell, als ich auf mein Fahrrad stieg. Der süße Duft von Flieder und Kirschblüten stieg mir in die Nase und löste eine Riesensehnsucht in mir aus. Was wollte ich denn bloß? Einen anderen Mann, einen anderen Job, ein anderes Leben?! Ja wie denn, in meinem Alter? Ich sah die wissenden Gesichter meiner Eltern vor mir, und Tränen stiegen mir in die Augen. Auch wenn das schlechte Gewissen an mir nagte und ich Donnas trauriges Hundegesicht vor mir sah, mit der heute bestimmt noch niemand draußen gewesen war, brauchte ich jetzt mal eine Stunde für mich.

Ich fuhr an der schäumenden Saalach entlang und sog gierig die milde Abendluft ein. Junge Mütter schoben Kinderwägen, andere drehten sich geduldig nach Nachwuchs um, der noch einen Wurm streicheln oder einen Käfer betrachten wollte, und an der Eisbude standen die Leute Schlange. Ich entdeckte ein junges Ehepaar, das ich aus unserer Nachbarschaft kannte, und grüßte es im Vorbeifahren: Die Laumanns standen am Fußballplatz und feuerten lautstark ihre zwei Ältesten an. Thomas und Martina Laumann wohnten mit ihren drei kleinen Kindern in der Burgbergstraße 29c. Der Kleinste lag noch im Kinderwagen. Thomas hatte den Arm um Martina gelegt, und ich beneidete sie um ihre harmonische Beziehung und Lebensfreude, obwohl sie offensichtlich ein Problem hatten: Der kaum vierzigjährige Mann humpelte, seit ich ihn kannte, und schien zeitweise starke Schmerzen zu haben. Selten sah man ihn ohne Krücken. Zwischendurch hatte er auch schon im Rollstuhl gesessen. Er war eigentlich Straßenwärter bei uns in der Siedlung, kümmerte sich um Wege und Grünflächen und fuhr im Winter mit dem Streuwagen durchs Viertel. Aber jetzt war er schon länger im Krankenstand. Ich bewunderte ihn, weil er kein bisschen verbittert wirkte. Nicht auszudenken, wie beschissen sich Albert verhalten würde, wenn er Probleme mit den Beinen hätte und keinen Sport mehr treiben könnte! Er würde seine schlechte Laune garantiert an Juli und mir auslassen und uns vom Sofa aus herumkommandieren. Ich sah immer noch das freundliche Gesicht von Thomas Laumann vor mir. Bestimmt hätte er gern mit seinen Söhnen Fußball gespielt.

Beim »Zollhäusl« saßen die Leute im Gastgarten und machten die Beine lang. Jetzt hatte ich richtig Lust auf ein Bier. Damit würde ich meinen Frust hinunterspülen. In mir regte sich Trotz: warum auch nicht, Katja? Musst du denn immer funktionieren wie ein Uhrwerk? Wozu rackerst du dich eigentlich so ab? Dankt es dir jemand? Dein Leben besteht nur noch aus Pflichten. Nur weil du alles perfekt meistern willst, um wem eigentlich zu gefallen? Dir selbst tust du damit bestimmt keinen Gefallen!, dachte ich traurig. Perfektionismus ist eine Form von Masochismus, von dem berufstätige Mütter besonders betroffen sind.

Schwimmend in Selbstmitleid, schloss ich mein Fahrrad ab und betrat den Biergarten. Es war nirgendwo mehr ein Tisch frei. Da musste ich mich wohl oder übel irgendwo dazusetzen.

»Entschuldigung, ist hier noch Platz?«, hörte ich mich schüchtern fragen.

Der Mann, der eben noch Zeitung gelesen hatte, räumte den Stuhl neben sich frei. »Bitte sehr! Ich hatte mich nur etwas breitgemacht.«

Er war ungefähr Mitte bis Ende vierzig und machte einen entspannten Eindruck.

Ja, Männer dürfen nach der Arbeit allein im Biergarten sitzen und Zeitung lesen! Frauen müssen nach Hause hetzen, kochen, aufräumen und die anderen bei Laune halten.

Ich bestellte mir ein Bier und zog aus lauter Verlegenheit das Handy aus der Handtasche: keine Nachrichten.

Ich sah mich um: lauter fröhliche Leute, die sich lebhaft unterhielten und jede Menge Spaß hatten. Nur ich nicht. Ich war allein und zweifelte an allem. Die Hälfte meines Lebens war vorbei. Was hatte ich schon erreicht? Mann, Kind, Hund, Haus, Job – nach außen hin war alles wunderbar. Doch wenn man nur ein bisschen am Lack kratzte …

Ich trank einen Schluck und sah dem Mann aus Versehen in die Augen, weil er auch gerade einen Schluck nahm.

Oje! Schnell sah ich in die andere Richtung und verrenkte mir den Hals, als suchte ich jemanden. Rauschende Kastanien ließen einen Blütenregen niedergehen, der den Boden bedeckte wie eine Schneedecke. Früher hatte ich das doch alles toll gefunden, mich wahnsinnig darüber gefreut! Warum kam mir dann heute alles so schal und langweilig vor, so bedeutungslos und nichtssagend?

Ich nahm einen weiteren Schluck Bier. Der Mann schaute hinter seiner Zeitung hervor und sagte: »Prost.«

Na immerhin. Eine Silbe war an mich gerichtet worden. War es tatsächlich schon so weit? Dass man mich kaum noch wahrnahm? War ich tatsächlich schon so unsichtbar, wie Frauen über vierzig es oft sind?

Ich sah doch ganz nett aus, in meinem hellblauen Kostüm mit der Seidenbluse: nicht zu dick und nicht zu dünn, und meine Haare gingen auch irgendwie: nicht zu lang und nicht zu kurz. Auch vom Alter her war ich so in der Mitte: nicht zu alt und nicht zu jung. Ich war richtig … mittelmäßig.

Plötzlich fühlte ich mich unwohl. Was sollte der Mann hinter der Zeitung nur von mir denken? Dass ich auf Männerfang war oder was?

Quatsch!, ermahnte ich mich. Wieso muss jede Frau gleich auf Männerfang sein, die sich alleine in einem Biergarten aufhält?

Na dann eben wie bestellt und nicht abgeholt, sagte eine Stimme in meinem Kopf. Vielleicht denkt er, dass ich ein Blind Date habe und versetzt wurde?

Der denkt überhaupt nichts, beruhigte ich mich. Der liest Zeitung. Ich nahm einen Schluck Bier. Diesmal sagte der Mann noch nicht mal Prost. Das machte mich fertig. Andererseits wäre es auch extrem albern, wenn der bei jedem Schluck Prost sagen würde. Wie bescheuert wäre das denn?

Aber bin ich denn überhaupt noch attraktiv? Es käme auf einen Versuch an, dachte ich. Ich meine, heute brauchte ich echt ein bisschen Auftrieb! Ich räusperte mich und murmelte: »Schöner Tag heute.«

Der Typ sagte nichts. Der las Zeitung.

Du bist Luft für ihn, meldete sich wieder diese Stimme. Du könntest gehen, und er würde es noch nicht mal bemerken.

Ich tat so, als würde ich eine wichtige SMS lesen, und hielt mir dann das Handy ans Ohr. Ich überlegte schon, ein heiteres Selbstgespräch anzufangen, damit der Mann glaubte, ich hätte wenigstens noch einen Menschen zum Reden auf dieser Welt.

Ach, jetzt hör doch auf, dich in solche Minderwertigkeitskomplexe reinzusteigern!, schimpfte ich mich aus. Du gehst mir mit deinen Selbstzweifeln ganz schön auf den Keks.

Aber meine innere Stimme ließ sich nicht zum Schweigen bringen. Was ist das eigentlich für ein Leben?, fragte sie. Zu Hause wirst du nicht mehr wahrgenommen, im Job wirst du nicht mehr wahrgenommen, und im Biergarten wirst du auch nicht mehr wahrgenommen! Die Einzige, die dich wahrnimmt, ist Donna, aber die nimmt jeden wahr, der ihr Futter gibt oder Stöckchen wirft. Da ist die nicht wählerisch. Der Mann guckt nicht, der Mann guckt nicht, er guckt einfach nicht! Ja, überleg mal, woran das liegt, du dumme Kuh. Du hast die Ausstrahlung einer Ackerfurche.

Das stimmt doch gar nicht!, wehrte ich mich. Wenn ich morgens in den Spiegel sehe, dann …

Ja? Was dann? Hm?! Sag 's! Also nicht laut, Gott bewahre. Denk 's!

Ja, okay, gab ich klein bei. Also vor der täglichen Runderneuerung seh ich so grau und ausgelaugt aus wie ein Spüllappen, was allerdings morgens um sechs auch kein Wunder ist. Aber nach zwanzig Minuten mit Pinseln und Pasten kann ich mich halbwegs sehen lassen.

Halbwegs!

Nein, »ganzwegs«, dachte ich trotzig und drückte den Rücken durch. Und eine angenehme Telefonstimme habe ich auch. Und das könnte ich diesem Mann doch eigentlich mal beweisen. Indem ich mit mir selbst telefoniere.

Wie jetzt? Bist du nun selbstbewusst oder nicht?

Eher nicht. Das gebe ich zu.

Und? Möchtest du das ändern?

Ähm … Eigentlich schon.

Eigentlich?!

Also, räusper, doch. Ja. Ich möchte.

Okay, dann hör mal auf, die Schultern hochzuziehen. Streck entspannt die Beine aus, lächle in die Gegend und steck das blöde Handy weg!

Und genau das tat ich auch. Und kam mir wahnsinnig blöd dabei vor.

»Junge Frau? Noch 'n Bier?«, schlug mir die vorbeieilende Kellnerin leutselig vor.

»Ähm, ja. Gern.«

»Gehören Sie zusammen?«

»Wie? Nein … Warum?«

Warum sagte der Typ denn jetzt nicht »Leider!« oder »Was nicht ist, kann ja noch werden«? Früher hatten die Typen das doch getan! Wann hatte das eigentlich aufgehört?

»Auf welchen Deckel soll ich es schreiben?«

»Ähm … Ich zahl das sofort.«

Hastig wühlte ich in meinem Portemonnaie und legte sieben Euro auf den Tisch. »Stimmt so.«

Der Mann ließ die Zeitung sinken und sah mich an. Um seine Mundwinkel zuckte es. »Machen Sie hier Urlaub?«, fragte er.

»Ich? Nein!«

»Sie wirken so, als müssten Sie noch einen Zug nehmen.«

»Nein, nein, ich … Ich bin einfach nur in Eile.« Hastig nippte ich an meinem Bier und ließ es halb voll stehen. »Ich hab noch Termine.« Mit diesen Worten sprang ich auf und ging zu meinem Rad.

»Schade«, sagte der Mann. Er hatte ein richtig nettes Grübchen und braune liebe Augen.

Verdammt. Jetzt konnte ich schlecht zurücklaufen und sagen: »Na, wenn das so ist, setze ich mich wieder.«

Stattdessen stülpte ich meinen Helm über die Haare und radelte nach Hause.

Ich hätte schreien können vor Frust!

8

»Du könntest ruhig mal wieder was für deine Fitness tun«, stichelte Albert, der breitbeinig am Tisch saß, seine SMS checkte und auf das Essen wartete. »Ich hab dich knackiger in Erinnerung.«

Ich bückte mich gerade vor dem Backofen und schaute nach der Lasagne. Albert betrachtete in aller Ruhe meinen Hintern.

Wie von der Tarantel gestochen fuhr ich herum, den Kochlöffel noch in der Hand. »Was soll ich denn sonst noch alles tun?«

»Na, na, na, kriegst du deine Tage, oder sind das etwa schon die Wechseljahre? Da muss man doch nicht gleich losheulen!«

»Oh, Albert, du bist so gemein!« Jetzt kämpfte ich wirklich mit den Tränen. Konnte es sein, dass ich diesen Mann hasste? War es wirklich schon so weit? Und wie lange wollte ich eigentlich noch warten, bis ich mir das endlich eingestand?

Ich heulte Rotz und Wasser. Es brach nur so aus mir heraus. Ich wischte mir mit dem Topflappen über die Augen und hasste mich selbst.

»Ach Spatzl, nun werd mal nicht hysterisch. Nur weil du

den Job nicht gekriegt hast, musst du deinen Frust nicht an der Familie auslassen.«

Ich hatte Albert von meiner Niederlage erzählt, und er hatte sich zufrieden den Bauch gekratzt und gönnerhaft bemerkt, dass eine Führungsposition sowieso nichts für mich gewesen wäre. »Da braucht man Biss und Ellbogen, Spatzl, und das hast du beides nicht. Und ein bisschen Grips gehört auch dazu.«

Am liebsten hätte ich ihm den Kochlöffel um die Ohren gehauen und ihm bewiesen, dass ich das sehr wohl hatte! Na ja, wenn ich Grips hätte, hätte ich diesen Kerl nie geheiratet, dachte ich gleich darauf. Gern hätte ich ihm ins Gesicht geschrien. Aber meine Eltern hatten mir beigebracht, leise und zurückhaltend zu sein. Sonst würde ich nie einen Mann bekommen. Und jetzt hatte ich einen. Ach, wäre ich doch nur eine schreiende, zeternde, mit dem Nudelholz um sich schlagende italienische Mamma, die auf jede ihrer Rundungen stolz ist!

Aber was mich am meisten fertigmachte, war mein jämmerlicher Auftritt im Biergarten. Der Typ an meinem Tisch! Der mich lange ignoriert hatte, um mich ausgerechnet dann zu bemerken, als ich mich verabschiedete! Ich wischte mir mit dem Handrücken über die Augen. Ich heulte doch nicht etwa wegen dieses Unbekannten? Außerdem hatte er »schade« gesagt. Nur eben leider zu spät.

»Du siehst wirklich nicht gut aus. So reizbar kenne ich dich gar nicht. Vielleicht solltest du mal zum Arzt gehen.« Albert leckte an seinem Finger und blätterte die Zeitungsseite um. »Oder warst du dort etwa schon? Gerade fällt mir ein, da hat eine Frau Doktor für dich angerufen. Du sollst sie bei Gelegenheit zurückrufen.«

Er hörte sich an wie ein Chef, der Angst hat, eine seiner Angestellten könnte zu lange ausfallen.

Ich stand erst mal auf der Leitung. Fieberhaft überlegte ich, wann ich das letzte Mal bei meiner Frauenärztin gewesen war. »Welche Frau Doktor?«

Er lachte. »Das wird die fette Planschkuh aus dem Flieger gewesen sein. Ich hab gesagt, du bist beschäftigt, und hab aufgelegt.«

Das sah ihm ähnlich. »Und? Hat sie gesagt, worum es geht?«

»Ach, was kann die schon wollen?« Albert klappte geräuschvoll die Zeitung zu. »Wo treibt sich eigentlich Juli herum?«, wechselte er abrupt das Thema. »Die hat doch jetzt Ferien.« Dabei malte er Gänsefüßchen in die Luft. »›Ferien vom Faulsein‹.«

Ich riss ein Blatt von der Haushaltsrolle und schnäuzte hinein.

»Juli besucht in Salzburg einen Workshop: Jazzgesang. Das weißt du doch, wir haben lange darüber debattiert, ob wir uns das leisten können.«

Bewaffnet mit zwei Topflappen, ging ich wieder in die Hocke, um die Lasagne herauszuholen, wobei ich mich bemühte, keine Delle an meinem Hinterteil entstehen zu lassen.

»Ja, aber doch nicht, nachdem sie sitzengeblieben ist!?« Albert schlug mit der Faust auf den Küchentisch. »Die hat doch keine Belohnung verdient! Workshop? Ich fass es nicht!«

»Doch. Juli hatte in Latein Pech. Deswegen werde ich ihr nicht den Sommer verderben und ihr den Traum vom Singen zerstören.«

»Also Führerschein und Workshop kriegt sie, obwohl sie versagt hat?«

Albert hatte weiße Flecken im Gesicht, so empört war

er. »Was ist denn das für eine Scheiß-Erziehung? Kannst du eigentlich gar nichts? Nicht mal Mutter sein?«

Das traf mich noch viel härter als die Bemerkung über meinen runden Popo. Ich bemühte mich doch so! Ich liebte sie, förderte sie, stärkte ihr den Rücken! Half ihr über ihre Niederlage hinweg, indem ich ihre Stärken betonte. Ist das nicht die Aufgabe einer guten Mutter?

»Juli hat nicht versagt! Ich will so ein Wort nicht hören!«

»Sondern? Sie ist durchs Abi gefallen! Worüber die ganze Stadt Bescheid weiß! Die Leute zerreißen sich schon hinter meinem Rücken das Maul und lachen mich aus!«

»Es geht ausnahmsweise mal nicht um dich, Albert Richter«, sagte ich mit fester Stimme. »Sie hat Pech gehabt. Das kann jedem passieren. Hinfallen ist keine Schande, aber liegen bleiben!«

Was erreicht man denn mit Strafen und Verboten? Das Gegenteil! Vertrauensbruch! Funkstille! Ach, wenn meine Eltern und ich damals ein anderes Verhältnis gehabt hätten! Wenn sie gesagt hätten: »Pass mal auf, wir finden nicht, dass dieser Hohlkopf Albert der Richtige für dich ist. Aber wenn du das anders siehst, zieh doch unverbindlich mit ihm zusammen und nimm die Pille.« Wenn sie cool gewesen wären, hätten sie das gesagt. Also, ICH an ihrer Stelle hätte das gesagt.

Ich presste die Lippen zusammen und schüttelte den Kopf. »Albert, sie ist achtzehn. Sie ist erwachsen. Es ist ihr Lebenstraum. Sie ist begabt. Meinst du, sie wird in einem Jahr ein besseres Abitur machen, wenn wir ihr jetzt den Workshop verbieten?« Ich stieß ein bitteres Lachen aus. »Die lässt sich überhaupt nichts mehr verbieten! Und das kann ich auch verstehen.«

»Die soll jobben und sich den Workshop selbst verdienen!«,

schnaubte Albert. »In einem Supermarkt oder als Kellnerin. Damit sie lernt, welchen Wert das Geld hat.«

»Sie wird mal in einer Jazzband singen«, sagte ich zuversichtlich. »Damit wird sie Geld verdienen.«

»Ach, du bist ja blind vor Liebe!«

»Ja. Da sagst du was.« Mit Schwung knallte ich die Lasagneform auf den Tisch. Wenn mich die Liebe blind gemacht hatte, dann damals bei Albert!

Der hielt mir fordernd seinen Teller hin, und ich tat ihm wütend etwas auf.

»Mehr!«, forderte Albert. »Das sieht lecker aus. Ist da auch mein Lieblingsgewürz drin?« Er schnupperte an dem Essen wie ein Trüffelschwein. »Mir läuft das Wasser im Mund zusammen!« Er klopfte mit der Hand auf den Stuhl neben sich. »Was ist? Worauf wartest du?«

Komisch, dass ich an diesem Abend keine Lust hatte, mich zu ihm zu setzen.

»Wie? Isst du nicht mit?«

»Ich habe keinen Hunger. Mein Hintern wird zu dick.«

Albert lachte. »Dann setzt du dich eben zu mir und schaust mir beim Essen zu. Oder gehörst du zu den guten Frauchen, die schon beim Zuschauen dick werden?« Albert amüsierte sich königlich.

»Du bist wirklich das Allerletzte.«

»Jetzt sei doch nicht gleich beleidigt!«

Doch. War ich aber. Ich war zutiefst verletzt. Und nicht nur wegen der Bemerkung mit dem Hintern und dem guten Frauchen. Meine Ehe war eine einzige Zumutung. Und mein Job auch. Und dann noch der verpatzte Flirt mit »Mister Biergarten«. Das war der letzte Tropfen, der mein Fass Selbstmitleid zum Überlaufen brachte.

»Ich geh noch mit dem Hund raus«, sagte ich knapp.

»He! Das kannst du doch später immer noch, wenn ich zum Training gehe! Wer ist wichtiger, der Hund oder ich?«

»Der Hund«, sagte ich. »Für den bin ich wirklich ein gutes Frauchen.«

Als ich in der Burgbergstraße vorbeikam, sah ich im hell erleuchteten Fenster der Laumanns, wie sich Thomas und Martina gerade innig umarmten. Ich blieb stehen. In dem Moment ging das Licht aus, und ich fühlte mich mutterseelenallein.

Doch als ich nach Hause kam, sprang mir Juli entgegen: »Mama, du glaubst gar nicht, wie super das ist an der Sommerakademie!« Sie nahm ihre Kopfhörer ab, und ich hörte ihre wunderschöne Stimme, leicht heiser und mit Sex-Appeal. Im Hintergrund perlte Klavierbegleitung.

»Klingt toll. Darf ich mal?«

Sie setzte mir die Kopfhörer auf, und ich lauschte hingerissen. Ja, das Kind konnte singen! Das war zwar nicht »Die Forelle« von Schubert, aber ein ganzer Fischteich voll Kreativität.

»Wer begleitet dich da auf dem Klavier?«

»Der beste Jazzpianist der ganzen Sommerakademie! Unser Professor hat uns zusammengespannt, und wir proben gemeinsam für das Abschlusskonzert! Er heißt Jonas und ist total süß.«

»Das freut mich riesig, meine Süße.« Ich gab ihr die Kopfhörer zurück. »Super Sound. Ich bin so stolz auf dich!«

»Das wird ein Wettbewerb, Mama, du musst unbedingt kommen. Wir haben richtig gute Chancen zu gewinnen, und dann kommen wir in den Bundeswettbewerb nach Wien …«

Mein Kind war glücklich und plauderte, was auf Alberts Abwesenheit hindeutete.

Wir verzogen uns wie immer auf unser ehemals weißes Mädchensofa, ich schenkte uns Tee ein und schob ihr Kekse hin. »Erzähl weiter!«

»Nee Mama, erzähl du.«

Ich stutzte. Das war mir neu, dass Juli nicht sofort platzte vor Mitteilungsdrang. War das Höflichkeit? Oder Taktik? Ich hatte doch nichts zu erzählen! Forschend sah ich sie an. Im Schein der Stehlampe schimmerten ihre Haare so rot wie die untergehende Sonne. Das Herz ging mir auf. Für sie hatte sich doch alles gelohnt! Achtzehn Jahre heile Welt. Sie hatte eine behütete Kindheit in einem intakten Elternhaus gehabt. Das wenigstens hatte ich ihr geben können. Ich nahm ihre Hand mit den langen, schlanken Fingern, und sie verschränkte sie mit meiner.

»Au, mein Ring!«

»Nimm ihn doch ab!«

Gedankenverloren nahm ich den Ehering ab und legte ihn neben die Teetasse. Komisch, das hatte ich noch nie gemacht, aber das war genau der richtige Moment dafür.

»Liebes, bei mir gibt es nichts zu erzählen. Immer der gleiche Trott in der Firma. Die Kollegen sind langweilig, Kleinehellefort hat den Job gekriegt, den ich gerne wollte, und Reuter hat mich endgültig zum Telefondienst verdammt, zur Entgegennahme von Beschwerden.«

»Ach, du arme Mama!« Juli warf ihre Haare über die Schulter. »Kündige doch! Scheiß doch auf die!«

»Und wenn ich Geld verdienen muss?«

»Musst du doch nicht! Tut doch Papa!«

»Ach, dafür ist er wieder gut?!«

Nachdenklich biss ich in einen Keks. Ans Kündigen hatte ich natürlich auch schon gedacht. Aber dann war ich endgültig auf Albert angewiesen. Außerdem: Kann man alle Arschlöcher einfach so aus seinem Leben verbannen? Kann man einfach gehen und sagen: ohne mich?

Ach, wäre das wunderbar! All die negative Energie einfach rauskicken wie bei »Mensch, ärgere dich nicht«! Und dann weiterziehen, ohne sich noch einmal umzudrehen.

Es gab Leute, die machten so was. Die verbannten nicht nur alte Klamotten und überflüssigen Krempel aus ihrem Leben, sondern auch Menschen, die ihnen ihre Energie raubten. Aber den Mut hatte ich nicht. Ich hielt – tapfer oder feige? – an dem fest, was ich hatte, woran ich gewöhnt war. Bloß keine Veränderungen! Dazu fehlte mir einfach die Kraft.

»Schieß diesen blöden Job doch in den Wind!«, drängte Juli.

»Und wovon hätte ich dann deinen Führerschein und deinen Workshop bezahlen sollen?«

Die zweitausend Euro schlugen diesen Sommer schon sehr zu Buche. Und dann noch der Urlaub. Ich seufzte. Wenn Juli wenigstens das Abi bestanden hätte! Dann hätte ich mehr Luft und Zeit gehabt. Aber jetzt war erst mal Durchbeißen angesagt.

»Oh, Mami, danke echt dafür!« Juli schmiegte sich wieder an mich, und ich spürte, dass sie noch etwas auf dem Herzen hatte.

»Ich schwör's dir, eines Tages geb ich dir alles zurück.«

»Von deinen Traumgagen?« Ich lächelte.

»Nein, ich mein nicht nur Geld. Ich tu dich auch nie in ein Heim oder so. Bei uns wird das nicht so wie mit deinen Eltern und dir.«

Schon brach die nächste Wunde auf. Es verging kein Tag, an dem ich nicht voller Schuldgefühle an meine Eltern dachte, die in einer teuren Seniorenresidenz in Bad Reichenhall lebten. Von der Pacht für das Hotel, das ich hätte erben sollen. Ich hatte sie noch nie besucht. Mein Stolz – oder war es auch hier wieder Feigheit? – hinderte mich daran.

Juli sah mich prüfend an. »Ich schieb dich den ganzen Tag im Rollstuhl rum und sing dir was vor. Und du kannst meine Kinder sehen, so oft du willst.«

»Das sind ja rosige Aussichten.« Ich strich über ihren weichen Mädchenarm und kam mir fast so vor wie die schrullige Alte in dem Film »Sommer vorm Balkon«, die zur Ziehharmonika »Weil's aber nicht kann sein« singt, ehe sie stirbt.

»Also, Mami, was ich dir eigentlich erzählen wollte …«

»Ja?«

Oh, Gott, war meine Tochter schön. Ihre Haut war weiß wie Porzellan, ihre Wangen rosig, und auf der Nase tummelten sich ein paar freche Sommersprossen. Ist es normal, dass eine Mutter so verliebt ist in ihr Kind?, dachte ich. Bin ich wirklich blind vor Liebe? Oder liegt es daran, dass ich für Albert nichts mehr empfinde und meine ganze Liebe auf meine Tochter konzentriere? Vielleicht sollte ich mal zum Psychologen gehen? Oder, was noch praktischer wäre, zu meiner »Frau Doktor«. Die traf doch immer den Nagel auf den Kopf. Überhaupt sollte ich die doch bei Gelegenheit zurückrufen! Wo hatte ich nur ihre komische Karte hingetan?

»Mama?«

»Ja. Ich höre.«

»Der Typ am Klavier …«

»Ja?«

»Der ist wahnsinnig toll, der kann ganz irre improvisieren, und wir sind so endgeil aufeinander eingespielt …«

»Ja. Das hört man auch.«

»Er heißt Jonas.«

»Ja, das sagtest du bereits. Und der macht dir schöne Augen.«

»Nein!«, erwiderte sie barsch.

»Nein?« Erschrocken zog ich die Hand zurück.

»Red doch nicht so einen Scheiß!«

Huch! Was war denn jetzt passiert? Gerade noch hatten wir uns aneinandergekuschelt, und jetzt blitzten mich Julis Augen eiskalt an. Wahrscheinlich ein Anfall von Restpubertät. Wie umarme ich einen Kaktus?

»Entschuldige, das ist so eine altmodische Redewendung …«

»Total bescheuert!«

»Ich nehm's zurück! Also … Der steht auf dich.«

»Ja. Schon eher.«

»Und stehst du auch auf ihn?«

»Ja. Meinst du etwa, ich würde dir sonst so ausführlich von ihm erzählen?«

»Okay. *Point taken.*«

Erwartungsvoll sah Juli mich an. Also, ich wieder dran: Kaktus vorsichtig entstacheln.

»Von eins bis hundert?«

»Tausend.«

»Wow.« Jetzt bloß nichts Falsches sagen. Ich war schon in so viele Fettnäpfchen getreten. Gern erzählte Juli in ihrer Clique, wie ich über irgendeinen Klassenkameraden aus der Achten mal gesagt hatte: »Bring den netten Jungen mit dem Rollbrett doch mal mit!«

Ganz falscher Text. »Nett« geht nicht, weil »nett« ist die kleine Schwester von »scheiße«. »Junge« geht nicht, weil »Junge« einfach nicht geht. Und »Rollbrett« geht schon mal überhaupt nicht. Und dann halte ich auch noch die Videokamera auf den bei uns im Garten Kuchen essenden Bengel und sage: »Unsere Juli hat Herrenbesuch.«

Das war das Schlimmste, was ich ihr je angetan hatte. Und sollte es vermutlich noch auf dem Sterbebett bereuen.

Ich straffte mich. »Bring den Jung…, äh, den Typen doch mal mit! Ich meine, der kann ja hier mal aufschlagen.«

»Aber nur, wenn Papa nicht da ist.«

»Okay. Das kriegen wir hin.«

»Du musst aber vorher noch was wissen.«

»Hat er ein Rollbrett?«

»Nein, Mama. Halt die Klappe, das ist nicht witzig.«

»Natürlich nicht. Ich wollte nur selbstironisch sein.«

»Ist dir aber nicht gelungen.«

»Also, was muss ich über Jonas wissen?«

Juli sah mich an, und ich wusste, dass ich jetzt keine weitere Frage mehr stellen durfte. Dann sagte sie die Worte, die unser Leben für immer verändern sollten. Nur drei Worte, bestehend aus drei Silben. Sie sagte:

»Er ist blind.«

9

Wo hatte ich nur diese blöde Visitenkarte gelassen? Ich wühlte in der Handtasche, die ich seit dem Urlaub nicht mehr benutzt hatte, und bekam sie schließlich zu fassen.

Goldene Schrift auf schwarzem Grund. Ich griff nach meiner Lesebrille. Und blinzelte verblüfft. Aber das konnte sie doch gar nicht sein! Da stand ja gar nicht Erna Doktor!

Im ersten Moment war ich so perplex, dass ich an eine Verwechslung glaubte.

Madame Chantal, Schlagabtausch. Steingasse 12. Salzburg. Öffnungszeiten: 22 bis 4 Uhr. Persönliche Terminabsprache bei Sonderwünschen erbeten.

Da hatte sie in Salzburg ein … ähm … Etablissement? Sie hatte doch von Berlin erzählt, von vergangenen Zeiten! Machte sie dieses … Gewerbe etwa immer noch? Und dann auch noch in meiner unmittelbaren Nähe? Da konnte ich ja hinradeln! Na gut, mit Licht. Ihre Arbeitszeiten waren deutlich andere als meine.

Ich brauchte lange, bis ich mich traute, diese Nummer zu wählen. Meine Urlaubs-Planschkuh, wie Albert sie gerne nannte, ging aber sofort ran, und nach einem überraschten

Raucherhusten freute sie sich unbändig, dass ich mich endlich meldete.

»Hat dir denn dein Oller nicht ausjerichtet, dass du zurückrufen sollst?«

»Doch«, verteidigte ich ihn mit roten Ohren. »Ich habe es nur in dem ganzen Trubel vergessen.«

Ich konnte ja schlecht sagen: »Ich fürchte mich ganz schrecklich vor dir und weiß nicht, warum du so eine Faszination auf mich ausübst. Und warum ich mich ausgerechnet jetzt, wo ich dringend einen Rat brauche, an dich wende.«

Wir plauderten ein bisschen. Wie jehts, wie stehts, und wenn, dann wie oft?, lautete ihre Gesprächseröffnung, gefolgt von rauem Gelächter über ihr schlüpfriges Wortspiel. Ich ertappte mich dabei, breit zu grinsen.

»Wann kommst du mich mal in mei'm Etablissemeng besuchen?«

»Ja, geht das denn so einfach?«

»Ja klar«, sagte Erna amüsiert. »Ick beeße doch nich, und schlagen tu ick nur Kerle. Und auch das bloß gegen Bezahlung.« Sie lachte wieder, bis ihr voluminöser Körper erneut von Raucherhusten geschüttelt wurde.

»Das ist jetzt ein Witz, oder?«

»Nee, det is meine Spezialität! Streicheleinheiten sind ja juht und schön, aber richtig fett Kohle jemacht hab ick mit der Peitsche! Am Ende konnte ich mir sogar 'n Äjyptenurlaub im Fünf-Sterne-Ressoa leisten!« Sie röchelte vergnügt.

Ich starrte auf das Handy in meiner Hand. Erna Doktor war eine Domina?

Leider musste ich das Gespräch an dieser Stelle schnell beenden.

»Kommt gleich wer mit 'm Essen?!«, polterte mein Baron Ochs auf Lerchenau.

»Erna, ich besuche dich Ende August«, flüsterte ich hastig in den Hörer. »Dann gibt meine Juli ihr Abschlusskonzert im Mozarteum!«

»Det is ja bei mir gleich um die Ecke, da komm ick mit! Ick will doch deine Kleene ma singen hören!«

Oh. Ich war mir nicht sicher, ob das eine gute Idee war. Aber warum eigentlich nicht? Mit einer Prostituierten war ich schon lange nicht mehr ins Konzert gegangen. Und vor Julis Freund würde ich mich mit ihr auch nicht blamieren …

Juli war glücklich verliebt und erinnerte mich an eine Fee, wenn sie mit ihren Kopfhörern selbstvergessen durchs Haus tanzte. Wollte ich da ihr Wermutstropfen sein? Sollte ich ihr Glück schmälern, indem ich auf sie einredete, sich das alles gut zu überlegen? Ihr Freund, ein Blinder? Ich sah wieder meine Eltern vor mir, hörte sie sagen: »Kann er dich denn ernähren? Und weiß er eigentlich, wie schön du bist? Ist er deiner überhaupt wert? Könntest du nicht ganz andere haben?«

Nein, das wollte ich nicht. Denn ich konnte meine Juli verstehen.

Jonas war bei uns gewesen. Ohne Rollbrett. Und ich hatte auch nicht die Videokamera auf ihn gerichtet und gesagt: »Unsere Juli hat Herrenbesuch.«

Ich wusste, dass Juli mir vertraute, und schwor mir, nicht ein falsches Wort zu sagen, als sie mit meinem Kleinwagen in unsere verkehrsberuhigte Straße fuhr und Jonas auf der Beifahrerseite aussteigen ließ.

Er war groß und schlank und hielt seinen schwarzen Wuschelkopf gesenkt. Fast so, als wäre er daran gewöhnt, sich irgendwo den Kopf zu stoßen. Er trug eine lässige Jeans, dazu blaue Converse und ein braunes T-Shirt, auf dem Che Guevara abgebildet war. Sein Handgelenk schmückte ein selbst geflochtenes Bändchen in allen Regenbogenfarben. Zum Glück hatte er weder ein Kettchen um noch ein Piercing. Auch eine Tätowierung konnte ich nirgendwo entdecken. Er schien ganz in Ordnung zu sein, hielt den Kopf schräg und lauschte, als ich mit der freudig jaulenden Donna die Stufen hinunterkam. Hätte ich sie lieber im Haus lassen sollen? Aber Juli hatte mich gebrieft: »So normal wie immer! Er merkt sofort, wenn man seinetwegen verkrampft ist. Und dann wird er sauer.«

Okay, also ganz normal und unverkrampft wie immer.

»Achtung, das ist jetzt Donna, die … springt dich jetzt an«, hatte ich ihn noch vorwarnen wollen, aber da war es auch schon passiert.

»Ein schwarzes Mistvieh«, sagte ich zur Begrüßung und pflückte Donna von Jonas ab.

War »schwarz« falsch? Durfte man »schwarz« sagen? Mir wurde ganz heiß, doch dann fing ich mich wieder. »Du riechst gut«, schob ich hinterher. Oje, machte man so Small Talk?

»Ja, kann sein: Gras«, kam es zurück.

Ich schluckte. »Oh. Ja. Natürlich. Also ich bin Katja, Julis Mutter.«

»Hi«, sagte Jonas und hielt mir die Hand so hin, dass ich ihn abklatschen konnte. Wie gut, dass ich nicht meinem ersten Impuls gefolgt war und sie beherzt geschüttelt hatte! So normal wie möglich, Katja! Cool bleiben! Chill mal, Mama!

Händeschüttelnde Mütter sind so was von peinlich!, glaubte ich Juli zu hören.

Ehrlich gesagt war ich erleichtert, dass er kein seitengescheitelter Streber in weißem Hemd und Rautenpullunder war, der einem die Hand gab und einen tiefen Diener machte. Solche Jungspunde gab es nämlich in Alberts Kreisen.

Juli umrundete das Auto, begrüßte Donna, die völlig außer Rand und Band war, und hakte sich bei Jonas unter. »Jetzt geht es fünf Stufen nach oben.«

»Lauf einfach vor.«

Jonas verschmolz regelrecht mit Juli und tastete sich zu uns auf die Terrasse. Juli zitterte vor Stolz, Glück und Aufregung. Dann sah sie mich panisch an: »Papa ist hoffentlich nicht da?«

Ich gab Entwarnung. »Ich hab Pflaumenkuchen, Früchtequark, Kaffee, aber auch was Kaltes da«, moderierte ich tapfer an. »Donna, das ist nicht für dich!«

Der Hund verzog sich folgsam unter den Gartentisch und schmiegte sich an Jonas' Beine.

Jonas wollte gern vom Pflaumenkuchen probieren. Er tastete nach dem Teller und der Kuchengabel und aß dann Gebäckstück und Sahne, wie Albert das nie hinbekommen hätte.

»Hm!«, sagte er und lächelte in meine Richtung. »Schmeckt ausgezeichnet. Da ist Zimt und Zitronenschale drin und eine Prise Vanillezucker.«

»Stimmt. Der Kaffee steht rechts von dir.« Ich wollte schon so was Bescheuertes sagen wie »Milch und Zucker auf Viertel nach drei«, aber ich konnte mich gerade noch beherrschen.

Jonas ertastete Milchkännchen und Zuckerdose, bevor

irgendetwas Halbgares aus meinem Mund entweichen konnte, das Juli mir wieder ein Leben lang übel genommen hätte, und trank, nachdem er umgerührt hatte, absolut geräuschlos seinen Kaffee. Weit und breit kein Fußbad in Sicht.

Ich dachte an Albert und sein Malheur im Flugzeug und musste grinsen.

»Juli hat mir schon von deinen Koch- und Backkünsten vorgeschwärmt. Aber das übertrifft alle meine Erwartungen.« Ich freute mich, dass er mich so unkompliziert duzte.

»Und mir hat sie von deinem Klavierspiel vorgeschwärmt.«

Na bitte, das ging doch alles viel leichter als gedacht. Von wegen blinder Tollpatsch stolpert über die Regentonne, fällt in den Pool, und nachher zahlt die Versicherung nicht! Genau so etwas hätte uns nämlich Albert prophezeit.

»Ja, aber Juli singt natürlich auch endgeil.« Jonas kaute genüsslich.

»Klaro«, sagte ich. »Hammergeil.« Juli warf mir einen warnenden Blick zu.

»Ich bin schon irre gespannt auf euren Gig.«

»Wir auch.« Jonas lachte und nahm Julis Hand. »Ist ja ein richtiger Wettbewerb. Davon hängt viel ab. Und wer weiß, vielleicht schaffen wir es ja bis in die Endrunde in Wien!«

»Und das heißt …?«, fragte ich und wehrte Donna ab, die an Jonas' Schritt schnüffelte.

Juli sah mich strafend an. »Das heißt, dass wir ganz normal in einen Zug steigen und nach Wien fahren. Oder ins Auto, wenn du es mir gibst.«

»Natürlich. Was sonst.«

»Danach könnten wir professionell durchstarten.«

Jonas spürte die Schwingungen zwischen Mutter und

Tochter. »Der Kuchen war wirklich endgeil«, beeilte er sich zu sagen. »Aber man soll den Tag nicht vor dem Abend loben.«

»Meinst du jetzt den Kuchen oder euren Auftritt?«

»He, deine Mutter ist cool!« Jonas grinste, und Juli strahlte.

»Ihr schafft das, da bin ich mir ganz sicher.«

»Übrigens hat der Wagen vorhin irgendwie gebockt.« Juli nahm sich ein zweites Stück Kuchen.

»Nein, Baby, du hast das Gaspedal mit dem Bremspedal verwechselt«, zog Jonas sie auf.

»Quatsch! Das kannst du gar nicht wissen!«

»Kann ich wohl, Baby. Ich bin zwar blind, aber nicht blöd!«

»Aber Führerschein hast du keinen!«

»Okay, eins zu null für dich!«

Die beiden neckten sich liebevoll, und ich lehnte mich entspannt zurück.

»Manchmal muss man im Leerlauf ein paar Mal Gas geben«, erklärte ich. »Der Wagen ist schon ein paar Jahre alt.«

Jonas grinste: »Ich hab mich auch mal ans Steuer gesetzt. Im Auto meiner Mutter!«

»Aber du bist doch nicht losgefahren?« Juli war entsetzt.

»Doch. Ein paar Meter.«

»Nee. Echt?«

»Ich konnte es mir einfach nicht verkneifen. Der Smart meiner Mutter parkte so nah am Bürgersteig – das hab ich vorher ausgecheckt –, dass ich einfach nur den Bordstein entlanggefahren bin. Da stand keiner. Ich bin die Strecke vorher abgegangen.«

»Du verarschst uns.«

»Nee, echt! Könnt ihr meine Mutter fragen!«

»Und dann?« Mir blieb der Mund offen stehen.

»Dann hab ich den Rückwärtsgang eingelegt und bin zurückgefahren. Meine Mutter hat sich nur gewundert, dass der Wagen plötzlich zwei Meter weiter stand. Da habe ich ihr alles gestanden.« Jonas grinste, und auf seiner Wange erschien ein freches Grübchen. »Ich musste noch nicht mal in den Rückspiegel gucken. Ich fahr nach Gehör.«

Ja, der Bengel gefiel mir! Auf die Mutter war ich irgendwie gespannt. Die hatte bestimmt eine Menge zu erzählen.

Wir plauderten, und ich merkte, wie meine anfängliche Scheu von mir abfiel. Ich meine, welche Mutter hat keine Scheu, wenn ihre einzige, heiß geliebte Tochter zum ersten Mal einen Jungen mit nach Hause bringt – besonders nach dem Malheur mit dem Rollbrett –, und dann ist er auch noch blind? Und hübsch? Und begabt und gut erzogen? Er hatte auf jeden Fall bessere Manieren als Albert und deutlich mehr Charme.

»Wie bist du … Ich meine, warst du schon immer … Also äh … Wo bist du aufgewachsen?«

Nach diesem dämlichen Gestammel sah ich Juli entschuldigend an, aber sie hatte nur Augen für Jonas.

Jonas, der sich gerade eine Zigarette drehte, schaute nachdenklich geradeaus, als sähe er tatsächlich Bilder aus seiner Vergangenheit, und sagte:

»Ich bin auf einem Bauernhof im Flachgau aufgewachsen. Am Wallersee.«

»Oh«, sagte ich, vielleicht eine Spur zu eifrig. »Schöne Gegend. Da radle ich manchmal mit meinem Mountainbike.« Und biss mir wieder auf die Zunge, weil ich so was Blödes gesagt hatte.

»Ich auch«, grinste Jonas. »In zwei Stunden um den ganzen

See. Aber im Wald wird's holprig. Du weißt schon, am Westufer, da ist eigentlich kein Radweg, aber ich find's geil, so über Steine und Wurzeln zu rasen. Darfst dich halt nicht erwischen lassen.«

»Also jetzt willst du mich wirklich verarschen. Äh, veralbern.«

»Auf dem Tandem«, sagte Jonas grinsend. »Meist sitze ich hinten.«

Julis Blicke durchbohrten mich erneut.

»Ähm … Also ich fahr lieber obenrum. Dann geht es zwar steiler bergauf, aber Wurzeln und Steine sind nichts für mich, außer wenn ich drei Sport-BHs übereinander anziehe. Also ich wollte sagen, oben ist die Aussicht besser.«

Oh, Gott. In welche Abgründe hatte ich mich denn da wieder hineinmanövriert! Der Sport-BH war ja noch schlimmer als das Rollbrett, aber Aussicht ging gar nicht!! Spätestens jetzt würde Juli mit Kuchengabeln nach mir werfen. Mit Recht! Ich war so ein Trampel!

Ich ertappte mich dabei, hastig eine Flasche Sekt zu öffnen. Oh, Gott, wie sollte ich nur eine unverfängliche Unterhaltung führen? Ich musste an eine Radiosendung namens »Siebzehn und vier« denken, die meine Eltern früher immer im Auto gehört hatten. In der wurde ein Kandidat mit Fragen in die Enge getrieben, auf die er alles antworten durfte, nur nicht »Ja«, »Nein«, »Schwarz« oder »Weiß«. Aber natürlich purzelte genau das sofort aus dem Mund des Kandidaten!

»Schlückchen Sekt?« Ich horchte nach, ob »Schlückchen« ging. Ja, okay. »Sekt« ging auch.

»Wenn es für dich okay ist, rauch ich lieber 'n bisschen Gras«, meinte Jonas und drehte sich bereits einen Joint.

Also falsch. Er *baute* sich einen. So. Korrekt.

»Ich will auch mal ziehen«, sagte Juli und griff danach.

»Gras? Ich … ähm … Ja, tut euch nur keinen Zwang an.« Ich wandte mich hastig ab und verstaute die Kuchenreste in einer Tupperdose. »Wegen der Wespen«, erklärte ich überflüssigerweise.

»Die Einzige, die sich hier Zwang antut, bist du, Mama«, sagte Juli. Und dann flüsterte sie Jonas etwas ins Ohr. Der lachte ein bisschen gönnerhaft, aber auch irgendwie süß.

»Die Mama hat nämlich noch nie …«

»Wird einem davon nicht schlecht?«

»Auch nicht schlechter als von der Plörre da.«

»Und muss man dann auch nicht … Ich meine, wenn Papa kommt …«

»Lachen?«, fragte Jonas.

»Keine Ahnung.«

»Dann sind wir wieder weg«, sagte Juli.

»Aber so was von!«, sagte Jonas.

»Und ich?«, fragte ich kleinlaut.

»Dein Problem, Mama. Dein Problem.«

Da rauchte ich den ersten Joint meines Lebens.

10

Da die beiden sich nur noch kaputtlachten und schließlich in voller Montur in den Pool sprangen, spähten die kleinen Nachbarjungen neugierig über die Hecke: Kevin und Dominik Laumann.

»Hallo, ihr zwei«, rief ich fröhlich. »Wollt ihr auch mal rein?«

Die beiden schoben sich verschämt durchs Gartentor, zogen sich aus bis auf die Unterhosen und hüpften dann begeistert ins Wasser.

Albert hätte das niemals gutgeheißen. Er fand, dass »das Gesocks« von schräg gegenüber nichts in unserem Viertel verloren hatte. Geschweige denn in unserem Garten oder unserem Pool!

Doch zum Glück war Albert nicht da. Er war direkt von der Bank ins Fitnessstudio gefahren, das hatte er mir per SMS mitgeteilt.

Übermütig genossen wir unsere Freiheit.

Jonas warf die Kleinen mit seinen durchtrainierten Armen in die Luft, und ich hoffte, er würde sie nicht zu nah an den Beckenrand schleudern. Doch Juli passte gut auf.

»Wo ist denn eure Mama?«, fragte ich schließlich die bibbernden Bürschchen, die schon ganz blaue Lippen hatten und mit den Zähnen klapperten. Ich hüllte sie in große Badetücher und rubbelte sie trocken.

»Die ist mit Papa und Pascal im Krankenhaus.«

»Oh. Und wer passt auf euch auf?«

Hoffentlich sagten sie jetzt nicht: »Du.«

»Die Oma Bauch.«

»Aha.« Genau in diesem Moment entdeckte ich die nette Großmutter an der Hecke.

»Hallo!«, sagte ich. »Kommen Sie doch rein!«

Langsam wurde es hier voll. Frau Bauch setzte sich zu mir an den Gartentisch, und ich packte den Kuchen wieder aus, holte neue Sahne und machte den Kindern Kakao.

Juli und Jonas kuschelten sich auf einer Liege zusammen und kicherten unter ihrem Badehandtuch.

»Was ist denn los mit eurem Papa?«, wandte ich mich an die Kleinen.

»Der hat ein schlimmes Bein.«

»Ja«, sagte ich, »das hab ich auch schon gesehen.« Fragend sah ich die nette Oma an, und sie erzählte mir, was es mit ihrem Schwiegersohn auf sich hatte:

Thomas Laumann, der früher den ganzen Tag draußen unterwegs gewesen war, Bäume gefällt, Fahrbahnmarkierungen angebracht und Ampeln aufgestellt hatte, hatte sich eines Tages einer Routineoperation unterziehen müssen. Seine Kniescheibe sprang immer wieder raus, und anfangs hatte der tapfere Thomas sie einfach selbst wieder »zurückgedrückt«. Sein Orthopäde erklärte ihm, dass er sie bei der Operation mithilfe einer Schraube im Schienbeinkopf stabilisieren würde. Diese Schraube würde dann ein Jahr im

Bein bleiben und anschließend unter Vollnarkose wieder entfernt werden. Die Operation, erzählte Oma Bauch bedrückt, war gut verlaufen, aber danach hatte Thomas unverhältnismäßig starke Schmerzen – und das über Wochen und Monate hinweg! Die Wunde eiterte, und man konnte bis auf den Knochen sehen. Es folgte eine Operation nach der anderen. »Mein Schwiegersohn hat weitergearbeitet, so gut er konnte«, erklärte Oma Bauch mit Tränen in den Augen. Oft habe er die Eingriffe freitags vornehmen lassen und sei montags schon wieder zum Dienst gegangen. Immer wieder musste die Wunde gereinigt und gespült werden, eine Antibiotika-Kette sollte die Keime abtöten. »Nach zig Operationen haben wir aufgehört zu zählen«, sagte Oma Bauch bekümmert. »Dazu kommen die Schulden, weil Thomas über Jahre hinweg nur Krankengeld erhalten hat. Und jetzt erwartet Martina das vierte Kind und muss viel liegen.«

Mir wurde ganz anders, und ich schämte mich in Grund und Boden. Wie oft hatte Albert über den »Lau-Mann« von nebenan gelästert, der seiner Meinung nach bloß auf der Couch lag und »krankfeierte« und »dem Staat auf der Tasche lag«, während wir Steuerzahler solche Drückeberger mit durchfütterten.

Typisch Albert!, dachte ich. Sich kein bisschen informieren, geschweige denn nachbarschaftlich kümmern. Aber in puncto Vorurteile ganz vorn mit dabei sein!

Insgeheim leistete ich Abbitte und empfand Hochachtung vor der Familie: Sie wirkten alle so glücklich, harmonisch und lebensfroh! Mir fiel der blöde Spruch ein: »Unter jedem Dach ein Ach.« Wie tapfer und stark sie waren!!

Ein Eindruck, den mir Oma Bauch nur bestätigte: Thomas sei ein wundervoller Schwiegersohn, Martina eine optimistische, liebevolle Mutter, und die Kinder brächten Leben ins Haus. Außerdem kümmere man sich gemeinsam um die über neunzigjährige, fast blinde Elfriede Schröder im Nachbarhaus. Dafür dürfe man deren Garten benutzen.

Nachdenklich begleitete ich meine Gäste ans Gartentor und beschloss, mich in Zukunft mehr um sie zu kümmern. In diesem Moment empfand ich nichts als Verachtung für Albert, der immer nur jammerte, sich bedienen ließ und auf andere herabschaute – seien es nun Ausländer, Asylbewerber oder eben Straßenwärter.

»Wenn Sie irgendwie Hilfe brauchen …«, sagte ich und winkte meinen Nachbarn hinterher. Frau Bauch versprach, die Handtücher, die ich ihren Enkeln zur Verfügung gestellt hatte, zu waschen und wiederzubringen, was mich erst recht in Verlegenheit stürzte. Aber ich konnte sie den bibbernden Bürschchen ja schlecht entreißen, also ließ ich sie ziehen.

Was für ein spannender Tag!, dachte ich, als ich am frühen Abend Jonas nach Hause brachte. Juli konnte eindeutig nicht mehr fahren, ich dagegen schon, schließlich hatte ich nur einmal an dem Joint gezogen und nur ein winziges Glas Sekt intus. Außerdem wollte ich Jonas' Mutter kennenlernen.

Die große Liebe meiner Tochter dirigierte mich vom Rücksitz aus in einen kleinen Vorort südlich von Salzburg. Unterwegs bekam ich heraus, dass die Mutter alleinerziehend war und in einem Physiotherapiezentrum arbeitete.

Juli schlief in seinen Armen. Ich nannte Jonas die Straßennamen, und er gab präzise Anweisungen: »Bei der Bäckerei links rein, dann die zweite Straße rechts, anschließend kommt die Kirche. Vorsicht, Zebrastreifen! Dort geht eine schmale Straße halb rechts ab, jetzt müsstest du den Zaunerwirt schon sehen, und dahinter kannst du links parken.«

Ich tat wie geheißen und sah Jonas' Grinsen im Rückspiegel: »Siehst du den Bürgersteig? Von diesem Baum hier bin ich bis zu der Pferdekoppel da vorn gefahren.«

Jetzt konnte ich es mir genau vorstellen: Der Parkplatz vom Zaunerwirt ging in einen asphaltierten Weg über, der zu einer Wiese führte, auf der Pferde grasten. Hier hatte der Bursche also seine Fahrübungen gemacht. Beachtlich! Das waren sicherlich gut hundert Meter.

»Du siehst selbst, dass gar nichts passieren konnte. Hier stehen höchstens ein paar Pferde rum, und die können ja ausweichen.« Jonas stieg aus und half Juli heraus. Er machte eine weit ausholende Geste: »Das alles hier ist mein Revier.«

»Reitest du?«

»Ja, klar. Wenn du willst, bring ich es dir bei!«

Zielsicher stapfte er voraus, öffnete eine Haustür und stieg vor uns die Treppe herauf:

»Hier unten ist das Physiotherapiezentrum, und oben wohnen wir.«

Juli schlüpfte hinter Jonas durch die Wohnungstür, und ich stand etwas verloren auf der Fußmatte. »Hallo?«

»Komm schon rein!«, befahl Juli mit so etwas wie Besitzerstolz in der Stimme.

»Franziska, bist du da?«, rief Jonas.

Eine dunkelhaarige, schlanke Frau in Jeans und T-Shirt kam mir entgegen und wischte sich die Hände an einer Küchenschürze ab. »Oh, Besuch! Jonas, du hättest mich doch kurz anrufen können!«

»Sorry, vergessen!« Jonas und Juli verschwanden in Jonas'

Reich. Man hörte sie kichern und das Bett knarren, als sie sich darauf fallen ließen.

»Sind halt so, die jungen Leut!« Franziska lächelte herzlich und gab mir die Hand.

»Das ist ja aus dem ›Rosenkavalier‹!«, stellte ich erfreut fest. »War das jetzt Zufall?«

»Das sagt der Herr von Faninal am Ende des dritten Akts«, präzisierte Franziska und zog mich in die kleine, aber gemütliche Wohnung. »Und die Feldmarschallin antwortet weise: ›Jaja‹, und damit ist in der Oper alles gesagt.«

Jetzt war ich aber platt. »Der Rosenkavalier« war eine meiner Lieblingsopern, und im dritten Akt musste ich spätestens beim Terzett regelmäßig weinen. »Hab mir gelobt ihn lieb zu haben in der richtigen Weise …« Das galt ja irgendwie auch für Albert, und diese Stelle berührte mich ganz besonders.

»Sagen Sie bloß, Sie kennen den Rosenkavalier!«

»Sie meinen, als Physiotherapeutin? Sie werden lachen, ich habe Abitur!«

Sofort wurde ich rot. »Entschuldigung, so habe ich das nicht gemeint …« Schon wieder ein Fettnäpfchen! Wie gut, dass Juli meinen peinlichen Einstieg nicht mitbekommen hatte!

»Ach, Quatsch, das war doch nur Spaß!« Franziska machte eine Flasche Wein auf. »Ich freu mich, Sie endlich kennenzulernen!«

»Ich mich auch«, stammelte ich verlegen.

»Kommen Sie, setzen Sie sich! Die Kinder sind da drin wohl ein Weilchen beschäftigt.« Verschmitzt grinste Franziska mich an. »Jonas kann uns nachher was kochen.«

»Ach ja, wirklich?«

»Natürlich. Oder glauben Sie, nur weil er ein Mann ist, kann er das nicht?«

Ich machte den Mund auf, klappte ihn aber schnell wieder zu. Fast hätte ich nämlich gesagt: »Nein, aber weil er blind ist.« Schnell wechselte ich das Thema: »Ich *liebe* den Rosenkavalier!«

»Die Inszenierung von 2004 war für mich eindeutig die beste!« Franziska klatschte in die Hände und schmunzelte. »Erinnern Sie sich? Der ganze dritte Akt spielte im Puff. Das hatte was! Diese Inszenierung habe ich bestimmt fünfmal gesehen.«

Jetzt war ich doch verdutzt. »Nur schade, dass die Festspielkarten immer so teuer sind!«

»Sie werden lachen, aber ich kriege jedes Jahr Karten.« Franziska reichte mir ein Glas und prostete mir freundlich zu.

»Wie gelingt Ihnen das nur?« Diese Frage galt eigentlich allem, was ich hier so sah: Wie gelingt es Ihnen, so einen wohlgeratenen Sohn zu haben? Wieso kann der Bengel kochen und mein Mann sich noch nicht mal ein Brot schmieren? Aber ich beschränkte mich vorerst auf: »Ich meine, die tollen Opern sind doch immer schon ein Jahr im Voraus ausverkauft? Und wenn man doch eine Karte kriegt, dann nicht unter fünfhundert Euro?«

»Ich massiere die Opernsängerinnen und -sänger und löse ihre Verspannungen. Dabei staube ich immer ein paar Karten ab.« Franziska strahlte mich an.

Jetzt war ich erst recht platt. Die Festspielstars kamen zu Franziska ins Physiotherapiezentrum? Dann musste sie sehr gut sein.

»Sie laden mich auch immer zu den Proben ein. Eine

Bühnenhauptprobe ist wie eine Aufführung. Da wird nur noch in Notfällen unterbrochen, und das macht es erst recht interessant. Wenn Sie wollen, nehm ich Sie mal mit. Es gibt dieses Jahr auch den ›Rosenkavalier‹! Aber ich hab schon gehört, der dritte Akt spielt im Wald.«

»Egal«, beeilte ich mich zu sagen. »Das ist fantastisch! Das würde mich wahnsinnig freuen!«

Wir tranken. Der Weißwein war so kalt, dass das Glas beschlug. Er schmeckte köstlich.

»Nur noch ein bisschen«, bremste ich meine Gastgeberin. »Ich muss noch fahren.« Dabei vermied ich zu sagen, dass ich heute auch schon ein bisschen gekifft hatte.

Aber irgendwann ist eben immer das erste Mal.

Zwei Stunden später saß ich immer noch da. Wir waren längst zum Du übergegangen, und Franziska hatte mir viel von Jonas erzählt. An den Wänden der Dachwohnung hingen überall Fotos, die Jonas als Kleinkind zeigten: Jonas auf dem Dreirad, Jonas mit einem Ball, Jonas bei der Erstkommunion, Jonas am Klavier, Jonas auf dem Dreimeterbrett, Jonas auf Skiern, Jonas zu Pferd. Ich staunte nicht schlecht. Er wirkte wie ein völlig normaler Junge, man vergaß völlig, dass er blind war.

»Innerlich ist er nicht blind«, sagte Franziska.

»Nein. Das habe ich auch schon gemerkt.«

»Da er von Geburt an blind ist, hat er alles spielend gelernt. Ich habe ihn nicht verzärtelt und ihm nichts durchgehen lassen. Am wichtigsten war mir, dass er selbstständig wird und so wenig wie möglich auf Hilfe angewiesen ist.«

»Das ist dir gelungen!«, sagte ich bewundernd. »Alle Achtung. Hut ab.«

»Das freut mich. Es war ein hartes Stück Arbeit, aber es hat sich gelohnt.«

»Und was ist mit Jonas' Vater?«

»Ich war nie mit ihm verheiratet.«

»Warum nicht?«

»Ich glaube, ich hab ihn nie genug geliebt.«

Ich sah sie fragend an.

»Ich habe mich vor fünfzehn Jahren von ihm getrennt.«

»Meine Güte, da war Jonas …«

»Fünf.«

»Was für eine Aufgabe, einen blinden Jungen allein zu erziehen!«

»Allein war mir lieber als mit diesem Vater.« Franziska nahm einen Schluck Wein. Ihre Stimme war ganz ruhig und sachlich. »Ich nenne ihn nur noch Erzeuger.«

»Was … Ich meine, warum …?«

»Er ist Arzt und hat eine eigene Praxis in München. Inzwischen ist er längst verheiratet und hat drei Kinder.«

Ich sah sie abwartend an.

»Sehende Kinder«, sagte sie.

»Aber er kümmert sich doch um Jonas?«

»Nein.«

»Auch nicht finanziell?« Ich starrte sie an.

»Nein. Er hat mich damals unterschreiben lassen, dass ich keinerlei Geld von ihm haben will – weder für Jonas noch für mich.«

»Warum hast du das unterschrieben?«, wunderte ich mich laut. »Als Arzt kann er doch für seinen Sohn zahlen?« Sofort sah ich Thomas Laumann vor mir: Der hätte sich eher ein Bein abgehackt, als einen seiner Jungs im Stich zu lassen.

»Theoretisch ja. Aber damals wollte ich einfach nie mehr

mit ihm zu tun haben. Später hat er sich dann auf die Unterschrift berufen.« Franziska strich sich eine Strähne aus der Stirn. Dann schilderte sie mir eine Episode, die lange nach der Trennung vorgefallen war: »Als Jonas zwölf war, brauchte er eine Zahnspange. Ich hatte so viele Kosten, dass ich sie beim besten Willen nicht mehr bezahlen konnte. Da hab ich den Zahnarzt gebeten, Jonas' Vater die Rechnung zu schicken. Von Kollege zu Kollege sozusagen. Zwei Wochen später hat mich der Zahnarzt in seine Praxis gebeten und zeigte mir verlegen den ›Auseinandersetzungsvertrag‹ mit notariellem Stempel, den ich damals unterschrieben hatte. Jonas' Erzeuger hatte sie ihm geschickt. Zum Beweis, dass er nicht zahlen muss.«

Ich schluckte und war lange Zeit sprachlos. Schließlich murmelte ich: »Das zeigt allerdings, aus welchem Holz er geschnitzt ist.«

»Der Zahnarzt hat die Rechnung vor meinen Augen zerrissen. Ich habe die Zahnspange nicht bezahlen müssen. Der Zahnarzt war ein feiner Kerl.« Franziska strich mit dem Finger über das kalte beschlagene Weinglas. »Du lernst einen Mann erst dann richtig kennen, wenn du ihn verlässt.«

Ich starrte sie an. »Du kannst ihn doch verklagen!«

»Daran habe ich durchaus gedacht, als es mir finanziell nicht besonders gut ging.« Franziska drehte ihr Glas in den Händen. »Aber das ist nicht mein Stil. Ich wollte diesen Mann nicht mehr, und ich will auch sein Geld nicht.«

»Und Jonas?«

»Hat keinen Kontakt mehr zu ihm.«

»Moment mal!«, hakte ich nach. »Dein Ex ist Arzt und hat dich mit dem blinden Jungen alleingelassen, hat nicht gezahlt, und du hast dich nicht gewehrt?«

»*Ich* hab ihn alleingelassen«, stellte Franziska klar. »Wer mein Kind in ein Heim stecken will, hat uns nicht verdient.«

Ich sah sie abwartend an. »Er wollte Jonas in ein Heim stecken?«

»Ja. Als Arzt hat er genug Stress, hat er gesagt. Und wenn er nach Hause kommt, will er seine Ruhe haben. Ich soll mich so um ihn kümmern, wie ich das vor Jonas' Geburt auch getan habe.«

»Mein Mann hat auch solche Ansprüche«, murmelte ich. Immerhin hatte er noch nicht verlangt, dass ich Juli ins Heim steckte.

»Da war für mich der Ofen aus«, fuhr Franziska fort. »Ich wollte nie wieder was mit ihm zu tun haben.«

»Das kann ich gut verstehen«, brach es aus mir heraus. »Wie heißt der Mann?«

»Gisbert. Aber ich nenne ihn nur noch Miesbert.«

Ich unterdrückte ein Kichern und kratzte mich schnell an der Nase.

»Bevor ich ging, hat Miesbert mich noch zu einem Notar gezerrt. Der hatte das besagte Schriftstück schon lange vorbereitet, und ich habe unterschrieben. Ich wollte nur noch weg – Jonas saß schon im Auto, in seinem Kindersitz.«

»Und dann hast du bei null angefangen.«

»Ja. Ich hatte vor Jonas' Geburt vier Semester Musik studiert. Aber damit konnte ich nichts anfangen. Von ein paar Klavierstunden konnten wir nicht leben. Also habe ich in der Abendschule Kurse für Physiotherapie belegt und dann hier im Massagezentrum angefangen. Da unten läuft immer klassische Musik. Und Jonas konnte ich problemlos mitnehmen.«

Was für eine Geschichte!, dachte ich. Was für eine tolle Frau! Auch sie legt Hand an die Leute, aber anders als Erna.

Unglaublich, was für starke Frauen ich in so kurzer Zeit kennengelernt hatte! Und dann noch das beeindruckende Schicksal der Familie Laumann. War ich denn bis jetzt blind gewesen, nur weil ich mich immer bloß um Albert gekümmert hatte? Nur weil er der Nabel meiner Welt gewesen war? Konnte es sein, dass ich kaum noch über den Tellerrand hinausgeschaut hatte, nur um ihm den Teller mit Kraftmahlzeiten zu füllen, seine Hemden zu bügeln und für sein Wohlergehen zu sorgen? Ich wollte Franziska gerade von Albert erzählen, als das junge Glück in Form von Juli und Jonas eng umschlungen in die Wohnküche kam. Offensichtlich nach vollbrachter Tat, wie ich Julis seltsam flackerndem Blick entnahm. Jonas machte sich am Kühlschrank zu schaffen.

»Worauf habt ihr Lust, Mädels?«

Juli, die ziemlich derangiert aussah und ihre Haare ordnete, setzte sich rittlings auf einen Stuhl und starrte vor sich hin. »Kaiserschmarren«, schnurrte sie wie eine Katze, die sich das Fell leckt. »Aber ohne Rosinen.«

Rosinen, so hatte sie mir als Kind oft erklärt, erinnerten sie an ertrunkene Stubenfliegen. Und die wollte sie nicht im Essen haben.

»Ich brauch jetzt Eiweiß«, sagte Jonas, während er mit seinen langen, schlanken Fingern den Inhalt des Kühlschranks überprüfte. Ich wusste nicht, ob er Albert nachmachte oder ähnliche Beweggründe hatte wie er. »Ich könnte euch Hühnersuppe machen.«

»Okay, dann beides.« Juli wickelte sich förmlich um den Stuhl. »Kiffen macht sauhungrig.« Sie strahlte selig in die Runde.

Wenn Jonas nur sehen könnte, wie schön sie ist, ging es mir durch den Kopf. Aber er konnte es sehen: auf seine Weise.

Fröhlich pfeifend setzte er Wasser für die Hühnersuppe auf und fing an, Möhren und Sellerie zu würfeln.

»Gott, muss Liebe schön sein!«, hörte ich mich seufzen.

Franziska warf mir einen belustigten Blick zu. »Sind halt so, die jungen Leut.«

Und ich sagte weise wie die Feldmarschallin aus dem Rosenkavalier: »Jaja«, und damit war unsere Freundschaft besiegelt.

11

Es war kurz nach elf, als ich beschwingt und gut gesättigt in meinem Kleinwagen nach Hause brauste. Juli wollte bei Jonas übernachten, weil die beiden morgen früh schon wieder zum Workshop mussten. Ich hatte nichts dagegen, schließlich war sie volljährig – und Franziska hatte auch nichts dagegen, schließlich war Jonas volljährig. Sie mochte Juli sehr und freute sich, dass ihr Jonas glücklich war. Was für eine bezaubernde Frau! Und wie autark sie war! Auch wenn sie Erna kein bisschen ähnelte, gab es doch einige Parallelen zwischen den beiden. Sie hatten beide buchstäblich bei null angefangen. Im Autoradio lief der Rosenkavalier, Octavian wienerte als »Mariandl« gerade bescheuert: »Näin näin, ich trink käin Wäin«, und der alte Ochs auf Lerchenau fiel drauf rein und erwiderte: »Kommt glei wer mit'm Essen!« Ich für meinen Teil konnte nur hoffen, dass mich kein Polizist anhielt, sonst müsste auch ich behaupten, keinen Wein zu trinken. Ich hatte die Grenze gerade passiert und dachte daran, dass ich noch mit Donna rausmusste, als der Wagen bockte. Mist!, dachte ich. Hatte Juli heute nicht so etwas erwähnt? Ich musste ihn dringend in die Werkstatt bringen. So konnte man die Kinder nicht mehr damit fahren lassen. Ich war fast froh, dass es mir passierte. Und nicht den Kindern.

Verzweifelt gab ich ein paarmal Gas, doch ein rotes Lämpchen blinkte, und der alte Ford Taunus gab den Geist auf. Ich konnte gerade noch an den Straßenrand rollen. Hier stand ich nun. »Druckst dich fei unterm Mieder?«, fragte der Ochs auf Lerchenau, und ich machte das Radio aus. Nervös versuchte ich ein paarmal, den Motor wieder anzulassen, doch außer einem kränklichen Röcheln gab dieser nichts von sich. Immerhin ließ sich die Warnblinkanlage noch einschalten. In der Dunkelheit der verlassenen Landstraße blinkte sie vor sich hin.

Na toll! So ein schöner Tag und jetzt das! Nicht einmal Richard Strauss konnte da jetzt weiterhelfen. Sosehr ich ihn auch liebte.

Beklommen holte ich mein Handy aus der Handtasche und rief bei uns zu Hause an. Es klingelte lange. Donna konnte leider nicht abnehmen. Bestimmt stand sie bellend und schwanzwedelnd vor dem Telefon, wenn sie nicht schon in den Flur gemacht hatte.

Albert. War der etwa immer noch nicht da?

Ich wählte seine Handynummer, doch es ging nur die Mailbox ran.

Schließlich rief ich in seinem Fitnessstudio an. Carmen, die wasserstoffblonde Betreiberin mit Haarverlängerungen und Arschgeweih, meldete sich.

»Albert ist immer noch in der Sauna«, informierte sie mich. »Sein Handy liegt in der Umkleide.«

»Dann sei doch so gut und hol ihn mal ans Telefon.«

»Ich bring es ihm«, bot sie fröhlich an. Ich lauschte. Aha.

Jetzt ging sie die Treppe runter, jetzt öffnete sie ein paar Türen. »Albert, für dich.«

Okay. Der saß jetzt nackig und behaart da rum, und sie hielt ihm den Apparat dorthin, wo er keine Haare mehr hatte. »Deine Frau.«

»Ja?«, bellte Albert. Ich sah ihn förmlich vor mir, mit seinen kurzen, stämmigen Beinen und seinem dicken Rumpf, von dem er immer behauptete, er bestehe nur aus Muskeln.

Ich erklärte ihm, in welcher Lage ich mich befand. Straßenrand, Grenze, Motor aus.

»Na und?«, blaffte Albert. »Was willst du jetzt?

»Ich hätte gern, dass du mich abholst.«

»Spinnst du? Du hast doch gehört, dass ich in der Sauna bin!«

Mir blieb einen Moment die Spucke weg. »Ja schon«, sagte ich schließlich mit belegter Stimme. »Aber die kannst du ja verlassen und dich anziehen. Mit deinem schnellen Range Rover bist du in zwanzig Minuten hier.«

»Ich denk gar nicht dran!«, sagte Albert. »Ich habe heute zigmal versucht, dich zu Hause zu erreichen, weil ich was zu essen brauchte. Und wer war nicht da? Die gnädige Frau. Und wer hatte mir nicht mal einen Zettel hingelegt, als ich halb verhungert heimkam? Die gnädige Frau. Und jetzt will die gnädige Frau von einer einsamen Landstraße abgeholt werden, mitten in der Nacht? Das lassen wir gar nicht erst einreißen. Wer bin ich denn!«

Klick. Danach war die Leitung tot.

Ich starrte angewidert auf mein Handy. War das wirklich derselbe Mann, der vor zwanzig Jahren mit mir in Paris die Sonne putzen wollte? Meine Notlage interessierte ihn kein bisschen. Aber für irgendwas musste ein Ehemann doch gut sein! Wenn er einen schon nicht aus einer Notlage heraushelfen konnte!

Fassungslos drückte ich auf die Wiederholungstaste. Der konnte mich doch unmöglich hier stehen lassen! Wer war ICH denn? Draußen fing es an zu regnen. Die Warnblinkanlage färbte den Sprühnebel orange ein.

Carmen ging dran.

»Ich bin's noch mal, Katja Richter …«

»Dein Mann ist stinksauer«, unterbrach sie mich. »Ich geh da jetzt nicht noch mal rein!«

Klick. Und wieder war die Leitung tot.

Da saß ich nun. Mein Herz schlug wie wild, und mein Mund war völlig ausgetrocknet. Ich sah meinen Vater weise nicken, hörte das Hohnlachen meiner Mutter: »Wir haben es dir ja gesagt: ›Eines Tages wirst du noch an unsere Worte denken.‹« Wollte ich aber nicht.

In meiner Verzweiflung rief ich Erna Doktor an, die um diese Zeit sicher noch wach war.

Sie meldete sich auch gleich und hustete in den Hörer. Sie werde mir jetzt sofort »'ne Taxe« schicken, berlinerte sie, oder besser einen Abschleppdienst. Sie selbst könne jetzt leider nicht von der Rezeption weg, bei ihr sei heute die Hölle los. Aber ich solle doch noch kommen, die Stimmung sei gerade bombastisch.

»Näin näin, ich trink käin Wäin«, lenkte ich so frigide ein wie das »Mariandl«. »Gib mir einfach die Nummer vom Abschleppdienst, dann ruf ich ihn selber.«

Während sie mir umständlich die Nummer diktierte und ich nicht wusste, wo ich sie hinschreiben sollte, erfasste mich Scheinwerferlicht. Ein einsamer Pkw nahte. Halb hoffte, halb fürchtete ich, er würde weiterfahren. Doch er blieb stehen.

Zu meiner Überraschung war es das Ehepaar Laumann, mitsamt schlafendem Kleinkind auf dem Rücksitz. Die hochschwangere Martina saß am Steuer, und Thomas sprang trotz seiner Behinderung aus dem Wagen und bot an, mein Auto anzuschieben. Die Hochschwangere und der Humpelnde bemühten sich vergeblich, meine Karre wieder zum Laufen zu bringen. Dann stellte Thomas mit schmerzverzerrtem Gesicht wenigstens mein Warndreieck auf, und ich schämte mich bis auf die Knochen. Tränen schossen mir in die Augen. »Nein, bitte nicht, fahrt nur, ich ruf den Abschleppdienst …«

Die beiden parkten vor mir, schalteten ebenfalls die Warnblinkanlage an und bestanden darauf, mit mir zu warten, bis der Abschleppdienst da war. »Wir lassen Sie doch nicht hier im Dunkeln allein!«, sagte Thomas, und Martina war ganz seiner Meinung. »Das ist doch Ehrensache! Wir sind doch Nachbarn.«

Ich stieg zu ihnen ins Auto, setzte mich neben den kleinen Pascal. Sein Köpfchen mit der hellblauen Bommelmütze war zur Seite gefallen. »Die Blümelein, sie schlafen …«

»Kein perfekter Zeitpunkt für eine Panne«, sagte Thomas lachend. »Wie wär's mit einem Butterbrot?« Er hielt mir eine blaue Tupperdose hin, aus der es nach Leberwurst roch.

»Nein, vielen Dank, ich bin heute Abend schon aufs Beste bekocht worden.«

»Dann haben Sie hoffentlich nichts dagegen, wenn wir jetzt was essen?«

»Wir waren nämlich den ganzen Tag im Landeskrankenhaus«, sagte Martina kauend.

Ich berichtete, dass Oma Bauch mit Kevin und Dominik bei mir im Garten gewesen waren und mich ein wenig über ihren Schlamassel informiert hatten. Meine Güte, war das wirklich alles erst heute passiert?

»Hoffentlich haben die Kinder Sie nicht gestört!«

»Aber nein, sie sind reizend und so gut erzogen! Und ihr müsst auch nicht die Handtücher waschen! Einfach über den Zaun werfen!«

»Tee?« Martina reichte den Becher der Thermoskanne nach hinten.

»Danke, gern.« Dankbar schlürfte ich das heiße Gebräu, das nach Kindheit und Honig schmeckte. Nach heiler Familie, Geborgenheit und Zusammenhalt. Verlegen blinzelte ich meine Tränen weg und strich Pascal über das weiche Händchen.

»Ihr müsst wirklich nicht hier warten«, stammelte ich erneut. »Ihr wollt bestimmt nach Hause zu den Kindern.«

»Die schlafen sowieso schon. Oma Bauch ist ja da. Wir lassen Sie hier nicht allein.«

»Wollen wir nicht Du sagen?« Heute hatte ich eine ganze Handvoll neue Freunde gefunden. »Ich bin hier wohl die Älteste, also sagt bitte Katja!«

»Martina.«

»Thomas.«

»Und das ist Mike«, stellte Martina das Baby in ihrem Bauch vor. »Seit heute wissen wir, dass es ein Junge wird.«

»Ich kann nur Jungen«, sagte Thomas grinsend.

»Da kann ich nur gratulieren!« Ich reichte den leeren Thermosbecher zurück. »Vier Jungs! Wow!«

»Die Dalton-Brüder«, kalauerte Martina mit dicken Backen.

»Wenn Mike laufen kann, will ich es auch wieder richtig können«, bemerkte Thomas.

»Er hat schon eine Wette mit ihm abgeschlossen.« Martina pustete in ihren Tee. »Wer eher laufen kann.«

»Wie geht es Ihnen … äh … dir denn jetzt?«, fragte ich betroffen. »Ich meine, euch.«

»Willst du unsere Geschichte wirklich hören?«

»Ja. Bis der Abschleppdienst kommt.«

Martina drehte sich zu mir um, so gut sie das in ihrem Zustand konnte. »Wir haben schon eine Menge zusammen durchgemacht. Unser Kevin war eine Frühgeburt, da war ich gerade zwanzig und Thomas zweiundzwanzig. Wir sind die berühmte Sandkastenliebe.«

»Wie schön. Und sie hat gehalten!«

»Ich lag wochenlang am Tropf, als Kevin kam, und zuerst hat er nicht geatmet.«

»Der Kevin, der heute bei uns im Pool gebadet hat?«

»Ja. Man hatte vergessen, meiner Frau Kortison zu spritzen, um die Lungenreife des Ungeborenen zu beschleunigen«, fügte Thomas hinzu. »Es war abzusehen, dass er als Frühchen zur Welt kommen würde.«

»Er lag vier Wochen auf der Intensivstation und wurde künstlich beatmet. Wir waren ständig bei ihm, damit er unsere Nähe spüren konnte. Immer wenn wieder schmerzhafte Untersuchungen durchgeführt werden mussten, zogen die Schwestern seine kleine Elefantenspieluhr auf. Dann war er ganz ruhig und hat alles mit sich machen lassen. Kevin hat gekämpft und gesiegt! Unser kleiner Stammhalter hat Martina und mich ganz fest zusammengeschweißt. Wir sind ein gutes Team geworden und dachten damals, etwas Schlimmeres kann uns gar nicht mehr passieren.«

»Aber leider war das erst der Anfang«, murmelte ich, ohne Pascals Händchen loszulassen.

»Du sagst es!«, bekräftigte Martina. »Kevin war gerade zwei Jahre alt und quietschfidel. Ein wenig zierlich vielleicht, aber unser ganzer Stolz. Da hat ein kerngesunder Dominik das Licht der Welt erblickt. Wir waren mächtig stolz auf unsere kleine Familie …«

»Und da begann meine Kniescheibe verrücktzuspielen«, berichtete Thomas. »Ich hab ja die Brötchen als Straßenwärter verdient und war auf mein verdammtes Knie angewiesen. Mein Orthopäde hat mir zur OP geraten und mir das mit der Schraube erklärt.«

Den Teil der Geschichte kannte ich schon.

»Vor der OP hat man mir ein Schriftstück vorgelegt, das mich über alle Risiken aufklärte. Ich hab es natürlich unterschrieben.«

Das war schon die zweite Geschichte von einer Unterschrift mit weitreichenden Folgen. Gespannt hörte ich weiter zu, während der Regen unaufhörlich aufs Laumann'sche Autodach prasselte. Ansonsten war hier nicht »Der Rosenkavalier« zu hören, sondern »Atemlos durch die Nacht« und »Ein Hoch auf uns«, was auch viel besser zu den Laumanns passte.

»Die Operation ist gut verlaufen. Martina hat mich jeden Tag mit unseren zwei Knirpsen besucht. Auch wenn das insgesamt eine Strecke von fünfzig Kilometern mit dem Auto war. Aber kein Hindernis für meine wundervolle Familie!«

Thomas nahm Martinas Hand, und sie legte sie stumm auf ihren Bauch.

»Hallo, Mike«, sagte Thomas. »Hör zu, dich geht die Geschichte hier auch was an! Martina und die Jungs waren mein ganzer Halt. Nach vier Wochen durfte ich dann mit Krücken nach Hause.«

»Mit Gehstützen!«, verbesserte ihn Martina. »Krücken sagt man nicht. Das ist abwertend.«

»Die Fäden wurden gezogen, und ich genoss die Zeit zu Hause auf dem Sofa: Kevin baute schon Legohäuser, und Dominik hat mit seinen Patschhändchen alles wieder kaputt gemacht.«

Oh, Gott, dachte ich beschämt. Das hat sich alles bei uns im Nachbarhaus abgespielt, und ich hatte keine Ahnung! Aber trotz der Schmerzen, der finanziellen Sorgen und anstrengenden kleinen Kinder hatten die offensichtlich mehr Spaß als wir auf unserer Seite der Hecke.

Thomas sprach weiter: »Doch als ich nach sechs Wochen wieder anfing zu arbeiten, bekam ich unerträgliche Schmerzen im Knie. Martina hat mich zum Röntgen gefahren. Die Schraube hatte sich gelöst und war ins Bein gewandert. Die Ärzte meinten, das kann schon mal passieren, sie holen sie wieder raus. Da wurde ich schon stutzig: Wieso soll die Schraube erst ein Jahr drinbleiben und jetzt ist sie auf einmal nicht mehr nötig? Na egal. Operation Nummer zwei. Ich wurde zu Hause von Martina und meinen süßen Rackern verwöhnt und lag weitere fünf Wochen auf dem Sofa.«

Ja!, dachte ich. Aber nicht weil du ein verwöhnter Sack im Bademantel warst, sondern weil du vor Schmerzen nicht gehen konntest.

»Inzwischen begann draußen der Winterdienst, und mein Chef machte Probleme: von wegen kleine Routineoperation! Er hatte das Gefühl, ich wollte mich drücken!«

Dass Albert genau das immer über unseren Nachbarn sagte, behielt ich lieber für mich.

»Der kleine Kevin meinte ständig: ›Papa aua.‹ Das waren seine ersten Worte: ›Papa aua.‹ Aber ich hab Thomas Mut gemacht: ›Du schaffst das. Die Kinder wollen doch mit dir Fußball spielen und Sandburgen bauen!‹ Wir hatten von der alten Frau Schröder gerade den Garten übernommen, also versprochen, uns darum zu kümmern.«

»Ach, die alte Frau Schröder kenne ich auch«, warf ich ein. »Vom Sehen.«

Ja. Eigentlich kannte ich alle Nachbarn nur vom Sehen.

Weil Albert keinerlei Interesse an einer Vertiefung unserer Beziehungen hatte: Die konnten ihm alle »gestohlen bleiben mit ihrem Gelaber«. So O-Ton Albert.

»Martina und die Jungs haben mich Tag für Tag zum Verbandswechsel gefahren«, fuhr Thomas fort. »Ich hatte inzwischen so starke Schmerzen, dass ich spürte: Irgendwas ist da faul.«

Martina stieß ein schnaubendes Lachen aus: »Und zwar im wahrsten Sinne des Wortes!«

»Leider bestätigte der Arzt unseren Verdacht: Die Schmerzen kamen von Wundheilungsstörungen. Er hat mich sofort zum Chirurgen überwiesen.«

»Der Chirurg sagte was von einer ›Osteomyelitis im rechten Tibiakopf‹. Das klingt nicht nur schrecklich, das ist es auch!«, erklärte Martina.

»Das hört sich einfach nur nach bestialischen Schmerzen an«, murmelte ich.

»Ja. Es hat lange gedauert, bis wir das orthopädische Fachchinesisch verstanden haben.«

»Aber jetzt könnten wir eine Doktorarbeit darüber schreiben.«

»Mein Schwiegervater war damals einer der wenigen, der nachvollziehen konnte, was ich durchmache. Er war nicht der Meinung, dass ich mir auf dem Sofa einen lauen Lenz mache und auf Kosten der Steuerzahler lebe. Er hatte als Bergmann seine Ferse verloren, als ihm ein Felsbrocken drauffiel. Er trug orthopädische Schuhe und humpelte durchs Leben, hat tapfer weitergearbeitet und bei jedem Schritt die Zähne zusammengebissen.«

»Und seine Frau hat auch immer zu ihm gehalten.«

»Ja, das kommt ja auch noch dazu: dass Humpelnde milde ausgedrückt belächelt werden, wenn nicht sogar verspottet. Aber du hast auch immer zu mir gehalten, Schatz. – Sieh mal, da kommt der Abschleppdienst!«

Wir erklärten den Männern, was mit meinem Auto los war. Sie luden es auf und gaben mir die Adresse der Werkstatt.

»Also, bringen wir dich nach Hause!«, sagte Thomas.

Martina ließ den Motor an und fuhr los. Ich stopfte dem kleinen Pascal die Wolldecke um die Beinchen.

»Wie ging es dann weiter?«

»Mein Schwiegervater hat immer gesagt: ›Junge, ihr packt das. Ihr seid ein Team!‹ Er hat Martina wahnsinnig geliebt. Was ich gut verstehen kann. Sie ist ein wunderbarer Mensch.«

Plötzlich durchzuckte mich ein unangenehmer Gedanke: Warum konnte Albert unsere Juli nicht so lieben? Oder mich? Warum verheimlichten wir ihm Jonas in stiller Übereinkunft?

»Wir sind dann noch mal in die Klinik gefahren, um zu fragen, wie das passieren konnte«, berichtete Martina mit brüchiger Stimme. »Da hat uns der Chirurg nur den Wisch gezeigt, den Thomas unterschrieben hat, und herablassend gemeint, wir hätten das Risiko doch gekannt.«

Ich musste mir auf den Knöchel beißen vor Wut. Genau

so musste sich Franziska gefühlt haben, als der »Erzeuger« Gisbert sie mit der teuren Zahnspange sitzen ließ und dem Zahnarzt den beim Notar unterschriebenen Wisch schickte.

»Ein junger Assistenzarzt hat das mitbekommen und uns hinter vorgehaltener Hand gestanden, dass die Schraube in meinem Bein nicht steril war. Aber offiziell hätte er uns das nie gesagt.«

»Wir sind dann zu meinem Orthopäden, der mir zu dieser ›harmlosen Routine-OP‹ geraten hatte. Der war so betroffen, dass er uns – ebenfalls hinter vorgehaltener Hand – geraten hat, uns an die ›Schlichtungsstelle für Arzthaftpflichtfragen‹ zu wenden.«

»Aber auch das hat er offiziell nie zu uns gesagt.« Martina setzte den Blinker und bog in die Burgbergstraße ein.

»Es war ein Tag vor Weihnachten, und Thomas fing an, sich selbst die Schuld für alles zu geben.«

Toll!, dachte ich. Willkommen im Club. Endlich mal ein Mann!

»Er fühlte sich schuldig, dass wir kaum Geld für Weihnachtsgeschenke hatten, dass er seit fast einem Jahr arbeitslos war und die vierköpfige Familie kaum unterstützen konnte.« Martina schnaubte. »Da hab ich mit meinem fersenlosen Vater den größten Weihnachtsbaum aller Zeiten gekauft, er war etwa so groß wie der Kölner Dom.« Sie grinste mich über den Rückspiegel an. »Den mussten wir erst mal passend sägen, sonst wäre der gar nicht in die Wohnung gegangen.«

»Und währenddessen hat der Chirurg mir ›zur Sicherheit‹ noch einen zirkulären Gips verpasst«, erzählte Thomas weiter. »Der reichte vom Po bis zu den Zehenspitzen. In Giftgrün. Frohes Fest!«

Martina fuhr rechts ran und stellte den Motor aus. Keiner von uns machte Anstalten auszusteigen. Am allerwenigsten der schlafende Pascal.

Als hätten die Laumanns nicht schon den ganzen Tag im Krankenhaus verbracht, fuhren sie mit ihrer Krankengeschichte fort.

»Martina hat die Kinder zu Bett gebracht und den Riesenbaum so liebevoll geschmückt, dass mir auf dem Sofa die Tränen kamen. Ich kam mir so nutzlos vor und fiel in ein richtig tiefes Loch.«

»Da hab ich meinem großen Kerl mal in die Rippen geboxt und gesagt: ›Geheult wird später, jetzt reißen wir uns zusammen, denn morgen kommt das Christkind! Wir können froh sein, dass wir uns haben und zwei so prächtige Burschen! Das ist doch alles nicht selbstverständlich!‹«

Ich presste die Lippen zusammen. Ja, nach Franziskas und Laumanns Geschichte war es das wirklich nicht. Warum waren WIR denn nicht glücklich? Wir hatten doch alles! Wir waren gesund und hatten keine Schmerzen. Warum konnte Albert keine Freude empfinden? Oder lag es an mir? Ich nickte nachdenklich, während Thomas weitersprach wie ein Wasserfall.

»Martina meinte, dass uns das Strahlen in den Augen unserer Jungs alle Sorgen vergessen lässt.« Er drehte sich zu mir um und lächelte mich an, »Und recht hatte sie! Wir haben die Wohnzimmertür abgeschlossen und Engelshaar vors Schlüsselloch gehängt.«

Gott, waren diese Leute süß!

»Genau«, unterbrach ihn Martina, die sich auch in ihrem Sitz drehte, als hätten wir alle kein Zuhause. »Am nächsten Morgen kam Kevin ganz aufgeregt zu uns ins Bett. Er hat sich auf das grüne Gipsbein geworfen und lispelnd gesagt: ›Das Christkind war da!‹«

»Es war zwar erst sieben Uhr früh, aber dieser Moment hat uns mit allem versöhnt.« Endlich schälte sich der baumlange Thomas aus dem Auto. Martina stieg ebenso schwerfällig aus. Gemeinsam hoben wir den schlafenden Pascal aus seinem Kindersitz.

»Geht's?«

»Ja, danke, wir kommen schon klar.«

»Danke fürs Mitnehmen! Und danke für eure Geschichte!«

»Sie geht noch weiter«, bemerkte Martina ironisch. »Wenn du mal Langeweile hast, komm rüber!«

Langeweile nicht, dachte ich. Aber von eurer Lebensfreude und Dankbarkeit kann ich mir eine Scheibe abschneiden. »Ich bin gespannt!«

Die beiden warteten noch, bis ich die Haustür aufgeschlossen hatte. Aus dem stockdunklen Flur kam mir schlaftrunken Donna entgegengewankt. Sie riss gähnend das Maul auf und fiepte schaurig.

»Ja, ist denn dein Herrchen immer noch nicht zu Hause?« Ich tätschelte den schlafwarmen Hundekörper und wollte nur noch ins Bett.

Doch. War es: Die Sporttasche lag auf dem Boden, und seine Schuhe standen kreuz und quer. Albert schlief tief und fest. Er hatte mir weder das Licht angelassen, noch war er mit dem Hund rausgegangen. Geschweige denn, dass er auf mich gewartet hätte.

Ich winkte meinen neuen Freunden noch einmal zu, nahm die Leine vom Haken und ging mit Donna in die regnerische Nacht hinaus.

12

Zum Glück war am nächsten Morgen Samstag. Albert saß in seinem unvermeidlichen Bademantel am Frühstückstisch und blätterte in der Süddeutschen. Kein »Wo warst du?«, kein »Wie geht's dir?« und erst recht kein »Kann ich dir mit dem Wagen helfen?«. Stattdessen brummte er hinter seiner Zeitung: »Also Stellenausschreibungen gibt es in Hülle und Fülle. Hier zum Beispiel: Die Deutsche Bank in Frankfurt sucht einen Geschäftsführer für unsere Region. Das Anforderungsprofil würde genau auf mich passen. Bitte, Spatzl, mach mir meinen Eiweißdrink, ich sitz gerade.«

Ich warf den Mixer an und war schon froh, dass er nicht direkt aus dem Plastikbehälter trank, so wie er das gern abends vor dem Fernseher tat. Nur weil er zu faul war, sich ein Glas zu holen.

Mein Gatte soff seinen Eiweißshake und zog sich mitsamt der Stellenausschreibung zur »Geschäftssitzung« zurück. Eine halbe Stunde später brach er ins Fitnessstudio auf, mit der von mir inzwischen frisch bestückten Sporttasche.

Ich machte eine Runde mit Donna und winkte freundlich in den Nachbargarten, wo sich die Laumann-Jungs gerade um einen Ball balgten. Martina stand am Küchenfenster und winkte fröhlich zurück.

Als ich danach das Bad putzte, war die Süddeutsche mal wieder überall auf dem Boden verteilt. Ganz oben lag der Stellenteil mit der Anzeige der Deutschen Bank. Sie nahm eine halbe Seite ein. Ganz schön beeindruckend.

Ich setzte mich damit an den Küchentisch und las sie gründlich durch. Ja, das war wirklich ein toller Job. Das Anforderungsprofil war ordentlich, aber Albert würde das schon schaffen. Wenn er mit etwas auftrumpfen konnte, dann mit selbstbewusstem Auftreten.

Woran es mir eher mangelte. Aber sonst … Ich las mir die Anzeige noch einmal durch und erkannte: Alle Voraussetzungen erfüllte auch ich! Vier Jahre lang hatte ich Abendkurse in Betriebswirtschaft und Finanzwesen belegt und mit Bestnoten abgeschlossen! Und wie sagte Reuter immer so schön: »Frau Richter, Sie können unheimlich gut mit Menschen umgehen. Deshalb bearbeiten Sie bitte diese Beschwerden hier.«

Ich kaute an meinem Daumennagel. Wenn Albert sich einbildete, das Anforderungsprofil wäre nur auf ihn zugeschnitten, dann täuschte er sich! In mir regte sich leiser Trotz. Während ich die Wohnung auf Vordermann brachte, ging ich die Annonce im Stillen immer wieder durch: Ich – saug – kann – putz – das – wisch – auch! Und selbst wenn ich den Job nicht bekam: Meinem angeknacksten Selbstbewusstsein schuldete ich es, dass ich es wenigstens versuchte. Fest entschlossen setzte ich mich an den Laptop und rief meinen Lebenslauf auf. Ja, der konnte sich sehen lassen! Ich aktualisierte ihn und klickte mich durch meine Bewerbungsfotos. Und einfach so, nur zum Spaß oder aus Langeweile, wie

Martina sagen würde, schrieb ich eine Bewerbung. Meine Finger flogen nur so über die Tasten. Auf einmal ging alles wie von selbst. Ich hängte Foto und Zeugnisse an und drückte auf »Senden«, bevor mich meine Selbstzweifel daran hindern konnten. Seufzend klappte ich den Laptop zu und blies mir eine Haarsträhne aus dem Gesicht. Was kann dir schon passieren, Katja?, dachte ich. Erstens werden sich so viele Leute bewerben, dass sie dich sowieso nicht einladen. Zweitens, wenn doch: Juli ist volljährig und in einem Jahr mit der Schule fertig. Das packt die auch allein. Drittens kannst du ruhig mal aufhören, Albert den Arsch nachzutragen. Und viertens ist dein Leben noch lange nicht vorbei.

»Und? Wie seh ick aus? Nimmste mir so mit?«

Erna stand rührend um Biederkeit bemüht in förstergrünem Tweed mit weinroten Bordüren auf den Stufen des Mozarteums und strahlte mich an. Auf ihrer toupierten Hochsteckfrisur, die aussah wie ein leeres Schwalbennest, thronte ein keckes rotes Hütchen mit bunter Feder, und ihre stämmigen Füße steckten in Wildledertroddelschuhen. Anscheinend hatte sie ein Trachtengeschäft überfallen.

»Umwerfend, Erna.« Ich umarmte sie und badete förmlich in Veilchenparfum.

Ihr mächtiger Busen bebte vor Vorfreude.

»Wo haste denn deine schlechte Anjewohnheit jelassen?«

»Wie?« Was meinte sie bloß damit? Bohrte ich sonst in der Nase, oder kaute ich Fingernägel, wenn ich Freundinnen vor Konzertsälen umarmte?

»Die du Ehemann nennst!«

Ich lachte. »Der interessiert sich nicht für Musik.«

Sie nahm meine Hand: »Ick war noch nie in einem klassischen Konzert! Und dieser Barocksaal mit dem janzen Jeschnörkel, det is ja erste Sahne, is det!«

Ich bugsierte meine aufgeregt schnatternde Puffmutter so unauffällig wie möglich zu unseren Plätzen in der dritten Reihe. Einige distinguierte Herrschaften mussten für uns aufstehen, und ich sah, wie sie ihre gelifteten Brauen noch höher zogen, als Erna ihren Busen an ihnen vorbeischob.

Ja, Erna war nicht auf ihrem gewohnten Parkett, aber sie begleitete mich heute ins Abschlusskonzert des Wettbewerbs »Young Jazz Project«, der von einem Hersteller sauteurer Kugelschreiber gesponsert wurde. Zwischen goldenen Putten, die mit himmelwärts gerichteten Augen vor den Säulen schwebten und stumm die Harfe zupften oder pausbäckig in Posaunen bliesen, prangte überall das Logo der edlen Schreibgeräte. Albert hatte von mir schon mal so einen Füllfederhalter mit eingraviertem Namen zum Geburtstag bekommen. Für dasselbe Geld hätte ich auch einen gebrauchten Kleinwagen bekommen. Aber Albert brauchte solche Statussymbole. Er tätigte all seine Unterschriften damit.

Der Saal füllte sich rasch, und im letzten Moment schlüpfte eine weitere Bekannte durch die Türen, die bereits von livrierten Dienern geschlossen wurden: Franziska! Ich winkte ihr mit dem Programmheft, und sie schlängelte sich elegant zu uns. Nun saß ich zwischen meinen beiden neuen Freundinnen: rechts die keuchende Planschkuh Erna, der bereits der Schweiß über die Stirn lief und die sich mit dem Federhut Luft zufächelte. Und links das elegante Rassepferd Franziska. Sie trug ein schlichtes graues Stehkragenkleid zu schwarzen Stiefeln und hatte das dunkle Haar zu einem Pferdeschwanz gebunden. Meine Begleiterinnen gaben sich über meinem Schoß die Hand, und ich hätte am liebsten die

Arme um sie gelegt, um allen zu zeigen, dass wir drei zusammengehörten.

Zuerst traten verschiedene Instrumentalisten auf – auch Jugendliche, denen man das Lampenfieber ansah und anhörte. Es war zum Teil rührend zu sehen, dass ein Saxofon größer war als das hineinblasende Kind. Die Spucke tropfte nur so aus den Mundstücken, aber je weiter der Abend voranschritt, desto besser wurde der Sound.

Mit die Letzten, die auftraten, waren Juli und Jonas. Sie wurden von frenetischem Beifall begrüßt, Plakate mit »JJ« in einem roten Herz wurden hochgehalten. Und für Jonas, der das nicht sehen konnte, wurde das Kürzel für die beiden auf Englisch in den Saal gebrüllt: »Dschej Dschej!« Dann wurde es still im Saal. Julis feuerrotes Haar glänzte im Scheinwerferlicht, das auch auf Jonas' filigrane Hände gerichtet war. Anschließend verzauberten die beiden mit ihren wunderschönen Klängen Publikum und Jury. Juli hielt die Augen geschlossen und sang so virtuos in ihr Mikrofon, dass ich aufhörte zu atmen. Ihre mal nur gehauchte, dann wieder überraschend kräftige Stimme wurde von Jonas' einfühlsamem Klavierspiel regelrecht getragen.

Erna beugte ihren mächtigen Oberkörper zu mir und raunte: »Det nenn ick 'n Ohrjasmus.«

Es war einfach nur schön. Zuerst klammerte ich mich mit einer Hand an Erna und mit der anderen an Franziska. Aber mit der Zeit löste sich unsere Anspannung. Es war einfach nur magisch. Ich merkte gar nicht, dass mir die Tränen liefen, erst als das Licht wieder heller wurde und die Menge anfing zu johlen und zu klatschen.

»Bravo!«, brüllten die jungen Leute und »Jo-nas! Ju-li!«.

Blumen und Programmhefte, die zu Papierfliegern umfunktioniert worden waren, segelten auf die Bühne. Das Publikum trampelte vor Begeisterung, Sprechchöre wurden laut: »Dschej Dschej Dschääz!«

Juli und Jonas hielten sich beglückt an den Händen, strahlten über das ganze Gesicht und verbeugten sich immer wieder. Dann nahm Jonas meine Juli in die Arme und wirbelte sie einmal um die eigene Achse. »Huch!«, schrien einige, als er dabei dem Flügel gefährlich nahe kam, aber der Aufschrei ging in erleichtertem Gelächter unter.

Wir klatschten uns die Finger wund. Auch Franziska musste sich die Augen wischen, und wir drückten uns immer wieder die Hand, als würden wir schon ewig zusammengehören. Ernas Armreifen klirrten, so heftig applaudierte sie, und die Feder auf ihrem Hut zitterte.

Irgendwann stand der ganze Saal. Keine andere Gruppe hatte Standing Ovations bekommen! Mich überrollte eine Woge des Stolzes und der unbändigen Liebe. Wie ich mich für mein Kind freute! Sie war wirklich über sich hinausgewachsen. Nicht auszudenken, wenn sich Albert durchgesetzt und ihr diese Chance wegen der verbockten Lateinprüfung genommen hätte! Sie würde dieses erste Konzert ihres Lebens nie mehr vergessen. Wie oft sie wohl noch mit Jonas auf einer Bühne stehen und den Beifall genießen würde? Sie waren jetzt nicht nur privat, sondern auch beruflich ein Paar. Was, wenn eines von beidem eines Tages nicht mehr galt?

Ich zwang mich, nicht weiter darüber nachzudenken. Egal, was passierte – ich würde immer zu ihr halten.

Die Jury verkündete nach kurzer Bedenkpause, dass Juli und Jonas den ersten Preis gewonnen und sich damit für den Internationalen Jazzwettbewerb in Wien qualifiziert hatten.

Franziska und ich fielen uns tränenüberströmt um den

Hals, Erna schnaubte geräuschvoll in ein riesiges Taschentuch, und alle drei warfen wir Kusshände, die Juli erfreut zur Kenntnis nahm und Jonas schilderte.

Nach einer hinreißenden Zugabe, die wieder alle von den Sitzen riss, strömten wir mit den anderen Zuhörern aus dem Saal.

Kurz darauf fiel ich Juli in der Künstlergarderobe um den Hals. Franziska und Erna gratulierten ebenfalls, während wir von lauter begeisterten jungen Leuten regelrecht eingekeilt wurden, die alle einen Blick auf Jonas und Juli erhaschen wollten.

»Und jetzt gehen wir noch zu mir an die Bar!« Erna fächelte sich mit dem Programmheft Luft zu. »Ihr seid alle eingeladen.«

»Bist du sicher?« Ich sah fragend zu Franziska hinüber. »Es ist mehr oder weniger ein Puff«, raunte ich ihr hinter vorgehaltener Hand zu. »Ich weiß nicht, ob Jonas schon mal so was gesehen hat.«

Ich wollte mir schon die Zunge abbeißen wegen meiner unbedachten Äußerung, als sie lachend sagte, sie sei zu allen Schandtaten bereit.

»Jonas hat bestimmt schon mal so was gesehen. Aber ich nicht!« Sie sagte ganz selbstverständlich »gesehen«.

Erleichtert drückte ich sie an mich.

»Nur gucken natürlich.« Franziska grinste.

»Mädels sind immer willkommen«, quakte Erna dazwischen, »und Jonas kriegt 'ne Gratisnummer!«

»Ähm … Ich glaube nicht, dass Juli damit einverstanden wäre, wenn …«

»Mensch, Katja! Det war doch nur Spaß! Entspann dir doch mal!«

Und so betraten wir kurz darauf das »Schlagabtausch« von Madame Chantal in der Steingasse. Ein roter Vorhang schützte das plüschige Etablissement vor neugierigen Blicken von der Straße. Ich trat zögernd ein. Ob Juli das hier zuzumuten war? Aber sie lachte mich aus.

»Mama, ich war schon in so vielen Kneipen und Bars, da haut mich diese auch nicht mehr vom Hocker.«

Erna entledigte sich erst mal ihrer berufsfremden Garderobe und erschien alsbald in einem etwas luftigeren Ensemble, ganz ohne Federhut und Förstergrün. Ein fliederfarbenes seidenes Etwas umwallte sie, ließ aber reichlich Busen- und Beinfreiheit.

»So, jetzt fühl ick mir wieder wie 'n normaler Mensch!« Sie ließ sich schnaufend auf einen Barhocker sinken, und ich staunte, wie geschickt sie ihre Massen darauf verteilte.

»Champagner für alle!«, rief sie den Bediensteten zu.

An der Bar saßen bereits einige Damen des horizontalen Gewerbes – in knappen Dessous und mit Strapsen. Einige davon auch in Lack und Leder. Sie waren wirklich eine Augenweide, das musste man neidlos anerkennen. Genau solche Wäschestücke hätte Albert auch gern an mir gesehen. Nicht für alles Geld der Welt!, dachte ich. Das Zeug sieht echt unbequem aus. Eine streng dreinblickende Russin mit Damenbart hatte ihre Peitsche neben sich abgestellt, und vor ihr neben dem Aschenbecher lagen ein paar Handschellen. Sie telefonierte mit ihrem strassbesetzten Handy, auch ihre überlangen Gelnägel waren mit Strasssteinchen besetzt.

Wir kamen uns im ersten Moment schon ziemlich deplatziert vor, in unseren hochgeschlossenen Kleidern mit Perlenkette und klar lackierten Fingernägeln. Einige Herren der Schöpfung beäugten uns trotzdem interessiert.

Ich wollte schon abwinken – wir sind nur zu Besuch hier –, aber das erledigte schon Erna.

»Die Mädels sind nicht zu haben«, quakte sie in die Runde. »Die kleene Rothaarige ist die Tochter von meiner Freundin Katja, und der jut aussehende junge Mann hier ist der Sohn von meiner Freundin Franziska.« Und dann schwärmte sie schon von dem tollen Konzert: »Den ersten Preis habense jewonnen, Leute, det passiert nicht alle Tage! Nach Wien fahren die Kinder und messen sich mit der internationalen Konkurrenz!«

»Du bist ja ein ganz Süßer«, gurrte eine der Damen, ebenfalls eine Russin, und legte ihre Krallen um Jonas, der interessiert an ihr schnupperte.

»Finger weg, der gehört meiner Tochter«, zischte ich bemüht freundlich, und sie sagte: »Nix für ungutt. Bist du gutte Mutter. Hast du Mann zu Hause?«

Ich zuckte bedauernd die Schultern und verdrehte die Augen, was so viel wie »Ja, leider« heißen sollte.

»Schickst du ihn her, verwöhnen wir ihn ein bisschen, guckst du zu, lernst du was.«

Das war sicher ein nett gemeintes Angebot, und Albert hätte das sicherlich auch sehr gefallen. Aber eigentlich war ich gekommen, um mit meinen Freundinnen zu plaudern.

»Ach, nein danke«, sagte ich. »Zu freundlich.«

Erna schaltete sich ein und sagte: »Die schlechte Anjewohnheit meiner Freundin ist eher ein Fall für Krassimira!« Sie zeigte auf das weiter hinten sitzende Lederweib mit der Peitsche.

Nachdem wir alle ein Glas Champagner intus hatten, entspannte sich die Lage sichtlich. Wir plauderten und lachten, rauchten und tanzten, und dann entdeckte Erna das Klavier in ihrer Bar. Also, dass es eines gab, wusste sie wahrscheinlich schon lange, aber die Kombination Jonas-Juli-Klavier versetzte sie in einen Freudentaumel.

»Mensch, Kinder, zeigt doch auch mal den Herren, was ihr könnt!«

Das erinnerte mich an die bescheuerte Werbung für einen Schokoriegel mit Milch: »Zeigt doch auch mal Papa euren Tanz!«

»Ja, spielt was!«, bettelten auch die slowakischen Kolleginnen, die diesen Werbespot nicht kannten, während die »Papis« neugierig näher rückten.

Und so kam es, dass unser junges, verliebtes Paar den gesamten Puff in einen Rausch der Begeisterung versetzte. Es war weit nach Mitternacht, die Besucher samt den spärlich bekleideten Dienstleisterinnen scharten sich um das Duo, und auch hinter dem Vorhang kamen immer mehr Paare nach vollbrachter oder unterbrochener Tat hervor.

Ich musste an den dritten Akt im Rosenkavalier denken, der in der bereits erwähnten modernen Inszenierung auch in einem Puff gespielt hatte. Plötzlich zückte einer der Herren seine Brieftasche und knallte einen Hunderter aufs Klavier. »Gebt dem Mann am Klavier noch ein Bier!«, brüllte er begeistert.

Franziska und ich wechselten erschrockene Blicke. Dass unsere Kinder im Puff Geld verdienten! War das noch vertretbar für uns?

Ach, was soll's!, dachte ich. Hauptsache, er steckte Juli den Schein nicht in den Ausschnitt. Spätestens dann würden wir gehen!

»Ja, immer nur her mit dem Honorar für die Künstla«, schrie Erna begeistert. »Det is Weltklasse is det hier!«

So zog einer nach dem anderen einen grünen Schein aus seinen Spendierhosen, und am Ende der Darbietung hatten Juli und Jonas über tausend Euro erspielt.

Ich freute mich aufrichtig für sie: »Jetzt könnt ihr erster Klasse nach Wien reisen und euch außerdem ein tolles Hotel leisten.«

»Die können hier öfter spielen«, schrie Erna mit Schweißperlen auf der Stirn, und Franziska sagte mit gespielter Strenge was von wegen »zu Hause Kostgeld abgeben«.

Es herrschte eine Bombenstimmung, und wir schwoften bis in die frühen Morgenstunden.

Jonas und Juli fuhren mit Franziska nach Hause, und ich machte mich beschwingt und glücklich auf den Heimweg. Über der Salzach stand ein unglaublich riesiger, orangefarbener Mond. Doch den kann Jonas niemals sehen, dachte ich. Aber er hält jetzt meine Juli im Arm. Das ist das größere Glück.

Als ich nach einer kurzen Runde mit Donna neben das schnarchende Kraftpaket Albert ins Bett fiel, ertappte ich mich bei dem Gedanken, dass ich mich schon lange nicht mehr so blendend amüsiert hatte.

13

Sehr geehrte Frau Richter,
vielen Dank für Ihr Interesse an der Stelle in unserem Hause. Gern laden wir Sie zu einem Bewerbungsgespräch in unsere Zentrale in Frankfurt ein. Wir freuen uns auf das Gespräch mit Ihnen und verbleiben

mit freundlichen Grüßen,
Manfred Pach
Personalchef

Ups! Das hatte ich ja so eigentlich gar nicht gewollt! Ich ließ das Schreiben sinken, das ganz offiziell mit der Post gekommen war. Mein Herz klopfte. Was sollte ich machen? Eine gute Ehefrau besprach solche Dinge eigentlich erst mal mit ihrem Mann. Aber wie heißt es so schön? »Gute Ehefrauen kommen in den Himmel, böse überallhin.«

Außerdem war Albert im Fitnessstudio, und wenn er hier auftauchte, wollte er was zu essen und möglichst auch noch ein williges Weib, das in netter Aufmachung auf ihn wartete und sich Gedanken machte, womit es ihn sonst noch verwöhnen konnte. Eine emanzipierte Frau war ihm so lange recht, wie sie ihr Geld selbst verdiente und sich zur Hälfte an den Lebenshaltungskosten beteiligte. Sollte sie jedoch womöglich höher aufsteigen als er selbst, konnte der Wunsch nach einer emanzipierten Frau schnell ins Gegenteil umschlagen: »Heim und Herd, Goldes wert.«

Ich schlüpfte aus den Pumps und stellte sie artig in den Schuhschrank. Schließlich kam ich gerade aus dem Versicherungsbüro, wo ich acht Stunden lang Beschwerden bearbeitet hatte. Ich war so geschlaucht, dass ich jetzt selbst gern einen Partner gehabt hätte, der mich zu Hause mit einer Hühnersuppe erwartete, mir die Füße massierte und mir sagte, wie lieb er mich habe. Würde sich an unserer Beziehung überhaupt etwas ändern, wenn ich einen besser bezahlten Job annahm? Würde er es überhaupt bemerken? Nein. Denn alles, was sich nicht um Albert drehte, interessierte ihn nicht.

Zum Glück weilte mein schönes Töchterlein zu Hause.

»Hallo, Süße, wie schön, dich zu sehen!« Ich drückte sie an mich, vergrub meine Nase in ihrem Haar und sog ihren unschuldigen Duft ein. Na gut, so unschuldig roch sie nun auch wieder nicht mehr, aber egal.

»Ist alles in Ordnung, mein Schatz?« Ich hielt sie auf Armeslänge von mir ab. »Du bist so blass?!«

»Nee, alles gut, Mami.«

»Und wenn nicht: Du weißt, dass du alles mit mir besprechen kannst.« Ich warf die restliche Post in die Schale im Flur. »Wie geht es Jonas?«

»Weiß ich nicht.«

»Habt ihr Krach?«

»Nee. Ich will nicht drüber reden.«

»Kein weißes Sofa?«

»Mir geht's heute einfach nicht so besonders.« Juli folgte

mir in die Küche, wo ich sofort mit den Vorbereitungen fürs Abendessen begann. Den Brief von der Bank ließ ich unauffällig in der Schürzentasche verschwinden.

Heute gab es ein butterweiches Steak, da Albert nur das Beste an und in seinen Alabasterkörper ließ.

Er war inzwischen auch nach Hause gekommen, das hörte man am Poltern von Aktentasche und Schuhen, die er mitten in den Flur fallen ließ. Gleich darauf ging im Wohnzimmer der Fernseher an.

»Juli, komm, wir machen schnell einen frischen Salat. Was ist denn, Liebes? Dir ist doch eine Laus über die Leber gelaufen …«

Juli zerhackte Zwiebeln, Tomaten und Gurken, als wollte sie einen Mord begehen. Plötzlich wischte sie sich mit dem Handrücken Tränen aus dem Gesicht.

»Ich kann einfach nicht mehr mit ansehen, wie du Papa bedienst.« Wütend stampfte sie mit dem Fuß auf. »Du arbeitest genauso viel wie er, fährst außerdem alles mit dem Fahrrad und machst die Einkäufe, während der Arsch in seinem beschissenen Bademantel vor dem Fernseher liegt. Und dann sagt er auch noch zu dir, dass du mehr Sport machen und was für deine Figur tun sollst …« Sie unterdrückte ein Schluchzen.

Ich zog mein unglückliches Töchterchen an mich: »Liebchen, daran bin ich selber schuld! ›Hab mir gelobt, ihn lieb zu haben, in der richtigen Weise …‹«

»Was ist denn das für ein Scheiß?«

»Das ist aus dem ›Rosenkavalier‹. Meine Lieblingsstelle. Da muss man wäääinen.«

»Voll bescheuert …«

Ich schickte ein trauriges Lachen hinterher. »Lern du aus

meinen Fehlern, Süße!« Ich wischte ihr mit einem Küchentuch die Tränen aus dem Gesicht. »Wenn du mal heiratest, dann einen Partner, der dich unterstützt. So wie das bei den netten Laumanns von schräg gegenüber der Fall ist. Der Mann ist stark gehbehindert und hat ständig Schmerzen, aber ich sehe ihn mit den Kindern spielen, den Rasen mähen und seiner Frau die Einkäufe tragen. Um die alte Frau Schröder kümmert er sich auch noch … Aber Liebchen, warum weinst du denn?«

»Und wenn ich Jonas heirate?«, brach es aus ihr heraus.

Ich trat automatisch einen Schritt zurück. »Aber dafür seid ihr doch noch viel zu jung …«

»Du warst auch nicht viel älter, als du Papa geheiratet hast!«

»Aber …« Papa ist nicht blind, hätte ich beinahe gesagt. Im übertragenen Sinne war er das jedoch sehr wohl: blind wie ein Maulwurf. Aber so kamen wir nicht weiter.

»Ihr denkt doch nicht ernsthaft ans Heiraten?« Verwirrt strich ich mir eine Strähne aus dem Gesicht. »Ich meine, ihr habt ja noch nicht mal Abitur!«

»Mami, ich liebe ihn so sehr, dass ich für ihn sterben würde!« Jetzt schluchzte Juli lauthals in meine Halsbeuge, und ich umarmte sie so liebevoll, wie ich konnte. Vorsichtshalber legte ich erst mal das Messer weg.

»Aber?«

»Aber ich muss natürlich schon überall mit ihm hingehen, sogar aufs Klo!«

»Bei ihm zu Hause aber doch nicht?«

»Nein, aber überall sonst: in der Stadt, im Supermarkt, im Restaurant – überall hab ich ihn buchstäblich an der Backe! Neulich im Bahnhof bin ich mit ihm aufs Herrenklo, und da haben mich die Typen, die gerade am Pinkeln waren, so was von blöd angeglotzt!«

»Das war bestimmt sehr unangenehm.« Ich putzte ihr mit dem Schürzenzipfel die Nase.

»Natürlich ist Jonas superselbstständig, fährt alleine Bus und Zug und so. Aber ich bin einfach nicht mehr … frei!« Hilflos zuckte sie die Achseln. »Ich war doch neulich mit ihm bei diesem Frühstücksbüfett, und da musste ich ihm jeden Scheiß-Joghurt anmoderieren und jedes beschissene Müsli …« Ihre Stimme brach schon wieder. »Jede eingelegte Pflaume und jede Scheibe Wurst! Die Leute haben uns alle angeglotzt, das war so megapeinlich!«

Sie war so offen zu mir, dass ich ganz gerührt war. Ja, da hatte sich meine kleine Heldin ganz schön was vorgenommen! Momentan war das alles interessant und spannend, aber ein ganzes Leben? War das jetzt ein guter Zeitpunkt, sie auszubremsen? Stand mir das überhaupt zu? Oder war es sogar meine Pflicht?

»Ja, das ist schon eine Riesenverantwortung, und das musst du dir gut überlegen, mein Schatz«, hörte ich mich Phrasen dreschen. »Einen Blinden kann man nicht einfach so sitzen lassen, wenn einem alles zu viel wird …«

Aber Juli wollte keine Belehrungen dieser Art. Sie wollte Dampf ablassen.

»Und dann sind wir mit unseren beladenen Tellern an den Leuten vorbeigelatscht, während er an meiner Schulter klebte. Die Milch schwappte von seinem Müsliteller – es war so ein Spießrutenlaufen. Ich weiß nicht, ob ich das schaffe, Mami!«

Ich nahm ihr das Messer aus der Hand, schaltete den Herd herunter und schob das Steak von der Platte. Dann zog ich sie auf das weiße Sofa. Donna drängte sich zwischen uns, als wollte sie das Gespräch moderieren.

»Wann gibt's Essen?«, schallte es aus dem Wohnzimmer.

»Gleich!«

»Schnauze«, zischte Juli und verdrehte die verquollenen Augen.

»Liebes: Du hast dich in Jonas verliebt und er sich in dich. Und das ist gut so.« Meine Güte, ich hörte mich fast so an wie der ehemalige Berliner Bürgermeister! Auf keinen Fall wollte ich ihr mit so blöden Vorhaltungen kommen wie meine Eltern damals: »Du wirst schon noch sehen, wohin das führt, wir wollen ja nur dein Bestes!«

»Lasst euch Zeit, genießt eure Jugend. Genießt es, dass ihr den Preis gewonnen habt. Macht zusammen Musik. Reist zu euren Auftritten. Franziska hat ihn zu einem tollen jungen Mann erzogen. Du kannst stolz auf ihn sein!«

»Das bin ich auch«, sagte Juli unter Tränen. »Ich bin so irre stolz auf ihn! Und gleichzeitig habe ich eine wahnsinnige Angst vor einem Leben mit ihm! Er sagt, er wird mir schon beweisen, wie selbstständig er ist, aber damit macht er mir nur noch mehr Angst!«

»Essen fassen!«, dröhnte es aus dem Wohnzimmer. Der Tagesschausprecher sagte drohend: »Das Wetter.«

»Wovor hast du Angst?« Ich nahm ihre Hände, die sie mitsamt verheulten Küchentüchern zu Fäusten geballt hatte.

»Eben davor! Dass ich ihn NIE stehen lassen kann. Dass er mir nie folgen kann, ohne sich an meiner Schulter festzuhalten. Dass er NIE Auto fahren, NIE am Frühstücksbüfett alleine klarkommen wird. Dass er sich in fremden Zimmern den Kopf stößt, die Lampe umwirft, neben das Klo pinkelt, auf Kinderhände tritt …«

»Hunger!«, brüllte Albert unwirsch. »Was gibt's denn da zu heulen?«

»Ich hasse ihn!«, zischte Juli. »Wie hältst du das nur mit ihm aus?«

»Was für Kinderhände?«

Da sprudelte es nur so aus Juli hervor: Nach ihrem jüngsten Auftritt waren sie mit anderen Musikern in der Künstlergarderobe gewesen, und eine junge Mutter, die nicht wusste, dass Jonas blind war, hatte ihren Säugling auf eine Wolldecke auf die Erde gelegt, während sie sich hinter einem Vorhang umzog.

Jonas, der zum Auftritt gerufen wurde, war nervös in Richtung Bühnentür geeilt und dabei über das Baby gestolpert. Zum Glück nur über das Händchen.

»Du kannst dir nicht vorstellen, wie schrecklich das war!« Juli schluchzte haltlos, und Donna leckte ihr betroffen das Gesicht ab. »Wie das geschrien hat und wie die Mutter uns angebrüllt hat! Die kam halb nackt hinter dem Vorhang hervorgeschossen. ›Bist du BLIND!‹, hat sie Jonas angebrüllt. Darauf er: ›Ja. Sorry.‹«

»Aber man legt sein Kind ja auch nicht einfach so auf die Erde«, ergriff ich sofort für ihn Partei. »Sie hätte zumindest was sagen können.«

»Ja, aber solche Situationen gibt es IMMER WIEDER!« Juli schniefte in ein inzwischen völlig zerfriemeltes Papiertuch.

»Bist du deshalb hiergeblieben?«

»Ja. Ich hab zu Jonas gesagt, ich brauch 'ne Pause …«

Ach, du liebe Zeit. Kein Wunder, dass mein Kind so bedrückt war. Und dann brüllte dieser unsensible Albert: »Kommt gleich wer mit'm Essen!«

»Kein Wort zu Papa!«, beschwor mich Juli, und ich musste

es ihr hoch und heilig versprechen, bevor der Ochs auf Lerchenau auch schon seine Pranke auf die Türklinke legte und »Was war denn das?« dröhnte.

Donna verdrückte sich mit eingezogenem Schwanz in ihren Korb.

»S' ist schon vorbei«, gab ich wie die Marschallin weise von mir. »War nur eine Maskerad! Der ganze Spuk ist mit dieser Stund vorbei!«

Leider entsprach das nicht den Tatsachen. Leider senkte sich auch kein Vorhang herab. Und die Wiener Philharmoniker spielten schon gar nicht. Geschweige denn, dass unser Publikum vor Begeisterung mit den Füßen trampelte.

Stattdessen hießt es erneut: »Wo bleibt jetzt das Essen?«

14

»Trinkst du ein Glas Wein mit uns? Hab ich mir von meiner Puffgage geleistet«, frotzelte Jonas breit grinsend, als ich bei Franziska und ihm auftauchte.

Ich kam direkt von meiner Versicherungsagentur, hatte noch den Wagen aus der Werkstatt geholt und behauptete, ich sei sowieso gerade in der Nähe gewesen.

»Du bist uns immer willkommen«, sagte Franziska warmherzig.

»Hast du Hunger?«

Ich traute meinen Ohren nicht. Das hatte mich seit zwanzig Jahren niemand mehr gefragt. Ich nickte fassungslos.

»Los, Jonas, mach uns deine scharfen Nudeln mit Umpf.«

Jonas verzog sich an den Herd, setzte Nudelwasser auf und bereitete geschickt eine Soße aus verschiedenen Gewürzen zu, die er durch kurzes Lecken am Finger prüfte und dann in einem Topf mit Zwiebeln und Öl anbriet. Ich hätte ihm stundenlang zusehen können. Währenddessen gab mir Franziska ganz selbstverständlich eine Fußmassage. Bald duftete es köstlich, und ich merkte, was für einen Bärenhunger ich hatte. Eigentlich sah Juli einem guten Leben entgegen: bei dem Mann und der Schwiegermutter!

»Lässt du deinen Albert heute verhungern?«, spöttelte Jonas.

»Juli hat mir ganz schön den Kopf gewaschen«, gestand ich. »Sie will so einen Kerl niemals heiraten.«

»Muss sie auch nicht«, feixte Jonas. »Jedenfalls, solange ich noch im Spiel bin.«

Während die Nudeln kochten, verwöhnte mich Franziska mit einer Rückenmassage in ihrer Praxis.

»Wie geht es Juli?«, fragte sie vorsichtig und knetete mich energisch durch.

»Sie hat ein bisschen Schiss gekriegt«, murmelte ich verlegen in die Liege hinein.

»Das kann ich gut verstehen. Sag ihr ganz liebe Grüße, wir lieben und vermissen sie, und sie ist der freieste Mensch der Welt.«

Ich drehte den Kopf und sagte aufrichtig: »Das ist sie eben nicht mehr. Sie fühlt sich für Jonas verantwortlich.«

Franziska sah mich aus ihren dunkelbraunen Augen an: »Wenn ein Mensch weiß, wie sie sich gerade fühlt, dann ich! Wenn sie Jonas liebt, wird sie zu ihm zurückkommen. Aber sie muss sich um Himmels willen noch nicht festlegen.«

»Bitte erzähl mir noch mehr aus Jonas' Kindheit«, bat ich. »Und wie du es geschafft hast, dich von seinem Vater zu trennen, deinen Sohn alleine aufzuziehen.« Bestimmt konnte ich von Franziska noch eine Menge lernen.

»Das kann allerdings dauern.« Franziskas Druck verstärkte sich, als sie anfing zu erzählen.

Ihr Ex war ein gut verdienender Arzt, und das hatte ihr damals imponiert. Doch er wollte, dass sie »funktionierte«, sich nahtlos in seinen Alltag einfügte. Franziska wollte ihr Studium beenden, aber er drängte darauf, dass sie ihre Interessen zurückstellte und in seiner Praxis mitarbeitete. Am Empfang. Ständig klagte er ihr sein Leid über seine Mitarbeiter, nie fand er die richtigen. Mit ihrer fröhlichen, unkomplizierten Art wollte sie ihm helfen, und er vereinnahmte sie immer mehr. Tagsüber in der Praxis, abends zu Hause und nachts im Bett. Er klammerte, forderte Liebe. Sie glaubte, sie ihm zu schulden, und fügte sich. Vielleicht auch, weil sie so erzogen worden war.

Dann kam Jonas blind zur Welt. Franziska stellte sich ihrer neuen Aufgabe. Fortan war sie nur noch für Jonas da. Sie wollte kein Mitleid, weder für Jonas noch für sich. Sie verwöhnte ihren Sohn nicht, sondern forderte und förderte ihn. Bestand darauf, dass er in einen normalen Kindergarten kam. Ließ ihn mit dem Dreirad durch die Gegend fahren, Bilder malen, mit Fingerfarben klecksen, schwimmen und vom Dreimeterbrett springen, stellte ihn auf Skier und setzte ihn aufs Pferd. Jonas war ihre Lebensaufgabe. Sie feuerte ihn an, fing ihn auf und tröstete ihn, ermutigte ihn, wieder aufzustehen, wenn er stürzte. »Hinfallen ist keine Schande, aber liegen bleiben«, impfte sie ihm ein. »Du bist etwas ganz Besonderes, und du kannst nicht tiefer fallen als in meine Arme.« Schon früh erkannte Franziska Jonas' musikalisches Talent und förderte es.

Jonas hatte ein unglaubliches Vertrauen zu seiner Mutter. Das rief jedoch Gisberts Eifersucht auf den Plan, der sich ausgegrenzt fühlte. Er wollte Franziska für sich alleine haben. Mit ihr auf Reisen gehen – ohne Jonas, den er mehr und mehr als Last empfand. Franziska dagegen fühlte sich mehr und mehr wie im goldenen Käfig. Der tägliche Nahkampf mit dem eifersüchtigen, sich vernachlässigt fühlenden Gisbert war viel kräftezehrender für sie als ihr blindes Kind.

Und dann kam der Tag, an dem Gisbert ein Heim für Jonas gefunden hatte. Er hatte ihn bereits dort angemeldet. Das Heim war vierhundert Kilometer weit entfernt.

»Gisbert hat mir den Prospekt hingelegt und gesagt: ›Entweder er oder ich‹«, sagte Franziska nüchtern und fuhr fort, den Kindsvater zu zitieren: »›Aber wenn du dich für ihn entscheidest, wirst du auch aus meinem Haus ausziehen und nichts daraus mitnehmen – noch nicht mal eine Blumenvase.‹« Sie müsse sich jetzt entscheiden. Auf der Stelle. Danach gebe es kein Zurück mehr.

Franziska entschied sich für ihren Sohn. Bevor sie ihn ins Auto packte und mit ihm in ein neues Leben fuhr, schleifte Gisbert sie noch zum Notar. Wo er sie einen »Auseinandersetzungsvertrag« unterschreiben ließ.

»So. Fertig.« Franziska wusch sich die Hände. Die Massage war zu Ende, und Franziskas Geschichte vorerst auch.

Was für eine Heldin!, dachte ich. So musste eine Mutter sein, und so wollte ich auch für Juli da sein. Wäre da nicht dieser tolle Job bei der Bank gewesen …

»Du, ich brauch mal deinen Rat«, hob ich an und erzählte meiner Freundin von der Einladung zu dem Bewerbungsgespräch.

»Natürlich fährst du! So eine Karrierechance lässt du dir nicht entgehen!«, rief Franziska.

»Und was ist mit Juli?«

»Wir kümmern uns schon um sie!«, versprach sie mir.

»Ich müsste zwei Tage in der Woche in Frankfurt sein«, wandte ich ein.

»Na und? Es wird höchste Zeit, dass du endlich mal wieder

an dich denkst, Katja! Wann besinnst du dich endlich auf deine Fähigkeiten und hörst auf, den anderen den Arsch nachzutragen?«

Ich gelobte Besserung: »Jawohl, mein Kind ist groß, mein Mann auch, jetzt denke ich mal an mich! Danke für deinen Rat. Ich fahre nach Frankfurt.«

»Genau das wollte ich hören«, sagte Franziska, half mir auf und zog mich zurück in ihre Wohnung, in der Jonas bereits den Tisch gedeckt hatte. Im Radio lief klassische Musik.

»Jonas, du bist ein Meisterkoch«, seufzte ich selig, nachdem ich meinen Teller ratzeputz aufgegessen hatte. »Was hast du denn da alles reingezaubert?«

Er grinste zufrieden. »In meine Kochrezepte fließen häufig Zutaten mit ein, die sogar mich verblüffen!«

Wir lachten.

Dann verabschiedete ich mich – nicht ohne die beiden innig zu umarmen.

»Und bloß keine Angst vor der eigenen Courage!«, gab mir Franziska leise mit auf den Weg. »Du fährst nach Frankfurt und bist einfach nur du selbst. Grüß Juli von mir!«

Als ich ging, sang mir Jonas hinterher: »›Nimm ein' Gruß mit und ein' Kuss …‹«

Aber weil ich doch Angst vor meiner eigenen Courage hatte, suchte ich außerdem Rückhalt bei Erna.

»Leider kann ick dir nich zu dem Jespräch begleiten, weil ick hierbleiben muss! Ick muss mit den Mädels zum Jesundheitsamt.«

»Nee, Erna, lass mal. Das ist total lieb von dir, aber das krieg ich schon alleine hin.«

»Det is die Schanx deines Lebens. Mensch, Mädchen! Lass dir nich an den Herd zurückkommandieren!«

Ich war überwältigt von der positiven Energie, die mir meine Mädels mitgaben. Albert hätte mich nie so unterstützt. Er hätte mir eingeredet, dass es mir an Grips fehle, und dass ich mich nicht lächerlich machen solle. Und genau deshalb wurde er auch nicht eingeweiht.

»Ich fliege, jawoll!« Lachend löste ich mich aus Ernas Umarmung. »Ich wollte dich nur fragen, ob du dich ein bisschen um Juli kümmern kannst, wenn ich weg bin! Sie nimmt sich im Moment eine Auszeit von Jonas, und ich will sie nicht mit Albert allein lassen. Ich mache mir wirklich Sorgen um sie. Sie isst fast nichts mehr und zieht sich immer mehr in ihr Schneckenhaus zurück. Und ausgerechnet jetzt fängt die Schule wieder an!«

»Ehrensache! Ick kiek nachm Rechten.«

Erna versprach sogar, während meiner Abwesenheit bei uns zu Hause den Kochlöffel zu schwingen. Was für eine Freundin!

In den letzten Tagen vor meinem Bewerbungsgespräch war ich doch ziemlich nervös. Albert schien das zu spüren und drückte mir noch ein paar Extraaufgaben aufs Auge.

»Im Schrank liegt nur noch ein weißes Hemd! Was ist los mit dir, Spatzl?«

Insgeheim musste ich grinsen. Hätte er gewusst, dass ich mich seit Neuestem mit einem Blinden, dessen alleinerziehender Mutter, einem Gehbehinderten, dessen kinderreicher Frau, einer über Neunzigjährigen, nämlich Nachbarin Elfriede Schröder, und einer Prostituierten abgab, wäre er entsetzt gewesen. Denn in Alberts Augen waren diese gesellschaftlichen Randgruppen wahrhaftig kein Umgang, schon gar nicht für eine Frau.

»Und warum kommt Juli nicht aus ihrem Zimmer? Die kann doch auch mal bügeln!«

»Bügel dir deine Hemden doch selbst«, schlug ich vor. »Juli bereitet sich auf das neue Schuljahr vor.«

In Wirklichkeit lag Juli mit Kopfhörern auf dem Bett und starrte Löcher in die Luft. Ich versuchte, sie zu trösten, aber sie ließ einfach niemanden an sich ran.

Ich musste ihr einfach Zeit lassen. Ausnahmsweise gestattete ich mir mal, mich auf mein Bewerbungsgespräch zu konzentrieren.

Und irgendwann war es dann so weit. Ich hatte mir in der Versicherungsagentur freigenommen, aber zu Hause so getan, als wäre ein ganz normaler Arbeitstag. Nach einem frühen Spaziergang mit Donna stand ich nervös im Bad und machte mir die Haare. Hektisch fummelte ich mit den Heißlockenwicklern herum und verbrannte mir dabei die Finger. Mist! Erna sollte längst da sein. Wo blieb sie denn nur? Pünktlichkeit war offensichtlich nicht ihre Stärke. Andererseits: Sieben Uhr morgens war einfach nicht ihre gewohnte Arbeitszeit!

»Was ist los, Spatzl? Wo bleibt mein Frühstück?«

Albert, der bis jetzt auf dem Sofa gelegen und das Morgenmagazin angeschaut hatte, kam mit seinem verwaschenen Bademantel hereingepoltert, setzte sich aufs Klo und schlug die Zeitung auf.

»Hier, die Deutsche Bank in Frankfurt inseriert schon wieder. Ich sollte mich dort wirklich bewerben! Zwei Tage Frankfurt in der Woche wären ja auch nicht schlecht. Da soll es ein interessantes Nachtleben geben.«

»Jaja«, sagte ich weise.

»Es hat geklingelt«, sagte Albert.

Ich stürzte hinaus und machte Erna auf.

»'Tschuldige die Verspätung, aber ich hab noch 'ne Bäckerei überfallen.« Sie winkte mir der Brötchentüte, aus der es verführerisch duftete.

»Danke, du bist ein Schatz!«

»Wo isser denn, der werte Gatte?«

»Geschäftliche Sitzung.«

»Na, det kann ja heiter werden!«

Juli kam aus ihrem Bau gekrochen, zum ersten Mal seit Langem wieder sorgfältig geschminkt. Als sie Erna sah, fiel sie ihr um den Hals.

»Hallo, meene Kleene! Jetzt jibt et erst mal 'n jutes Omlett.«

Ich konnte die zwei getrost alleine lassen. Im Schlafzimmer öffnete ich die Packung mit der hauchdünnen Strumpfhose und zog sie vorsichtig an. Dann setzte ich mich an meinen Schminktisch und begann, mich sorgfältig zurechtzumachen. Sehr dezent, natürlich. Meine rechte Hand zitterte leicht, und ich musste ein paarmal neu beginnen.

Alberts frisch gebügeltes Hemd hing am Schrank und schien abzuwinken – so nach dem Motto: »Das kriegst du nie hin, Spatzl! Dir fehlt der Grips. Lass es einfach.«

Als ich gerade mit dem rechten Auge fertig war und mein Lidstrich den richtigen Schwung hatte, platzte Albert herein. Er war befremdet.

»Was macht denn die olle Planschkuh in der Küche?«

»Frühstück«, erwiderte ich und widmete mich meinem zweiten Auge.

»Kommt die jetzt öfter?«

»Nur weil Juli heute wieder zur Schule muss und ich eine wichtige Besprechung habe. Es könnte länger dauern.«

Albert entledigte sich seines Lieblingsgewands und war plötzlich nackt. Sein bestes Stück zeigte keck nach oben.

»Dann haben wir ja jetzt Zeit.«

»Bitte was?« Ich fuhr herum. »Nein! Lass mich!«

»Wenn du dir 'ne Haushälterin leisten kannst, können wir uns jetzt auch 'ne heiße Nummer leisten.«

»Nein! Können wir nicht!«

»Du siehst scharf aus, Spatzl. Diese geilen Strumpfhosen kenn ich ja noch gar nicht!«

Schon fummelte der Ochs auf Lerchenau an meinem Mieder herum.

»Albert, nicht!«, quietschte ich panisch, die Uhr an der Wand fest im Blick. Ich sah den Flieger schon ohne mich starten und die Frankfurter Personalchefs ratlos aus ihrem gläsernen Wolkenkratzer starren.

»Stell dich nicht so an«, brummte Albert und packte mich am Arm, um mich aufs Bett zu bugsieren.

»Nicht, ich hab doch schon die Haare schön!«

»Dann machen wir es im Stehen! Dreh dich um!«

Normalerweise ließ ich es schnell über mich ergehen, biss die Zähne zusammen und dachte an was anderes. Aber nicht heute! Ich wollte auf keinen Fall nach ihm riechen, wenn ich in der Frankfurter Zentrale stand. Ich wollte endlich mal ich sein! Und damit musste ich jetzt anfangen!

»Lass mich los! Ich will nicht!«

»Aber ich!« Mit seinem ganzen Gewicht warf er sich auf mich.

»Nein«, schrie ich.

Er tat mir regelrecht weh. Ein paar blaue Flecken am Arm

würde ich bestimmt davontragen. Aber die durften die Personalchefs in der Bank nicht sehen. Wenn das ihr erster Eindruck von mir war, fehlte es mir wirklich an Grips!

»Hilfe«, brüllte ich lauter als beabsichtigt.

In dem Moment flog die Schlafzimmertür auf, und Erna stand da. Im grünen Küchenkittel und mit der Bratpfanne in der Hand.

»Welchen Teil von NEIN haben Sie nicht verstanden? Sie WILL nich, hatse jesaacht!«

Und ehe er sichs versah, hatte sie Albert die heiße Bratpfanne auf den nackten Arsch gedrückt. Es zischte ordentlich.

Für einen Moment war er sprachlos. Seine Manneskraft sank genauso wie sein Unterkiefer.

»Sind Sie wahnsinnig? Ich bin nackt!«

»Ja meinen Sie, ich hätte noch nie einen nackten Kerl jesehen?« Erna riss das weiße Hemd vom Bügel und warf es ihm zu. »Ihre Frau will nicht vögeln, und Sie akzeptieren das gefälligst! Sonst lernen Sie mich näher kennen!«

»Ich will Sie gar nicht näher kennenlernen«, maulte Albert und gab klein bei. Er hatte sich mordsmäßig erschrocken.

»Ick würde Ihnen nämlich gern Manieren beibringen«, quakte Erna und kam ihm mit der Bratpfanne noch einmal gefährlich nahe.

Ich hatte mich so weit aufgerappelt, dass ich wieder vor dem Schminkspiegel saß und meine Bluse zuknöpfte.

In der Tür stand Juli mit einem Teller Rührei. Sie aß mit erfreulichem Appetit.

»Alles klar, Mami? Du siehst super aus!«

»Spitzenmäßig«, bekräftigte Erna und ging wieder in die Küche.

Albert sagte ausnahmsweise nichts. Er stand völlig unter Schock und knöpfte sich sein Hemd verkehrt zu, sodass er noch mal von vorn anfangen musste.

»Na dann«, sagte ich, während ich in mein schwarzes Business-Kostüm schlüpfte, mir den Bleistiftrock zurechtzog, die Lederaufschläge meines taillierten Blazers umklappte und nach meiner Handtasche griff.

»Ich bin dann mal weg.«

15

»Na, so ein Zufall!«, bemerkte der freundliche Passagier, neben den ich mich gehetzt fallen ließ. »So schnell sehen wir uns wieder!«

»Oh, hallo!« Ich musste mich erst mal sammeln. »Herr Laumann!«

»Thomas. Wir waren beim Du. – Wow, du siehst toll aus. Was hast du vor?«

»Meinem Mann den Job wegschnappen.«

»Echt?« Ein Schmunzeln breitete sich auf seinem Gesicht aus.

»War nur ein Scherz.« Ich schnallte mich an. »Hältst du mal eben meine Unterlagen?«

Ich freute mich aufrichtig, ihn zu sehen, auch wenn ich total nervös war und mich eigentlich noch mal in meine Bewerbungsunterlagen vertiefen wollte. Aber vielleicht war es besser, einfach nur mit meinem netten Nachbarn zu plaudern. Das lenkte mich von meinem Lampenfieber und den unschönen Erinnerungen an diesen Morgen ab.

»Wie geht's?«, fragte ich freundlich.

Das war natürlich in seinem Fall alles andere als eine Floskel.

»Ich fliege zu einem Spezialisten nach Gießen.« Er zog seinen Gurt enger und sah mir in die Augen. »Sein Fachgebiet sind Amputationen.«

»Sein Fachgebiet sind … was?« Mit großen Augen starrte ich ihn an. Er wirkte fröhlich. Fast erleichtert. »Du … du lässt dir dein Bein –« Ich schluckte. Ich konnte das Wort unmöglich aussprechen.

»Meine Leidensgeschichte muss irgendwann ein Ende haben. Ich hatte siebzig Operationen. Alle unter Vollnarkose. Für mich ist eine Amputation die beste Lösung.«

Mir blieb der Mund offen stehen. Siebzig. Operationen. Albert hätte sich wegen einer einzigen die Tapferkeitsmedaille in Gold umhängen lassen. Was, wenn ich mir Albert einfach amputieren lasse?, schoss es mir durch den Kopf. Würde das überhaupt wehtun? Gleich darauf schämte ich mich für diesen dummen Gedanken. »Wie hat es nur so weit kommen können?«, stammelte ich.

»Willst du meine Geschichte wirklich weiterhören?«

»Ja.« Dann muss ich nicht über meine eigene nachdenken.

»Wie du weißt, hatten wir erfahren, dass die Schraube in meinem Bein nicht steril war. Auch wenn niemand als Zeuge aussagen wollte, habe ich mich direkt nach Weihnachten an die Schlichtungsstelle für Arzthaftpflichtfragen gewandt. Ende Februar bekamen wir Post von der Schlichtungsstelle«, erinnerte sich Thomas. »Wir waren ganz aufgeregt. Wir hofften ja, sie würden uns einen Teil unserer immensen Kosten zurückerstatten.«

»Ja, davon gehe ich doch jetzt mal aus!«

»Nee. Die Antwort von denen war frustrierend: Ich hätte vermutlich ›allergisch‹ auf das Schraubenmaterial reagiert.

Beweisen lasse sich das nicht, die Schraube sei leider nicht mehr auffindbar.«

»Na toll!«, schnaubte ich kopfschüttelnd. »Wahrscheinlich musstest du denen noch das Gegenteil beweisen!«

»So ungefähr.« Thomas lächelte traurig. »Ein netter Anwalt meinte, wir könnten einen Prozess gegen das Krankenhaus anstrengen, aber es würde Jahre dauern, und im schlimmsten Fall müssten wir die Prozesskosten selbst tragen. Super, was? Wir waren auch so schon völlig blank! Martinas Eltern mussten uns bereits unterstützen. Mir ist es nie darum gegangen, Geld aus der Sache herauszuschlagen. So ein Mensch bin ich nicht. Ich wollte nur von den Schulden runter, wieder gesund werden und arbeiten. Ich wollte mein eigenes Geld verdienen! Pfff! Allergisch!«, schnaubte Thomas.

Ich presste die Lippen zusammen und schüttelte nur fassungslos den Kopf. Ausgerechnet dieser freundliche, hilfsbereite Mensch! Es traf doch immer die Falschen.

»Die Wunde gab einfach keine Ruhe. Mittlerweile ernährte ich mich regelrecht von starken Schmerzmitteln und dämmerte nur noch vor mich hin. Mir passierten schlimme Dinge: Ich konnte nicht mehr richtig auf die Kinder aufpassen. Der kleine Pascal fiel mir vom Sofa, und Dominik wäre fast vor ein Auto gelaufen.«

»Oh, Gott!«, entfuhr es mir.

»Unser Dominik hatte im Dorf ein Pflegepferd beim Bauern. Der kleine Kerl vergaß alle seine Sorgen, wenn er mit Maja, der ehemaligen Traberstute, zusammen war. Maja war sein Trost in unseren schweren Zeiten. Doch eines Tages sollte Maja zum Schlachter. Dominik brach regelrecht zusammen: Ohne Maja wollte er auch nicht mehr sein. Wir telefonierten heimlich mit dem Bauern und einigten uns mit ihm, das

Tier zu kaufen. Die Raten würden wir vier Jahre lang abstottern. An Dominiks Geburtstag hat sich Martina zu ihm ans Bett gesetzt und gesagt: ›Was hältst du davon, wenn Maja nicht mehr dein Pflegepferd ist?‹ Der kleine Kerl heulte sich sofort die Augen aus: ›Das ist sie doch schon nicht mehr! Sie wird ja geschlachtet!‹ Er konnte sich gar nicht mehr beruhigen. Martina strich ihm über den Kopf und flüsterte ihm ins Ohr: ›Nein, nicht dein Pflegepferd, sondern DEIN PFERD?! Herzlichen Glückwunsch zum Geburtstag!‹ Dominik konnte sich kaum halten vor Freude. Kosten über Kosten, aber das Glück unserer Kinder war uns wichtiger.«

Die Stewardess servierte Kaffee, und Thomas bedankte sich höflich bei ihr. »Aber zurück zu mir: Irgendwann stellte sich heraus, dass mein Schienbeinknochen chronisch entzündet war. Der Grund waren gefährliche, multiresistente Krankenhauskeime, die sich unkontrolliert in meinem Körper ausgebreitet hatten. Und dreimal darfst du raten, wie sie da hineingekommen sind!«

»Die verdammte Schraube!«, entfuhr es mir.

»Daraufhin musste ich stationär in ein orthopädisches Klinikum, hundertzwanzig Kilometer von meiner Familie entfernt. Dort sollte das ›verdreckte‹ Knochenstück rausgeschnitten werden. Ich musste in strenge Quarantäne, auf die Isolierstation, da ich mit meinen gefährlichen Keimen niemanden anstecken durfte. Niemand durfte mich besuchen. Ich hatte fürchterliches Heimweh nach meiner Familie. Aber egal. Alles würde besser werden. Ich musste da durch.«

»Und dann …?« Mechanisch rührte ich in meinem Kaffee, ohne ihn trinken zu wollen.

»Am Tag der Operation war ich ganz ruhig. Martina hatte es geschafft, sich bis zu mir durchzukämpfen. Im Schutzanzug stand sie an meinem Bett. Der Arzt hat sie beiseitegenommen und leise mit ihr geredet. Sie hatte Tränen in den Augen. Dann hat sie gefasst genickt und leise gesagt: ›Ich bin immer für meinen Mann da. Wir schaffen das.‹ Und zu mir: ›Du wirst immer mein Traummann sein.‹ Ich bekam es mit der Angst. Warum sagte sie das? Der Arzt erklärte mir behutsam, dass ich damit rechnen müsse, ohne mein rechtes Bein aufzuwachen. ›Es kann sein, dass wir es Ihnen abnehmen müssen. Deshalb brauche ich jetzt hier Ihre Unterschrift.‹ Ich unterschrieb. Was blieb mir auch andres übrig.«

Kurz dachte ich an Albert. Wie der sich wohl verhalten hätte, wenn ihm so etwas widerfahren wäre? Ich wollte es mir gar nicht erst ausmalen.

»Ja, und als ich dann aufgewacht bin, hab ich als Erstes Martinas liebe Augen über dem Mundschutz gesehen. Sie hat meine Decke gehoben und gesagt: ›Alles noch dran.‹ Der Arzt meinte, man habe den Knochen nur ausgefräst, es sei alles halb so schlimm gewesen. Puh! Vorher hieß es ›Bein ab‹, jetzt ›Arm dran‹!«, kalauerte Thomas. »Aber warum musste ich dann weiterhin auf der Isolierstation liegen? Wo die Wunde doch ›sauber‹ war? Weitere elf Tage ließ man mich ›vorsichtshalber‹ ohne Besuch allein im Zimmer liegen. Zu Hause schmückte Martina schon wieder die Wohnung. Erneut stand Weihnachten vor der Tür, und ich wollte nichts als heim! Zu meinen Kindern und meiner wundervollen Frau. Nach endlosem Hin und Her musste ich wieder unterschreiben: nämlich, dass ich auf eigene Verantwortung die Klinik verlasse.«

»Was für ein mutiger Entschluss«, murmelte ich überwältigt.

»Ach weißt du, Katja, als ich rauskam, ging es mir gleich

besser! Endlich Licht! Endlich Luft! Ich bin zu Martina in den Wagen gestiegen und traute meinen Augen kaum: Hinten auf dem Rücksitz saßen meine Wonneproppen und strahlten mich an. Lieben und geliebt werden, das ist Glück! Die einfachste Formel der Welt. Als Martina den Motor anließ, sang Xavier Naidoo gerade: ›Dieser Weg wird kein leichter sein, dieser Weg wird steinig und schwer, nicht mit vielen wirst du dir einig sein, doch dieses Leben bietet so viel mehr!‹ Da haben Martina und ich zum ersten Mal laut geweint, und die Kinder heulten gleich mit.«

Jetzt musste ich mir auch über die Augen wischen. Was für ein steiniger Weg, und er ging ihn immer noch! Unter Schmerzen und mit zusammengebissenen Zähnen. Und die ganze Familie mit ihm. In diesem Moment reiste er nach Gießen, um die Möglichkeit einer Amputation auszuloten. Und wie benahm er sich dabei? Er dankte der Stewardess freundlich für den Kaffee und fragte nach meinem Wohlbefinden. Wie lächerlich meine Sorgen dagegen waren! Er beschämte mich. Ich war ziemlich froh, als der Flieger kurz darauf in Frankfurt zur Landung ansetzte.

Die Zentrale der Bank war ein beeindruckender Bau. Im Schatten der verspiegelten Wolkenkratzer stieg ich aus dem Taxi und wunderte mich, dass ich nicht nervös wurde. Nach der Geschichte von Thomas und Martina fühlte ich mich stark! Mit einem Blick auf die Uhr stellte ich fest, dass ich auf die Minute pünktlich das Gebäude betrat. Auf zwei gesunden Beinen. Und mit gesundem Menschenverstand. So, Albert, ich werd's dir beweisen!, dachte ich. Gelassen meldete ich mich beim Pförtner, der hinter schusssicherem Glas in seiner Loge saß.

»Katja Richter. Ich komme zum Vorstellungsgespräch.«

»Sie werden bereits erwartet, Frau Richter.«

Nach kurzer Zeit erschien Frau Weißhaupt, eine gepflegte, freundliche Dame in den Sechzigern, die ihrem Namen alle Ehre machte: Ihr schneeweißes Haar war elegant hochgesteckt.

»Hatten Sie einen guten Flug?«, erkundigte sie sich freundlich, während sie mir vorausging. »So, hier links sind die Aufzüge.«

»Vielen Dank. Ich wurde bestens unterhalten.« Eigentlich hatte ich gerade das perfekte Coaching, dachte ich, während ich mit der Sekretärin des Personalchefs im Lift stand. Nach einem Blick in den Spiegel wusste ich: Frisur sitzt, Kostüm sitzt, Make-up sitzt.

Mein Herz klopfte leise, als sich die Türen mit einem melodischen Pling! öffneten.

»Bitte hier entlang!«

Wir waren in der Chefetage, ganz oben, im vierzigsten Stock mit Blick auf Frankfurts Skyline.

»Wirklich imposant«, hörte ich mich sagen und kam mir dabei vor wie in einem Sketch von Loriot. Wie lautet die Steigerungsform von ›imposant‹, hätte ich die distinguierte Frau Weißhaupt gerne gefragt, um die Situation ein wenig aufzulockern. Erna hätte jetzt gesagt: »Im Po Sand, im Hintern Steine und im Arsch Felsen.« Und sich dabei kaputtgelacht.

Frau Weißhaupt schien eher zum Lachen in den Keller zu fahren, und zwar mit dem Lift. Doch im Moment führte sie mich zu einem modernen Wartebereich mit weißen Ledersofas und gläsernen Beistelltischchen. Darauf standen Kaffee, Obst und kleine Häppchen. Ich hütete mich allerdings davor, mich darüber herzumachen. Wieder glaubte ich, Ernas Stimme zu hören, die mir verschwörerisch zuflüsterte: »Bestimmt sind hier versteckte Kameras installiert: Kandidaten, die sich erst mal die Backen – oder schlimmer noch die Handtasche – vollstopfen, werden gleich aussortiert. Lass ma jut sein!«

Ich ordnete lieber noch einmal meine Bewerbungsunterlagen, kramte den Taschenspiegel hervor und zog mir die Lippen nach. Ganz so, als würde ich ständig in Chefetagen von Großkonzernen abhängen. Ich musste mich in den Arm kneifen. Wenn Albert mich jetzt sehen könnte! Der wurde vermutlich gerade von Erna erzogen. Bestimmt hatte sie ihm seinen Bademantel weggenommen und in die Wäsche gesteckt. Ich stellte mir vor, dass sie ihn zwang, seine eigenen Hemden zu bügeln. Auf der rechten Arschbacke prangte der Abdruck der heißen Bratpfanne, auf der linken der des Bügeleisens. Ich unterdrückte ein Grinsen.

Dann musste ich wieder an Thomas denken. Wie oft dieser Mann wohl schon in Wartebereichen gesessen hatte? Auf trostlosen Krankenhausfluren. Bis man ihn endlich zum Röntgen oder anderen Untersuchungen aufrief? Ich straffte mich. Thomas, du bist mir im richtigen Moment begegnet. Gib mir Stärke!, flehte ich innerlich. Ich hoffte sehr, dass er nun bei einem kompetenten Arzt saß, der seinem Elend ein für alle Mal ein Ende machen würde.

Die Tür öffnete sich, und Frau Weißhaupt führte mich in ein Vorstandsbüro, in dem zwei Herren in maßgeschneiderten Anzügen auf mich warteten. Höflich standen sie auf und gaben mir die Hand. Der Jüngere mit Stirnglatze am Tischende war der Personalchef Manfred Pach, mit dem ich schon in Briefkontakt gestanden hatte. Er hatte einen so festen

Händedruck, dass mein Ehering fast zersprang. Der Ältere, etwas Beleibtere mit der randlosen Brille stellte sich als Vorstandsmitglied Dr. Norbert Mair vor. Sein Händedruck war eher schwach und feucht.

Ich unterdrückte den Drang, mir die Hand am Kostümrock abzuwischen, und setzte mich an den großen ovalen Tisch, auf dem meine Unterlagen bereits ausgebreitet waren.

Nach einigen Höflichkeitsfloskeln – auch sie wollten wissen, ob ich eine gute Anreise gehabt und »gut hergefunden« hätte, was ich beides freundlich nickend bejahte – beging ich nicht den Fehler, Belanglosigkeiten von mir zu geben. Stattdessen sah ich sie abwartend und selbstbewusst an.

Die Stirnglatze erklärte mir die Struktur der Bank. Offensichtlich gefiel dem Herrn, was er sah, denn sein Lächeln wurde immer milder. Ich schien durchaus Ähnlichkeit mit meinem Bewerbungsfoto zu haben, was ja nicht immer selbstverständlich ist.

Der Beleibte richtete gönnerhaft das Wort an mich: »Haben Sie irgendeine Ahnung, wie viel Personal wir beschäftigen, liebe Frau Richter?«

Natürlich konnte ich die Frage präzise beantworten. Schließlich hatte ich mich im Vorfeld mit sämtlichen Zahlen dieser Bank vertraut gemacht. Erst gestern hatte ich alles noch mal runtergebetet wie einen Rosenkranz.

Anerkennung erschien auf seinem Gesicht. Ja, glaubte der denn, ich käme unvorbereitet oder wüsste nicht, bei welchem Unternehmen ich mich bewarb? Von wegen, Mutti möchte erst mal nur gucken?

Er fragte die Bilanzsumme des Unternehmens ab. Ich hätte sie ihm morgens um drei vorwärts und rückwärts aufsagen können. Nach etwa zwanzig Minuten, in denen ich mein

Prüfungspensum runterratterte, unterbrach mich Herr Pach plötzlich und fragte auf Englisch mit hessischem Akzent, ob es mir etwas ausmache, das Gespräch in englischer Sprache weiterzuführen.

Auch damit hatte ich gerechnet, und ich parlierte souverän drauflos. Allerdings mit bayerischem Akzent.

Die beiden Männer lächelten immer erfreuter. Ob meine Familie mit der neuen Herausforderung einverstanden sei? Ob ich mir vorstellen könne, mindestens zwei Tage die Woche in Frankfurt zu sein? Den Rest der Zeit würde ich in der Filiale in Traunstein arbeiten oder, wenn sich alles erst mal eingespielt hätte, im Homeoffice.

Mein »Homeoffice« war das Bügelzimmer, in dem auch Alberts Fitnessgeräte standen. Ich wollte schon vollmundig behaupten, mein Mann wäre Dow Jones, und bereits mein Vater hätte mit Vornamen Dax geheißen, konnte mich aber gerade noch rechtzeitig einbremsen. Stattdessen beteuerte ich treuherzig, mein Partner stehe voll hinter mir und stärke mir den Rücken. Er sei ein engagierter Hausmann im Vorruhestand und meine Tochter so gut wie erwachsen und mehr oder weniger von zu Hause ausgezogen: der perfekte Zeitpunkt also, um noch einmal voll durchzustarten. Dabei musste ich mich erneut in den Arm kneifen, um nicht laut loszulachen und »Männer, ich verarsch euch!« zu rufen.

Herr Pach erklärte mir, dass es alle vierzehn Tage eine Sitzung sämtlicher Regionalleiter in Berlin gebe, auch da bestehe für mich Anwesenheitspflicht. Dort sei dann eine Suite im Interconti für mich reserviert – ob das ein Problem sei?

Ich winkte ab, als ob es sich um eine unwesentliche Aufgabe handelte, die mir gerade auf einem Elternabend übertragen worden war. So was wie Laternen basteln oder Kuchenbacken: »Ach, das mache ich doch gern!«

Wie anders dieses Gespräch doch verlief als damals mit Herrn Reuter, der mich nur als Teilzeit arbeitende Mutti kannte und – was noch viel schlimmer war – als Alberts Ehefrau! Bei dem hatte ich keine Chance gehabt. Doch hier in der Frankfurter Bankzentrale war ich einfach nur Katja Richter, die sich beruflich und persönlich für den Job qualifiziert hatte.

Das Einstiegsgehalt, das Herr Pach mir nannte, war so erfreulich, dass ich mich zwang, mein Lächeln nicht in ein begeistertes Quietschen ausarten zu lassen. Hinzu kam ein großzügiger Erfolgsbonus, und als Dienstwagen würde ich einen Mercedes der C-Klasse zur Verfügung gestellt bekommen. Ich nickte und tat so, als wäre ich gerade noch mal so einverstanden. Ein eigenes Büro stehe mir hier in der Zentrale ebenso zur Verfügung wie in der Geschäftsstelle in Traunstein. Selbstverständlich werde ich mit dem modernsten Equipment ausgestattet, und eine eigene Sekretärin bekomme ich auch.

Der Ältere faltete bedächtig die Hände. »Frau Richter, Sie haben hier einen sicheren Arbeitsplatz, und wir können uns sehr gut vorstellen, dass Sie in unser Team passen. Aber Sie bekommen hier nichts geschenkt. Wir stellen an eine Frau dieselben Anforderungen wie an einen Mann.«

»Das sollte im 21. Jahrhundert doch eigentlich kein Thema mehr sein.« Ich lächelte selbstbewusst. »Ich bin zu hundert Prozent für Sie da.« Ich hoffte nur, dass die beiden das Zucken meines rechten Augenlids nicht bemerkten.

Die Herren tauschten vielsagende Blicke und nickten unmerklich.

Dann sagte Manfred Pach: »Frau Richter, Sie wären ein echter Gewinn für unser Unternehmen.«

Die beiden erhoben sich, und wir schüttelten einander noch einmal ebenso herzlich wie fest die Hand.

»Sie müssen sich ohnehin sputen, Ihr Taxi wartet bereits. Frau Weißhaupt wird Sie hier wieder rauslotsen. Wir schicken Ihnen die Verträge zu und erwarten Sie zum 1. Oktober!« Die Herren strichen sich zufrieden die Jacketts glatt, während sie aufstanden, und geleiteten mich zur Tür. »Wir freuen uns!«

Ich freute mich auch. Am liebsten wäre ich den beiden Männern um den Hals gefallen und hätte Freudentränen in ihre blütenweißen Hemden geweint.

Männer pflegen in solchen Situationen ja die Faust zu recken, sich zu bekreuzigen und dabei in hohem Bogen Rotz auf eine Wiese zu spucken. Aber ich lächelte nur dezent. Ganz Dame schwebte ich wieder nach unten. Erst als ich im Taxi saß, konnte ich mich nicht mehr beherrschen. Der Fahrer zuckte ganz schön zusammen, als ich einen schrillen Jauchzer ausstieß!

»Entschuldigung«, sagte ich. »Können Sie mich mal kneifen?«

Bald darauf checkte ich am Flughafen ein und wartete darauf, zum Einsteigen aufgerufen zu werden.

»He, da bist du ja wieder! Na, wie ist es gelaufen?«

»Gut, und bei dir?«

Thomas Laumann strahlte mich an. »Ich habe eine Entscheidung getroffen.«

»Ich auch!«

»Wo sitzt du?!«

»Reihe siebzehn, und du?«

»Reihe eins!«

Tatsächlich hatte die wackere Frau Weißhaupt meinen Rückflug bereits upgegradet! Als kleines Begrüßungsgeschenk flog ich jetzt Businessclass! Na, die Leute waren aber auf Zack!

»Darf mein Freund ausnahmsweise neben mir sitzen? Wir hätten uns so viel zu erzählen!« Mein neues Selbstbewusstsein ließ mich solche Fragen stellen – und siehe da: Er durfte.

Mit leuchtenden Augen humpelte Thomas mit mir nach vorn und freute sich über den Champagner, den uns die Stewardess reichte. »Wow. Cool!«

Ich lächelte. »Und? Worauf stoßen wir an?«

Thomas sah mich mit ernster Miene an: »Sie machen es.«

»Was?«

»Sie amputieren.«

»Und … Darüber bist du froh.« Ich landete ziemlich unsanft wieder im Hier und Jetzt, obwohl der Flieger gerade abhob.

»Wahnsinnig froh. Der Orthopäde ist selbst Prothesenträger. Deshalb bin ich zu ihm geflogen. Ich wollte wissen, wie es sich damit lebt. Er sagt, ausgezeichnet. Ich werde sogar mit meinen Söhnen Fußball spielen können!«

Thomas schaffte es, trotz seiner Tragödie optimistisch zu bleiben. In seiner Stimme lag keine Spur von Selbstmitleid. Ich nahm einen Schluck Champagner und sah ihn abwartend an. Da hatten wir ja beide einen erfolgreichen Tag gehabt.

»Die Chirurgin und er haben mich zuerst gefragt, wie meine Frau dazu steht. Ich habe gesagt, sie steht voll hinter mir.«

»Ja. Ich bin heute etwas ganz Ähnliches gefragt worden. Mein Mann steht auch hinter mir.« Besonders heute Morgen, als ich es eilig hatte!, dachte ich grimmig und sah wieder Erna und ihre heiße Bratpfanne vor mir.

»Dann haben sie mich untersucht und besprochen, wie die Amputation vonstattengehen soll« Thomas krempelte sein Hosenbein hoch, und mir wurde kurzfristig etwas flau im Magen. Aber mein tapferer Nachbar sagte strahlend vor Erleichterung: »Weißt du, ich träume schon seit Jahren von einem Leben, bei dem morgens nicht als Erstes der Schmerz anklopft. Endlich kann ich wieder hoffen.«

Bitte zieh dein Hosenbein wieder runter!, flehte ich insgeheim.

Die Stewardess reichte uns köstlich duftendes Essen auf Porzellantellern. Als Vorspeise gab es Rucola-Salat und Lachsmousse, als Hauptspeise Bandnudeln mit Steinpilzsahnesoße …, während die hinterm Vorhang mit einer gummiartigen Breze abgespeist wurden.

»Guten Appetit!«

»Danke, gleichfalls!« Wohlig seufzend lehnte sich Thomas zurück. »Hm, das ist wirklich was anderes als die Tüte Chips auf dem Hinflug! Ach, geht es mir gut! Endlich werde ich dieses verhasste Bein los! Endlich tut sich was! So blöd es auch klingt, aber ich freue mich.«

Wie soll man auf so etwas reagieren? Ermutigend legte ich ihm die Hand auf den Arm. »Dann wirst du aber nicht mehr als Straßenwärter arbeiten können, oder?«

»Nein.« Thomas tunkte die Sahnesoße mit seinem Brötchen auf. »Ich muss umschulen. Optimal wäre ein Job in der Nähe, bei dem ich sitzen kann.«

Plötzlich hatte ich einen Geistesblitz. »Du, am ersten

Oktober wird in der Versicherungsagentur ein Platz in der Telefonzentrale frei!«

Thomas sah mich verwundert an. »Habe ich heute einen Sechser im Lotto gewonnen, oder was?«

Ich erzählte ihm, warum auch ich heute Grund zum Feiern hatte. »Ich kündige und schlage dich als Nachfolger vor!«

»Das wäre wunderbar! Die beste Motivation, schnell wieder ›auf die Beine‹ zu kommen!« Grinsend malte er Gänsefüßchen in die Luft.

»Du musst dir halt fürchterlich viele Beschwerden anhören und immer freundlich bleiben. Aber das kannst du ja.«

»Das wäre das Paradies für mich!«

Ich versprach, mich bei Kleinehellefort für ihn starkzumachen. Ich würde in den höchsten Tönen von ihm schwärmen. Einen so angenehmen Zeitgenossen wie Thomas würde die Agentur so schnell nicht bekommen. Und niemand würde den Leidensdruck der Patienten besser verstehen als er! Ja, das passte. Mich erfasste ein warmes Glücksgefühl. »Wenn ich für einen Menschen meine Hand ins Feuer legen kann, dann für dich!«

»Lass stecken«, sagte Thomas grinsend. »Es reicht, wenn ich mein Bein unters Messer lege.«

Bei der Landung schüttelten wir uns ganz fest die Hände.

»Ich freu mich, dass ich dich kenne.«

»Geht mir genauso.«

»Hätten wir schon viel früher haben können.«

»Ja. Aber besser spät als nie.«

»Du schaffst das!«

»Du auch!«

Wir umarmten uns zum Abschied, und da wir beide kein großes Gepäck hatten, konnten wir direkt in die kleine

Ankunftshalle gehen. Dort wartete die schwangere Martina mit ihren drei Buben. Hin- und hergerissen zwischen Hoffen und Bangen standen sie da.

»Ein neues, besseres Leben fängt an!« Jubelnd humpelte Thomas seinen Lieben entgegen und war sofort in einem Knäuel aus Armen verschwunden.

Mich erwartete natürlich niemand. Ach, wäre das schön, wenn mein Mann hier stünde, mit Blumenstrauß, Tochter und Hund, und alle würden mir gratulieren, mich stolz umarmen, an mir hochspringen und mit mir zum Auto gehen. Wie viel schöner das Leben doch sein könnte, mit dem richtigen Partner!

»Lieben und geliebt werden«, hatte Thomas gesagt. Das ist Glück. Die einfachste Formel der Welt.

16

Zu Hause wartete dann doch jemand auf mich: eine gespannte Erna, die in der Küche bereits das Abendessen vorbereitete. Eine interessiert dreinblickende Donna leistete ihr dabei Gesellschaft. Beide begrüßten mich begeistert.

»Na, wie isset jeloofen?«

»Erna, ich hab den Job, ich hab den Job ...« Ich schlüpfte aus meinen Pumps und hüpfte vor Freude. Endlich bekam auch ich meine Umarmung. Juli kam erstaunt aus ihrem Zimmer. Sie sah blass aus. Hatte sie geweint?

»Wo ist Albert?«, fragte ich.

»Der sitzt im Wohnzimmer und sieht fern. Aber diesmal nicht im Bademantel«, verkündete Juli. »Sie hat ihn in die Kochwäsche getan.«

Also doch! Ich liebte Erna!

»Jetzt musst du es ihm sagen.« Erna schob mich in Richtung Wohnzimmer. »Immer ran an die Buletten. Ab jetzt werden andere Seiten uffjezogen.«

»Was muss Mami ihm sagen?«

»Dass die Leibeigenschaft in diesem Hause abgeschafft ist!«

»Echt? Cool! Erna, du bist die Beste!«

Arm in Arm blieben Erna und Juli in der Küche zurück, während ich den Gang nach Canossa antrat.

Albert saß ganz zivilisiert in Hemd, Krawatte und Bügelfaltenhose vor seinem Laptop. Er schien konzentriert zu arbeiten.

»Na endlich!«, raunzte er mich an. »Ich dachte schon, die Olle in der Küche geht nie mehr nach Hause.«

»Wieso bist du nicht im Fitnessstudio?«

»Weil ich ab sofort Wichtigeres zu tun habe.« Er klopfte mit der Hand neben sich. »Komm mal her, Spatzl. Ich zeig dir was.«

Ich setzte mich gehorsam zu ihm und spähte auf den Bildschirm. Mit Schrecken stellte ich fest, dass er die Homepage der Deutschen Bank, Frankfurt, aufgerufen hatte. Pach, Mair und einige andere Vorstandsmitglieder lächelten mir freundlich entgegen. Sofort bekam ich Herzklopfen. Hatte er mir nachspioniert? Hatte ich vergessen, die Seite zu schließen? Wollte er mich zur Rede stellen?

»Die suchen einen Abteilungsleiter«, sagte Albert mit undurchdringlicher Miene. »Tolles Anforderungsprofil. Haargenau auf mich zugeschnitten.«

»Ach ja?« Ich sah ihn prüfend an. Wollte er mich testen?

»Und was hat dein schlauer Albert gemacht?«

»Keine Ahnung …?«

»Er hat sich beworben.«

»Oh.« Ich spürte das Nasse unter der Zunge nicht mehr. »Wie … Ich meine, wann …«

»Also was heißt ›beworben‹.« Albert winkte ab. »Jemand wie ich muss sich nicht wirklich bewerben. Ich hab da angerufen und gesagt: ›Ich nehm den Job.‹«

»Und?« Das Herz schlug mir bis zum Hals.

»Irgend so 'ne alte Trulla hat gemeint, ihr Chef sei nicht mehr im Hause, man werde mich morgen zurückrufen.«

Ich atmete hörbar aus. Frau Weißhaupt vielleicht?

»Und was Genaueres hat sie nicht gesagt? Ich meine, vielleicht ist die Stelle schon vergeben?«

»Du Dummchen! Da sieht man mal, dass du vom Bankwesen keine Ahnung hast.« Er zog verächtlich an meiner Blusenschluppe und löste die Schleife. »In solchen Kreisen herrscht das sogenannte Bank-ge-heim-nis.«

»Ach so. Klar.« Ich stand auf und hoffte, dass meine Beine nicht allzu sehr zitterten.

Bankgeheimnis. Konnte er haben! Ab sofort würde ich mich strikt daran halten.

»Außerdem kann die Stelle noch gar nicht vergeben sein. Sonst hätten sie die Anzeige im Internet längst gelöscht.«

Natürlich!, dachte ich. Wie schlau du bist!

In dem Moment klingelte es an der Haustür, und Donna rannte erfreut bellend in den Flur.

Draußen stand Martina, mit einer Schüssel Lasagne in der Hand.

»Ich hab gehört, du warst heute auch in Frankfurt, und da dachte ich, du hast bestimmt noch nichts gekocht.«

»Pssst!«, machte ich und zog sie in die Küche.

»Albert muss nicht wissen, dass ich in Frankfurt war. – Das ist total lieb von dir, Martina! Aber ich hatte hier eine wundervolle Köchin …« Ich stellte die hochschwangere Martina der dicken Erna vor, die mit Schweißausbrüchen kämpfte, und fühlte mich richtig geborgen im Kreis meiner Freundinnen. Fehlte nur noch Franziska!

Erna hatte Kartoffelsalat mit Buletten gemacht, und Juli naschte bereits davon. Im Radio liefen Schnulzen, und eine

Kerze brannte. So gemütlich war es bei uns schon lange nicht mehr gewesen.

»Und dann wollte ich mich auch noch dafür bedanken, dass du dich bei der Versicherungsagentur für Thomas einsetzen willst. Dass der deine Stelle kriegt, wenn du kündigst …«

»Pssst!«, machte ich wieder, doch leider zu spät.

»Wie, du kündigst?« Albert stand in der Tür. »Wer kriegt ihre Stelle?!« Er stemmte die Arme in die Seiten und musterte uns gereizt. »Was ist das denn hier für ein Weiberhaufen! Habt ihr alle kein Zuhause?!«

Ich bedeutete Martina, sie möge still sein, und Erna trat ihr sogar auf den Fuß.

»Nein, nein, das ist …«

»… nur so dahingesagt.«

Albert starrte uns misstrauisch an. »Das wär ja noch schöner!« Dann blieb sein Blick an Buletten und Kartoffelsalat hängen. »Was soll das? Dieses fette Zeug lass ich nicht an meinen durchtrainierten Körper! Genauso wenig wie diese Käse-Sahne-Orgie da! Ich brauch Eiweiß und Proteine, also los, Spatzl, ran an den Herd!«

»Bei uns kocht mein Mann«, sagte Martina in ihrer verbindlichen Art.

»Der tut ja auch sonst nichts, außer Kinder machen«, brummte Albert mit Blick auf Martinas beachtlichen Bauch. Ich schämte mich schrecklich und schickte Martina einen meiner Entschuldigungs-Blicke.

»Und bei uns werden Männer geschlagen«, sagte Erna ebenso verbindlich. »Sie bezahlen sogar noch dafür.«

Alberts Miene verriet Verwirrung. Er sah aus wie ein kleiner Junge, der sein Sandkastenterrain an lauter Mädchen verloren hat.

»Also, was ist jetzt?«, fragte Albert.

»Da is nix«, sagte ich.

»Gar nix«, bestätigte Erna.

Wie im »Rosenkavalier«! Grandios, unser Repertoire! Da standen wir – Erna, Martina, Juli und ich, bildeten einschließlich Donna eine eingeschworene Gemeinschaft und prusteten laut los.

Albert dagegen hatte nichts zu lachen: Am nächsten Tag kam ein Anruf von der Bank: Der Job sei schon vergeben.

»Diese Idioten haben mich noch nicht mal zu einem Gespräch eingeladen!«, wütete er. »Egal, welcher Trottel diesen Job bekommen hat, er kann mir nicht das Wasser reichen!«

»Und wenn es eine Sie ist?«, fragte ich scheinheilig.

»Papperlapapp! Für diese Position braucht man einen Mann! Einen Kerl mit Durchsetzungsvermögen und einem gewissen Auftreten! Wenn ICH in einen Raum komme, halten alle die Luft an. So muss das sein!«

In dem Moment ging das Telefon, und Albert befahl müde: »Spatzl, geh du mal dran!«

Es war Thomas. Er war ganz aufgeregt. »Bei Martina haben die Wehen eingesetzt, und ich habe kurzfristig einen OP-Termin für die Amputation meines rechten Beines bekommen! Katja, drück uns die Daumen! Wir gehen jetzt zusammen ins Krankenhaus!«

»Kann ich irgendwas für euch tun? Soll ich die drei Jungs nehmen?«

Albert verdrehte nur genervt die Augen und zischte: »So weit kommt es noch!«

»Nein danke, Katja, du hast mit deiner Abiturientin und deinem zukünftigen Bürgermeister genug zu tun!«

Das war mal wieder typisch Thomas! Sogar in dieser Situation machte er sich erst mal Gedanken um andere.

Martina ließ ihre drei Jungs bei Oma Bauch und packte für sich und Thomas je einen Krankenhauskoffer. Weil sie ihren Mann nicht im Stich lassen wollte, hatte sie beschlossen, in seinem Krankenhaus zu entbinden, auch wenn sie dort niemanden kannte.

»Ich weiß ja, wie Gebären geht«, bemerkte sie lachend beim Einsteigen ins Taxi. »Aber für Thomas ist es die erste und hoffentlich letzte Amputation.«

Sie hatte wirklich Humor. Ich bot Oma Bauch an, mich jederzeit um die Kinder zu kümmern, aber sie meinte, der Trubel werde ihr über die Angst und die Sorgen hinweghelfen. Alle hatten ihr Päckchen zu tragen, alle! Und sie taten es mit Humor und Würde.

Albert hingegen schaffte es kaum, seine abgelehnte Bewerbung zu verkraften. Um sich abzureagieren, fuhr er jetzt täglich direkt von der Arbeit ins Fitnessstudio. So machte er sich letztlich selbst überflüssig, und wir vermissten ihn nicht.

Und dann kam mein erster Arbeitstag in Frankfurt! Erna und Franziska sprangen zu Hause ein, und Albert merkte noch nicht mal, dass ich gar nicht mehr in meiner alten Firma war.

Ich wurde von den Mitarbeitern gut aufgenommen. Das Arbeitsklima stimmte von Anfang an, und ich begriff mein Aufgabenfeld schnell. Es war ein großartiges Gefühl, Abteilungsleiterin zu sein! Eine nette Sekretärin stand mir zur Seite und wies mich diskret in alle Belange ein. Ein dicker Blumenstrauß stand als Willkommensgruß auf meinem

Schreibtisch. Den schnappte ich mir und besuchte Thomas noch vor der Heimreise in der Klinik. Er hatte es bereits hinter sich! Und Martina war erneut Mutter geworden. Der kleine Mike war putzmunter. Das alles wusste ich von Oma Bauch, die ich in der Mittagspause angerufen hatte.

Mit dem dicken Strauß betrat ich auf Zehenspitzen das Zweibettzimmer. Der Patient am Fenster schlief fest. Nur ein weißer Haarschopf schaute unter der Bettdecke hervor.

Thomas freute sich riesig, mich zu sehen.

»Wie geht es dir? Wie war's?«

»Du brauchst nicht zu flüstern, der alte Herr schläft tief und fest!«

Ich drückte ihm die Blumen in die Hand. »Die sind für dich und Martina!«

»Sie wird sich freuen, bestimmt kommt sie bald vorbei. Mit Mike!«

»Oh, Gott, ich freu mich so für euch.« Behutsam umarmte ich ihn. »Erzähl! Ich will alles ganz genau wissen!«

»Martina und ich sind noch ein letztes Mal im Krankenhausgarten spazieren gegangen«, hob er an. »Dabei haben wir unser Lied gehört: ›Dieser Weg wird kein leichter sein, dieser Weg wird steinig und schwer …‹ Dann wurden die Wehen bei Martina unerträglich, und ich wurde für die OP fertig gemacht. Ich hab noch mal versucht, mir klarzumachen, auf was ich mich da einlasse: Mein rechter Unterschenkel sollte amputiert werden. Doch ich hab nichts als Vorfreude empfunden. Bevor sie mich auf den OP-Tisch hoben, wollte ich allerdings ein allerletztes Mal auf meinen beiden Beinen gehen. Diesen letzten Schritt wollte ich alleine tun. Ich bin allein auf den OP-Tisch geklettert. Die Ärzte und Schwestern waren sichtlich bewegt.«

Ich war es auch und konnte die Tränen kaum zurückhalten.

»Als ich aufgewacht bin, sah ich, dass ich am Tropf hing. Mein erster Gedanke galt Martina. Noch leicht benebelt hab ich sie angerufen: ›Es ist geschafft! Und bei dir?‹– ›Mike ist da! Er ist gerade eine halbe Stunde alt! Sie nähen mich noch … autsch!‹ – Erleichtert hab ich mich zurück in meine Kissen sinken lassen und weitergeschlafen. Als ich wieder wach wurde, sah ich als Erstes Martinas liebes Gesicht vor mir, das heißt ihren warmen, besorgten Blick über dem grünen Mundschutz. ›Wo ist Mike?‹, habe ich gefragt, und darauf sie: ›Auf der Säuglingsstation. Alles bestens. Wie geht es dir, mein Schatz?‹ Ich konnte sie beruhigen und hatte in dem Moment nur den Wunsch, das bescheuerte OP-Hemd loszuwerden und gegen Unterhose und T-Shirt zu wechseln. Ein bisschen männliche Restwürde wollte ich mir bewahren. Meine Martina, selbst noch total schwach auf den Beinen, schob vorsichtig die Decke zur Seite. Dann hat sie geschluckt und einen ganz starren Blick bekommen. Doch sie hat sich mächtig zusammengerissen und ist stark geblieben. ›Wie soll ich … Wie kann ich …‹, meinte sie und hat den dick verbundenen Stumpf langsam hochgehoben und mir die Unterhose drübergezogen. Dann hat sie die Decke wieder darübergebreitet. Das Oberteil war schnell gewechselt. ›Jetzt ist alles überstanden. Wir haben es geschafft‹, meinte sie, als die Schwester reinkam. Die staunte nicht schlecht, dass ich schon umgezogen war! Und kam aus dem Staunen gar nicht mehr heraus, als ich ihr stolz erzählt hab, gerade zum vierten Mal Vater geworden zu sein! Kopfschüttelnd hat sie mir den Blutdruck gemessen, und Martina verschwand wieder zu Mike, zu unserem Kind.«

»Ihr seid einfach großartig«, entfuhr es mir.

»Du aber auch, Katja, und das weißt du!«

»Na ja, die einen sagen so, die anderen sagen so«, murmelte ich verlegen.

Wir drückten einander die Hand. Der schlafende Patient am Fenster stieß einen Seufzer aus, als wollte er uns maßregeln. Genauso missbilligend hatte mein Vater immer geseufzt. Aber der war so weit weg!

»Und wie ist das so … Ich meine … Tut's weh? Gibt es den Phantomschmerz wirklich?«

»Die erste Nacht ohne das Bein war die Hölle! Ich bin ja Schmerzen gewöhnt und hätte nie gedacht, dass es noch schlimmer werden kann. Aber die durchtrennten Nerven schlagen Alarm und gaukeln dem Gehirn Schmerzen in einem Bein vor, das gar nicht mehr da ist! Gegen Schmerzmittel war mein Körper inzwischen fast schon immun, aber ich dachte: Egal, Thomas, da musst du durch. Martina hat schließlich vier Geburten ganz ohne Betäubung geschafft, weil sie unseren Kindern nicht schaden wollte. Und da dachte ich mir: Was sie geschafft hat, schaffst du auch!«

»Scheiße, bist du tapfer.«

»Alles Kranke an mir ist nun weg. Ich bin endlich ›sauber‹. Und muss nicht mehr auf der Isolierstation liegen. Nach dem Frühstück kam ich gleich auf diese Station hier.« Er zeigte mit dem Kinn auf den weißen Haarschopf am Fenster. »Der pennt hier schon, seit ich da bin. Hab dem immer noch nicht Hallo gesagt.«

Ich wollte dem alten Schnarcher auch nicht Hallo sagen. Von mir aus konnte der weiterpennen.

»Wie geht's jetzt weiter?«

»Ich möchte eigentlich so schnell wie möglich Mike sehen! Und die Kinder!«

»Den drei Großen geht es blendend«, beruhigte ich ihn. »Oma Bauch hat Pascal in den Kindergarten gebracht und die zwei anderen zur Schule. Ich hab in der Mittagspause mit ihr telefoniert.« Es war schon klasse, endlich eine funktionierende Nachbarschaft zu haben. Jeder kümmerte sich um jeden, alle hielten einander auf dem Laufenden.

Wie auf ein Stichwort hin öffnete sich sanft die Tür, und Martina kam herein. Leider ohne Baby.

Ich sprang auf. »Gratuliere, ihr zwei seid fantastisch!« Mir kamen die Tränen. »Ich möchte euch wirklich nicht weiter stören.«

»Jetzt bleib schon hier!« Martina umarmte mich. »Du kannst mir helfen.«

Nachdem die beiden sich liebevoll begrüßt hatten und auch bei ihnen ein paar Tränen geflossen waren, half ich Martina, Thomas aufzurichten. Das war gar nicht so einfach, denn der eins neunzig große Mann fiel uns entgegen wie ein betrunkener Seemann.

»Verdammt! Ich hab einfach kein Gleichgewichtsgefühl mehr!«

Wir schwitzten und kicherten, bis Martina auf die Idee kam, den Lattenrost hochzustellen.

Endlich saß er.

Martina setzte sich zu ihm auf die Bettkante, und ich zog mir einen Stuhl heran.

»Erzähl!«

»Sie haben schon den Verband gewechselt. Mein Stumpf sieht aus wie ein Fischkopf. Bei meinem ersten Versuch, mithilfe zweier Pfleger zum Klo zu hüpfen, hat das Blut darin dermaßen pulsiert, dass ich fast umgekippt bin. Na ja. War wohl noch zu früh. Sie haben mich dann mit dem Rollstuhl zum Klo geschoben.«

»Mich auch«, sagte Martina grinsend. Dann erzählte sie von Mikes Geburt. Da es ihre vierte Niederkunft war, hatte sie alles in zwanzig Minuten über die Bühne gebracht.

Ich schüttelte immer wieder den Kopf über diese patente Frau, die sich selbst so kein bisschen wichtig nahm. Als Nächstes schaute sie sich interessiert im Bad um. »Ich muss schließlich wissen, was ich im Sanitätshaus bestellen muss!« Als stünde sie im Baumarkt, notierte sie sich die Artikelnummern von Toilettensitz und Badewannen-Lift. Hier wurde nicht lang rumlamentiert. Hier wurde gehandelt.

»Wenn ihr wüsstet, wie großartig ihr seid!«

»Du bist doch auch großartig, Frau Bankdirektorin!«

»Was hat eigentlich dein Albert dazu gesagt?«

»Er weiß es immer noch nicht. Er ist viel zu sehr mit sich beschäftigt.« Ich schämte mich. »Wenn ich sehe, wie ihr zusammenhaltet …«

»Aber dafür sind wir doch eine Familie!«, sagte Martina erstaunt.

»Ja, der richtige Partner ist der Schlüssel zum Glück.« Thomas zog Martina zu sich heran, und in dem Moment verlor er erneut das Gleichgewicht. Wir hatten alle Mühe, ihn zu halten, damit er nicht aus dem Bett fiel. Dabei machten wir wohl ziemlichen Lärm. Als ich mich keuchend wieder aufrichtete, sah ich, dass wir den alten Mann geweckt hatten. Er saß kerzengrade im Bett und starrte uns an. Seine wenigen weißen Haare standen ihm vom Kopf ab, sein Gesicht war ausgemergelt und bleich.

»Entschuldigung, dass wir Sie gestört haben …«, begann

ich, gut erzogen, wie ich war. Plötzlich erstarrte ich. Der seufzte nicht nur wie mein Vater – der sah auch so aus!

In dem Moment eilte eine Schwester herein. »Was ist denn hier los? Herr Laumann, was machen Sie denn für Sachen? Und Sie, Herr Mierl, sollten sich auch nicht alleine aufsetzen …«

Mierl. Das war mein Mädchenname. Katja Mierl.

Mein Blick blieb an dem alten Herrn hängen, der mich ebenfalls anstarrte, als wäre ich ein Gespenst. Mein Herz setzte einen Schlag aus, um gleich darauf wild loszuhämmern. Ich wollte etwas sagen, aber ich konnte nicht.

»Katja?« Martinas Hand legte sich auf meine Schulter. »Alles in Ordnung?«

Auch Thomas sah mich besorgt an. »Katja? Bist du okay?«

Nein. Es war nicht alles in Ordnung. Nichts war okay.

Der alte Mann war doch tatsächlich mein Vater!

17

»Echt? Das war Opa?«

Juli saß vor ihren Schulheften am Küchentisch und staunte mich mit offenem Mund an.

»Ja. Das war dein Opa.«

»Und? Was hat er gesagt?«

»Dass er seit zwanzig Jahren auf eine Entschuldigung von mir wartet.« Ich schniefte und wischte mir über die Augen. »Ich soll mich dafür entschuldigen, dass ich Albert geheiratet habe.«

»Der ist ja voll krass drauf! Spinnt der?«

»Ja, so ist mein Vater.« Ich ertrank in Selbstmitleid. »Er selbst hat natürlich nicht den ersten Schritt gemacht. Typisch bayerischer Sturkopf!«

»Und wie ist deine Mutter drauf?«

»Die lebt nach wie vor in der Seniorenresidenz. Der geht es anscheinend ganz gut.«

Ich hatte nicht allzu viel aus dem weißhaarigen alten Mann herausbekommen, der zwar mein Vater war, aber mir gleichzeitig vollkommen fremd. Zwanzig Jahre Bitterkeit hatten einen verhärmten Greis aus ihm gemacht.

»Weshalb liegt der denn in der orthopädischen Klinik?«

»Knochenbrüche. Kalziummangel. Altersbedingt – keine Ahnung …«

»Und, wirst du deine Mutter besuchen?«

»Ich weiß nicht recht. Sie war damals so hart und so zynisch. Wenn ich mich erst entschuldigen muss, bevor sie wieder mit mir sprechen …« Ich heulte wie früher. Die Demütigung steckte mir tief in den Knochen. »Besser, ich hätte ihn gar nicht erst getroffen. Wenn ich bedenke, wie viel näher mir Thomas, Martina, Franziska oder Erna stehen!«

Juli, die sich mit ihrem Liebsten inzwischen wieder versöhnt hatte, nahm meine Hand. »Jonas sagt, wenn Eltern nicht zu einem halten, kann man sie vergessen. Freunde kann man sich aussuchen, Familie nicht.«

Er musste es ja wissen.

Juli strich mir über die Wange. »Mami, egal wie du dich entscheidest, ich steh zu dir. Wenn du willst, komme ich mit.«

»Das ist total lieb von dir, Schätzchen, aber im Moment schaffe ich es sowieso nicht.« Schnell wischte ich mir die Tränen ab und dachte an meine neue Stelle. Es war schließlich nicht alles schlecht in meinem Leben.

»Weißes Sofa? Ich muss dir nämlich auch was sagen, Mami!«

Ich nickte. Ein kleiner Kloß bildete sich in meiner Kehle. Hätten doch meine Eltern und ich auch so ein Ritual gehabt! Immer wenn ein Gewitter aufzog – und das passiert in jeder Familie! –, ließen wir alles stehen und liegen und redeten uns auf dem weißen Sofa alles vom Herzen.

Hand in Hand zogen wir auch diesmal ins Esszimmer, gefolgt von Donna, die wie immer nichts verpassen wollte und sich zwischen uns drängte. Ich knipste die gemütliche Stehlampe an und zog Juli an mich.

Genau in diesem Moment kam Albert in den Flur gepoltert und warf seine Sporttasche und Schuhe in die Ecke. Er war inzwischen tatsächlich zum Bürgermeister gewählt worden, was ihn noch unausstehlicher machte als ohnehin schon, so aufgebläht war sein Ego.

»Gibt's Essen?«

»Nein. Wir wollen uns hier in Ruhe unterhalten.«

»Ist irgendwelches Gesocks da?«

Albert sah sich in Wohnzimmer und Küche um und stemmte die Hände in die Hüften. »Aha! Endlich darf sich der Herr des Hauses mal wieder in Ruhe in seinen eigenen vier Wänden entspannen.«

»Boah, Papa, lass diese Macho-Sprüche! Du störst! Mama und ich haben uns was zu erzählen!« Juli nahm meine Hand. »Aber nur unter vier Augen, Mama«, flüsterte sie.

»Das reicht mir jetzt mit eurem hysterischen Getuschel!« Albert zerrte an seiner Krawatte und warf sie über die Sessellehne. »Vor euch steht immerhin der Bürgermeister!«

»Jaja, das wissen wir bereits«, sagte Juli genervt. »Können wir jetzt weiterreden?«

»Nein! Heute lade ich euch zur Feier des Tages zum Essen ein.«

Juli und ich sahen uns ratlos an. Das waren ja ganz neue Töne.

»Also los, kommt in die Hufe, Mädels, macht euch schick! Wir gehen in den Bürgerkeller, da müssen wir uns heute sehen lassen. Die Pressefotografen warten schon.«

»Aha«, maulte Juli. »Du willst uns also gar nicht einladen, sondern nur mit uns angeben.«

»Ihr seid meine Familie!«

»Ach? Das wüssten wir aber!« Julis rote Haare sprühten regelrecht Funken.

»Komm, Juli«, lenkte ich ein. »Ausnahmsweise.«

»Sehe ich doch überhaupt nicht ein!«, protestierte sie, rappelte sich dann aber doch auf, weil ich sie so flehentlich ansah.

»Wir reden beim Essen weiter, ja?«

»Träum weiter, Mama! Wenn der dabei ist, geht das nicht.«

»Mit vollem Mund spricht man nicht!«, blökte Albert, der sich bereits im Flur das Hemd vom Leib riss und es auf die Erde fallen ließ. »Die Jugend hat jetzt Sendepause. Spatzl, ich brauch ein frisches Hemd!«

Wir ergaben uns in unser Schicksal.

Die Zeit verging, es war inzwischen November, und draußen nieselte es unaufhaltsam vor sich hin. Ich lag wieder einmal bei Franziska auf der Liege und gönnte mir eine wunderbare Schulter- und Nackenmassage, während die Kinder oben in der Wohnung hockten und lernten. Es tat so gut, einfach mal alle viere von mir zu strecken und mich verwöhnen zu lassen, ohne dass gleich das Unabwendbare folgte! Franziska hatte Tee gekocht, Kerzen angezündet und klassische Musik aufgelegt. Es roch nach Massageöl, Vanille und Zimt.

»Meine Güte, bist du verspannt. Lass einfach mal locker, Katja!«

Erst gestern war ich wieder aus Frankfurt zurückgekommen. Natürlich war es stressig, aber es lief alles wie am Schnürchen. Von meinen Erfolgserlebnissen und meinen neuen netten Kollegen hatte ich Franziska erst mal brühwarm erzählt. Sie konnte herrlich neidlos zuhören und sich mitfreuen.

»Und, was machen deine netten Nachbarn? Wie geht's Thomas nach der OP?«

»Martina hat Thomas mit allen vier Kindern in der Reha besucht, sie waren Halloween-mäßig verkleidet, sogar das Baby Mike ›ging‹ als kleiner Kürbis! Das war total süß!«

Ich richtete mich auf und wollte Franziska ein paar Schnappschüsse zeigen, die ich mit dem Handy gemacht hatte.

»Entspann dich!«, wiederholte sie lächelnd und legte das Handy weg. »Das schauen wir uns später an. Jetzt bist du mal an der Reihe.«

»Dort hat Thomas sich an seine Prothese gewöhnt und konnte anschließend tatsächlich in meiner ehemaligen Versicherungsagentur anfangen. Er verdient besser als früher und ist immer schon um vier zu Hause, um Martina mit den Kindern zur Hand zu gehen.«

»Das ist schön und freut mich sehr für die beiden.« Franziska massierte mich mit Hingabe.

»Ich war jetzt dermaßen viel unterwegs«, fuhr ich fort, »dass ich mich gar nicht mehr richtig um Juli gekümmert habe. Danke, dass du das übernommen hast. Ich muss so viel lernen, finde das Leben als Karrierefrau aber echt toll …« Ich biss mir auf die Unterlippe. Höchste Zeit, dass ich etwas auf die Bremse trat. Meine Sätze fingen ja nur noch mit »Ich« an! Was war denn nur in mich gefahren?

»Das sind ja eine Menge Neuigkeiten«, murmelte Franziska und kümmerte sich um meine Nackenmuskulatur. Irgendetwas an ihrer Stimme ließ mich aufhorchen. Bestimmt hatte ich sie verletzt. Sie hätte auch Karriere machen können! Sie hatte alles für Jonas aufgegeben, während ich jetzt neu durchstartete. Ich war sicherlich eine viel schlechtere

Mutter als sie. Warum konnte ich nicht wenigstens eine gute Freundin sein?

»Und was gibt's bei dir Neues?«, fragte ich schnell. »Entschuldige, ich hab dich jetzt so vollgetextet, dass es mir schon ganz peinlich ist. Wie geht es Jonas?«

Sie legte mir ein Handtuch über die Schultern, half mir beim Aufrichten und sah mich ernst an. »Du weißt es noch gar nicht, oder?«

Etwas an ihrem Blick ließ mich zusammenzucken.

»Was weiß ich noch nicht?«

»Na ja, das … das große Ereignis!«

»Welches große Ereignis?« In Gedanken ging ich meine Termine durch. »Mein Job in Frankfurt IST ein großes Ereignis!«

»Ja, das auch …«

Franziska sah mich an, dass mir ganz anders wurde. Sie verschränkte die Arme vor der Brust.

»Was? Was weiß ich noch nicht?« Jetzt hatte ich aber Herzklopfen.

»Juli wollte es dir schon vor Wochen sagen.«

»Was? WAS wollte Juli mir vor Wochen sagen?«

Franziska säuberte die Massageliege sorgfältig mit einer Desinfektionslösung. »Juli und Jonas erwarten ein Kind, Katja. Wir werden Großmutter.«

18

»Aber das könnt ihr mir doch nicht antun! Ihr seid doch wahnsinnig, ihr Weiber!«

Albert rannte in seinem eingelaufenen Bademantel im Wohnzimmer herum wie ein wild gewordener Stier. Wahllos griff er nach Büchern, Kerzen und Lampen und schleuderte sie zu Boden. »Ich bin der Bürgermeister dieser Stadt! Wollt ihr mich lächerlich machen?«

»Es geht nicht immer nur um dich, Albert.« Ich atmete tief durch. »Juli ist bestimmt nicht schwanger geworden, um dir eins auszuwischen. Komm endlich mal von deinem Egotrip runter!«

»Obwohl ich ihr genau das zugetraut hätte!« Albert schnaubte, dass seinen Nasenlöchern kleine Wölkchen entwichen. »Wieso hast du das nicht verhindert?«, brüllte er mich an. »Was bist du nur für eine Mutter?«

Gute Frage. Ich stellte sie mir oft genug selbst. Aber den Vorwurf, Juli nicht aufgeklärt zu haben, musste ich mir nicht gefallen lassen.

Die hatte es vorgezogen, bei Jonas zu bleiben. Klar, diese Suppe musste ich mal wieder alleine auslöffeln!

»Wer ist der Kerl überhaupt?«

Nachdem er sich minutenlang ausgetobt hatte, ließ Albert sich wie betäubt auf das Sofa fallen. Aus blutunterlaufenen Augen starrte er mich an. »Hä? Wieso kenne ich den nicht?«

»Weil du dich nicht für deine Tochter interessierst!«

»Das wird ja immer besser!« Schon wieder erfasste Albert eine Wutwelle. Ja, so eine durchtrainierte Testosteronbombe war nicht so schnell zu erschöpfen.

»Ich soll mich also dafür interessieren, mit wem sie rumvögelt?!«

»So. Jetzt reicht es, Albert Richter.« Ich baute mich vor ihm auf und sah ihm fest in die Augen. »Unsere Tochter vögelt nicht rum: Sie hat seit fünf Monaten einen festen Freund. Er heißt Jonas und war mit ihr in dem Jazz-Workshop. Wenn du dich für deine Tochter interessieren würdest, wüsstest du, dass die beiden beim Abschlusskonzert den ersten Preis gemacht haben.«

»Ein dahergelaufener Musikant also.«

»Ein hervorragender Pianist. Die beiden waren zusammen in Wien und haben beim renommierten internationalen Wettbewerb den ersten Platz belegt.«

»Und in Wien hat er sie geschwängert.«

»Nein. Nach unserer Kifforgie, als ich mit Franziska Wein trank.«

»Ja sag mal, bist du denn bescheuert?« Albert hatte sich von seinem ersten Schreck erholt und sprang vom Sofa auf. »Was macht ihr Weiber eigentlich immer, wenn ihr da auf dem weißen Sofa rumschmust? Über Bienchen und Schmetterlinge reden?« Er drosch mit der Faust auf ein Sofakissen. »Und ich wollte diesen bescheuerten Workshop noch verhindern! Aber du hast ja darauf bestanden, dass sie hindarf! Jetzt haben wir den Salat!«

»Beruhige dich endlich, Albert! Natürlich ist sie aufgeklärt. Nicht nur von mir, auch von der Schule. Sie sagt, es sei trotzdem passiert.«

Juli hatte mir unter Tränen gestanden, dass das Kondom nicht richtig gehandhabt worden war. Ob das mit Jonas' Blindheit zusammenhing oder nicht, konnte mir keiner von beiden schlüssig erklären. Wahrscheinlich eher nicht. Bei jungen Leuten im Liebesrausch kann so was schon mal vorkommen. Sie hatte es mir an dem Abend gestehen wollen, als Albert mit uns essen gegangen war. Da hätte man vielleicht noch etwas unternehmen können. Andererseits stand das letztlich für keinen von uns wirklich zur Debatte.

Fest stand: Juli war schwanger, und zwar im vierten Monat.

»Sie wird es abtreiben lassen.« Albert hatte die Hände in seinen Bademanteltaschen zu Fäusten geballt. »Ich bin Bürgermeister. Ich habe Beziehungen. Ich mach ihr einen Termin.«

Wäre das alles nicht so tragisch gewesen, hätte ich laut gelacht. Der tobende Bürgermeister sah in seinem viel zu kleinen Bademantel selbst aus wie ein geplatztes Kondom.

»Sie will es behalten, Albert.«

»WAS?« Spätestens jetzt war es mit seiner Selbstbeherrschung völlig vorbei. Er hatte regelrecht Schaum vor dem Mund. Ich sah, wie seine Halsschlagader pulsierte, und fürchtete mich richtig vor ihm.

»Albert, wir müssen jetzt das Beste draus machen.« Beschwichtigend hob ich die Hände. »Ich weiß, das ist jetzt nicht erfreulich für dich, aber es geht um Juli und nicht um dich.«

»Natürlich geht es um mich! Um meinen Ruf! Ich bin der Bürgermeister, verdammte Scheiße!«

»Das bist du auch mit Enkelkind.«

»Ha, von wegen!!« Albert riss eine Gardine von der Stange. Er war drauf und dran, das ganze Haus zu zerlegen. Genug dafür trainiert hatte er.

»Alles dreht sich nur um diese verzogene Göre!« Jetzt hatte er Zornestränen in den Augen. »Ich hab ja schon lange nichts mehr zu sagen in diesem Haus!« Albert brüllte, dass die Gläser im Schrank klirrten. »Du kümmerst dich nicht mehr um mich, ich muss im Fitnessstudio Eiweißpulver fressen, weil hier nicht mehr für mich gekocht wird. Und jetzt auch noch das! Lieber kümmerst du dich um diesen arbeitslosen Krüppel von schräg gegenüber und seine Blagen und lässt dich von einer Prostituierten im Haushalt vertreten. Wo du dich immer rumtreibst, möchte ich auch mal wissen! Bestimmt hast auch du längst was mit einem Kerl am Laufen, so wie du dich immer aufbrezelst! Seidenstrümpfe, Kostüm und hochhackige Schuhe …« Er steigerte sich immer mehr in Selbstmitleid hinein und zischte dann: »Du hast dich total verändert, und zwar zu deinem Nachteil!«

»Da gehen die Meinungen auseinander«, bemerkte ich sachlich. Ich musste die Situation dringend in den Griff bekommen. »Was ist nur mit uns los, Albert? Können wir das nicht wie zwei Erwachsene in aller Ruhe besprechen? Müssen wir uns anbrüllen? Haben wir vergessen, wie Nettsein geht?«

»NETT!« Albert sprühte Spucketröpfchen. »Ich war mein Leben lang viel zu nett! Alles hab ich euch geboten, alles! Auto, Haus, Urlaub, Hund, Führerschein, Workshop! Und das ist der DANK dafür?«

»Albert. Beruhige dich. Wir sollten jetzt keine Schuldzuweisungen machen, sondern versuchen, gemeinsam eine Lösung zu finden.«

»Die Lösung heißt Abtreibung!« Albert nahm ein Silbertablett und donnerte es gegen die Wand. »Sie lässt das Balg wegmachen, und zwar so schnell wie möglich! Und dann kümmerst du dich wieder um mich, so wie früher! Wo sind wir eigentlich?«

»Im vierten Monat, Albert. Dafür ist es jetzt zu spät.«

Es dauerte, bis die Nachricht wirklich zu ihm durchgedrungen war. »Das ist doch infam, das ist doch alles nur Berechnung! Da will sich ein Kerl in meine untadelige Familie einschleichen …« Alberts Wut kannte keine Grenzen. »Ich bin der Bürgermeister, ich …«

»Albert, wir wissen alle, dass du Bürgermeister bist. Du musst es nicht ständig wiederholen.«

»Wo ist sie? Ich verdresche sie, dass sie nicht mehr sitzen kann! Das hätte ich schon viel früher tun sollen!«

»Sie hat sich vor dir in Sicherheit gebracht. Sie ist bei ihrem Freund.«

»Der Kerl soll mir nur unter die Augen treten, dann schlag ich ihm den Schädel ein!«

»Eben deshalb hat er sich dir noch nicht vorgestellt.«

»Wie heißt er, hm? Sag schon!« Nun packte er mich doch am Kragen und schüttelte mich, dass mir Hören und Sehen verging. »Sag seinen Namen und seine Adresse! Ich fahr sofort da hin und knöpf mir den Burschen vor!«

»Das nützt doch nichts, Albert! Au, du tust mir weh! Lass mich los …«

»Ich find's raus«, schnaubte Albert. Er lockerte seinen Griff, und ich taumelte gegen die Anrichte, konnte gerade noch die Stehlampe festhalten, bevor sie zu Bruch ging. »Ich find's raus!«, wiederholte er, setzte sich an seinen Laptop und begann, auf die Tastatur einzuhacken. »Wenn die einen Wettbewerb gewonnen haben, kann ich mir den googeln …«

Ich rieb mir den schmerzenden Oberarm und blieb abwartend stehen. Okay. Sollte er es rausfinden. Ich hätte es nur begrüßt, bei dieser Szene nicht mit ihm allein zu sein. Denkwürdig war sie allemal: Aus dem wütenden Stier wurde auf einmal ein ganz stiller, fassungsloser Ochs.

»Meine Fresse!« Er fuhr sich mit beiden Händen über die Borstenfrisur. »›Der blinde Jazzpianist Jonas Römer und die bezaubernde Juli Richter begeisterten mit virtuosem Spiel und betörendem Gesang. Sie überzeugten Publikum und Jury gleichermaßen.‹ Der ist blind!«, entfuhr es Albert. »Verdammte Scheiße, der ist blind!«

Ich stand mit dem Rücken zur Wand. »Ja. Ist er.«

»Warum weiß ich das nicht?«

»Weil du nur dummes Zeug gesagt hättest.«

»Unsere Juli lässt sich von einem Krüppel schwängern?«

»Er ist blind. Aber lange nicht so blind wie du, Albert. Er hält sich nämlich nicht nur mit Äußerlichkeiten auf.«

»Unsere Juli treibt es mit einem Behinderten. Das Balg wird auch ein Krüppel werden!«

Seine Wortwahl gefiel mir kein bisschen.

»Albert, reiß dich zusammen!« Ich selbst konnte es nicht mehr: Die ganze Wut, die sich in mir aufgestaut hatte, brach sich endlich Bahn. »Dieser junge Mann ist deutlich lebensfähiger als du! Er kann aufräumen, einkaufen und kochen und ist hundertmal liebenswerter und hilfsbereiter als du Egoist! Ich kann Juli zu diesem jungen Mann nur gratulieren!«

»Soll das etwa heißen …?«

»Sie wird ein viel besseres Leben führen als ich!«

Bedrohlich langsam erhob Albert sich von seinem Stuhl. »Jetzt hast du den Bogen überspannt, Spatzl.« Er hob drohend den Arm, und obwohl ich nicht wirklich damit rechnete, von ihm geschlagen zu werden, duckte ich mich automatisch und kniff die Augen zu. In diesem Moment klingelte es, und ich verlor vor lauter Schreck das Gleichgewicht, stieß mit dem Kopf gegen die Wand. Kurz darauf ging die Haustür auf, und eine wild bellende Donna sprang herein. Ihr folgte Thomas, der sich auf Krücken stützte, sowie seine drei Söhne Kevin, Dominik und Pascal. Sie entlasteten mich in letzter Zeit beim Gassigehen und wollten nur den Hund zurückbringen. Der blanke Schreck stand ihnen ins Gesicht geschrieben, als sie die Situation erfassten.

»Kann ich dir irgendwie helfen, Katja?«

Das war meine Rettung. Albert hieb mit der Pranke auf die Anrichte und forderte unseren Nachbarn auf, eine sexuelle Handlung an seinem noch verbliebenen Knie zu vollführen, was dessen Söhne mit offenem Mund zur Kenntnis nahmen. Dann rannte er hinaus.

»Uff!« Zitternd sank ich auf das weiße Sofa. »Das war knapp. Danke, Männer!«

»Gern geschehen«, beteuerten alle vier. Die drei Jungs streichelten Donna, und Thomas humpelte in die Küche: »Wo habt ihr Verbandszeug?«

So gut sie konnten, verarzteten sie mich. »Scheint nur eine Platzwunde zu sein.« Wenn einer sich mit Wunden auskannte, dann mein guter Nachbar. »Beiß mal die Zähne zusammen …« Er betupfte mich mit Jod, und ich zuckte zusammen. »Au! Scheiße, tut das weh!«

»Dann weißt du jetzt, wie es mir seit dreizehn Jahren geht …«, entgegnete er ungerührt, während er weiter konzentriert meine Wunde bearbeitete.

Trotz allem musste ich grinsen. »Lass gut sein …«

»Hätte er dir ernsthaft wehgetan?«

Ich schüttelte den Kopf, was mir sofort stechende Schmerzen einbrachte. »Au! Nein, ich glaub nicht. Er hat mich oder Juli noch nie geschlagen. Ich glaube, er ist einfach nur völlig überfordert. Ich habe ihn gereizt. Das hätte ich nicht tun dürfen …«

»Und da jibst du dir auch noch die Schuld?« Erna stand hinter ihrer Bar im »Schlagabtausch« und schüttelte den Kopf, dass ihr Doppelkinn schwabbelte.

Franziska saß am Tresen und rührte in ihrem Tee. »Das Wort Schuld in Zusammenhang mit Jonas gefällt mir gar nicht.« Ihre Lippen waren so schmal wie eine Wäscheleine.

»Mit Jonas hat das nur indirekt zu tun. Er war nur der Auslöser für eine längst fällige Auseinandersetzung.« Ich legte meine Hand auf ihre. »Jonas ist ein Traum. Dasselbe habe ich auch zu Albert gesagt. Aber ich hätte es ihm schonender beibringen müssen. Es war einfach zu viel für ihn.«

Ich sah mein Gesicht im Spiegel des rotplüschigen Etablissements, in dem um diese Uhrzeit noch nichts los war. Ein Pflaster zog sich quer über meine Schläfe.

Jonas saß selbstvergessen am Klavier und übte, während Juli an einem der kleinen Tischchen hockte und Latein lernte. Eine Putzfrau wischte um uns herum, der Rest der Stühle war hochgestellt.

Tja, so weit war es schon gekommen, dass meine Tochter in einem Puff ihre Hausaufgaben machte! Aber nach Hause trauten wir uns einfach nicht.

»Warum hast du ihn nicht längst in den Wind geschossen?« Franziska sah mich prüfend an, und ich konnte ihrem Blick kaum standhalten. Sie war stärker als ich. Sie hatte sich getraut, ihren Gisbert abzuschießen. Mit einem blinden Kind, ohne Job, ohne finanzielle Sicherheit. Trotzdem hatte sie den Mut besessen, sich von dem Mann zu trennen. Sie hatte alles Recht der Welt, mich das zu fragen.

»Weil du es deinen Eltern beweisen wolltest!«, mischte sich Juli ein.

»Kind, halt du mal die Klappe!«, blökte Erna. »Deinetwegen steckt deine Mutter knietief in der Scheiße.«

Danke, Erna!

»Meinst du, eine Ehetherapie könnte noch helfen?«, fragte Franziska und pustete in ihren Tee. »Manche Männer lernen ja, sich zu entschuldigen und ihre Fehler einzusehen!« Sie trank einen kleinen Schluck und fügte dann hinzu: »Zumindest ein Stück weit.«

»Kann man Männer in diesem Alter noch ändern?«, fragte ich zurück. »Albert ist jemand, der mit voller Absicht mitten auf dem Fahrradweg geht und sich nicht wegklingeln lässt. Wenn ich ihn vorsichtig zur Seite ziehe, wird er erst recht störrisch: ›Ich bin fast fünfzig, und ich gehe da, wo ich will! Die Leute haben sich damit abzufinden.‹«

»Und du willst dich auch einfach so damit abfinden?«, legte Erna den Finger in die Wunde.

»Aber das Haus gehört uns beiden, die Hypothek ist gerade abbezahlt!«

Ich wollte mir gar nicht ausmalen, wohin ich mit Juli und dem Baby sollte, wenn ich ausziehen musste!

»Wir haben ja zumindest nach außen hin ein schönes Leben, die Leute würden aus allen Wolken fallen …«

»Alles für die Leut, für die Leut!«, ätzte Franziska und verdrehte die Augen.

»Jaja, Frau Bürjameesta. Janz toll.«

»Findet ihr nicht, dass es ein beschissener Zeitpunkt ist, jetzt über Scheidung nachzudenken?«, versuchte ich Land zu gewinnen.

»Willste det deinen Eltern immer noch beweisen?«, sagte Erna. »Dette im Leben allet richtig jemacht hast? Haste numal nich.«

»Nein, ich möchte Juli nur ihr Zuhause erhalten! Sie ist schwanger und steckt mitten im Abitur!«, flüsterte ich. »Was soll ich ihr denn noch zumuten!«

»Det hatse sich selba zujemutet!«

»Ja, aber ich will ihr jetzt nicht noch mehr Stress machen …«

»Den würd ick hochkant rausschmeißen«, grollte Erna. »Denn haste klare Verhältnisse.«

»Seh ich genauso.« Franziska trug ihre Tasse zur Spüle. »Lieber ein Ende mit Schrecken als ein Schrecken ohne Ende.«

»Sacht ma, Mädels, is euch schon aufjefallen, det wir bei ›Arschlochmann‹ alle janz laut hier jeschrieen haben?«, bemerkte Erna.

»Das bringt uns doch jetzt auch nicht weiter!« Franziska trocknete ihre Tasse, stellte sie ins Regal und sah mich an: »Jede ist ihres Glückes Schmiedin.«

»Ich meine, ich verdiene jetzt gut, habe einen gesicherten Job … Ich könnte mir vielleicht eine eigene Wohnung nehmen«, überlegte ich laut. Fragend sah ich Erna an.

»Der kann doch zu seiner Thusnelda ins Fitnessstudio ziehen!«, schlug Erna vor. »Er hat dich jeschlagen. Jeder Richter jibt dir recht.«

»Er hat mich nicht geschlagen. Ich bin erschrocken und bin mit der Stirn gegen die Wand geknallt.«

»Das sagen alle.« Franziska lachte.

»Und warum, du dämlichet Stück Frau? Weil er dich schlagen wollte!«

»Nein, wollte er nicht. Er wollte nur auf die Anrichte schlagen.«

»Jib bloß dein Terräng nich auf«, quakte sie entrüstet.

Ich liebte sie dafür, dass sie so leidenschaftlich für mich Partei ergriff.

»Det Haus is jenauso jut deins wie seins. Und wenn ick den eigenhändig aus eurem Haus prügeln muss! Det kann ich, det hab ich von der Pike uff jelernt.«

»Außerdem brauchen die Laumanns dich«, gab Franziska zu bedenken. »Du hast Freunde in der Nachbarschaft, nicht er.«

Mir wurde warm ums Herz. Ach, tat es gut, solch wunderbare Freundinnen zu haben! Sie hatten recht. Wenn ich jetzt einen Rückzieher machte, ginge das nur auf Kosten meiner Juli und des Babys. Ich musste kämpfen.

19

Inzwischen war ich mit Juli bei meiner Frauenärztin gewesen, die mir gleich die Sorge nahm, das Kind könnte blind zur Welt kommen. Sie bestätigte, was Franziska mir auch schon erzählt hatte. »Jonas' Blindheit ist auf Sauerstoffmangel bei der Geburt zurückzuführen, also nicht vererbbar«, erklärte Frau Dr. Graf, die freundliche Gynäkologin mit dem Vorarlberger Akzent. »So wie es aussieht, ist es vollkommen gesund.«

In dieser Hinsicht waren Juli und ich also schon mal beruhigt.

Doch etwas anderes bereitete mir schlaflose Nächte, nämlich die Erkenntnis, dass sich der verantwortungsvolle Job bei der Bank nicht mit unserer neuen Situation in Einklang bringen ließ. Bei Jonas und Franziska wollte und konnte ich Juli nicht parken. Als schwangere Abiturientin brauchte sie mich mehr denn je. Also kündigte ich meinen Traumjob noch in der Probezeit und gab »private Gründe« dafür an.

Vorstand Mair hatte mich inzwischen ins Herz geschlossen und war nicht sehr angetan von meiner plötzlichen Kehrtwende. Genau davor hatte ich mich gefürchtet.

»Wir hatten Sie beim Einstellungsgespräch extra gefragt,

wie es um Ihre Familie steht. Und Sie meinten, alle stünden hinter Ihnen!«, grollte er.

Aber als ich ihm die Wahrheit sagte, nämlich dass meine achtzehnjährige Tochter schwanger war und mitten im Abitur steckte, ließ er mich ziehen.

»Es spricht für Sie, Frau Richter, dass Sie Ihrer Tochter den Rücken stärken. Wir lassen Sie wirklich ungern gehen. Ihre Tochter kann sich glücklich schätzen, eine solche Mutter zu haben.«

Oh, das ging mir runter wie Butter. Schade, dass Juli das nicht gehört hatte!

»Danke für Ihr Verständnis«, sagte ich erleichtert »Ich hoffe, Sie finden schnellstmöglich Ersatz …«

In diesem Moment traf mich die Erkenntnis wie ein Blitz: Meinen alten Job bei der Versicherungsagentur war ich unwiederbringlich los! Den hatte ich ja Thomas Laumann vermittelt. Mairs Kollege, Manfred Pach, gab mir endgültig den Rest:

»Kennen Sie einen Albert Richter? – Ach, der hat ja die gleiche Adresse …«

Oh, Gott. Mir wurde ganz anders. Das bedeutete doch nicht etwa, dass er jetzt meine Stelle bekommen würde? Ich schloss die Augen und dachte eine Sekunde nach. Doch. Genau das bedeutete es. Und es war gut so. Dann würde er nämlich noch öfter weg sein. Ich trat die Flucht nach vorn an und sagte schnell:

»Ja, das ist mein Mann.«

Herr Pach raschelte mit den Unterlagen. »Der stand bei uns ebenfalls hoch im Kurs. Seine Bewerbung erreichte uns, kurz nachdem wir Sie eingestellt hatten. Hat das eine Bedeutung?«

»Nein, er wollte mir nur den Vortritt lassen«, improvisierte ich schnell. »Wir haben lange überlegt, wer von uns beiden sich um unsere Tochter kümmert, aber bei den jetzigen Gegebenheiten ist das einfach Frauensache.« Ich zuckte lächelnd mit den Schultern und setzte mein übliches Entschuldigungs-Gesicht auf.

»Dann werden wir Ihren Gatten also zu einem Bewerbungsgespräch einladen. Ist er nach wie vor interessiert?«

»Auf jeden Fall.« Ich lächelte gezwungen. »Er ist sicher der Richtige.«

»Dann bleibt das Geld wenigstens in der Familie, nicht wahr, Frau Richter?« Vorstand Mair tätschelte mir die Hand. »Hoffentlich hat er auch die gleichen menschlichen Qualitäten wie Sie!«

Ich zwang mich zu einem Lächeln und nickte mechanisch. »Dann tun wir Ihnen auch einen Gefallen, wenn wir Ihren Mann einstellen.«

Das Lächeln in meinem Gesicht gefror zur Maske. »Vielen, vielen Dank!«

»Alles Gute für Sie und natürlich für Ihre Tochter. Wann ist es denn so weit?«

Gehorsam gab ich Auskunft und hätte den Herren fast noch das Ultraschallbild unter die Nase gehalten, konnte mich aber gerade noch beherrschen. In Wahrheit war mir zum Heulen zumute. Soeben hatte ich Albert tatsächlich meinen hart erarbeiteten Traumjob überlassen.

»Sie machen das schon, Frau Richter. Wenn Ihre Tochter aus dem Gröbsten raus ist, können Sie ja wieder bei uns anklopfen.«

Meine Eingeweide zogen sich schmerzhaft zusammen. Erneut steckte ich zurück, um des Familienfriedens willen! Seit zwanzig Jahren tat ich das nun schon.

Herr Pach ahnte nichts von meinen inneren Kämpfen. Er zwinkerte mir aufmunternd zu, als wäre ich guter Hoffnung. Fehlte nur noch, dass er mich onkelhaft in die Wange kniff! Doch was dann kam, übertraf meine schlimmsten Erwartungen.

»Für eine Großmutter sehen Sie aber wirklich noch sehr jugendlich aus«, sagten die Frankfurter Banker. »Ihr Gatte kann stolz auf Sie sein.«

Mein Gatte hatte sich nach unserem Streit sehr gut erholt. Er hatte ein paar Nächte im Fitnessstudio übernachtet – auf einer Gymnastikmatte, wie er mir später selbstmitleidig berichtete. Die Betreiberin des Fitnessclubs, Carmen, die mit jeder Pobacke einzeln wackeln konnte, hätte sich jedoch aufopfernd um ihn gekümmert. Ihr war es anscheinend zu verdanken, dass Juli keinen Ärger bekam. Albert war zwar immer noch nicht gewillt, Jonas kennenzulernen, aber dafür einigermaßen friedlich. Allerdings nicht nur wegen Carmen: Schließlich hatte er jetzt einen ganz tollen Job in Frankfurt. Hinter den Kulissen hatte ich ihm mit einem extrabreiten Bulldozer den Weg geebnet. Er musste seinen Hintern nur noch auf den von mir vorgewärmten Chefsessel fallen lassen. Aber weil er nichts davon wusste, konnte ich keine Dankbarkeit erwarten.

»Spatzl, wenn du mir das Hemd für morgen gebügelt hast, fahr doch schnell noch tanken, damit du mich morgen zu meiner Frühmaschine chauffieren kannst!«

Albert wusste nur, dass ich bei der Versicherungsagentur gekündigt und Thomas Laumann meinen Job überlassen hatte. Ständig hielt er mir meine »selbst verschuldete Arbeitslosigkeit« unter die Nase. Nachdem er nun »Alleinverdiener«

war, glaubte er, mich erst recht herumkommandieren zu können. Selbstzufrieden ließ er keine Gelegenheit aus, mich zu demütigen.

»Spatzl, du müsstest eigentlich mal wieder zum Friseur, hast du dich von hinten gesehen? Aber deinen Spezialisten in Salzburg kannst du dir ja nun nicht mehr leisten, arbeitslos, wie du bist. Aber wenn du ein braves Mädchen bist und mich ganz lieb bittest, geb ich dir das Geld für den Dorffriseur. Der muss reichen.«

Das »brave Mädchen« sollte ihm auch im Bett wieder zur Verfügung stehen. Er tarnte es als Versöhnungssex. Ich ließ es über mich ergehen, schließlich war es immer schnell wieder vorbei. Albert rollte von mir herunter: »Jetzt, wo du Zeit dafür hast, solltest du wirklich was für deine Problemzonen tun. Du könntest vormittags bei Carmen trainieren, zwischen neun und elf zum Hausfrauentarif. Sie zeigt dir dann Übungen gegen überschüssiges Fett und schlaffe Haut!«

Als ob das je mein Ziel gewesen wäre! Dabei hatte ich es schon geschafft gehabt! Wenn ich die Augen schloss, sah ich mich im schwarzen Kostüm im achtunddreißigsten Stock der Bankzentrale am Schreibtisch sitzen, während meine Sekretärin mir Kaffee hinstellte und mich freundlich fragte, was sie für mich tun könne. Jetzt war ich selbst fürs Kaffeekochen zuständig und jonglierte nicht mehr mit Zahlen, sondern mit Putzlappen. Ein Halbtagsjob wäre das höchste der Gefühle, aber wo sollte ich den so schnell herbekommen? Und dann noch einen, der mir genug Zeit für Juli ließ. Wenn ich doch irgendwo wieder einen Telefondienst übernehmen könnte! Mit meiner ach so angenehmen Stimme.

»Det kannste haben«, quakte Erna und fächelte sich Luft zu. »Ick brauch sowieso ’ne neue Empfangsdame. Ick stell dir ein.«

»Was? Im Puff? Nee, Erna, bei aller Liebe.«

»Die russischen und rumänischen Mädels kriegen det mit dem Telefon nicht hin. Dauernd kommt es vor, dass sie Termine doppelt vergeben oder ’ne Dienstleistung verwechseln. Letztens wollte eena am Donnerstagnachmittag nach dem Dienst kommen, und da hat die Ludowika ihn für Dienstagnacht einjetragen.«

Ich lachte. »Ach Erna. Das kann ich doch nicht!«

»Wat? Aber sicher kannste det! Du verstehst wenigstens, wat die wollen, und kannst ihre Namen richtig schreiben.«

»Na ja, das schon, aber …« Ich wollte sie nicht kränken. Doch sie ließ nicht locker.

»Die Arbeitszeit is doch jenau, watte dir wünschst!«

»Aber ich bin doch keine Pro-«

»Nee, det will ja ooch keena. Aber ein Profi. Du musst nur vorne am Empfang stehen, Jetränke ausschenken, nett ’n bisschen Small Talk machen und gucken, det alles reibungslos läuft …«

»Reibungslos?«, frotzelte ich. »Ich dachte, das ist nicht im Sinne des Erfinders!«

»Na siehste! Hast es ja voll drauf, den Freiern die Wartezeit ’n bisschen verbalerotisch zu verkürzen. Nen netten Anblick bieteste ooch.«

»Und wie würde die Arbeitskleidung aussehen?« So langsam erwärmte ich mich für den Gedanken. »Also Strapse oder Mieder zieh ich nicht an!«

»Musste auch nicht. Du trägst ’n schwarzes Abendkleid, janz seriös. Die Empfangsdame einer Arztpraxis hat ja auch keinen grünen Kittel und Mundschutz an. Keene Sorge, der ziehst dich erst mal janz neutral an.«

»Ach, Erna ...«, zierte ich mich weiter. »Ich bin doch nicht aus diesem Gewerbe!«

»Sei doch mal ein bisschen flexibel! War ick doch auch, damals! Für Kinder machste allet.« Sie grinste zufrieden.

»Erna, sosehr ich dich schätze ... Ich kann das nicht.«

Erna seufzte. »Ick zahl auch jut. Frag die Mädels!«

Ich wand mich wie ein Aal.

»Und wenn sich das rumspricht in unserer properen kleinen Stadt?«, gab ich zu bedenken. »Albert ist Bürgermeister, ich posiere mit ihm auf Plakaten, auf denen steht, dass ohne Familie alles nichts ist. Ach Erna, sorry, aber das geht einfach nicht.«

»Det Schlagabtausch ist nicht nur in einer anderen Stadt, sondern sogar in einem anderen Land! Wer soll dich hier erkennen?«

»Alle?!«

»Selbst wenn – wer von denen hat Interesse daran, det weiterzuerzählen?«

»Keiner?!«

»Mein Jott, jetzt hat se's.«

Erna gefiel ihre Idee immer besser, und mir ehrlich gesagt auch. Da sie mir wirklich helfen wollte und schon so viel für Juli und mich getan hatte, sprang ich schließlich über meinen Schatten. Scheiß drauf!, dachte ich. Warum auch nicht? Ich brauchte unbedingt eigenes Geld, wollte nicht noch mehr von Albert abhängig sein. Außerdem war es ja nur für den Übergang. Ein bisschen war es auch Rache an Albert. Vor allem aber tat ich es für Juli.

»Also abjemacht?!«

Erna hielt mir ihre Pranke hin, und ich schlug ein, dass ihre Armreifen klirrten.

Und so kam es, dass ich tagsüber die brave Hausfrau gab und abends zur »Erwachsenenbildung« in die Stadt fuhr, was Albert mir großzügig gestattete. Solange sein Essen pünktlich auf dem Tisch stand und seine Hemden perfekt gebügelt waren, war ihm der Rest egal. Die Abende verbrachte er entweder auf Gemeinderatssitzungen, im Fitnessstudio oder vor dem Fernseher.

Julis Bäuchlein wurde währenddessen immer runder, und sie schwankte zwischen Vorfreude und Angst vor der Riesenverantwortung: für Jonas und das Kind.

Mal zog sie mich himmelhochjauchzend aufs Sofa, umarmte mich und versicherte mir, ich sei die liebste Mami der Welt, sie wolle das Kind nach mir benennen. Nur ich dürfe sie zum Traualtar führen. Mal redete sie davon, das Kind zur Adoption freizugeben und erst mal für ein paar Jahre ins Ausland zu gehen, um herauszufinden, was sie eigentlich vom Leben wolle. Sie träumte von einem Jazzstudium in New York an der Juilliard School. Damit wollte sie mir nur Angst machen, doch ich funktionierte genau wie erhofft und versprach ihr, mich um ihr Kind zu kümmern, bis sie Verwendung dafür hätte.

Natürlich war es nicht einfach für Juli. Keine Abiturientin steckt eine Schwangerschaft einfach so weg. Keine werdende junge Mutter tut so, als wäre es nebensächlich, dass der Kindsvater blind ist. Franziska war uns eine riesige Hilfe. Sie war eigentlich immer da, wenn wir sie brauchten, gab uns Ruhe und Kraft.

Eines Mittags hatte ich gerade die Post aus dem Briefkasten geholt und wollte zurück an den Herd, als ich Martina mit Baby Mike im Kinderwagen traf.

»Wie schön, dich zu sehen!«, rief ich. »Wie geht es euch?«

»Du glaubst gar nicht, wie gut!«

Ich half Martina mit dem Kinderwagen.

»Komm doch mit rein, ich hab gerade Reibekuchen gemacht!« Sie zog mich ins Haus und schloss bibbernd die Tür. »Ist ja eiskalt da draußen!«

Umso gemütlicher war es bei ihr. Ich betrachtete die vielen gerahmten Bilder von den Kindern an den geblümten Tapeten. Während ich Baby Mike aus seiner Verpackung schälen durfte, bedankte sich Martina zum hundertsten Mal dafür, dass ich meinen Job an Thomas weitervermittelt hatte. Wenn du wüsstest, dass ich jetzt in einem Puff arbeite, in dem ich zehnmal so viel verdiene, mit meiner angenehmen Telefonstimme!, dachte ich insgeheim.

Weihnachten fällt bekanntlich immer auf den gleichen Termin, aber es gibt Leute, die sind jedes Jahr wieder davon überrascht. An Weihnachten erkennt man auch, ob man in einer glücklichen Beziehung lebt. Genauer gesagt daran, ob man es fürchtet oder herbeisehnt, hasst oder liebt. Ich konnte kaum erwarten, bis es vorbei war, aber Weihnachten ließ sich Zeit. So wie jedes Jahr.

Juli verdrückte sich rechtzeitig zu Jonas und Franziska. Ich verstand gut, dass sie nicht mit Albert und mir zu Hause »feiern« wollte. Es gab ja auch nichts zu feiern.

Sie wollte die lieblosen Bemerkungen über den »armen blinden Teufel«, der es ja nie zu was bringen würde und den Juli ihr Leben lang bedienen müsse, ebenso wenig hören wie das haltlose Geunke, das Baby könnte ebenfalls behindert zur Welt kommen.

Franziska hatte auch mich herzlich eingeladen, aber ich

brachte es nicht fertig, Albert an Heiligabend allein zu lassen. Im Grunde war er zu bemitleiden: Mit seiner großen Klappe, seinem einstigen guten Aussehen und seinem »Auftreten«, auf das er so stolz war, hatte er es zwar bis zum Bankdirektor und Bürgermeister gebracht, aber Freunde hatte er keine. Nur »Menschen, die die Luft anhielten, wenn er in den Raum kam«. Na toll. Das war doch eine Lebensleistung!

Mein Festtagsbraten schmeckte Albert nicht. Maulend schob er den Teller von sich und hielt mir wieder einen Vortrag über Eiweiß und Proteine.

»Du willst, dass ich fett und unattraktiv werde, gib's zu!«

»Nein, Albert, es ist einfach nur Weihnachten!«

Auch das Glas Rotwein verstieß gegen seine Prinzipien. Albert hielt sich für perfekt, weil er niederen Verlockungen widerstand. Er rühmte sich, nicht zu rauchen, nicht zu trinken, auf sein Äußeres zu achten, »schweinemäßig Kohle« zu verdienen und seinen »zwei Prinzessinnen« ein wunderschönes Haus zu bieten. Und wie dankten wir es ihm? Mit Aufmüpfigkeit. Abwesenheit. Schwangerschaft.

Seufzend schaute ich aus dem Fenster. Bei Familie Laumann war alles festlich geschmückt. Ich stellte mir vor, wie die Augen der Kinder strahlten. Wie Oma Bauch dabeisaß. Diese Familie hatte alles, wonach ich mich sehnte: Lebensfreude, Dankbarkeit, Zusammenhalt, Harmonie. Ich blinzelte die Tränen weg.

»Was ist? Hast du Sehnsucht nach den Proleten?« Albert pulte zwischen seinen Zähnen.

»Ach, Albert, halt doch einfach mal den Mund!« Ich wollte gerade das Geschirr abräumen und den Braten in die Küche zurücktragen, als Albert mich am Arm packte.

»Was zieht dich nur zu diesen Versagern? Krüppel und Flittchen … Macht dich das geil?« Er griff mir grob an den Busen. Ich zuckte zurück. Der wollte doch jetzt nicht …?

»Was haben diese Sozialhilfeempfänger, mit denen du dich in letzter Zeit umgibst, was ich nicht habe, hm? Kannst du mir das mal sagen?«

»Herzenswärme vielleicht?« Meine Stimme bebte bedenklich, und ich zog die Nase hoch.

»Oh, Gott, verschon mich mit diesem sentimentalen Weihnachtskram!«

Albert beugte sich vor und zog meinen Kopf gewaltsam an sich. »Kannst du haben!« Er presste seine Lippen auf meine und schob seine Zunge in meinen Mund. Dazu säuselte ein Knabenchor aus der Stereoanlage »Süßer die Glocken nie klingen«.

Endlich ließ er von mir ab. »So. Jetzt klingeln die Glocken. Jetzt hast du, was du brauchst.«

»Albert, lass das. Das ist widerlich.«

»Ganz im Gegenteil: Weihnachten ist das Fest der Liebe. Und da wir sturmfreie Bude haben, werden wir jetzt ein schönes Nümmerchen schieben. Und zwar gleich hier unten, auf deinem geliebten weißen Sofa.«

»Ich habe Nein gesagt!«, giftete ich ihn an. Oh, Gott, warum war Erna jetzt nicht hier, mit ihrer heißen Bratpfanne? »Hör zu, Albert. Ich werde nicht mit dir schlafen. Ich habe es tausendmal über mich ergehen lassen, aber jetzt ist Schluss damit.«

»Das versteh ich nicht«, sagte Albert. »In jeder Ehe gibt es Höhen und Tiefen. Aber dir passt offensichtlich in letzter Zeit gar nichts mehr. Aber mir auch nicht!«

»Ach ja?« Ich wich ein paar Schritte zurück und schielte

zum Telefon. Wen könnte ich anrufen, jetzt am Heiligen Abend? Wer würde mir zur Hilfe kommen?

Albert verstellte mir den Weg.

»Das Gezicke von unserem Fräulein Tochter ertrage ich schon seit Jahren. Sie durfte den Workshop machen, obwohl sie durchs Abi gerasselt ist. Mit dem Ergebnis, dass sie jetzt schwanger ist! Von einem Blinden! Ja meinst du, das ist, wovon ein Vater träumt?«

Seine Stimme bekam etwas Weinerliches.

»Ich sag zu allem Ja und Amen, verdiene für zwei, nachdem du aus einer Laune heraus deinen Job aufgegeben hast – angeblich, um dich um Juli zu kümmern! Da kann ich ja nur lachen! Sie verbringt ja noch nicht mal mehr Weihnachten hier! So sieht's doch aus!!«

Mir entfuhr ein Hohnlachen. »Hast du dir auch schon mal überlegt, warum? Sie kann dich und deine Selbstherrlichkeit, deine Vorurteile, dein grauenvolles Machoverhalten und deine Dummheit einfach nicht mehr ertragen!«

So. Jetzt war es heraus. Ich war selbst ganz erschrocken. Das hier war mehr als nur ein handfester Ehekrach. Das war das erklärte Ende einer eingebildeten Liebe.

Er schnaufte. »Dummheit? Ich bin Bankdirektor und Bürgermeister! Meinst du, die nehmen einen Dummen? Also hör auf mit dem Quatsch!«

»Das hast du noch nie erwähnt«, höhnte ich. »Wirklich wahr? Bürgermeister?! Und Bankdirektor! Wow! Wie bist du nur an DEN Job gekommen! Viel scheint man dafür nicht tun zu müssen, wenn du beides miteinander vereinbaren kannst.«

Bevor ich mich völlig vergaß, drehte er sich zu meinem großen Glück wutentbrannt um und rief: »So, ich geh jetzt trainieren! Ich muss mich abreagieren!«

»Ja, haben die denn heute überhaupt geöffnet?«, fragte ich fast schon erleichtert.

»Carmen hat immer Zeit für mich!«

»Und du anscheinend immer für sie. Obwohl du so beschäftigt bist.«

»Ich brauch eben auch mal Entspannung, wenn du verstehst, was ich meine. Von meiner Ehefrau kriege ich die ja nicht mehr!«

»Nein«, schnaubte ich. »In diesem Punkt hast du recht!«

Albert packte seine Sporttasche und stapfte beleidigt aus dem Haus. Zehn Sekunden später hörte ich, wie sein schnittiger Range Rover rückwärts aus der Garage fuhr. Ich stand im Esszimmer und lehnte meinen Kopf an die kühle Fensterscheibe. In dem Moment öffnete sich drüben die Haustür, und freundliches Licht fiel in die Dunkelheit. Familie Laumann erschien, dick eingemummelt in Anoraks und Mützen. Thomas balancierte vorsichtig durch den frisch gefallenen Schnee, gestützt von seinen Söhnen und Martina. Sie entdeckten mich und winkten.

Ich winkte zurück. Dann ließ ich die Rollläden herunter und blies die Kerzen aus.

Nachdem ich die Küche aufgeräumt und den Rotwein alleine ausgetrunken hatte, rief ich bei Franziska an und wünschte ihr frohe Weihnachten. Sie war mit Jonas und Juli gerade in ein Brettspiel vertieft.

»Magst du rüberkommen?«, fragte Franziska.

»Ich würde euch nur die Stimmung verderben.« Ich erzählte Franziska, was sich bei uns zugetragen hatte, und kämpfte mit den Tränen. Aber sie war begeistert.

»Gratuliere! Endlich hast du harmoniesüchtige Person mal den Mut gehabt, Albert ein paar Dinge um die Ohren zu hauen. Bisher bist du ja jedem Streit aus dem Weg gegangen. Willkommen im Club der Mutigen!«

»Ach, Franziska, ich weiß nicht … Ich habe uns den Weihnachtsabend verdorben!«

»Im Gegenteil! Du hast dir das beste Weihnachtsgeschenk überhaupt gemacht!«

»Mama, du bist dran!«, hörte ich Jonas rufen, und Juli kam ans Telefon, gurrte »Frohe Weihnachten, liebe Mami, ich liebe dich und wünsch dir einen wunderschönen Abend, aber verschon mich heute mit Geschichten über Papa!«. Dann rief sie: »Ja, ich komme! Wir sehen uns morgen, Mami!«

Okay. Da saß ich nun. An Heiligabend, allein, im dunklen verlassenen Haus. Sollte ich in die Kirche gehen? Mir graute bei dem Gedanken, ganz allein zwischen lauter glücklichen Paaren und Familien zu stehen. Spätestens bei »Stille Nacht« würde ich weinen müssen.

Ich trank noch einen Schluck Rotwein.

Aufgeräumt. Genau. Das hatte ich. Wenigstens ein bisschen. Ich durfte mich nicht hängen lassen. Jetzt würde ich in meinem Leben auch noch aufräumen. Auf einmal fühlte ich mich gar nicht mehr klein und hilflos. Ich griff spontan zum Telefon und wählte die Nummer der Seniorenresidenz in Bad Reichenhall.

»Mierl«, meldete sich seufzend mein Vater. Es klang genau so, wie es gemeint war: »Wer stört jetzt am späten Heiligabend, wo ich doch so alt, einsam und verbittert bin?«

»Vater, ich bin's.« Mit beiden Händen umklammerte ich den Hörer.

Lange kam gar nichts, dann: »Ja, bitte?« Wieder begleitet von einem Seufzer.

Ich wollte schon »Nein danke« sagen, nahm aber all meinen Mut zusammen. »Wie geht es euch? Ich möchte euch frohe Weihnachten wünschen.«

Eine Pause entstand. Ich dachte schon, er hätte aufgelegt. Mein Herz raste. Dann sagte er in beleidigtem Unterton: »Nach zwanzig Jahren?«

»Ja.« Ich holte tief Luft. »Besser spät als nie.«

Ich spielte mit dem leeren Weinglas. Auch ich fühlte mich leer. Vater schwieg beharrlich. Beleidigtsein war seine Lieblingsbeschäftigung. Aber ich wollte endlich einen Dialog aufbauen!

»Möchtest du gar nicht wissen, wie es mir geht?«

»Lieber nicht«, hieß es kläglich.

»Vielleicht habe ich mich damals ja geirrt«, hob ich an. Meine Stimme zitterte bereits, und ich schluckte mehrmals.

»Eine späte Einsicht«, krächzte mein Vater. »Ich geb dir mal deine Mutter.«

Nach einem verwirrt klingenden »Wer ist es denn? – Tochter? Welche Tochter? Wie, jetzt um diese Uhrzeit?« war leises Poltern zu hören, bevor Mutter sich mit »Hallo?« meldete.

»Hallo«, erwiderte ich. Sie machten es mir wirklich nicht leicht.

»Hier ist Katja. Frohe Weihnachten!«

»Katja? Welche Katja?«

»Deine Tochter, Mutter.«

»Tochtermutter?«

Wieder hörte ich leises Poltern, bis Vater sich den Hörer wieder angeeignet hatte: »Deine Mutter ist dement.«

Oh, Gott! Das war ja entsetzlich! »Das wusste ich nicht!« Ich raufte mir die Haare und biss mir auf die Lippen. »Warum hast du mir das nie gesagt?«

»Du wolltest nie hören, was wir dir zu sagen hatten.«

Oh. Das war aber ein langer Satz. »Ja, aber jetzt ... Ich bin doch erwachsen! Was kann ich denn für euch tun?«

»Nichts.«

»Nichts?«

»Wir werden hier gut versorgt.«

»Vater, ihr habt eine Enkelin namens Juli! Interessiert euch das nicht?«

»Jetzt nicht mehr.«

Oh, Gott, war das bitter. Aber noch gab ich nicht auf.

»Sie ist achtzehn und macht gerade Abitur!«

»Schön.«

»Sie hat einen Freund, der ist ganz zauberhaft!«

»Verschon uns mit ›zauberhaften Freunden‹«, schimpfte mein Vater. »Das Leben ist nicht zauberhaft.«

Nein. Eures sicher nicht. Jetzt gab es nur noch eine Chance, sein altes Männerherz zu erweichen. Ich ließ die Bombe platzen.

»Und du wirst lachen ...Sie kriegt auch schon ein Kind! Der Apfel fällt nicht weit vom Stamm«, scherzte ich.

»Ich lache nicht.«

Nein. Das hatte er noch nie getan. Deswegen hatte ich mich ja damals in Albert verliebt, weil er so lustig und übermütig gewesen war. Ich schluckte. »Vater, du hattest recht. Meine Ehe mit Albert ist gescheitert.«

»Soso.«

»Ja. Bist du jetzt zufrieden?«

»Nein.« Er legte eine lange Kunstpause ein und seufzte. »Glaub ja nicht, dass wir dir das Hotel jetzt überschreiben. Denn das ist bestimmt der wahre Grund deines Anrufs.«

Das traf mich wie ein Schlag ins Gesicht. Was für eine

gemeine Unterstellung! Auf die Idee wäre ich überhaupt nicht gekommen. Ich wollte das Hotel nicht. Ich war nur über meinen Schatten gesprungen und hatte versucht, wieder Kontakt zu meinen Eltern aufzunehmen. Ja, ich hatte ihnen sogar gestanden, dass sie damals recht gehabt hatten!

»Nein, da irrst du dich.«

»Das glaub ich dir nicht.«

Im Hintergrund hörte ich Mutter murmeln: »Wer ist es denn? Mit wem sprichst du denn die ganze Zeit? Lass mich doch auch mal Hallo sagen!«

»Deine Mutter möchte dich noch mal sprechen.«

»Hallo?«

»Hallo, Mutter. Wie geht es dir?«

»Tier? Welches Tier? Hier ist kein Tier.«

»Sie ist entmündigt«, rief Vater im Hintergrund. »Du brauchst es bei ihr gar nicht erst zu versuchen!«

»Sag Vater, dass ich mich für ihn schäme«, verkündete ich und legte auf.

Mein Magen zog sich schmerzhaft zusammen, und ich wunderte mich, dass keine Tränen kamen. Ich war vollkommen fassungslos. Das hier hatte ich doch bestimmt nur geträumt! Wie konnte es sein, dass ich so viel Liebe für Juli empfand und alles für sie tat, während meine Eltern mir mit Eiseskälte begegneten und mir auch noch unterstellten, ich … In dem Moment klingelte das Telefon.

Erleichtert nahm ich den Hörer ab und stammelte: »Gut, dass du dich noch mal meldest. Ich hab es nicht so gemeint und du hoffentlich auch nicht.«

Oh. Die Atmosphäre hatte sich abrupt geändert. Im Hintergrund waren Musik, Gelächter und Stimmengewirr zu hören. War da gerade der Partydienst auf Rädern reingekommen?

»Vater?«

Da schallte mir Ernas Stimme entgegen: »Mensch, endlich jehste dran! Wat quatschst du denn die janze Zeit?«

»Oh, Erna!« Erleichterung, dass es auf dieser Welt doch noch einen Menschen gab, der zu mir hielt, wallte in mir auf. »Frohe Weihnachten!«

»Ja ja, selber. Ick weeß, du machst heute in Familie, aber kannste kommen?«

20

Im »Schlagabtausch« war gerade die Hölle los. Dicht gedrängt standen die Männer an der Bar, tranken Champagner und ließen sich von leicht bekleideten Mädels trösten. Erna schwatzte ihnen teure Getränke auf und vergab die Zimmer. »Wir haben Personalausfall, ick hab einigen Mädels freigegeben, die sind ja alle so katholisch und wollten an Weihnachten unbedingt in die Kirche.« Erna fächelte sich Luft zu. »Drinnen stehnse Schlange, ick krieg det nicht alleine hin!«

»Jetzt bin ich ja da, Erna.« Ich war so richtig in Stimmung, die ganze Nacht durchzuarbeiten. Jetzt war alles egal: Meine Ehe war endgültig im Eimer, Juli war lieber bei Franziska als bei mir, meine Mutter war verrückt geworden, und mein geiziger, verbitterter Vater hatte mir Erbschleicherei unterstellt.

»Ick bitte dich inständig, dass de heute auch auf Zimmer gehst.«

Erna fächelte sich Luft zu, dass ihr Doppelkinn schwabbelte. Veilchenparfum umnebelte mich.

»Also Erna, das hatten wir doch besprochen. Ich bin gern Empfangsdame, aber mit den Zimmern hab ich nichts zu tun.«

»Mensch, Katja, lass mich doch nicht hängen!«

Erna zerrte mich in die begehbare Garderobe ihres Etablissements, in der wir Mädels gerne saßen, plauderten und Kaffee tranken. »Wat hab ick allet schon für dich jetan?«

»Viel, Erna. Du hast mir das Leben gerettet.«

»Und jetzt bitte ich dich nur um einen kleinen Gefallen«, schnaufte sie. »Det is alles.«

»Kleiner Gefallen? Ich glaub, mein Schwein pfeift«, nahm ich schon ihren Jargon an. »Ich vögle nicht mit den Kunden! Das war so abgemacht!«

»Musste nich.«

»Nein? Was dann?«

»Nur hauen.«

Sie zog einen schwarzen Latexanzug aus dem Regal und hielt ihn mir hin. »Krassimira ist in der Kirche, das kann dauern. Du müsstest ihre Größe haben.«

»Ja, wie jetzt?!«

Natürlich hatte ich unsere liebe Krassi schon oft in diesem Aufzug gesehen. Sie war bis auf die Augenschlitze in Lackleder »eingeschweißt«, und mit diesem spitzen hochhackigen Schuhwerk und ihrer Peitsche sah sie immer ein bisschen aus wie der Gestiefelte Kater. Wir hatten sie oft aufgezogen, wenn wir Kuchen aßen, und sie nicht mitessen konnte.

»Katja! Du musst auch mal'n bisschen flexibel sein! Warum gehen Männer zu Prostituierten?«

»Um in ihrem sexuellen Narzissmus bestätigt zu werden?!«

»Na siehste. Und darin haste doch Übung, Kleene!«

Ehe ich michs versah, hatte ich schon dieses kalte Gummizeug am Körper. Erna stülpte mir das Kopfteil über meine schöne Fönfrisur und zog den Reißverschluss zu. Ich bekam kaum noch Luft.

»Jut siehste aus. Merkt keena, dat de nich di Krassimira bist.«

Also jetzt wollte ich doch lieber in der Kirche sein!

»Was muss ich denn machen?«

»Wat der Kunde will. Der sacht det schon.«

»Wie, der sagt, hau mich, hau mich feste?«

»So wat in der Art.«

»Und wenn nicht?«

»Im Zweifelsfall will der Kunde immer erniedrigt werden. Damit fährste jut.«

»Erna, ich kann das nicht …«

»Dann wird et höchste Zeit, datt du det lernst! Sitz! So, und jetzt die Stiefel.«

Gemeinsam zwängten wir meine Füße da rein, und als ich versuchte, ein paar Schritte zu machen, knickte ich sofort um. Auf solchen Folterwerkzeugen war ich noch nie gegangen. Huch! Hilfe suchend hielt ich mich an Erna fest.

»Und jetzt noch die Peitsche. Ein unverzichtbares Accessoire!« Sie trat einen Schritt zurück und legte den Kopf schräg: »Sieht schnieke aus.«

»Okay. Also gut. Und nun?«

»Nun gehste da rein in die Folterkammer. Da hockt schon eena drinne. Ick hab dem jesacht, Hose runter und hinknien. Die Herrin kommt gleich.«

»Ach du Scheiße, Erna, ich fürchte mich! Seit wann wartet der?«

»Seit Krassimira losgefahren ist.«

»Und wenn der längst weg ist?«

»Hab'n anjekettet.«

»Ja, aber ich kann den doch nicht einfach so auspeitschen? Was sag ich denn überhaupt zu dem? Sowas in der Art wie:

›Herr Meier, machen Sie sich mal untenrum frei, wie viel Schläge dürfen's denn sein?‹«

»Nee, det is 'n Rollenspiel. Du fragst ihn, was er anjestellt hat, und bestrafst ihn dafür.«

»Nee, Erna, echt …«

»Jetzt hab doch mal 'n bisschen Fantasie!«

»Also ich geh da rein und sag: ›Hallo erst mal, ich bin Katja, und wer sind Sie?‹«

»Er nennt dich Herrin, und du nennst ihn Sklave. Dann fixierst du ihn an dem Kreuz …«

»Aber wie?«

»Mensch, det kriechste schon hin! Jesicht zur Wand, und denn verdrischst du ihn und lässt ihn laut mitzählen. Zuerst mit der Hand. Aber lass die Lederhandschuhe an, sonst tut det weh.«

»Soll es das nicht?«

»Dir, Mensch! Und denn nimmste den Stock und am Ende die Peitsche. Wenn er sich verzählt, fängste wieder von vorne an. So kriechst du die Zeit schon rum.«

»Und wenn er dann immer noch nicht … ähhh …«

»Und wenn er denn immer noch nich jekommen ist, denn lässt du ihn den Boden wischen, dir die Stiefel lecken oder sonst wat! Mensch Mädchen, dann lässte dir halt wat einfallen!«

»Und dann kommt der?«

»Meistens. Wenn jar nischt jeht, stellste ihn vor den Spiegel, zeigst ihm die Striemen uff seinem Arsch und lässt ihn einen runterholen.«

»Und das klappt dann? Das hätte er doch von Anfang an haben können!«

»Du strafst ihn dabei mit Verachtung. Kochst dir'n Kaffee,

lackierst dir die Nägel oder schreibst 'ne SMS. Der muss die janze Zeit spüren, wie nieder er ist.«

»Also das ist der Trick!«

»Ja, und det sind Lustschmerzen, sind det! Die knien auf der Erde, Jesicht nach unten, und warten auf 'ne Ansage. Die wollen wie Hunde behandelt werden.«

»Warum machen sie dann nicht gleich Pilates?!« Herabschauender Hund und so. Konnten die doch alles billiger haben.

Erna kannte kein Pilates. Alles andere hätte mich auch sehr gewundert. Sie schob mich die Treppe rauf, ich stakste, mich am Geländer festhaltend, nach oben und spürte auf diesen Mörderabsätzen mehr Schmerzen, als ich sie je anderen würde zufügen können.

»Mädel, du machst det schon. Wirst sehen, da kommt Freude auf! Die sind janz demütig, wenn se da 'ne Weile hocken.«

»Aber ich hab noch nie einen Menschen geschlagen!« Ich blieb auf der Treppe stehen.

»Haste keene Wut?«

Doch. Die hatte ich.

Erna öffnete die schalldichte Tür zur Folterkammer und schubste mich hinein. »Du machst det!«

Im Raum war es ziemlich dunkel. An der Wand flackerten zwei Fackeln, die ein großes Holzkreuz erhellten. Daran baumelten Handschellen. Ich seufzte erleichtert auf. Daran hing also schon mal keiner. Auf der Erde lag so eine Art Spreizeisen für die Beine. In der Mitte des Raumes stand ein Bett, das mit schwarzem Latexlaken überzogen war. Das Gestell verfügte über allerhand Ösen und Haken, wie man sie im Baumarkt findet. Daneben lagen verschiedene Seile und Klebeband. Na gut, bis jetzt war alles noch Ikea, nur in Dunkel. Neben dem Bett hing ein riesiger Spiegel. Als ich mich darin erblickte, erschrak ich. Ich sah genauso aus wie Krassimira, wenn sie zur Kaffeepause runterkam.

An der anderen Wand hing ein Waschbecken, darunter standen eine Schüssel, schmutziges Geschirr und Putzzeug wie Spülbürste, Lappen, Schwamm und Scheuerpulver. Das kam mir bekannt vor, und ich fühlte mich schon eher in meinem Element.

Der Delinquent oder besser gesagt Kunde kniete splitternackt vor der Wand, hatte eine Maske auf und ein Halsband an. Seine Hände waren auf den Rücken gefesselt.

Das erinnerte mich an den Roman von der ausgepeitschten Amerikanerin! Mensch, klar, den hatte ich ja verschlungen! Auf die Schnelle fand ich jetzt keinen CD-Player, mit dem ich einen vierzigstimmigen Choralgesang hätte abspielen können, aber sonst war doch alles ziemlich identisch.

Am liebsten hätte ich gefragt: »Ist Ihnen nicht kalt?« Aber Erna hatte mir ja soeben einen Crashkurs gegeben, und jetzt musste ich da durch. Weil meine Stimme vor lauter Angst und Aufregung bestimmt ziemlich piepsig war, sagte ich so herrisch wie möglich: »Sklave, deine Herrin ist hier.«

»Na endlich!«, sagte der Sklave. »Wie lange soll ich denn noch warten.«

Meine Wut wuchs.

Mit dem Rohrstock stupste ich ihn an. »Der Sklave spricht nur, wenn er gefragt wird. Ist das klar?!«

Das schüchterte den Kerl ein.

»Ist das KLAR!«, herrschte ich ihn an.

»Ja.« Er schluckte. »Verstanden.«

»Knie dich gerade hin!«

Er gehorchte tatsächlich. Ein ganz schön kräftiger Bursche!, dachte ich bang. Gut, dass der gefesselt ist. Ich hätte lieber erst mal an einem schwächlichen Opa geübt.

»Gesicht zur Wand! Dir ist es nicht gestattet, die Herrin anzusehen!«

Wieder gehorchte er. Donnerwetter, das funktionierte ja wirklich!

»So, wollen wir doch mal sehen, was ich mit dir anfangen kann«, brummte ich mit tiefer Stimme. »Los, sag schon, du jämmerlicher Wurm, was du angestellt hast, damit ich dich deiner Bestrafung zuführen kann!«

So oder so ähnlich stand das auch in dem Roman mit der ausgepeitschten Amerikanerin.

Aber er sagte nichts. Er versuchte den Kopf zu drehen, als wüsste er, dass ich eigentlich eine harmlose Hausfrau war. Oder hatte er mich etwa erkannt? Hilfe! Geistesgegenwärtig drückte ich den Rohrstock in seine Wange unter der schwarzen Maske.

»Du bist nicht würdig, deiner Herrin ins Gesicht zu sehen!« Ich sprach bewusst schneidend – von meiner angenehmen Telefonstimme war nichts mehr übrig. Fast fürchtete ich mich vor mir selbst! Meine Augen gewöhnten sich nur langsam an die Dunkelheit in diesem Verlies.

»Was hast du angestellt?«, knurrte ich gefährlich. »Du kleines, unwürdiges Nichts!«

»Darf ich sprechen, Herrin?«, winselte er begeistert.

Ach so, ja. So funktionierten die Spielregeln. »Antworte!«, bellte ich ihn an.

»Ich war gemein zu meiner Frau und bitte um meine Bestrafung.«

Das war doch … Nein, das konnte unmöglich sein.

»Wie heißt du?«, schnauzte ich ihn an. Meine Stimme war etwas zu schrill, und ich riss mich sofort zusammen. Ich schraubte meine Stimme zwei Oktaven tiefer. »Wie heißt du?«, brummte ich.

»Reinhold«, winselte der Kerl.

Er war es! Reinhold Kleinehellefort! Mein ehemaliger Chef in der Versicherungsagentur!

»Sklave Reinhold! Gesicht zur Wand!« Ich ließ den Stock einmal auf seinen Hintern herabsausen, und es machte mir richtig Spaß. »Ja, dafür musst du auf jeden Fall bestraft werden!«

Reinhold stieß ein Seufzen aus. Vielleicht war das etwas zu doll für den Anfang? Immer schön der Reihe nach. Was hatte Erna gesagt? Ach ja, Lustschmerz. Herabschauender Hund.

»Du mieses kleines Stück!« Ich packte sein Kinn in der schwarzen Maske. »Jetzt säuberst du erst mal meine Stiefel mit der Zunge.«

Das war mir spontan so eingefallen. Ich drückte ihn nach unten und staunte, dass er meinem Vorschlag Folge leistete.

Eigentlich rechnete ich damit, dass Reinhold jeden Augenblick laut loslachte und sagte: »Komm, Katja, lass den Scheiß!«

Aber er kam meiner Aufforderung nach, ja es schien ihm ganz offensichtlich Spaß zu machen.

»Los! Den andern auch!« Ich bohrte meinen spitzen Absatz in seine Hand. »Ich bin nämlich gerade durch Dreck gegangen, und das ist genau die richtige Arbeit für Dreckskerle wie dich.«

Er schluckte es! Also beides.

»Du wirst bei mir schon noch lernen, wie man ein anständiger Ehemann wird!« Ich versetzte ihm einen Tritt in den Hintern. »Willst du es lernen?«

»Ja!«, wimmerte er.

»Bitte mich darum, dass ich es dir beibringe!«

»Bitte, Herrin, bring es mir bei!«

»Was soll ich dir beibringen, du lächerlicher Wurm?«

»Wie ich ein anständiger Ehemann werde!«

»Das kann bei einem miesen Versager wie dir durchaus dauern, aber wir haben ja Zeit.«

Er leckte meine Stiefel mit einer Hingabe, wie ich das sonst nur von Donna kannte. Heimlich schaute ich auf die Uhr. Zwanzig Minuten waren bereits vergangen. Die waren jetzt in der Kirche bestimmt schon beim »Transeamus«.

Endlich erlaubte ich ihm, aufzustehen. Ich zog ihn an seinem Halsband zur Schüssel unter dem Waschbecken und ließ ihn das schmutzige Geschirr waschen. Auf Knien natürlich. Er tat es begeistert.

Vielleicht sollte ich solche Spiele auch bei mir zu Hause einführen?

»Das ist nicht sauber«, rügte ich ihn. »Los, noch mal!« Er fing doch glatt von vorne an.

Ich sah wieder auf die Uhr. Okay, die Stunde war noch lange nicht um. Der Pfarrer war gerade erst bei den Fürbitten. Ich kippte ihm das Spülwasser über den Kopf.

»Aufwischen!«

Er tat es! Ich trat ihm dabei ein paarmal auf die Hand und wollte mich jedes Mal instinktiv entschuldigen, aber es schien ihm richtig gutzutun. Meine Güte!, dachte ich, das hätte der zu Hause billiger haben können! Wenn seine Alte Wut auf ihn hat – und die hat sie mit Sicherheit –, warum lässt sie es nicht mal so richtig krachen? Sind wir Frauen einfach zu gut erzogen?

»Nimm den Besen!«, schnauzte ich ihn an. »Du darfst jetzt unter dem Bett sauber machen!«

Ich drückte seinen Kopf unter das Bett. Dann schenkte ich mir eine Tasse Kaffee ein und verschickte per SMS ein paar Weihnachtsgrüße.

»So, und jetzt kommen wir zu deiner wohlverdienten Bestrafung.« Ich packte ihn am Schopf, zog ihn hoch und schubste ihn vor das riesige Holzkreuz. Daran fixierte ich seine Hände. Zum Glück hatte ich handwerkliches Geschick, schließlich war ich bei uns zu Hause selbstverständlich auch für alle Heimwerkerarbeiten zuständig.

»So, und jetzt schön weit den Arsch rausstrecken und die Beine spreizen.« Mit dem Rohrstock spielte ich an seinen Kronjuwelen herum. Er seufzte vor Vorfreude und zitterte vor Wollust.

Ich befestigte die Spreizstange an seinen Beinen.

»Ja«, stöhnte er.

»Du hast hier nichts zu melden!«, schnauzte ich ihn an. »Halt die Klappe, jämmerlicher Wurm!«

»Ja, Herrin!«

Offensichtlich machte ich alles richtig. Ich fand immer mehr Gefallen an der Sache. »So, dann möchte ich mir deinen Arsch mal genauer ansehen.« Bevor Sklave Reinhold sich darauf vorbereiten konnte, verpasste ich ihm einen ordentlichen Hieb. Ernas Rat folgend, behielt ich die Lederhandschuhe an. Nach vier, fünf Schlägen begann ich zu schwitzen.

Das konnte ja richtig anstrengend sein!

»Dein Arsch ist schon richtig schön rot. Deine Frau sollte das auch sehen. Ich mache jetzt ein Foto davon.«

Er stöhnte begeistert auf.

»Wirst du es deiner Frau zeigen?«

»Ja.«

»Lauter!« Ich bediente mich des Rohrstocks.

»Ja!«

»Und, wirst du sie um Entschuldigung bitten?« Klatsch.

»Ja!«

»Und ihr Blumen mitbringen?« Ein weiterer Schlag ging auf ihn nieder.

»Ja!«

»Und sie nie wieder hinter dir herräumen lassen?« Ein besonders harter Schlag.

»Nie wieder!«

Zack! »Wirst du von nun an für sie kochen statt umgekehrt?«

»Ich werde es … aua … versuchen!«

»Und wirst du die Damen in deiner Firma gut behandeln?«

»Ja!«, winselte er in höchster Lust. PATSCH, KLATSCH. ZISCH.

»So, du mieses kleines Stück. Jetzt wollen wir mal hören, ob du zählen kannst.«

Er brauchte das. Erna hatte mir mal erzählt, dass viele Männer als Kind mit dem Rohrstock geschlagen worden waren, auch in der Schule. Diese Demütigung steckte den Kerlen immer noch tief in der Seele. Gerade diejenigen, die nach außen hin den Macker gaben, waren innerlich ganz klein. Wahrscheinlich wäre das hier die beste Medizin für Albert!

Ich griff zur Peitsche und ließ Reinhold mitzählen. Genau

wie Erna mir geraten hatte. Wenn er einen Schlag nicht laut genug mitgezählt hatte, fing ich wieder von vorne an. In der Kirche waren sie jetzt sicherlich schon beim Segen.

Reinhold wimmerte vor Lustschmerz, und auch ich kam immer mehr in Fahrt. Ich konnte meine Wut auf die Männerwelt herrlich abreagieren, der gute Reinhold hatte Glück, heute auf mich zu treffen.

Irgendwann waren wir bei achtundfünfzig Hieben angelangt. Sein Rücken und Hintern, aber auch die Oberschenkel waren voller Striemen. Ich konnte nicht mehr. Mann, war das schweißtreibend! Aber es tat gut.

Als ich ihn wieder losband, fühlte ich mich, als hätte ich einen Marathon absolviert. Unauffällig schaute ich erneut auf die Uhr: noch zehn Minuten. Ich besah ich mir seine Vorderseite. Alles stand noch stramm in die Höhe. Erleichterung hatte er noch nicht gehabt.

»Du darfst jetzt die Handschellen säubern, mit denen ich dich festgebunden habe.« Ich kickte ihm die Küchenrolle hin.

Er tat es, und mir fiel echt nichts mehr ein. Außerdem war mir entsetzlich heiß in diesem Latexanzug! Wie lange dauerte denn so was? Albert war zu Hause immer schon nach fünf Minuten am Pennen!

»So. Und weil du so brav warst, darfst du dich jetzt selbst befriedigen. Stell dich vor den Spiegel und schau dich an! Du bist ein lächerlicher, armer Wurm. Fass ihn an! Na los!« Ich klatschte in die Hände. »Und wenn du fertig bist, wischst du die Schweinerei wieder auf!«

»Ja«, sagte Reinhold. »Mach ich.«

»Wie heißt das?«

»Ja, Herrin.«

»Und was sagt man zum Dank?«

»Danke, dass Sie sich meiner angenommen haben!«

»Anschließend darfst du dich wieder anziehen und gehen!«

Ich machte, dass ich rauskam, und er war noch eine ganze Weile mit sich beschäftigt.

»Puh!«, entfuhr es mir, als ich die Tür hinter mir zufallen ließ.

Draußen stand breit grinsend Erna, mit der Stoppuhr in der Hand. »Auf'n Punkt! Mensch Mädchen, det war großartig!«

»Hast du etwa zugeschaut?«

»Na klar, hier auf dem Überwachungsmonitor! Du bist ja ein Naturtalent!«

»Echt jetzt?« Ich zog mir die Handschuhe aus und schälte mich aus meiner Montur. Meine Haare waren völlig zerzaust. Ich entdeckte mein verschwitztes Gesicht im Spiegel, meine roten Wangen. Eine gewisse Genugtuung, wenn nicht sogar Begeisterung, ließ sich nicht leugnen.

»Erna, das hat mir echt Spaß gemacht. Ich hätte nicht gedacht, dass Weihnachten noch so schön wird.«

»Na janz große Klasse!«

Sie schenkte mir Champagner ein, und ich löschte meinen Durst.

»Denn machste det jetzt öfter?«

»Ja, aber das ist doch Krassimiras Job.«

»Die Krassimira kann brausen gehen.«

Und so kam es, dass ich plötzlich einen ganz neuen Job hatte. Nicht zu glauben, was man in ein paar Stunden so verdienen konnte! Viele Herren wünschten in der Mittagspause ausgepeitscht zu werden, und wenn Juli lange Schule hatte, war das für mich kein Problem. Erna rief an, sobald ein Kunde

»einjecheckt« hatte, und ich drehte kurz den Herd runter, setzte mich ins Auto und absolvierte die gewünschte Dienstleistung.

»Da muss 'ne alte Frau lange für stricken«, sagte Erna und steckte mir augenzwinkernd die Fünfhunderter nur so zu. Nach und nach wurde ich zu einer wahren Meisterin meines Fachs.

Nicht nur die Kasse stimmte – ich hatte auch richtig Freude an meiner Tätigkeit. Ich wurde immer kreativer, sodass Erna mir bald berichtete, die Herren würden für mich Schlange stehen und wollten von keiner anderen mehr verhauen werden. Kleinehellefort buchte mich schon Wochen im Voraus und lobte mich in den höchsten Tönen. Seine Ehe lief auch deutlich besser, wie ich von Thomas Laumann gehört hatte. Hahaha!

Ich steckte die Scheine in meinen Ausschnitt und freute mich.

Auf einmal änderte sich mein Leben. Besser gesagt, ICH änderte mich. Ich bediente Albert nicht mehr, blieb morgens einfach im Bett liegen, lümmelte tagsüber vor dem Fernseher herum und kümmerte mich nur noch um Juli und mich. Albert glaubte, das hätte mit meinen »asozialen Freunden« zu tun, und nörgelte, welch schlechten Einfluss dieses »Gesocks« auf mich habe. Aber das prallte an mir ab. Ich ging gar nicht mehr darauf ein, sondern lachte ihn einfach aus. Auf meine Freunde ließ ich nichts kommen. Durch meinen neuen Job war mein Selbstbewusstsein so immens gestiegen, dass ich keinerlei Dienstleistung mehr für ihn erbrachte, was Albert sehr verwunderte. Doch er konnte nichts machen, wollte er doch nach außen hin den schönen Schein wahren!

Albert war in seinen eigenen vier Wänden zum geduldeten Gast mutiert. Juli und ich behandelten ihn wie einen Untermieter. Wenn er hungrig in die Küche kam, sagten wir beide beiläufig Hallo, unterbrachen aber unser Gespräch nicht und sprangen erst recht nicht auf, um ihn zu bedienen. Er fand seine dreckigen Fitnessklamotten genau dort, wo er sie hatte fallen lassen. Ich hob kein Handtuch mehr auf, bügelte kein Hemd mehr und kochte nicht mehr für ihn. Wenn er etwas essen wollte, konnte er sich gern am Kühlschrank bedienen.

Er verweigerte mir das Haushaltsgeld, in der Hoffnung, mir so ein bisschen »Dampf unterm Hintern« zu machen. Aber das störte mich nicht im Geringsten.

»Hast du deine alten Eltern jetzt doch noch um den Finger gewickelt? Hast du geerbt? Woher hast du die Kohle?«

Wir beachteten ihn einfach nicht weiter, und es blieb ihm gar nichts anderes übrig, als seine schmutzige Wäsche und seinen Eiweißhunger mit zu seiner Fitness-Carmen zu nehmen. Offensichtlich fand er dort alles, was er brauchte. Mir sollte es recht sein.

21

Die Zeit verflog, und der Frühling zog ins Land. Die Maiglöckchen blühten, und die Amseln zwitscherten. Auch Juli blühte auf und wurde immer runder und weicher. Das schriftliche Abitur war geschafft, und dank Jonas hatte Juli diesmal Latein mit einer glatten Zwei bestanden. Jetzt wartete nur noch das Mündliche. Glücklicherweise bestand ein Großteil der Prüfung aus einer musikalischen Darbietung der beiden, und wenn sie etwas draufhatten, dann das! Die ganze Schule freute sich schon auf den Auftritt, und natürlich würden wir alle samt Erna und ihren Mädels im Publikum sitzen.

Ansonsten besichtigten Juli und Jonas schon mal den Kreißsaal. Die beiden waren guter Dinge und gingen das große Ereignis so selbstverständlich an, wie es eigentlich von der Natur vorgesehen ist. Auch Martina, die coole Vierfachmama, ließ wissen, dass es kein Weltuntergang sei, ein Kind zu bekommen. »Das schafft ihr mit links«, meinte sie. Sie brachte eine ganze Erstausstattung zu uns herüber – Kinderbett, Wickeltisch, Kinderwagen und reichlich Babywäsche.

Franziska und ich genossen den Tumult und die Vorfreude, waren aber beide trotzdem wahnsinnig aufgeregt. Andererseits: Seit Hunderten von Jahren bekamen Frauen in Julis Alter Kinder. Unauffällig hielten wir alles »Negative« von den beiden fern, und das war hauptsächlich Albert. Zum Glück war er mit seinem wichtigen Job und seinem noch wichtigeren Bürgermeisterposten vollauf beschäftigt. Und seine spärliche Freizeit verbrachte er bei Carmen. Ich war fest entschlossen, ihr bei Gelegenheit ein paar Hanteln aus Marzipan zu schicken.

Dann ging alles ganz schnell: Jonas und Juli bestanden ihre mündliche Prüfung, sogar mit Auszeichnung. Meine Tochter schien fast zu platzen. Vor Stolz natürlich auch!

Drei Tage nach dem Abitur brachte sie im Kreiskrankenhaus ein gesundes Mädchen zur Welt. Jonas war bei der Geburt dabei. Franziska und ich warteten draußen vor der Tür. Das Kind hieß Mia.

Juli, Jonas und das Baby zogen bei uns ein – sehr zu Alberts Ärger, der es nicht lassen konnte, die Atmosphäre mit dummen Bemerkungen zu vergiften. Er rührte keinen Finger und empfand sowohl Jonas als auch das Baby als lästige Eindringlinge, die nur vorübergehend zu dulden seien.

»Das ist kein Dauerzustand!«, drohte er immer wieder. »Die jungen Leute sollten sich eine eigene Wohnung suchen. Ich bin doch kein Behindertenheim! Das ist noch immer mein Haus.«

Aber, wie gesagt: Zum Glück war er viel unterwegs.

Juli erholte sich rasch von der Geburt und hatte auch keine Wochenbettdepressionen. Sie wurde von uns allen betreut und unterstützt.

Thomas und Martina halfen uns, das Kinderzimmer

einzurichten. Sie ließen es sich nicht nehmen, es zu tapezieren. Als Dank für die Stellenvermittlung. Endlich könnten sie sich revanchieren, sagten sie. Ich war so gerührt. Was hatte ich nur für wunderbare Freunde! Sie stellten alles zur Verfügung, was sie nicht mehr brauchten. Selbst die Kinder schleppten treuherzig ihre ausrangierten Kuscheltiere, Bauklötze und Malbücher an.

»Nicht so viel, ihr Lieben, lasst dem Baby doch noch ein bisschen Luft!«, rief ich und liebäugelte mit dem Gedanken, die Hälfte zur Mülldeponie zu bringen. Doch Erna fand den ganzen Kram toll.

»Nee, lass ma, det kannste alles brauchen. Det Kleene wird schneller groß, als du gucken kannst. Spar mal dein hart verdientes Geld.«

Erna konnte es nicht lassen, Gardinen zu nähen, und ihre russischen Mädels steuerten jede Menge Selbstgestricktes in Rosa bei. Immer wenn sie Pause hatten, strickten sie im »Schlagabtausch«, als gäbe es kein Morgen. Wie anregend für ihre Kundschaft! War ich zu Besuch, hielten Krassimira und Ludmilla mir ihre iPhones unter die Nase und zeigten mir Fotos von ihren Kleinkindern, die sie bei ihren Müttern zurückgelassen hatten.

Sogar die dreiundneunzigjährige, inzwischen blinde Frau Schröder gratulierte Jonas und Juli und schenkte dem Säugling Windeltücher aus Biobaumwolle. Martina schwor ebenfalls darauf, aber Franziska und ich tauschten verständnisinnige Blicke und unterdrückten ein schuldbewusstes Grinsen. Wir hatten unsere Brut in schnöde Pampers gesteckt.

Thomas, der einen ausgeprägten Sinn für die Bedürfnisse Behinderter hatte, half tatkräftig, die für Jonas nötigen

Umbauten vorzunehmen. Alle Stolperfallen wurden aus dem Weg geräumt, damit Jonas sich besser zurechtfinden konnte. Die einst notorisch unordentliche Juli, deren Zimmer immer so ausgesehen hatte, als hätte eine Bombe eingeschlagen, hielt nun penibel Ordnung, denn alles musste genau auf seinem Platz liegen, damit Jonas es wiederfand. Es wäre eine Katastrophe gewesen, wenn er über Alberts Schuhe oder Taschen gestolpert wäre! Auch deshalb war es gut, dass der Pascha nur noch selten zu Hause war!

Es war hinreißend zu sehen, wie Jonas mit seiner kleinen Tochter umging, wie geschickt er sie wickelte und anzog, wie liebevoll er sie tröstete und ihr seine Komposition »*Mia 's Song*« auf dem Klavier vorspielte. Er lief auch gern mit Mia im Tragetuch und seinem Blindenstock durch die Gegend, damit Juli zwischendurch zum Schlafen kam. Anfangs machte ich mir schreckliche Sorgen, Jonas könnte mit dem Baby stürzen, gegen eine Laterne laufen oder, schlimmer noch, vor ein fahrendes Auto! Deshalb folgte ich ihm heimlich. Doch Franziska ermahnte mich, ihm zu vertrauen. »Er schafft das, Katja. Lass ihn.« Natürlich hatte sie recht.

Doch ich konnte einfach nicht aus meiner Haut heraus. Wieder einmal entlastete ich Juli mehr, als gut für sie war. Jeden Handgriff nahm ich ihr ab.

Ging ich zur Arbeit, konnte ich mich auf meine Nachbarn verlassen. Martina hatte einen so selbstverständlichen Umgang mit Babys, dass sie oft Mia nahm, als hätte sie mit ihren vier Kindern noch nicht genug. Sie fand es toll, endlich mal ein Mädchen im Arm zu haben. Dafür spielten die Laumann-Kinder bei uns im Pool. Thomas hatte tatsächlich schneller laufen gelernt als der kleine Mike, und nun sausten alle Fangen spielend bei uns im Garten herum.

Es war eine Stimmung wie in der Krachmacherstraße. Wir hatten alles gut im Griff. Das dachte ich zumindest. Doch ich hatte die Rechnung ohne Albert gemacht. Der wütende Stier war nur ein paar Meter zurückgewichen, um dann mit gesenkten Hörnern erst recht zum Angriff überzugehen.

Normalerweise wurde ich von Alberts Geschimpfe, Türengeknalle und Motorengeheul seines Wagens geweckt. Oder aber von Babygeschrei. Manchmal war es auch nur Mias Spieluhr, die leise durchs Haus klang. Ich drehte mich in der Regel einfach um und schlief weiter.

Doch heute war alles still. Paradiesische Ruhe? Oder bedrohliche Stille?

Mit einem Blick auf die Uhr rappelte ich mich auf. War das junge Glück spazieren gegangen? Verschlafen tappte ich die Treppe hinunter. »Juli? Jonas? Seid ihr da?« Mit einer Tasse Kaffee trat ich auf die Terrasse und blinzelte in die Sonne.

Da sah ich sie.

Juli saß mit Mia auf der Hollywoodschaukel und weinte.

»Guten Morgen, Liebes! Was ist los?«

Ich ließ mich neben sie fallen.

»Ach Mami, ich weiß überhaupt nicht, wie es weitergehen soll!«

Schluchzend sank sie an meine Schulter. Hastig stellte ich den Kaffee weg. War das eine verspätete Wochenbettdepression? Ich zog mein Mädchen an mich und damit auch mein kleines Enkelkind. Vermutlich war Juli einfach nur erschöpft und brauchte mal wieder eine Mütze Schlaf. Wo steckte eigentlich Jonas?

»Soll ich sie nehmen? Möchtest du dich frisch machen? Oder eine Runde schlafen?«

»Ich kann nicht schlafen! Ach Mami, ich begreif erst jetzt, worauf ich mich eingelassen habe mit all der Scheiße ...!«

»Redest du von den Biowindeln?«, versuchte ich einen Scherz. »Dann nimm doch Pampers! Frau Schröder sieht's ja nicht!«

»Mama, das ist nicht witzig!«

»Entschuldige.« Ich spürte, dass die Lage ernst war. Aber wen meinte sie denn mit »Scheiße«? Doch nicht etwa unsere süße kleine Mia? Ich streichelte die winzigen Fingerchen mit den perfekten kleinen Fingernägeln und kam aus dem Staunen gar nicht mehr heraus: ein Wunder! Wie jedes Kind.

»Es schwappt einfach alles über mir zusammen wie eine riesige Flutwelle, und ich habe Angst zu ertrinken.«

Juli gestattete mir gnädigerweise, ihr die Tränen abzuwischen.

»Aber Liebes! Gib mir mal Mia. Bitte putz dir die Nase.« Ich reichte ihr Taschentücher. »Als du voll im Abistress warst, hattest du keine Zeit, darüber nachzudenken, stimmt's? Und jetzt steckst du in dem berühmten Loch, in das junge Mütter über kurz oder lang alle fallen – erst recht, wenn sie gerade erst mit der Schule fertig sind und noch nicht wissen, wie es weitergehen soll.«

»Aber die haben keinen blinden Mann!«

Ich nickte, denn das ließ sich nun mal nicht leugnen. »Wir helfen dir, Juli. Wir halten alle zusammen. Das hast du doch gemerkt, oder?«

»Aber ich muss es doch allein schaffen! Ich bin doch erwachsen!«

»Na ja, die einen sagen so, die anderen sagen so …«

Sie verzog ungnädig das Gesicht. »Ich fühl mich so hin- und hergerissen, seit ich Mia habe! Dauernd muss ich aufpassen, dass ihr nichts passiert. Dauernd hab ich Angst, dass sie erstickt, und ich träume ständig, dass Jonas sie … zertritt!«

Sie weinte in meinen Bademantelkragen.

»Ja, mein Schatz, du bist gerade mal neunzehn. Es ist eine große Aufgabe. Aber du wirst es schaffen. Das geht anfangs allen Müttern so.«

»Andere Mütter haben wenigstens einen Vater, der ihnen hilft!«, brach es aus ihr heraus.

Anscheinend badete sie gerade in Selbstmitleid. Kein Wunder, dass sie Angst hatte zu ertrinken!

»Glaub mir, mein Schatz, ich hatte auch keinen Vater, der mir geholfen hat. Franziska und Erna auch nicht. Wir sind trotzdem gute Mütter geworden! Und solltest du jetzt etwas Gegenteiliges behaupten, kann und wird es gegen dich verwendet werden.«

Auch dieser Scherz verhallte ungehört.

»Aber ich habe im Grunde ZWEI Kinder: Jonas wird immer von mir abhängig sein.«

»Auch das geht den meisten Frauen so«, wiegelte ich ab. »Männer sind die anstrengendsten Kinder. Mit Ausnahme von Thomas vielleicht. Schau, der ist auch behindert und ein wundervoller Vater!«

Auch das konnte sie nicht trösten.

Was hatte sie bloß auf einmal? Selbstzweifel sind zwar seit Urzeiten Frauensache, aber davon war Juli bisher noch nie gebeutelt gewesen.

Endlich rückte sie raus mit der Sprache:

»Ach Mama, gestern Abend kam Papa nach Hause. Er war sauer und gereizt, weil du nicht da warst. Jonas saß allein oben im Zimmer und hatte seine Kopfhörer auf, während ich mit Papa im Garten war.«

»Und dann hat er dir blöde Sachen gesagt?«

»Ja, er hat sich eingebildet, mir ins Gewissen reden zu müssen. Er hat gesagt, dass ich bescheuert bin, mir das Leben so zu versauen. Wenn ich auf ihn gehört hätte, hätte ich jetzt weder ein uneheliches Kind noch einen blinden Krüppel an der Backe! Ich könnte studieren, wäre frei und unabhängig. Ob Jonas eigentlich weiß, wie hübsch ich bin? Das wären doch Perlen vor die Säue …«

Typisch Albert. Na, ganz toll.

»Dann hat Papa auf den Tisch gehauen und geschrien, dass du dich von deinen ›Hexen‹ hast aufhetzen lassen und dich gar nicht mehr um ihn kümmerst. Obwohl er diesen verantwortungsvollen Job in Frankfurt hat und sich den Arsch für uns aufreißt …«

»Selbstmitleid pur.« Ich gab mich unbeeindruckt. »Da muss er durch.«

»Daraufhin meinte ich, dass ich bestimmt keinen Mann heirate, der sich immer nur bedienen lässt. Dass ich mein eigenes Geld verdienen werde. Aber er hat mich bloß ausgelacht.«

»Oh, Gott.« Ich ahnte, was jetzt kam. Juli schnäuzte sich laut trompetend, bevor sie den Wortmüll ihres Vaters vor mir auskippte.

»Er meinte, ich hätte mir alle Zukunftsmöglichkeiten verbaut: Mit neunzehn ein Kind kriegen wär an und für sich schon eine Katastrophe. Aber dann noch ein Blinder als Partner? Dass ich den ein Leben lang bedienen werde, müsste mir doch eigentlich klar sein! Er hat mich ausgelacht, Mama, laut und höhnisch.«

Juli schluchzte hemmungslos in meine Armbeuge. Ich beeilte mich, unsere kleine Mia in Sicherheit zu bringen. Ja, ich konnte mir diese unschöne Szene lebhaft vorstellen. Während ich gearbeitet hatte, war meine Juli Albert schutzlos ausgeliefert gewesen! Aber so ist es nun mal, wenn man als Mutter berufstätig ist. Man kann nicht überall gleichzeitig sein.

»Du bist die Einzige, die mich versteht und mir wenigstens zuhört«, murmelte sie, und das war Balsam für meine Seele.

Nachdem Juli sich halbwegs beruhigt hatte, fragte ich: »Und wo ist Jonas?«

»Das ist ja das Schlimme, Mami!« Sie putzte sich mit dem letzten Zipfel ihres gebrauchten Taschentuchs die Nase und sah mich mit verquollenen Augen an.

»Ich dachte, er ist auf unserem Zimmer und hört Musik, aber er hat so ziemlich alles mitbekommen. Ich hab Papa zu allem Überfluss zwischenzeitlich recht gegeben und ihm die Geschichte mit der Bahnhofstoilette erzählt. Da meinte er, so tief sei seine Tochter schon gesunken, dass sie sich auf Männertoiletten rumtreibt. Nur weil ihr Kerl nicht mal alleine pissen kann. ›Der bremst dich doch bloß aus!‹, hat er geschrien. Und dass Jonas mit Sicherheit eifersüchtig sein wird, sollte ich jemals einen Schritt ohne ihn machen wollen oder einem hübschen Mann in die Augen schauen.«

Es brach nur so aus ihr heraus.

»Und dann hab ich zugegeben, dass ich schon mal mit Jonas' Freund Ben geflirtet habe. Dass ich es genossen habe, einfach mal einen Blick zurückzubekommen. Einen bewundernden, anerkennenden Männerblick. Und all das hat Jonas mitangehört, Mama!«

Ach du Scheiße! Ich nahm sie nur in den Arm und strich ihr übers Haar. Was hätte ich auch sagen sollen? Menschlich war es. Allzu menschlich. Jede Frau sehnt sich nach anerkennenden Blicken. Erst recht, wenn sie noch so jung ist. Flirten ist ein Grundbedürfnis.

»Ich bin dann irgendwann mit Mia raufgegangen, und Jonas tat so, als würde er schlafen. Aber als ich heute Morgen aufgewacht bin, war er weg! Er ist einfach abgehauen, Mama!«

Ich sah sie fassungslos an. »Allein? Mitten in der Nacht?«

»Der muss ja nicht warten, bis es hell wird.« Ein paar trockene Schluchzer entrangen sich ihrer Brust. »Er hat seinen Blindenstock mitgenommen. Und sein Handy.«

»Dann wird Franziska ihn abgeholt haben. Wir fahren gleich zu ihr.«

Ich war völlig hin- und hergerissen: Jonas war so ein wunderbarer, selbstständiger, fröhlicher Mensch! Ich musste wirklich dringend mit Franziska sprechen. Juli und Jonas hatten schon mal eine Auszeit gebraucht. Sie waren noch so jung! Vielleicht sollten sie einfach mal verschiedene Wege gehen. In dem Alter ist das oft der beste Weg, um herauszufinden, ob man sich wirklich liebt.

Juli sollte kein schlechtes Gewissen haben müssen. Mia würde ich ihr mithilfe von Franziska und Erna abnehmen, sobald sie abgestillt hatte. Sie sollte sich frei entwickeln, studieren und in eine eigene Wohnung ziehen können. Alles andere würde sich weisen.

All das sagte ich ihr.

»Mein Schatz, ich stehe voll hinter dir, egal wie du dich

entscheidest.« Ich wiegte Mia, die inzwischen Hunger hatte und brüllte, als wollte sie sagen: »Natürlich ist mein Papa der richtige Mann für Mama!«

»Aber ich liebe ihn doch!«, wimmerte Juli. »Es ist nur alles so … schwer!«

Ich sah sie eindringlich an. »Liebst du ihn wirklich? Oder empfindest du nur Mitleid für ihn, das du mit Liebe verwechselst?«

»Ich … Ach, Mama, ich weiß es einfach nicht! Ich liebe ihn, aber er tut mir auch leid!«

»Er muss dir nicht leidtun. Nicht Jonas.«

»Aber ich will mir auch nie selbst leidtun müssen …«

»Dann hör sofort auf, in Selbstmitleid zu baden!« Ich reichte ihr die zornige Mia und sagte lächelnd: »Ich würde sie gern für dich stillen, aber das ist das Einzige, das ich dir nicht abnehmen kann.«

Franziska kam gerade aus ihrer Praxis und war ziemlich überrascht, dass wir bei ihr vor der Tür standen.

»Habt ihr Jonas nicht mitgebracht?« Suchend sah sie sich um.

»Ist er denn nicht hier?« Juli und ich wechselten irritierte Blicke.

»Kommt rein, entschuldigt, hier ist nicht aufgeräumt …«

Franziska nahm verzückt Mia aus dem Kinderwagen und schien alles andere erst mal zu vergessen. »Oh, Gott, bist du schon wieder gewachsen! Ja Mia, du Süße! Lach doch mal! Lach doch mal die Oma an …«

Juli und ich tauschten betretene Blicke. Denn in diesem Moment wurde uns klar, dass Franziska nie von Jonas angelächelt worden war, als der noch ein Baby gewesen war.

Natürlich hatte er gelächelt. Aber eben nicht SO. Nicht an eine spezielle Person oder ein Objekt gerichtet.

Nachdem Franziska sich sattgeknuddelt hatte, sah sie in Jonas' Zimmer nach und stellte fest, dass er nicht da war.

Sie rief ihn auf dem Handy an, und … ein Klingeln kam aus seinem Zimmer.

»Seltsam. Jonas? Bist du auf dem Klo?« Bei näherem Hinsehen fanden wir keinen Jonas im Bad, dafür das Handy unter seinem Bett.

»Das ist allerdings seltsam.«

Franziska war auf einmal sehr besorgt.

»Das heißt, er war hier und hat das Handy zurückgelassen. Das macht er doch sonst nie!«

Das Handy war Jonas' wichtigster Draht zur Außenwelt. Das war uns allen bewusst.

»Mit Absicht?«, fragte ich verwirrt. »Oder aus Versehen?!«

Franziska kroch unters Bett und förderte ausrangierten Kram zutage: einen alten Fußball, eine kaputte Luftmatratze und ein paar alte Turnschuhe. Dann riss sie die Augen auf und ließ sich aufs Bett fallen. »Seine Wanderschuhe fehlen«, sagte sie. »Sein Schlafsack. Und sein Rucksack!«

»Was soll das heißen?«

Wir sanken neben sie und legten Mia quer über unsere Knie.

»Der wird doch wohl nicht … Hattet ihr Streit?«

Wir erzählten Franziska, was passiert war.

»Der wird doch wohl nicht … Ich meine, das war immer unser Plan, aber …« Franziska starrte stumm vor sich hin.

»Was war immer euer Plan?«

Franziska schluckte und wurde immer nervöser.

»Ach, das war doch nur … Ich meine, es hat sich ja so viel verändert –«

»Franziskaaaaa?«

»Ja. Bevor Jonas sich in dich verliebt hat, Juli, und bevor es Mia und euch alle gab, hatten wir uns vorgenommen, nach seinem Abi den Jakobsweg zu gehen.«

»Den Jakobsweg.«

»Das war immer sein Traum. Wenn er das geschafft hat, meinte er, schafft er alles im Leben. Ich hab alle möglichen Bücher darüber gelesen, und den Kerkeling gibt es auch in Blindenschrift …«

Sie wühlte wieder unter dem Bett, holte aber außer Staub nichts hervor: »Der Kerkeling ist weg.«

»›Ich bin dann mal weg‹«, murmelte ich.

»Der ist doch nicht einfach …« Juli schlug die Hand vor den Mund. »Das kann er doch so schnell gar nicht hinkriegen!«

»Na ja, das Flugticket ist im Internet schnell gebucht. Und Geld hat Jonas durch eure Auftritte.«

»Du meinst …« Julis Augen weiteten sich, und sie wurde ganz blass.

»Zuzutrauen wär es ihm!«

»Der Jakobsweg«, sagte ich. »Ihr schreckt aber auch vor nichts zurück.«

»Wie du inzwischen wissen solltest.« Franziska strich sich nervös eine Strähne hinters Ohr. »Wir hatten schon genaue Etappen ausgeklügelt. Jonas hat sich erkundigt, wie viele Blinde den Jakobsweg bereits gegangen sind. Mit einigen hatte er sogar Kontakt aufgenommen …«

»Ruf endlich am Flughafen an!« Ich sprang auf. »Die müssen doch wissen, ob Jonas heute abgeflogen ist!«

Keine fünf Minuten später hatten wir Gewissheit: Jonas war dann mal weg.

22

»Du musst ihm Zeit lassen«, versuchte ich Juli auf dem Rückweg zu trösten.

»Aber er hat sich einfach so aus dem Staub gemacht …«

»Nach dem, was er sich letzte Nacht alles anhören musste?«

»Das ist nicht fair!«

»Das Leben ist grundsätzlich nicht fair.«

»Aber was soll ich denn jetzt machen? Er hat ja noch nicht mal sein Handy mit!«

»Er will offensichtlich in Ruhe über alles nachdenken«, sagte ich, während ich den Blinker setzte und einen besorgten Blick nach hinten auf Mia im Kindersitz warf.

»Aber was da alles passieren kann!«, jammerte Juli.

»Nicht viel mehr als sonst.« Ich nahm die Straße zur deutschen Grenze. »Er will dir seine Unabhängigkeit beweisen, Juli. Das passt zu ihm.«

»Er will es sich selbst beweisen!«, knurrte Juli.

»Es war schon immer sein Traum, und da er sich hier unerwünscht fühlt, geht er jetzt seinen Weg.«

»Eigentlich ziemlich logisch.«

Ich nickte und sah sie von der Seite an. »Wenn du mich fragst …«

» … wird Franziska ihm nachreisen.«

»Ich glaube eher nicht. Sie hat Termine. Es sind Festspiele, und die Opernstars stehen bei ihr Schlange.«

Wer alles bei mir Schlange stand, wollte ich ihr lieber nicht sagen. Kleinehellefort kroch regelmäßig bei mir zu Kreuze, und zwar im wahrsten Sinne des Wortes – natürlich ohne zu ahnen, von wem er sich da die Leviten lesen ließ. Inzwischen hatte ich schon ganz andere Herrschaften aus der Agentur bei mir »willkommen gehauen«. Bis in die Vorstandsetage hatte sich mein Talent herumgesprochen! Auch meine Karriere befand sich gerade im Steilflug – wir Omas waren also unabkömmlich.

»Komm, Süße, wir sitzen das aus. Er wird heil in Santiago de Compostela ankommen, und er wird sich melden.«

Als wir in unserer kleinen Krachmacherstraße ankamen, trafen wir auf die Laumanns, die gerade vom Badesee zurückkehrten. Ihre Kinder rannten gleich in den Garten der alten Frau Schröder, der von Thomas und Martina in Schuss gehalten wurde. Ersterer ließ den Rasenmäher an, sodass Martina laut schreien musste.

»He, Juli, was ist denn los? Warum weinst du?«

Ich erklärte in wenigen Worten, was sich zugetragen hatte. »Ich muss leider in zwei Stunden wieder zu meinem Job, es wäre schön, wenn sich jemand um sie kümmert«, flüsterte ich.

Martina kapierte sofort.

»Ach, Juli? Sei ein Schatz und bring kurz diese Tüte zu Frau Schröder rauf.«

Mir zuzwinkernd, händigte Martina ihr einen Teil der

Einkäufe aus, die sie gerade auf der Rückfahrt erledigt hatten. »Wir waren in der Apotheke, und sie wartet schon darauf. Wir passen so lange auf Mia auf.«

»Mama, ich will da nicht rauf, ich muss sofort heulen …«

»Komm, ich gehe mit.«

Frau Schröder war jetzt genau das Richtige für Juli. Sie würde sie aus ihrem Selbstmitleid reißen. Beherzt zog ich Juli in den ersten Stock. Dort war es dunkel und ein bisschen muffig, wie das bei alten Leuten oft so ist. Wie gut, dass sich die Laumanns so selbstverständlich um Frau Schröder kümmerten!

»Du musst dich sowieso noch für die Biowindeln bedanken«, ermahnte ich Juli.

Vorsichtig traten wir ein.

Frau Schröder saß am Fenster und lauschte dem fröhlichen Treiben im Garten.

So richtig sehen konnte sie uns nicht. Ich begrüßte sie herzlich, legte die Tüte auf den Tisch und setzte mich. Der Anstand gebot es, dass wir uns ein bisschen mit ihr unterhielten.

»Wie geht es Ihnen, Frau Schröder?«

»Sie müssen nicht schreien, ich höre gut.«

»Oh, Entschuldigung.« Ich goss einen Tee auf, nachdem ich gesehen hatte, dass Teebeutel in der Tüte waren. »Dürfen wir Ihnen etwas Gesellschaft leisten? Ich glaube, Juli braucht ein bisschen Ablenkung.«

»Darüber würde ich mich sehr freuen!«

Sie fragte nach Mia und Jonas. »Ich bin ja auch blind, wurde es aber erst im Laufe der letzten Jahre. Ich bewundere deinen Freund, wie er das Leben anpackt! Ein ganz toller junger Mann! Du kannst stolz auf ihn sein!«

Daraufhin begann Juli natürlich sofort zu schluchzen.

»Oje, hab ich jetzt was Falsches gesagt, mein Kind?«

»Sie ist ein bisschen traurig. Ihr Freund ist weg«, sagte ich. »Er geht den Jakobsweg, und sie wird ihn lange nicht wiedersehen.«

Frau Schröder schüttelte betroffen den Kopf, und ihre magere, faltige Hand mit den braunen Altersflecken und dicken Adern drückte die von Juli.

Wir erzählten der aufmerksam zuhörenden alten Dame, was sich zugetragen hatte.

»Du musst einfach auf dein Herz hören«, sagte Frau Schröder und trank vorsichtig einen Schluck Tee. »Es gibt Situationen im Leben, da muss man sich einfach entscheiden.«

Ihre Hände glitten suchend über den Tisch. Juli saß auf nur einer Pobacke, und ich spürte, dass sie schnell wieder wegwollte.

»Hier muss irgendwo der Zucker sein ...«

Wir holten auf Frau Schröders Wunsch Kekse aus dem Schrank und Fotoalben aus dem Regal.

»Ist das Ihr Mann?« Ich hielt ein gerahmtes Bild in die Höhe, das auf dem Tisch gestanden hatte.

»Ja, und das rechts davon zeigt meinen Sohn Gerhard.«

Wir betrachteten höflich den weißhaarigen Herrn, der auch schon über siebzig sein musste.

»Mein Mann war auch lange weg, Juli«, fuhr Frau Schröder fort und tastete nach einem vergilbten Schnellhefter, der ein paar schreibmaschinenbeschriebene Seiten enthielt.

»Ich habe hier eine Geschichte für dich.«

Juli verdrehte die Augen und ließ mich spüren, dass sie im Moment keine Lust auf irgendwelche Kriegserinnerungen hatte.

Ich bedeutete ihr, wenigstens noch fünf Minuten zu bleiben, indem ich auf meine Armbanduhr tippte und die Hand hob.

Die alte Dame legte den Kopf schräg und lächelte, wobei tausend Fältchen ihr Gesicht durchzogen. »Ich glaube, sie ist jetzt genau das Richtige für dich, mein Kind. Und mich freut es auch, wenn ich sie wieder erzählen kann.« Stolz lag in ihrer Stimme. »Hier, ich hab sie selbst aufgeschrieben! Sie hat ein paar Tippfehler, aber sie ist wahr.«

Juli sah mich fragend an, und ich nickte ihr aufmunternd zu. Mit stockender Stimme begann sie zu lesen:

»Wir schrieben das Jahr 1945 …«

Doch sie kam nicht weit. Frau Schröder schien den Text auswendig zu kennen. Und während sie erzählte, konnte man regelrecht zusehen, wie sie sich wieder in die junge Frau verwandelte, die sie einst gewesen war.

»Wir schrieben das Jahr 1945, und mein Gerhard war damals fünfzehn Monate alt. Aber mein geliebter Mann Karl wurde vermisst.«

Sie lächelte so liebevoll, dass ihr zerknittertes Pergamentgesicht etwas Mädchenhaftes bekam.

»Er war Lehrer, aber fünf Jahre zuvor an die Front abkommandiert worden. Nur einmal hatte er zwei Tage Heimaturlaub, und da ist dann unser Gerhardchen entstanden.« Sie betastete mit stolzem Lächeln das Foto ihres Sohnes.

»Wegen der Bombardierungen bin ich mit dem Kind aus Lübeck, wo wir damals wohnten, geflohen und zurück in mein Heimatdorf im Osten Deutschlands gegangen, wo meine Eltern eine Gastwirtschaft hatten.«

Ihre Hände strichen immer wieder über den Schnellhefter, als wollte sie ihre Erinnerungen anfassen.

»Doch wenn ich abends zur Ruhe kam und mit Gerhard in meiner Kammer war, eilten meine Gedanken immer zu Karl. Er hatte seinen kleinen Gerhard noch nie gesehen, ja, er wusste nicht mal, dass es ihn gab! Seit dem Heimaturlaub vor zwei Jahren hatte ich nichts mehr von ihm gehört. Zwei Jahre sind eine Ewigkeit – erst recht für eine junge Frau! Ich saß jeden Abend mit meinem Gerhard auf der Bettkante und weinte. Wie geht es ihm? Lebt er überhaupt noch, hat er zu essen, hat er ein Dach über dem Kopf, und denkt er überhaupt noch an mich?« Ihre Stimme zitterte. Sie nahm wieder einen Schluck Tee und stellte leise klirrend die Tasse ab.

»In meiner Not bin ich sogar zu einer alten Frau gegangen und habe ihr mein Leid geklagt – genau wie du jetzt, kleine Juli! Die alte Frau konnte angeblich in die Zukunft schauen. ›Bleiben Sie mal ganz gelassen, Elfriede‹, hat sie gesagt. ›Ihr Mann lebt noch, das kann ich genau sehen.‹ Da bin ich nach Hause zu meinen Eltern gerannt und habe ihnen alles erzählt. Aber so richtig glauben konnten wir es nicht. Es vergingen Wochen und Monate, alle Suchanfragen blieben erfolglos. – Ich weiß also genau, wie du dich fühlst, Juli, wenn du Jonas nicht erreichen kannst. – Manchmal kamen deutsche Soldaten ins Dorf. Ich hab sie alle mit Fragen bombardiert und ihnen Fotos von Karl unter die Nase gehalten. Doch keiner konnte mir weiterhelfen. Keiner kannte meinen Mann.

Dann wurde es Sommer – genau vor siebzig Jahren, kleine Juli! Ein Mann kehrte bei uns ein. Und als ich ihm das Bier hinstellte, fragte er: ›Bist du die kleine Schröder?‹

›Ja‹, hab ich gesagt und wollte schon wieder gehen, als er mich am Arm festgehalten hat. ›Elfriede Schröder?‹

›Ja‹, hab ich gesagt, ›was wollen Sie denn von mir?‹

Da hat er sich mit der Serviette umständlich den Mund abgewischt, einen kräftigen Schluck Bier genommen und verkündet, in Lübeck sei ein Karl Schröder aufgetaucht und habe nach mir gefragt. Er habe mich überall gesucht und nicht gefunden und werde sich jetzt im Norden um eine Anstellung als Lehrer bemühen.

Vor lauter Freude musste ich mich erst mal setzen. Ich zog sein Foto aus meiner Schürzentasche, und er meinte, ja, genau, das sei er. Ein bisschen dünner, ein bisschen blasser, ein bisschen weniger Haare, aber er sei es zu hundert Prozent. Da habe ich Rotz und Wasser geheult, kleine Juli! Lauter Freudentränen!«

Juli schluckte, und ich reichte ihr dezent ein Taschentuch.

»Plötzlich sah die Welt für mich wieder ganz anders aus.«

In Elfriede Schröders trübe Augen trat ein Leuchten.

»Ich rannte rauf in meine Kammer, riss meinen Gerhard aus dem Bettchen und schloss ihn überglücklich in die Arme. ›Dein Papa lebt!‹, hab ich immer wieder gerufen, und mein Gerhard hat vor Schreck geweint. Von nun an beherrschte mich nur noch ein Gedanke: Wie komme ich mit meinem Jungen zu meinem Mann? Der Zugverkehr war zwischen der russischen Besatzungszone, in der ich inzwischen lebte, und der britischen, in der sich Karl nun befand, längst zum Erliegen gekommen.«

»Und dann?«, fragte Juli schüchtern.

»Es gingen damals viele Gerüchte um. ›Hast du schon gehört?‹, sagte eine Frau, die bei uns zu Mittag aß. ›Zwecks Familienzusammenführung soll ein Zug nach Westen fahren! Das wäre der erste Zug seit Jahren!‹ Mensch, war das eine aufregende Nachricht! Ich rannte jeden Tag zum Bahnhof und löcherte den Bahnhofsvorsteher. Aber es tat sich gar nichts. Kein Zug weit und breit. Einige aus unserer Stadt hatten den Mut, heimlich über die Grenze zu gehen. Eine Bekannte, die es auch gewagt hatte, kam zurück und erzählte, dass sie nur knapp einer Vergewaltigung entkommen war. Obwohl es den Russen streng verboten war, sich jungen Frauen zu nähern, hatten sie auch ihre Bedürfnisse. Es war also Wahnsinn, sich als Frau allein auf den Weg zu machen. Und so vergingen die Monate. Immer wieder fragte ich mich: Wagst du es mit dem kleinen Jungen, oder lässt du es bleiben? Aber meine Sehnsucht nach Karl war so groß! Er war die Liebe meines Lebens. Außerdem gab es nicht mehr viele junge Männer, und die wenigen, die noch lebten, waren heiß umkämpft.

Mitte November erzählte jemand auf dem Postamt, er habe gehört, ein Karl Schröder sei jetzt Lehrer im südniedersächsischen Wollershausen. Jetzt gab es für mich kein Halten mehr. Alle Einwände meiner Mutter wurden in den Wind geschlagen. Sie konnte mich nicht mehr umstimmen.

›Mama, ich hab seine Adresse! Ich weiß, wo er ist! Wir haben uns zwei Jahre nicht mehr gesehen, ich muss zu Karl!‹

Endlich hat sie es eingesehen.«

Elfriede Schröder putzte sich umständlich die Nase. Wir warteten gespannt, wie es weiterging.

»Ein großer Koffer musste her. Den kaufte ich einer alten Tante ab. Es war ein sperriger brauner Koffer mit Schnappschlössern und zwei Ledergurten. Alles, was ich besaß, musste mit! Das Ding wog am Ende dreißig Kilo, aber das war mir egal. Es sollte nämlich doch ein Zug in Richtung Grenze gehen, nach Schwerin. Anfang Dezember war es dann so weit. Das Wetter schien es gut mit uns zu meinen, es war noch nicht kalt. In den Kinderwagen kamen viele Windeln und

Kinderkleidung. Zwischen diesen Sachen musste ich noch eine große Dose mit Pfeffernüssen verstauen. ›Ihr könnt doch Weihnachten nicht ohne Pfeffernüsse sein!‹, sagte meine Mutter. Obendrauf thronte dick eingepackt mein kleiner Junge. Auch ich trug alle möglichen Kleidungsschichten übereinander.«

Sie trank wieder einen Schluck Tee, obwohl er inzwischen fast kalt geworden war.

»Bitte weiter!«, bat Juli und schenkte ihr neuen nach.

»Schweren Herzens hat uns meine Mutter ziehen lassen. Zum Glück konnte ich noch eine Bekannte überreden mitzugehen, ein junges Mädchen namens Monika, das Russisch sprach. Später gesellte sich noch ein junger Soldat zu uns, der Verwandte in Schleswig-Holstein besuchen wollte. Ich glaube, der fand uns Mädels ganz nett.«

Sie lächelte verschmitzt.

»Natürlich haben wir für einige Tage Verpflegung mitgenommen, länger würde die Reise ja nicht dauern. Ja, und dann war da alles brechend voll am Bahnhof. Ich hatte das Gefühl, die ganze Stadt will mit, und hatte Mühe, einen Platz zu bekommen. War das eine Arbeit, den schweren Kinderwagen hineinzuheben! Und diesen Koloss von Koffer! Aber meine beiden Reisegefährten haben mir geholfen. Mit lautem Getöse fuhr die schwarze Dampflok an, und ich sehe noch unser Dorfschild kleiner werden und schließlich ganz verschwinden.

Die zwei Stunden bis Schwerin vergingen schnell, wir waren ja alle so aufgeregt, und jeder hatte was zu erzählen: Wo er hinwollte, wen er vermisste und wen er wo zu finden hoffte … Bald hieß es: ›Alles aussteigen! Der Zug endet hier!‹«

Ich hörte förmlich das Quietschen der Bremsen und sah

das Gewimmel vor mir, die Menschen, die auf den Bahnsteig hinausquollen wie ein Heer schwarzer Insekten.

»Also, angefasst und hinaus auf den Bahnsteig. Es herrschte ein heilloses Durcheinander und gab kein Durchkommen. Erst recht nicht mit einem so überladenen Kinderwagen und dem schweren Koffer. Wir hatten keine Chance, den Anschlusszug zu erreichen. Auf den Treppen haben die Leute so gedrängelt, dass einige gestürzt sind. Fast wäre eine Massenpanik ausgebrochen. Als mein Zug weg war, kamen mir die Tränen. Was jetzt?«

In Elfriedes Augen glänzte es verdächtig.

»Meine Reisegefährten blieben zum Glück bei mir. Es wurde allmählich dunkel. Zufälligerweise hatte ich eine Stiefschwester in Schwerin, zu der wir uns durchfragten. Thea nahm uns vier für die Nacht auf. Das werde ich ihr nie vergessen. Ohne sie wären wir auf dem Bahnhof erfroren, denn es kam ein furchtbarer Kälteeinbruch. Frühmorgens sind wir dann wieder zum Bahnhof gerannt. Und wieder konnte der Bahnsteig die Menschenmassen kaum fassen. Keine Chance!, dachte ich. Hier kommen wir nie weg! Irgendwann wurde ein langer Güterzug mit offenen Transportwagen eingesetzt. In einem davon eroberten wir uns einen Platz. Nach längerem Warten fuhr der Zug ruckend an. Unterwegs hielt er mehrfach an. Wir kauerten uns auf dem Boden zusammen, doch es war bitterkalt. Irgendwann fuhr er überhaupt nicht mehr weiter. Wie sich herausstellte, waren wir auf einem Abstellgleis gestrandet. Man hatte uns einfach abgestellt, wie Frachtgut, und das bei minus vierzehn Grad! Mein Junge schrie wie am Spieß.«

Oh, Gott, die Vorstellung konnten Juli und ich kaum ertragen!

»Nach mehreren Stunden hörten wir endlich Stimmen und Hundegebell. Bahnpolizisten entdeckten uns, öffneten die schweren Eisentüren und brachten uns in den geheizten Warteraum. Wir weinten vor Erleichterung. Wie gut die Wärme tat! Krankenschwestern vom Roten Kreuz mit weißen Hauben und dunkelblauen Mänteln versorgten uns mit heißen Getränken. Und ich versorgte meinen Sohn. Mit warmem Kaffee habe ich seinen Po gewaschen … Mein armer, kleiner Gerhard! Ich war ja wahnsinnig, zumindest warfen mir das andere Reisende vor. Aber ich musste doch zu Karl! Wir gehörten doch zusammen!« Elfriede Schröder lehnte sich zurück, als wäre die Geschichte damit bereits zu Ende erzählt.

»Und dann?«, drängte Juli.

»Der Morgen graute, ich rappelte mich auf und rieb mir die Augen: Auf dem nächsten Gleis stand ein Personenzug in Richtung Salzwedel! Das war ja unsere Richtung! Es ging also weiter. Wir, das heißt ich mit meinem Gerhard und meine beiden Mitreisenden, kamen in einem Abteil unter. Wir fuhren vorbei an Grabow, Klein-Warnow, Karstädt, Wittenberge, Geestgottberg, Groß Garz …«

Mit erstaunlichem Erinnerungsvermögen zählte Elfriede Schröder all diese Käffer auf, von denen wir noch nie was gehört hatten.

»Hier war für uns die Fahrt zu Ende«, fuhr sie fort. »Alle mussten aussteigen. Da hinten war irgendwo die Grenze. Nun ging es zu Fuß weiter, schon bald wurden wir von russischen Soldaten aufgegriffen und in eine große Scheune gebracht, in der schon viele Grenzgänger saßen. Da dachte ich, jetzt ist alles aus. Die Leute erzählten die schrecklichsten Dinge, von Vergewaltigungen, Raub und Totschlag. Deshalb beschlossen wir, nachts zu fliehen. Wie durch ein Wunder glückte es uns – trotz Kleinkind im Kinderwagen und schwerem Gepäck. Ohne aufgehalten zu werden, erreichten wir die nächste Ortschaft und kamen bei einer Bauersfrau unter, deren Mann noch nicht aus dem Krieg zurückgekehrt war. Ich durfte mit meinem Jungen sogar bei ihr im Schlafzimmer übernachten! Endlich konnte ich mein Gerhardchen mal aus seinem engen Wagen holen. Gott, war der kleine Kerl dankbar! Wir blieben noch einen Tag und eine Nacht, um meinem Kind eine Verschnaufpause zu gönnen. Allerdings waren bei der Bäuerin auch Russen einquartiert. Als ich Gerhards Windeln im Keller wusch, bedrängte mich plötzlich einer davon. Ich erschrak zu Tode, doch er bot mir an, uns nachts heimlich über die Grenze zu bringen. ›Für bisschen Liebe‹, wie er sagte. Aber das konnte ich nicht über mich bringen. Ich sprach mit meinen Weggefährten, und wir beschlossen, allein weiter in Richtung Grenze zu gehen. Draußen herrschte inzwischen Schneetreiben. Zwölf Kilometer lagen vor uns, der Kinderwagen blieb ständig irgendwo stecken, und eisiger Wind peitschte uns ins Gesicht. Wir stolperten mechanisch vorwärts. Etwas anderes blieb uns auch gar nicht übrig!«

Die alte Frau Schröder musste eine Pause machen, und Juli klebte förmlich an ihren Lippen, sog jedes Wort in sich auf. Ich freute mich auch über diese Mutmach-Geschichte – nicht ahnend, was sie noch für Folgen haben würde. Deshalb nickte ich Frau Schröder aufmunternd zu und bat sie weiterzuerzählen. »Das ist wirklich spannend, Frau Schröder. Überanstrengen wir Sie auch nicht?«

»Aber nein! Ihr müsst sie unbedingt bis zum Happy End anhören!«

Wieder lächelte sie in sich hinein.

»Trotz der Sperrstunde – kein Mensch durfte sich vor sieben Uhr früh auf der Straße sehen lassen – waren wir die ganze Nacht unterwegs. Im letzten Dorf vor der Grenze wollten wir uns erkundigen, wie die Grenzer arbeiteten und welche Möglichkeiten bestanden rüberzukommen. Unser erster Weg führte zum Bürgermeister. Verpflegung hatten wir keine mehr, die war restlos aufgebraucht. Der Magen knurrte nicht mehr, er zog sich schon in schmerzhaften Krämpfen zusammen. Wir bekamen ein paar Lebensmittelkarten, mit denen wir uns beim Bäcker und Milchmann anstellen konnten. In der Schlange hörten wir, wie der Grenzübertritt funktionierte: An einer bestimmten Stelle, in etwa drei bis vier Kilometer Entfernung, befand sich ein Schlagbaum. Er bildete die Grenze zwischen russischer und britischer Besatzungszone. Dort trafen sich jeden Morgen der englische und der russische Kommandant und verhandelten, wer die Grenze passieren durfte. Fünfundzwanzig Personen am Tag, hieß es. Unser Plan stand fest: So früh wie möglich aufstehen und abmarschieren. Viele andere waren mit uns unterwegs. Es war wie der Auszug aus Ägypten. Das Meer hätte sich teilen müssen, aber es gab keins. Es gab nur endlose Schneefelder. Als wir zur Grenze kamen, war die Enttäuschung groß: Hunderte von Menschen warteten bereits hungrig und frierend. Kinder weinten, manche begannen, sich zu prügeln. An diesem Tag würden wir bestimmt nicht hinüberkommen. Wir machten kehrt, kamen wieder in einer Gastwirtschaft unter. In aller Herrgottsfrühe stapften wir erneut durch den Schnee. Es musste doch glücken!! Wir durften nicht aufgeben! Diesmal standen nur ein paar versprengte Gestalten da. Die Hartgesottenen, die die ganze

Nacht ausgeharrt hatten oder noch früher losgegangen waren. Diesmal warteten wir ziemlich weit vorne, als sich der Schlagbaum öffnete. Die Grenzer fingen an zu zählen. Doch dann warf mir jemand einen Sack vor den Kinderwagen. Ich kam nicht weiter. Die Leute strömten ohne Rücksicht auf Verluste an mir vorbei. Ich musste ausweichen, sonst hätten sie meinen kleinen Gerhard noch über den Haufen gerannt. Aus! Vorbei! Ich musste weinen, war am Ende meiner Kräfte. Zum Glück blieb meine Bekannte bei mir. Der Soldat, der sich uns angeschlossen hatte, passierte die Grenze. Er war ein junger kräftiger Bursche, sprang über Stock und Stein, ohne sich noch einmal nach uns umzudrehen. Aber wir waren ihm nicht böse: Er wollte Weihnachten bei seiner Familie sein! Meine Bekannte Monika und ich marschierten erneut zurück ins Dorf. Es war so grausam!«

Elfriede Schröder schluckte schwer.

»Nachdem wir uns ausgeruht und gegessen hatten, überlegten wir, wie wir es anstellen sollten. Eigentlich hatten wir keine Chance, außer, wir boten den russischen Soldaten etwas an. Dafür waren sie empfänglich, das wussten wir. Nicht alle waren schlecht – im Grunde waren sie selbst arme Teufel. Sie hatten Hunger, und wir beschlossen, ihnen meine Armbanduhr und Muttis selbst gebackene Pfeffernüsse anzubieten. Als wir am nächsten Morgen vor dem Schlagbaum anstanden, war es noch lange nicht hell, dafür schneidend kalt. Ich sorgte mich sehr um Gerhard. Hoffentlich bekam er keine Lungenentzündung! Monika ging zu einem Grenzer und sprach lange mit ihm. Er wollte sicher etwas anderes von ihr, aber sie zeigte auf mich und den Kinderwagen. Dann kamen beide auf mich zu. Der Soldat packte den Kinderwagen und schob ihn zur Grenze, vorbei an den anderen, die das Ganze stillschweigend mit ansahen. Wer hier protestierte, konnte gleich wieder gehen. Ich konnte mein Glück kaum fassen, stand ich doch mit Gerhard in der ersten Reihe! Monika nickte mir beruhigend zu: alles in Ordnung! Der russische Grenzsoldat hatte nicht nur meine Armbanduhr an, sondern kaute auch schon mit vollen Backen Mutters Pfeffernüsse.«

Elfriedes Mund verzog sich zu einem Lächeln.

»Oh, Gott, der Schlagbaum ging hoch! Das Gefühl, als wir über die Grenze stolperten, war einfach unbeschreiblich! Wir rannten, was das Zeug hielt, obwohl unsere Füße voller Blasen waren und unsere Beine schwer wie Blei!«

Juli und ich starrten Frau Schröder mit offenem Mund an. Was für eine tapfere Frau! Sie war die Älteste der Handvoll Heldinnen, die ich in letzter Zeit kennengelernt hatte.

»Weiter!«, bettelte Juli mit glänzenden Augen.

Frau Schröder schaute zur Decke, als sähe sie dort alles deutlich vor sich, und nahm den Erinnerungsfaden wieder auf.

»Englische Lastwagen warteten ein paar Hundert Meter weiter, um die Grenzgänger in ein Flüchtlingssammellager nach Uelzen zu bringen. ›Geschafft!‹, brüllten wir gegen den Motorenlärm an, und Gerhard patschte mit den Händchen, als wäre das alles nur ein Spiel.«

Die alte Dame machte ihn gedankenverloren nach.

»Wir wurden registriert und bekamen zu essen. Ich werde es nie vergessen: Es gab Kartoffeln, Erbsen und Gulasch – die erste warme Mahlzeit seit einer Woche! Als der Vernehmungsoffizier von mir erfuhr, dass ich zu meinem Mann wollte, der hier auf dem Lande als Lehrer arbeitete, meinte er: ›Sie dürfen gleich weiterfahren, denn Lehrer auf dem Land haben immer eine Wohnung.‹«

Elfriede Schröder strahlte über das ganze Gesicht.

»Oh, Gott! Ich konnte meinen Weg fortsetzen! Doch von nun an war ich auf mich allein gestellt, denn Monika durfte nicht mit. Sie hatte keine feste Adresse im Westen und musste warten, bis man sie einer Unterkunft zuteilte. Das tat mir schrecklich leid für sie, aber es ging nicht anders. Ich verabschiedete mich von meiner treuen Wegbegleiterin, ohne die ich es nie geschafft hätte. Wir lagen uns weinend in den Armen. ›Du schaffst das!‹, feuerten wir uns gegenseitig an, dann musste ich schon wieder auf eine Ladefläche klettern. Was wird nur Karl, mein Mann, sagen!, dachte ich immer wieder, während mir das Herz vor lauter Freude im Leibe hüpfte. Er weiß von nichts! Der Gedanke verlieh mir Flügel. Jetzt konnte mich nichts und niemand mehr aufhalten. Ich hielt mein kleines Kerlchen auf dem Schoß, wärmte es und erzählte ihm die ganze Zeit von seinem Papa.«

Frau Schröder lächelte in sich hinein.

»Ich wurde zum Bahnhof gebracht, dann ging es mit dem Zug weiter. Ich las noch Celle, Hannover, Elze, dann wurde es dunkel. So richtig stockfinster. Keine Beleuchtung draußen, kein Licht im Zug. Menschenleiber dicht an dicht, die meisten standen. Ich hatte Angst, sie würden mein Gerhardchen zertreten.«

Juli und ich wechselten einen vielsagenden Blick.

»Ich hatte fast einen Nervenzusammenbruch und war den Tränen nahe. Aber ich musste für meinen Jungen stark sein. Durfte mir keine Stimmungstiefs erlauben. Es konnte doch nicht mehr weit sein! Irgendwann blitzte das kleine Dorf hinter kahlen Bäumen hervor; Häuser duckten sich um eine Kirche. Aus manchen stieg Rauch auf, aber kein Mensch war zu sehen. Ich fragte den Bahnhofsvorsteher: ›Wie komme ich nach Wollershausen? Gibt es da einen Bus?‹ – ›Nein.‹ Der Mann nahm die Mütze ab und kratzte sich am Kopf. ›Hier funktioniert zurzeit gar nichts mehr.‹ Mitleidig sah er mich an, registrierte meine aufgesprungenen Lippen, meine verdreckten Kleider, meine blauen Hände, die fast am Kinderwagen festgefroren waren – und meinen tapferen Gerhard, der mit großen Augen unter seinen Decken hervorschaute. ›Am besten gehen Sie zur Molkerei. Dort lädt der Milchwagen aus Wollershausen seine Milchkannen ab. Der Fahrer nimmt Sie bestimmt mit.‹ Also schleppte ich mich mit Kinderwagen und Koffer über verschneite Wege und glattes Kopfsteinpflaster zur nahe gelegenen Molkerei. Und wirklich: Der Fahrer aus Wollershausen war da und lud gerade die leeren Milchkannen wieder auf seinen Wagen. Ich bat ihn, mich und mein Kind mitzunehmen. Mit einem erfreuten Blick auf mich war er sofort einverstanden. Mein Herz raste. Jetzt trennten mich nur noch fünf Kilometer von meinem Mann Karl! Vorfreude und Bangigkeit wechselten sich ab: Was, wenn Karl längst eine andere hatte? Was, wenn er mich gar nicht mehr wollte? Was, wenn er Gerhard nicht akzeptierte?«

Elfriede Schröder straffte sich.

»Ach was! Ich presste meinen Sohn an mich. Jetzt nur noch nach vorn schauen! Ein weiteres kleines Dörfchen tauchte vor uns auf. Wollershausen! Verstreute Gehöfte, eine Kirche. Aus einem nahe gelegenen Stall hörte man die Ketten der Kühe klirren. Es roch nach Dung. Wir hielten vor der Schule, hoben gemeinsam Kinderwagen und Koffer von der Ladefläche. Mit roter Nase verabschiedeten wir uns: er, der Fahrer, weil er ordentlich aus seinem Flachmann getrunken hatte, und ich, weil ich nur noch ein Eiszapfen war.«

Elfriede Schröder rieb sich gedankenverloren die Nase.

»Nun trennten mich noch zwanzig Meter von meinem Mann. Ich ging an den Schulfenstern vorbei und spähte hinein. Da! Das war er, mein Karl. Wie er da an der Tafel stand und mit dem Stock auf säuberliche Zahlenreihen zeigte! Und wie geduldig er den Kindern etwas erklärte – völlig nichtsahnend – noch! Ich atmete tief durch, fasste mir ein Herz und stand dann mit meinem Jungen auf dem Arm vor der Klassentür. Mein Herz pochte so laut, dass ich glaubte, es würde zerspringen.«

Elfriede drehte den Kopf zu uns her.

»Ich hätte mich so gerne etwas frisch gemacht, wissen Sie. Ich war eine junge Frau von einundzwanzig Jahren. Andererseits sollte mein Gerhardchen keine Sekunde länger in seinem Wagen eingepfercht sein. Egal, sah ich halt aus wie ein zerrupfter Besen in einem alten Kartoffelsack! Meine Nase lief, und ich musste furchtbar dringend auf die Toilette.«

Juli und ich rutschten gespannt auf unseren Stühlen hin und her.

»Ich klopfte an die Tür. Mein Mann kam heraus und fragte: ›Bitte, Sie wünschen?‹ Ich brachte vor Aufregung kein Wort heraus. Er machte einen Scherz: ›Wenn Sie den da einschulen wollen, kommen Sie in fünf Jahren wieder!‹ Eingemummt, wie ich war, hat er mich nicht wiedererkannt. ›Karl!‹, stammelte ich unter Tränen. ›Ich bin's, Elfriede. Und das ist dein Sohn Gerhard.‹ Da wurde er kreidebleich und war zunächst sprachlos!«

Die alte Frau Schröder stieß ein glucksendes Lachen aus, und ich wischte mir verstohlen über die Augen. Auch Juli liefen die Tränen.

»Stolz schritt er zurück in die Klasse und sagte zu den Kindern: ›Heute ist schulfrei! Meine Frau und mein Kind sind gekommen!‹ Als die Kinder draußen waren, nahm er mich in die Arme. Welche Freude, welche Erleichterung! Wir konnten kaum fassen, dass wir endlich wieder vereint waren! Wir schrieben den dreizehnten Dezember 1945.«

Frau Schröder war sichtlich erschöpft, als sie zu Ende erzählt hatte.

Juli und ich mussten beide schluchzen. Mit Tränen in den Augen umarmten wir die alte Dame.

»Danke für diese Geschichte, sie war genau das Richtige für Juli!«, bestätigte ich ihr.

Genau das Richtige?

Sie war ein Eigentor!

23

»Und, bist du dir immer noch sicher?«

»Mama, wenn ich jemals etwas wollte, dann das!«

Juli und ich standen in Pamplona am Kofferband und nahmen unsere Rucksäcke in Empfang. Mia lag im Tragetuch und schlief den Schlaf der Ahnungslosen.

»Juli, jetzt mal ehrlich: Wie willst du das schaffen? Mein Rucksack wiegt schon elf Kilo, aber deiner mit dem ganzen Babykram …«

»Fünfzehneinhalb. Was dagegen?«

»Nein, mein Schatz. Natürlich nicht. Ich mein ja nur …«

»Mama, wenn du mich aufhalten willst, flieg einfach wieder nach Hause, okay?«

Juli war extrem gereizt vor lauter Nervosität.

Ja, wir Wahnsinnigen hatten uns drei Tage nach Jonas' Verschwinden ebenfalls auf den Weg gemacht. Frau Schröder und ihre Geschichte hatten quasi den Startknopf gedrückt.

Juli wollte es Jonas beweisen. Und sich. Ja, der ganzen Welt!

Und das hier fing schon mal gut an. »Wo bleibt bloß der verdammte Kinderwagen?«

Längst hatten alle anderen Passagiere ihr Gepäck. Viele davon waren Pilger, die mit dicken Rucksäcken und Wanderstöcken davonstapften. Mit uns stand nur noch ein Herr in der leeren Flughafenhalle, der allerdings gerade sein Gepäck vom Band hievte. Ein Endfünfziger mit bunt kariertem Flanellhemd und Allwetterweste. Seinem großen Rucksack und seinen Wanderschuhen zufolge hatte er ebenfalls vor, die Strecke bis nach Santiago de Compostela zu Fuß zu bezwingen. Mit einem gönnerhaften Schmunzeln musterte er uns. Das blecherne Topfset an seinem Trekking-Rucksack schepperte, als er schwungvoll das Wort an uns wandte, obwohl ich mich schon weggedreht hatte. Auf Belehrungen hatte ich jetzt echt keine Lust!

»Ich nehme an, Sie sind auch Peregrinos?« Sein deutscher Akzent beim spanischen Wort für »Pilger« ließ mich zusammenzucken. Gleich würde er uns das Sakrament eines guten Rates spenden, obwohl wir ihn nicht darum gebeten hatten. Ich hatte mich nicht getäuscht.

»Sie sind aber nicht richtig ausgerüstet, junge Dame!« Kopfschüttelnd betrachtete er Juli. »So schaffen Sie das nie!«

Meinte er das Baby, das aus dem Tragetuch spähte? Aber er hatte Mia noch gar nicht wahrgenommen.

Der Oberlehrer inspizierte mit gerunzelter Stirn Julis Schuhwerk. Ich hatte sie trotz mütterlicher Strenge nicht dazu bewegen können, sich »richtige« Wanderschuhe zuzulegen.

Bei mir war der Einkauf schnell und pragmatisch vonstattengegangen: Ich hatte eine halbwegs unpeinlich und preislich hinnehmbar eingekleidete Schaufensterpuppe im Wanderdress erspäht, darauf gezeigt und gesagt: »So wie die, nur ohne Stirnband.«

Meine gnädige Frau Tochter zog es vor, die vielen Kilometer in ihren ausgelatschten Turnschuhen in Angriff zu nehmen. Sie hatte für so etwas Zeitaufwendiges wie einen Einkauf keinen Nerv gehabt. So schnell wie möglich wollte sie ihrem Jonas folgen, auf dem dornenreichen Weg zur Selbsterleuchtung und zum Beweis ihrer wahren Liebe. Frau Schröder hatte es ihrem Karl ja auch bewiesen. Da konnte sich Juli nicht lange mit so spießigem Schnickschnack wie Wanderschuhen aufhalten.

»Sie werden sich noch wundern, junge Dame«, beckmesserte der Oberlehrer. »Von diesen Tretern werden Sie höllische Gelenkschmerzen bekommen. Ihre Schwester ist da viel zweckmäßiger gekleidet.«

»Das freut mich zu hören«, sagte ich kalt, obwohl es mich tatsächlich freute, dass er mich für Julis Schwester hielt. Auf einmal war er mir gar nicht mehr so unsympathisch. Ob wir seinen männlichen Schutz doch irgendwie in Anspruch nehmen sollten? Man könnte sich zusammentun.

Doch Julis vernichtender Blick ließ mich zurückschrecken. »Denk nicht im Traum daran, Mama!«

Milde lächelnd stellte ich mich schnell vor Kind und Kindeskind: »Vielen Dank für den Tipp. Sehr aufmerksam. Doch wir schaffen das schon. *Buen camino.*«

»Nichts für ungut.« Mit diesen Worten schepperte das Topfset mitsamt seinem Träger davon.

»Erstes Fleißkärtchen«, murmelte ich hinter ihm her.

»Arschloch!«, schnaubte Juli verächtlich. Vom Kinderwagen, auf den wir immer noch warteten, fehlte nach wie vor jede Spur. Das Kofferband drehte sich zum x-ten Mal leer im Kreis, und beim Sperrgepäckschalter waren die Rollgitter bereits unten.

Mit meinem holprigen Schulspanisch fragte ich bei der Information nach, wo denn unser Kinderwagen geblieben sein könnte, und erfuhr: »*Mañana.*« Er komme wahrscheinlich morgen mit der Mittagsmaschine. Er sei beim Umladen in Madrid nicht mehr rechtzeitig mitgekommen.

»Liebling, vielleicht soll es einfach nicht sein?« Liebevoll tätschelte ich Mias Bäckchen.

»Mama, ich gehe mit Mia den Jakobsweg!«, fauchte Juli mich an. Mit diesen Worten machte sie auf dem Absatz kehrt und stob in Richtung Ausgang davon.

Klein-Mia öffnete kurz erschrocken die Knopfäuglein, um dann weiterzupennen.

Na toll. Mein hitzköpfiges Kind war durch nichts, aber auch gar nichts davon abzubringen, hinter ihrem Jonas herzudackeln, und zwar mit Baby und Kinderwagen. Danke, Frau Schröder!

Für Juli war diese Geschichte kein Zufall gewesen, sondern »Karma«.

Mieses Karma, zumindest aus meiner Sicht. Aber ich wäre eine noch viel miesere Mutter gewesen, hätte ich mein verzweifeltes und von einer schweren Lebenskrise gebeuteltes Kind samt Kindeskind im Kängurubeutel bei dieser Mission im Stich gelassen. Also quittierte ich mal wieder meinen Job – den dritten und finanziell entschieden besten in diesem Jahr – und versprach Erna, sofort wieder bei ihr »weiterzuhauen«, wenn ich lebend und geläutert zurückkäme. Ich nahm sozusagen unbezahlten Urlaub, den sie mir gnädig bewilligte. Meine vollbusige, großherzige Freundin steckte mir sogar noch ein paar Fünfhunderter zu.

»Aber det versprichste. Du bist hier mein bestes Pferd im Stall. Ick verlass mir auf dir.«

Tja, und dann hatte ich die wild entschlossene Juli, die am liebsten auf der Stelle losgerannt wäre, gerade noch dazu überreden können, einen geländegängigen Sportkinderwagen mit riesigen Rädern und Regenverdeck sowie Seidenschlafsäcke, Rucksäcke und Regenzeug zu besorgen. Nur bei den Schuhen war wie gesagt ihr Geduldsfaden gerissen, und sie hatte sich von mir schikaniert gefühlt. »Mama, lass jetzt den Scheiß! Was sollen wir denn mit so spießigen Klamotten!«

Juli war für kein vernünftiges Argument mehr zugänglich gewesen. Und Albert hatte geschimpft und getobt, dass wir doch komplett bekloppt seien. Und wer ihm denn in den nächsten sechs Wochen sein Essen kochen und seine Hemden bügeln werde? Das war natürlich seine größte Sorge.

Zu allem Überfluss war Franziska mir auch noch in den Rücken gefallen! Statt zu sagen: »Du hitzköpfiges, rothaariges Dummerchen, lass das! Du bist noch nie länger als eine halbe Stunde gelaufen, und auch das nur maulend, weil du mit dem Hund rausmusstest«, hatte sie Juli fest in die Augen gesehen und verkündet: »Wenn du DAS schaffst, dann passt du zu Jonas. Dann seid ihr zwei füreinander gemacht. Nun los. Beweis es ihm!«

Damit hatte sie ihr quasi den Ritterschlag erteilt.

Und ich dumme Nuss? Ich ging mit! Was blieb mir denn anderes übrig als Mutter? Natürlich unterstützte ich sie! Wie ich Juli kannte, würde sie das durchziehen. Juli konnte beinhart sein. Zu sich und zu anderen. Ihr das Baby wegnehmen? Wo sie noch stillte? Ging auch nicht. Außer ich hätte das Jugendamt eingeschaltet. Woraufhin Juli für den Rest ihres Lebens nicht mehr mit mir gesprochen hätte. Kannte ich doch alles schon. Aber das wollte ich auf keinen Fall noch mal erleben.

Verwirrt legte ich die Hände über die Augen. Wo war sie denn? Da, am Ausgang, kämpfte sie wütend mit der Drehtür. Träumte ich das alles nur? Hoffentlich! Aber die Last des zentnerschweren Rucksacks belehrte mich eines Besseren. Ergeben hoppelte ich hinter ihr her.

Sie war, milde ausgedrückt, ungehalten.

»So. Schöne Scheiße. Das fängt ja gut an.«

»Juli, warum überlegen wir uns nicht in Ruhe …«

»Mama, wenn du meckern willst, kannst du gleich wieder …«

»… nach Hause fahren, ich weiß. Sei so lieb und sag das nicht alle zehn Minuten, ja?«

Juli grummelte. »Und was machen wir jetzt?«

»Ich schlage vor, wir nehmen uns ein Taxi und besichtigen die schöne Stadt Pamplona.«

»Bus tut's auch, Mama. Wir sind keine Scheiß-Touristen.«

Gesagt, getan. Mit Klein-Mia vor der Brust machten wir Sightseeing. Immerhin konnte ich Juli doch noch ein Paar Trekkingschuhe aufschwatzen. Jetzt waren wir gerüstet wie Feuerschuh und Windsandale und konnten es kaum erwarten loszuwandern. Denn jeder Tag, der uns von Jonas trennte, war ein verlorener Tag. Juli hatte sich in den Kopf gesetzt, Jonas so schnell wie möglich einzuholen, spätestens jedoch in Santiago de Compostela. Ansonsten stünde ihre Beziehung unter einem schlechten Stern. Meine Tochter ging davon aus, dass wir trotz Kinderwagen immer noch schneller vorankommen müssten als er mit seinem Blindenstock.

Ein blindes Huhn findet auch mal ein Korn, dachte ich im Stillen. Nein, falsch! Ein blinder Hahn. Und ein dummes Huhn mit Ei, verfolgt von einer gackernden alten Henne. Wir standen in den Startlöchern, jedoch der Eierbecher war nicht da. Das Huhn wollte es dem Hahn beweisen, und der Hahn wollte es dem Huhn beweisen. Das Ei hatte noch keine Meinung dazu. Und ich alte Henne wurde einfach nicht gefragt.

»Sind halt so, die jungen Leut«, hatte Franziska beim Abschied unser Lieblingszitat aus dem »Rosenkavalier« zitiert.

Ich selbst wollte eigentlich nichts beweisen, weder mir noch anderen. Auf die Idee, den Jakobsweg zu gehen, wäre ich von selbst nie gekommen. Ich wollte nur weg von Albert. Aber vermutlich würde mir das wochenlange Pilgern ebenfalls guttun. Auch ich musste über vieles nachdenken. Meine Aufgabe bestand darin, Juli vor sich selbst zu retten. Das war meine Mission. Nicht, Wanderstempel zu sammeln.

Am nächsten Tag lag endlich der Kinderwagen auf dem Kofferband, und jetzt gab es endgültig kein Halten mehr. Franziska hatte uns noch den Wanderführer »Von den Pyrenäen bis Santiago de Compostela in 41 Etappen« mitgegeben.

Mein Vorschlag, einige davon mit dem Taxi abzukürzen, wurde von Juli vehement abgelehnt: Das sei ein Verstoß gegen die Spielregeln, dekadent und spießig. Außerdem: »Jonas nimmt auch kein Taxi.« Sie hatte panische Angst, wir könnten Jonas auf diese Weise aus Versehen überholen, und das war ja nicht der Sinn der Übung. Nein, es wurde zu Fuß gegangen, und zwar jetzt. Ach Gott, dachte ich, welch Sinneswandel! Neunzehn Jahre lang wollte sie alles andere als das.

Ganz korrekt begannen wir in St. Jean-Pied-de-Port, also achtzig Kilometer hinter Pamplona. Dorthin gelangten wir mit dem Zug.

Ich schlug milden Mundes vor, hier noch mal in der

schönen Klosterherberge zu übernachten, denn es war ja schon fast Nachmittag. Aber Juli funkelte mich empört an:

»Dann übernachte ruhig, Mama. ICH gehe jetzt los.« Und weg war sie.

Am Ortsausgang lag ein Stein mit der Aufschrift »Santiago de Compostela, siebenhundertfünfzig Kilometer«. Mir wurde das Herz schwer. Wir waren verrückt! Vollkommen wahnsinnig! Und der Oberlehrer am Kofferband hatte bestimmt recht gehabt. Wir würden das nie schaffen!

»Juli, so warte doch!«

Doch meine Tochter gab Vollgas. Von hinten sah man nur noch einen riesigen Rucksack auf zwei Beinen, und rechts und links davon die zwei dicken Reifen des Sportkinderwagens. Im Nu war Juli in einen dichten Mischwald eingebogen und außer Hörweite. Die Luft war schwer und feucht. In der Senke hingen dicke Nebelschwaden. Da blieb der Henne nichts anderes übrig, als mit hüpfendem Rucksack hinter Huhn und Ei herzurennen.

Die Strecke durch die Pyrenäen war in unserem Reiseführer als »mittelschwer« ausgewiesen, und das mochte für normale Wanderer durchaus stimmen. Aber wir mussten den Kinderwagen über Stock und Stein, zeitweise über nicht enden wollende Treppen schleppen: erst vierhundert Höhenmeter rauf, dann achthundert wieder runter. Wir ackerten wie die Pferde, fluchten, schnauften und schwitzten. Andere Pilger schritten kopfschüttelnd an uns vorbei, und ich hörte sie »unverantwortlich« und »völlig verrückt« murmeln, wobei ich ihnen unbedingt recht geben musste.

»Die kommen nicht weit!«, ließ eine schmallippige Bohnenstange vernehmen, die ihren Herbert rüde daran hinderte, bei uns mit anzupacken.

Ich hatte ja schon viele wahnsinnige Dinge getan im Lauf des letzten Jahres, aber das hier war das Allerwahnsinnigste!

Doch alle Zweifel waren vergessen, wenn ich Julis wild entschlossenes Gesicht sah. Ihre geröteten Wangen und ihr rotleuchtendes Haar verwandelten sie in eine echte Waldfee.

Trotzdem, der Rucksack hing schon bald wie Blei an meinen Schultern, und die neuen Wanderschuhe drückten. Aber da Juli kein Klagelaut über die Lippen kam, biss ich lieber die Zähne zusammen. Sie würde schon noch schlappmachen. Und dann musste ich bei ihr sein.

»Mamaaaaaa?«

»Ja ja, ich komm ja schon!« Gehorsam eilte ich herbei, wenn es mal wieder anzupacken galt. Juli wollte so viele Kilometer wie möglich machen, solange Mia schlief. War sie erst mal aufgewacht, hieß es hinsetzen, Busen raus, stillen, Bäuerchen, Windeln raus, Babypopo säubern … Ganz zu schweigen von: »Oma muss auch mal Luft holen und die Socken kühlen.« Aber das konnte ich vergessen. Oma hatte Handreichungen zu machen, das Baby zu halten und ansonsten den Mund.

Und so ließ ich mich wider besseres Wissen in dieses Abenteuer mit hineinziehen.

24

Nach einigen Tagen strammen Marschierens hatte ich mich Julis Stechschritt angepasst. Trotz Kinderwagen, den Juli gekonnt an humpelnden Pilgerhorden vorbeischob, waren wir mit die Schnellsten auf der Strecke. Wir rannten, als gäbe es kein Morgen. Ich war so auf das Laufen konzentriert, dass mir keine Zeit zum Nachdenken blieb. Wem hätte ich auch »nach-denken« sollen? Albert ganz bestimmt nicht.

Der heilige Jakob führte uns mithilfe der Muschel-Wegweiser durch Wälder und Felder. Schon bald waren meine neuen Schuhe von einer starren Dreckschicht überzogen. Stellenweise musste man höllisch aufpassen, nicht im Matsch stecken zu bleiben. Doch Juli beeindruckte das nicht. Getrieben von ungekanntem Ehrgeiz, machte sie lange Schritte und gönnte ihrer Mutter noch nicht mal die Zeit, ein paar Familienfotos zu machen. Auch die geplanten Mittagspausen nach zehn Kilometern fanden im Zeitraffertempo statt. Es wurde gepinkelt, Mia gestillt und gewickelt, in den Müsliriegel gebissen und weitergestapft. Den Rest musste ich im Rennen runterwürgen. Nichts und niemand konnte Juli aufhalten. Sie schien kaum Nahrung zu brauchen bei ihrer

Mission, Jonas einzuholen. Obwohl sie stillte. Wie eine Märtyrerin kasteite sie sich, und ich musste zusehen, wie sie täglich dünner wurde. Ihr Gesicht war schon ganz spitz. Ich machte mir entsetzliche Sorgen um meine Tochter, aber meine gut gemeinten Ratschläge bewirkten nur das Gegenteil. »Eile mit Weile« oder »Gut Ding will Weile haben« waren keine Worte, die eine Neunzehnjährige verstand. Da hielt ich lieber gleich die Klappe und hoppelte schweißgebadet hinter meinem Duracell-Hasen her. Die anderen Pilger staunten nicht schlecht. Einige Koreaner zückten begeistert ihren Fotoapparat.

Nach zwanzig Kilometern ging es die ganzen Höhenmeter, die wir bis dahin keuchend gemacht hatten, wieder runter. Es war mittlerweile richtig kühl geworden und nieselte. Bis zu den Knien steckten wir inzwischen im Schlamm. Tapfer ignorierte ich die Schmerzen in den Füßen und setzte einen Schritt nach dem anderen. So ging ich die ersten Tage wie in Trance dahin. Nach jeder kurzen Rast musste ich mich zwingen, weiterzulaufen, weil der ganze Körper vom Scheitel bis zur Sohle wehtat und erst wieder auf Touren gebracht werden musste.

Spätabends, wenn wirklich gar nichts mehr ging und Juli vor Erschöpfung ganz weiß im Gesicht war, besorgte ich uns dank unserer reichlich vorhandenen Barschaften ein annehmbares Hotel. Immerhin bestand Juli nicht darauf, in diesen fürchterlichen Massenquartieren zu übernachten, auch wenn Jonas vermutlich darin zu finden war. Aber das tat sie weder mir noch Mia an – ein bisschen war sie nach wie vor die verwöhnte Prinzessin. Während Juli auf dem Bett saß und Mia stillte, wusch ich unsere Schmutzwäsche im Waschbecken, machte Tee und massierte meiner Tochter die Füße – wenn sie mich denn ließ. Ansonsten versuchte ich ihr so wenig wie möglich dreinzureden. Es hätte sowieso keinen Sinn gehabt. Es ging um ihr Leben.

Und es ging durch Dörfer mit romantischen alten Steinbrücken, durch Wald und Wiesen, über Stock und Stein und dann wieder kilometerlang über öde Landstraßen, vorbei an Industriegebieten und nicht enden wollenden Getreidefeldern. Gefühlt seit Wochen liefen wir bergauf und bergab.

Mia schlief wie alle Säuglinge, die durch die frische Luft geschoben werden, wie in Abrahams Schoß.

War der Weg halbwegs eben, lief ich einige Meter hinter Juli her, um sie mit ihren Gedanken allein zu lassen. Längst hatte ich einen Riesenrespekt vor meinem Kind. Sie wollte es allen zeigen, und es war mir eine Ehre, ihr dabei zu helfen.

»Scheiße!« Juli ließ sich in den Matsch fallen und schlug wütend gegen die Reifen des Kinderwagens, die gerade zum Stillstand gekommen waren. Natürlich trabte ich sofort herbei und wollte sie wieder hochziehen, als ich sah, dass meine Tochter total verheult war. Was für innere Kämpfe sie ausfechten musste! Mia war von dem abrupten Stopp wach geworden und brüllte wie am Spieß.

»Wie konnte er mir das nur antun, dieser Arsch!!« Juli schlug die Hände vors Gesicht. Doch bevor ich mich um sie kümmern konnte, musste ich erst mal das kleine Bündel trösten. Ich fühlte mich völlig überfordert. Meine Tochter und ihr Baby weinten um die Wette. Plötzlich brach aus Juli heraus, was sich alles in den Tagen seit Jonas' Verschwinden in ihr angestaut hatte: Wut, Trauer, Fassungslosigkeit, Erschöpfung.

»Wenn der Arsch einfach abhaut, kann er mich gar nicht lieben. ICH hätte IHN nie im Stich gelassen.«

Liebevoll strich ich Juli über die Stirn und wischte ihr mit einem Taschentuch Rotz und Matsch aus dem Gesicht. »Wir werden ihn gemeinsam einholen«, tröstete ich sie. »Ich bin bei dir! Hab ein wenig Geduld.«

»Danke, Mama.« Juli umarmte mich fest.

Das war der erste innige Moment, seit wir den Jakobsweg gingen. Juli teilte endlich ihre Gefühle mit mir, und die Mauer aus Trotz und Wut war gefallen. Emotional gestärkt durch klärende Gespräche und körperlich durch eine ausgiebige Mittagspause, erreichten wir schließlich das gewünschte Tagesziel. Vor der Hacienda der legendären Doña Feliza, die ihr Leben damit verbrachte, vor dem Haus zu sitzen und Pilgerpässe abzustempeln, stießen wir auf eine lange Schlange geduldig wartender *peregrinos*. Plötzlich spürte ich ein bekanntes Augenpaar auf mir. Mist, der Oberlehrer vom Kofferband! Hoffentlich blieben uns weitere besserwisserische Bemerkungen erspart. Doch der heilige Jakob schien es nicht sonderlich gut mit uns zu meinen.

»Na, wie geht es den Gelenken, junge Dame?«

Schon stand er vor uns. Ich befürchtete schon, Juli könnte handgreiflich werden. Genug durch den Wind war sie dafür. Doch die »junge Dame« lächelte dem unerwünschten Ratgeber nur mild entgegen. »Die Gelenke sind neunzehn Jahre alt und können heute locker noch eine Etappe gehen.« Mit diesen Worten schnappte sich Juli den Kinderwagen und folgte entschlossen dem gelben Pfeil. Und obwohl ich mich schon darauf gefreut hatte, meine schmerzenden Füße von den drückenden Schuhen zu befreien, lief ich meiner starken Tochter diesmal gern hinterher. Der Stempel konnte mir gestohlen bleiben!

Kichernd wie zwei Teenager, schafften wir es auch noch

durch das endlose Industriegebiet. Jetzt waren wir schon seit sechs Tagen ununterbrochen unterwegs und hatten hundertsechzig Kilometer und neunhundert Höhenmeter geschafft! Wir konnten richtig stolz auf uns sein.

Irgendwann saßen wir in einem wirklich romantischen Gastgarten in Logroño, tranken Bier und ließen die nackten Füße und die Seele baumeln. Das Abendessen hatte sich noch nie so wohlverdient angefühlt. Anschließend ergatterten wir gerade noch die letzten zwei Schlafplätze einer schmucklosen Herberge, da alle Hotels ausgebucht waren. Die schwangere Rezeptionistin der ungemütlichen Einrichtung staunte nicht schlecht, als wir mit dem Kinderwagen ankamen. Wie viel sollte sie jetzt für das Baby berechnen? Wir einigten uns mit Händen und Füßen auf die Hälfte des Normalpreises und bezogen unser Quartier. Darin standen sechs Hochbetten, in denen sich käsefüßige Wanderer entspannten. Doch der Schweißgeruch machte uns längst nichts mehr aus. Der Stolz, es mit Baby und Kinderwagen bis hierher geschafft zu haben, ließ uns alles andere vergessen.

Die anderen Herbergsbewohner reagierten sehr unterschiedlich auf die jüngste Pilgerin. Einige sahen durch das Baby ihren heiligen Schlaf gefährdet, andere wollten es unbedingt streicheln und Duziduzi machen. Wir gestatteten höchstens ein paar Fotos, die die Pilger postwendend ins Internet stellten. Sollten sie doch!

Nach einer weiteren Woche hatte sich unsere Mutter-Tochter-Beziehung mehr gefestigt als in den neunzehn Jahren davor: Wir redeten, schwiegen, heulten, lachten, fluchten, sangen, alberten herum, amüsierten uns gemeinsam über andere Pilger oder regten uns über sie auf. Vor allem über den ergrauten Besserwisser, der uns ständig aufzulauern schien.

Er tat zwar immer so, als wollte er helfen und tolle Ratschläge geben, aber letztlich kam es ihm nur darauf an zu beweisen, welch großartiger Kerl er war. Er ließ keine Gelegenheit aus, mir zu imponieren. Stundenlang latschte er neben mir her und textete mich voll. In solchen Momenten sprintete Juli so wütend davon, dass man nur noch Staubwolken sehen konnte. Ich brauchte viel diplomatisches Geschick, um Mister Selbstherrlich von mir und meinen Nachkommen fernzuhalten. Immer wieder schafften wir es, den Kerl abzuhängen – ganz einfach, weil wir schneller waren. Aber wegen unserer Stillpausen holte er uns immer wieder ein.

Besonders ärgerlich war es, wenn er uns abends in einem Restaurant entdeckte. Denn dann ließ er sich ungefragt an unserem Tisch nieder und breitete seine Vergangenheit vor uns aus wie ein türkischer Teppichhändler. Wenn wir nicht anbissen und hingebungsvoll an seinen Lippen hingen, rollte er einfach den nächsten Teppich aus. Wir bewunderten höflichkeitshalber die schönen Muster, hatten aber in keinster Weise vor, ihm etwas abzukaufen!

Er, der laut Eigenaussage kein Frauenverächter war, hatte bereits vier Ehefrauen beglückt, die leider alle nicht die richtigen gewesen waren. Er sei ja wahrlich kein Kostverächter, aber … Dann deklinierte er eine nach der anderen durch, zählte all ihre Schwächen auf, bis uns das Essen im Hals stecken blieb. Dabei waren wir den ganzen Tag gelaufen und hatten solchen Hunger!

Wieder einmal war es so weit, und als er kurz »austreten ging«, sagte Juli: »Mama, ich kotz gleich. Lass uns gehen!«

»Ach komm, Juli, wir haben doch gerade erst die Vorspeise intus!«

»Ich hasse diesen Arsch!«

»Aber wir waren zuerst hier! Wir lassen uns doch nicht vertreiben!«

»Dann jag ihn weg! Sag ihm, wir wollen allein sein!«

»Juli, das können wir nicht machen!«, flüsterte ich verlegen und sah mich nach ihm um. Nicht, dass er mithörte! Ich nahm einen Schluck Wein und versuchte mich zu entspannen. »Das gehört auch zum Jakobsweg: dass man Menschen kennenlernt und ihnen zuhört, sie so nimmt, wie sie sind«, hörte ich mich fromm daherreden. »Das lehrt uns Demut und Geduld.«

»Ich kippe dem mein Bier über die Birne!«

In dem Moment kam Mr. Besserwisser auch schon zurück. Er habe einen kleinen Umweg in die Küche gemacht: Der Koch sei ein ganz netter fleißiger Spanier, der den Fisch bereitwillig nach seinem, also Rolands Rezept zubereiten würde. Nur naive Leute bestellten direkt was von der Karte und guckten dem Koch nicht auf die Finger.

Als sein Gericht kam, filetierte er umständlich den Fisch und zog sich dermaßen schmatzend die Gräten aus dem Mund, dass meine und Julis Demut schwer strapaziert wurde.

Noch vor dem Nachtisch kam die vierte und letzte Ehefrau an der Reihe, die leider magersüchtig gewesen sei. Er, Roland, stehe zwar auf schlanke, langbeinige Frauen wie mich, aber an den richtigen Stellen müsse natürlich schon was dran sein. Dabei zog er mich mit den Blicken förmlich aus und leckte sich über die fettglänzenden Lippen.

Juli ließ angewidert den Löffel fallen, und ich suchte verzweifelt nach einer Möglichkeit, diese grässliche Situation zu beenden. Ich war so wütend. Meiner Juli und mir so den Abend zu verderben! Was für ein Egomane!

Inzwischen war mir mein Nachtisch egal. Er stand unangetastet vor mir. Ich konnte die magersüchtige vierte Ehefrau gut verstehen.

Als Roland, der Wanderprediger, dann noch anfing, uns eigene Gedichte vorzutragen, gähnte dort, wo Juli gesessen hatte, nur noch eine Lücke. Meine Tochter war mal wieder mitsamt Kinderwagen davongestoben, und ich eilte fluchend hinterher. Ohne die Rechnung zu bezahlen. Die überließ ich gnädig dem heiligen Roland.

25

Eine weitere Woche später waren wir in Belorado angekommen und saßen – Achtung, anschnallen, Ohren zuhalten und Augen zukneifen! – in einem TAXI!

Und das kam so:

Alle Hotels waren wieder einmal ausgebucht, denn die Horden bunt gekleideter Radpilger, die jeden Tag so dicht an uns vorbeisausten, dass wir uns nur noch mit einem Hechtsprung in den Graben retten konnten, waren uns zuvorgekommen. Auch meine andere Lieblingsgruppe, die ach so frommen, Psalmen singenden und Rosenkranz betenden Buspilger, die sich mit ihren Rollkoffern im Bus transportieren ließen, hatten bereits alle menschenwürdigen Unterkünfte belegt. Sie saßen frisch geduscht beim Bier … und wir? Hatten natürlich das Nachsehen!

Nach einem orkanartigen Unwetter erreichten wir völlig durchnässt und unterkühlt ein Matratzenlager, das an Schäbigkeit seinesgleichen suchte. Wir hatten schon viel erlebt – angefangen von gediegenen Hotelzimmern über hinnehmbare Herbergen bis hin zu mehr oder weniger gemütlichen Privatquartieren. Das Nonplusultra war die Hochzeitssuite eines Hotels in Santo Domingo de la Calzada gewesen, die uns ein Koch, der am Seiteneingang rauchte, heimlich zugewiesen hatte, nachdem uns die blöde Tante an der Rezeption vorher schmallippig abgewiesen hatte. Kam der Koch, nahm se doch! Dort waren wir glückselig auf dem riesigen weichen Bett herumgesprungen, hatten ein Rosenblütenbad in der Sprudelbadewanne genommen und unser Kind in Seidendaunen gebettet. Aber nachdem wir heute den ganzen Tag knietief durch Matsch gewatet und den Kinderwagen mehr getragen als geschoben hatten, war die miese Absteige, in der wir uns aufwärmen wollten, dann doch zu viel des Guten: Überall lagerten durchnässte Pilger, und der Mief stand förmlich im Raum. Anfangs bissen wir noch tapfer die Zähne zusammen und sagten uns, auch das gehöre zum Jakobsweg. Wir hatten Mia gerade auf eine der Matratzen gelegt, um sie zu wickeln, als sie auch schon in einer Wolke aus Milben und Staub verschwand. Sie hustete, und mir brach schier das großmütterliche Herz. Auf einmal wollte ich nur noch nach Hause, zurück in meinen aufgeräumten Bungalow. In meiner Verzweiflung rief ich sogar Albert an.

Der klagte als Erstes, dass nichts zu essen im Kühlschrank sei: »Keine Sau kümmert sich um mich!«

Auf meine Nachfrage, ob denn Carmen aus dem Fitnessclub nicht für ihn sorge, bellte er mich an, er habe nicht Carmen geheiratet, sondern mich. Carmen habe zwar den geileren Arsch, aber ich könne deutlich besser kochen.

Ich wollte schon auflegen, aber er erklärte seinen letzten Spruch zum Scherz und sich selbst großzügig bereit, mal im Internet nachzuschauen, was für Alternativen es für uns gebe.

»Bei euch ist eine riesige Schlechtwetterfront zu sehen, die geht bis Burgos! Auf dem Bildschirm sind Blitze und schwarze Wolken, aus denen es nur so gießt! Ich würde vorschlagen, ihr nehmt euch ein nettes Hotel mit Wellness und Sauna und wartet erst mal ein paar Tage ab!« Albert nannte einige Fünfsterneschuppen im Umkreis von fünfzig bis achtzig Kilometern.

Sehr witzig, Albert, sehr witzig!

Juli würde mir ins Gesicht springen und allein weiterziehen. Das kam gar nicht infrage. Nein, ich musste bei meinem Kind sein und bei meinem Kindeskind. Um Letzteres vor Ersterem zu schützen.

»Oder ihr nehmt euch ein Taxi durch die Schlechtwetterfront«, schlug Albert vor. »Ab Hontanas, oder wie das heißt scheint wieder die Sonne!«

Wir hatten den absoluten Tiefpunkt unserer bisherigen Reise erreicht, waren zermürbt, durchnässt, verfroren und mit einem Dutzend Blasen an den Füßen »gesegnet«. Mit einer unbändigen Wut auf den »rasenden Roland«, vor dem wir auf der Flucht waren, saßen wir in diesem Wanzennest. Ich sah uns schon beim Friseur hocken, wo Julis wunderschöne rote Locken der Schere zum Opfer fallen würden, weil Läuse sich ihrer bemächtigt hatten. Mia war diesbezüglich außer Gefahr, denn sie hatte sowieso noch eine Glatze, und um meine am Kopf klebenden Flusen war es inzwischen auch nicht mehr schade. Aber sollten wir das Geld für den Friseur nicht lieber in einen Taxifahrer investieren? Diese tausend Jahre alte Bude gab uns jedenfalls endgültig den Rest. Die Duschen und Toiletten waren völlig verschimmelt.

»Das ist wirklich gefährlich für Mia!«, sagte ich mahnend.

»Jonas fährt auch nicht Taxi«, erwiderte meine Tochter … Wenn auch sehr kleinlaut.

»Juli, ich weiß, du willst Jonas beweisen, dass du ihn über

alles auf der Welt liebst. Aber an dieser Stelle lege ich mein Veto ein! Mia bleibt keine Sekunde länger in diesem Drecksloch. Außerdem können wir auf diese Weise Roland abhängen!«

Das leuchtete ihr ein. Und so riefen wir ein Taxi, in dem wir nun immer noch schlotternd vor Kälte saßen. Die Scheiben waren beschlagen, die Scheibenwischer quietschten hin und her, und der Fahrer stellte die Heizung auf volle Pulle. Juli stillte Mia, die dick verpackt im Tragetuch lag und ihre Hände in Julis Busen krallte. Der Taxichauffeur schaute immer wieder erfreut in den Rückspiegel, wobei seine Freude bestimmt nicht nur dem Anblick einer stillenden Rothaarigen samt ihrer derangierten Mutter geschuldet war, sondern auch der saftigen Taxirechnung, die er uns gleich präsentieren würde.

In Burgos angekommen, schwang er sich gut gelaunt aus seiner Pilgerschleuder, einen dicken Zigarillo zwischen den Lippen, und bedeutete uns, doch ruhig im Wagen sitzen zu bleiben. Er werde jetzt sämtliche Hostals abklappern und gucken, was er für uns zwei Hübschen so erreichen könne. Dafür liebte ich den dicken Spanier. Stumm betete ich um ein sauberes, warmes Hotelzimmer. Bitte mit Badewanne!, bestellte ich beim Universum.

Gut gelaunt kam der Mann schließlich zurück und hob triumphierend den Daumen. An einem inzwischen feuchten Zigarrenstummel kauend, hievte er unsere Rucksäcke und den Sportkinderwagen aus dem Kofferraum, steckte unsere zwei Hunderter in seine hintere Hosentasche und wünschte uns vergnügt noch einen *Buen camino.*

Es war inzwischen nach acht Uhr abends, und die schwarzen Wolken verzogen sich beleidigt hinter der Kathedrale.

Auf der Plaza Mayor verdampfte das Regenwasser, und spanische Kinder sprangen vergnügt in den Pfützen herum.

»Juli!«, ächzte ich, nachdem wir unser sauberes Doppelzimmer bezogen und den Säugling entkleidet hatten. »Ich brauch einen Tag Pause. Bitte!«

»Mami, denk nicht im Traum daran.«

Abwarten. Sie würde sich schon noch erweichen lassen. Ich steckte Juli samt Baby in die warme Wanne und stieg über einen riesigen Haufen Schmutzwäsche, um mich zu ihr auf den Badewannenrand zu setzen. Unsere Wanderschuhe starrten vor Schlamm, und unsere Hosen waren von unten bis oben bespritzt. Immerhin hatte ich heute der wie besessen den Kinderwagen schiebenden Juli meine Handschuhe leihen können. Sie staunte nicht schlecht, dass ihre fürsorgliche Mami welche dabeihatte. Ein paar Pluspunkte hatte ich durchaus schon bei ihr gesammelt, seit der Katastrophe mit Roland, dem rasenden Schleimer.

»Jonas macht auch keine Pause«, lautete ihr Mantra.

»Wir müssen Wäsche waschen. Und einmal ausschlafen. Muss Jonas auch.«

Ich hob das Baby aus der Wanne und wickelte es in Frotteetücher. Ach, welch wundervoller Duft ihm entströmte! Ich vergrub meine Nase in der weichen Babyhaut. »Wir könnten morgen entspannt einen Stadtbummel machen!«, versuchte ich mein ehemals so verwöhntes Kind zu verführen.

»Mama, wir sind nicht zum Vergnügen hier.« Juli stieg auch aus dem Wasser. Sie hatte wirklich ziemlich abgenommen. Ihr Körper wirkte ausgezehrt.

»Juli, wir holen Jonas bestimmt ein! Aber nicht, wenn wir so erschöpft sind wie jetzt.«

»Dann geh ich eben allein!«

Schon wieder die alte Leier. Sie wickelte ihren feuerroten Schopf in einen Handtuchturban, und ihre grünen Augen blitzten mich herausfordernd an. Ich seufzte müde. »Denk an Mia, Schatz. Sei nicht so egoistisch.«

»Ich bin nicht egoistisch«, herrschte sie mich an. »Mia geht es gut. Sie ist immer an der frischen Luft. Kinder, die gestillt werden, sind ohnehin sehr robust.«

Es war unfassbar! Meine einst so faule, wehleidige, verwöhnte Prinzessin auf der Erbse war ins glatte Gegenteil verkehrt worden! In eine eiserne Lady, die nur eines wollte: ihrem Jonas beweisen, dass sie seiner wert war.

»Juli.« Ich zog meine Tochter auf das altehrwürdige Bett mit dem Brokatüberwurf. »Ich bin jetzt seit Wochen mit dir mitgegangen …«

»Fängst du schon wieder damit an?«

»Nein. Juli, hör mir zu: Wir brauchen eine Pause. Alle drei.«

Ich inspizierte meine Blasen, die nach dem warmen Bad aufgesprungen waren, und behandelte sie vorsichtig mit einer Desinfektionssalbe. »Wenn sich das hier entzündet, müssen wir zum Arzt. Und dann verlieren wir noch viel mehr Zeit.«

»Er hat mehr als zwei Tage Vorsprung!« Sie wollte aufspringen, aber ich legte den Arm um ihre Schulter.

»Durch die Taxifahrt haben wir mindestens zwei Etappen aufgeholt.«

Mia lag auf dem Kopfkissen, nuckelte zufrieden an ihrem Fäustchen und bestaunte den Kronleuchter. Sie hatte als Einzige keine Blasen an den Füßen und strampelte vergnügt.

»Aber ich will nicht schlappmachen!«

»Das tust du nicht. Wir ziehen das durch. Und nach einem Tag Ruhepause starten wir mit frischer Kraft!«

Da zog Juli ihre letzte Waffe: »Gib's doch zu! Du willst in

Wahrheit nur deinen Roland nicht verlieren. Der schmeichelt dir doch immer so schön! Von wegen ›große Schwester‹!«

»Juli«, kläffte ich gereizt zurück. »Nimm das sofort zurück! Du weißt, dass das nicht stimmt! Ich finde den Mann genauso zum Kotzen wie du!«

Endlich ließ Juli ihren Kopf an meine Schulter sinken, so wie früher auf dem weißen Sofa. Endlich ließ ihr Widerstand nach, und sie murmelte kaum hörbar eine Entschuldigung.

»Tut mir leid, Mama. Ich hab's nicht so gemeint. Du bist die beste Mama der Welt.«

Es war, als wäre ein eiserner Ring um ihr Herz zersprungen. Wir heulten beide eine Runde – vor Erschöpfung, Erleichterung und weil wir uns so lieb hatten. Dann packten wir Mia in den Kinderwagen und gingen essen.

Und zwar völlig ungestört und unbelästigt.

26

Einige Tage später hatte sich die Schlechtwetterfront endgültig verzogen, und es war wieder sommerlich warm. Wir hatten leichte, frische Sachen an, unsere Blasen verarztet und das bunte Sonnenschirmchen für Mia aufgeklappt. Der Weg führte durch mittelalterliche kleine Orte mit massiven Steinhäusern. Alte Männer mit Hosenträgern und hutzelige Weiblein mit schwarzen Kopftüchern saßen an den Hausmauern in der Sonne und staunten nicht schlecht, als sie uns Wandervögel mit dem Kinderwagen vorbeiziehen sahen. Ich hörte sie fachsimpeln, wer von uns beiden denn wohl die *madre* des Babys sei, denn wie eine *abuela* sähe ich wirklich nicht aus. Nein!, dachte ich erfreut, wahrlich nicht. Aus ihren zahnlosen Mündern hörte ich das gern. Es beflügelte mich regelrecht.

Auch mir tat das Wandern gut. Es befreite mich von viel innerem Ballast. Was für faule Kompromisse war ich in den letzten Jahren eingegangen – beruflich wie privat! Komisch, aber wenn ich an meinen jetzigen Job dachte, fühlte sich das richtig an. Ich stellte fest, dass ich mich regelrecht auf die Arbeit bei Erna freute. Äußerlich gefiel ich mir ebenfalls:

Auch ich hatte bestimmt fünf Kilo abgenommen. Albert würde zufrieden mit mir sein – nur dass mich das inzwischen keinen Deut mehr interessierte. Meinen Rucksack spürte ich kaum noch. Wahrscheinlich würde ich nie wieder ohne gehen können, ohne vornüberzukippen. Trotz allem fühlte ich mich frei und leicht, und auf einmal wurde mir klar, dass dieser Weg zwar kein leichter war, durchaus auch steinig und schwer, aber letztlich das Beste, was Juli, Mia und ich hätten tun können. Was wir jetzt gemeinsam erlebten, konnte uns niemand mehr nehmen. Bei dieser Erkenntnis überfiel mich ein unbeschreibliches Glücksgefühl. Es überflutete mich wie eine riesige warme Welle. Was hatte ich im Laufe des letzten Jahres für verrückte Dinge erlebt! Aber ich hatte mich auch von meinem öden Dasein als graue Büromaus und folgsame Ehefrau befreit. Und meiner Tochter bewiesen, dass ich bedingungslos zu ihr stand. Ich handelte komplett anders, als meine Eltern gehandelt hatten. Das erfüllte mich mit Stolz. Wenn ich an die Zukunft dachte, sah ich mich frei und unabhängig meiner neuen Berufung nachgehen. Das »Schlagabtausch« war ein Teil meines Lebens geworden. Selten hatte ich solche Erfolgserlebnisse gehabt. Und als Einkommensquelle war es »unschlagbar«.

So schritten wir dahin und überließen uns unseren Gedanken. Juli machte schon wieder ganz schön Tempo, trotzdem hatten wir Augen für unsere wunderschöne Umgebung.

»Sieh mal da, Klapperstörche!«, rief Juli.

»Mia, sag schön Danke, dass sie dich gebracht haben!«, witzelte ich.

Als wir gerade einmal wieder haltmachten, um Mia zu versorgen, nahte auf einmal eine donnernde Wolke. Allerdings nicht am Himmel, sondern am Boden! Plötzlich waren wir von einer riesigen Schafherde umringt. Mindestens dreihundert Tiere drängten sich an uns vorbei, wie sonst nur die rollenden Radpilger. Fahrradklingeln hatten sie keine, dafür ordentlich Hupe in der wollenen Brust. Ich riss das Baby in die Höhe, und Juli brachte schleunigst ihren Busen in Sicherheit. Der Schäfer lachte, dass seine Goldzähne blitzten, und seine drei Hunde umkläfften uns begeistert.

Ich radebrechte in meinem Abendkurs-Spanisch, dass hier eine Tankstelle sei. »*Estación de servicio! Madre tiene leche y bebé tiene hambre!*«

Später erreichten wir ein hübsches Dorf, in dem auch wir uns etwas zu trinken gönnten.

Auf dem Tafelberg Alto de Mostelares wollten wir die nächste Rast einlegen. Bis dahin hatten wir allerdings noch einen kurzen, aber heftigen zwölfprozentigen Aufstieg zu bewältigen. Ich hatte gerade die Schnürsenkel fester gezurrt und war bei der Gelegenheit auch mal schnell in den Büschen verschwunden, als Juli schon den Kinderwagen bergauf schob. Weil sie sich so anstrengte, befand sich ihr Kopf noch unter dem Griff des Kinderwagens. Ihre fast schon masochistische Besessenheit machte mir Angst. Sie hatte wohl mal wieder eine Jonas-Wallung. Wenn ich die Augen zusammenkniff, verwandelte sie sich in Elfriede Schröder, die sich mit ihrem Gerhard bis zu Karl durchschlug. Andererseits konnte man das gar nicht miteinander vergleichen: Elfriede hatte sich durch eine feindliche, von Krieg zerstörte Umgebung gekämpft und keinen »Genusswanderweg zum Schauen, Sinnen und Schreiten« zurückgelegt. So stand es zumindest in einem der frommen Begleitheftchen für Pilger.

»Mädel, so warte doch!« Ich eilte mit hüpfendem Rucksack hinterher.

Keiner der Pilger, die uns soeben überholt hatten, machte Anstalten, mal mit anzupacken. Dafür waren sie einfach viel zu sehr mit sich selbst beschäftigt: mit ihrem Kreislauf, ihren Blasen, ihren Sorgen oder inneren Zwiesprachen mit Gott. Die frommen Pilger waren keinen Deut besser als die blökenden Schafe von vorhin.

Ich fürchtete schon, Juli würde den Halt verlieren, rückwärts wieder runterkullern und vom eigenen Kinderwagen überrollt werden! Auch ich senkte den Kopf, allerdings weil ich es nicht mehr mitansehen konnte. Bitte, lieber Gott!, flehte ich innerlich. Ich weiß, du wirst hier auf dem Jakobsweg belabert wie an kaum einem anderen Ort der Welt. Alle wollen irgendetwas von dir. Aber lass bitte jemanden mit anpacken! Am besten schweigend. Schick nie wieder einen Roland!

Als ich den Kopf wieder hob, sah ich, wie vier Beine und vier Arme den Kinderwagen bergauf schoben.

Uff. Danke, Gott! So schnell ich konnte, krabbelte ich den steilen Hügel hinauf, um den Engel zu sehen, der da kurzfristig eingesprungen war.

Doch oben auf der kleinen Bank unter dem Gipfelkreuz saß Juli ganz allein und stillte Mia. Ihre roten Haare flatterten im Sommerwind.

»Wo ist er hin?«

»Wer?«

»Der Mensch, der dir geholfen hat.«

»Da runter.« Juli wies mit dem Kinn nach vorn, wo nur noch leere Landschaft zu sehen war. »Der Mann ist wie aus dem Nichts aufgetaucht und auch schon wieder verschwunden.«

Wir machten Rast, lüfteten unsere Füße und aßen unseren

bocadillo, den ich wie immer morgens beim Frühstück unauffällig in eine Tüte mit der Aufschrift »Bitte nicht ins Klo werfen!« hatte gleiten lassen. Juli hatte anfänglich »Iiih« gesagt, aber die braunen Tüten, die in den Toiletten neben dem Klopapier hingen, waren für heimlich geschmierte Butterbrote einfach ideal! Not macht erfinderisch, das wusste schon Elfriede Schröder. Und überflüssigen Ekel und andere tussihafte Befindlichkeiten hatten wir längst abgelegt. Inzwischen war Juli so abgeklärt, dass sie mit Wonne in die *»Sanitario-bocadillos«* biss.

Beim Abstieg ging ich vor dem Kinderwagen und stemmte mich dagegen, damit er der erschöpften Juli nicht aus den Händen glitt. Zugegebenermaßen transportierten wir Mia immer öfter im Tragetuch und schoben dafür Julis Rucksack im Kinderwagen.

Kaum einer der Pilger enthielt sich eines geistreichen Kommentars. So nach dem Motto: Das arme Kind! Wohin soll das führen?

»Nach Santiago de Compostela«, sagten wir dann. Sprich: Schleicht euch! Wir geben keine Interviews mehr zu diesem Thema.

»Oh, là là!«, sagten ein paar ältere Franzosen, die mit ihren Wanderstöcken vorsichtig den steilen Hügel hinunterrutschten, als wir sie mitsamt rumpelndem Kinderwagen überholten. Ich verstand nicht alles, denn auch mein Abendkurs-Französisch war schon sehr angestaubt. Aber ich verstand das Wort *»aveugle«*.

Mir schlug das Herz bis zum Hals. Hatte ich richtig gehört?

»Erst überholt uns ein Blinder und dann auch noch ein Kinderwagen!« Das hatte ich verstanden.

Unten angekommen, umarmte ich Juli: »Hast du mitbekommen, was die gesagt haben?«

»Nein.« Juli legte Mia zurück in den Wagen, schulterte den Rucksack und setzte die Wasserflasche an den Mund.

»Lass uns auf sie warten!«, schlug ich vor.

»Mama, verstehst du das denn nicht! Ich will Jonas einholen! Bis die alten Säcke hier unten sind, hat er über *drei* Tage Vorsprung!«

Meine hitzige Juli wollte schon wieder weiterstieben, ihrem Jonas entgegen.

»Eile mit Weile!«, hörte ich mich fade Sprüche klopfen.

»Was wollen wir denn mit denen?«, fuhr sie ihre Stacheln aus.

»Juli, ich glaube, sie haben was von einem Blinden gesagt!«

Da war sie platt. Augenblicklich setzte sie sich auf einen Stein.

Wir warteten auf die keuchenden Wanderer. Sie wischten sich lachend den Schweiß ab und waren immer noch begeistert, dass wir mit dem Kinderwagen schneller waren als sie. Natürlich interviewten sie uns wieder, was wir mit dem Baby auf dem Jakobsweg wollten und wie wir das hinkriegten mit dem Fläschchenwärmer und so.

»Es wird noch gestillt!«

Ah ja. Das verstanden sie. Wie alle anderen Pilger wollten sie uns fotografieren. Die üblichen Gruppenfotos mit dem jüngsten Pilgerlein entstanden. Wir kamen uns schon ziemlich prominent vor.

»*Vous avez vu un homme aveugle?*«, radebrechte ich tapfer. »*J'ai bien compris ça?*«

Sie nickten und lachten und bestätigten mit Händen und

Füßen, dass sie einen blinden jungen Mann gesehen hatten! Mit einem Blindenstock! Im Affenzahn! Vor drei Tagen!

»*N'est-ce pas, Claude?*«

»*Il y 'a trois ou quatre jours?*«

»*Durant la pluie?*«

»Mama, was sagen die?« Juli packte meinen Arm.

»Sie haben ihn gesehen, als es so geregnet hat! Vor drei oder vier Tagen!«

»Und wo, Mama, wo?!« Juli rüttelte an meinem Arm, als könnte sie mir Jonas aus dem Ärmel schütteln.

»Belorado! *Oui, bien sûr, à l'auberge!!*« In einer Herberge in Belorado hatten sie ihn gesehen. Und davor hatte er sie schon unterwegs überholt gehabt.

In Belorado waren wir selbst vor vier Tagen gewesen!

»Und war er – *tout seul?* Allein?«

»Nein«, erwiderten sie. Es sei ein *homme* dabei gewesen, *»un homme allemand!«*. Ein Deutscher.

Wie der geheißen habe, wollte Juli wissen. Sie war ganz weiß um die Nase.

Das wussten sie nicht. Aber: *»Quarante ans environ«*, ungefähr vierzig sei der gewesen.

Jetzt hatten wir einen Hoffnungsschimmer! Eine Spur von Jonas! Vor allem hatten wir die Gewissheit, dass wir ihn nicht doch mit dem Taxi überholt hatten, was Julis größte Sorge gewesen war. Wir müssten ihn in Bälde einholen können.

Juli war kaum wiederzuerkennen. Sie legte zwar immer noch mächtig Tempo vor, war aber längst nicht mehr so kratzbürstig wie eine Stachelbeere. Eher süß und rotwangig wie eine Himbeere. Vermutlich schmeckte jetzt auch ihre Muttermilch besser, denn Mia schlief so süß wie noch nie.

Wir erreichten ein Schild, auf dem stand, dass wir nun

über die Hälfte unseres Weges geschafft hatten. Nach drei Wochen und drei Tagen hatten wir Halbzeit! Wir fielen uns um den Hals und konnten es kaum fassen, tanzten über den staubigen Schotterweg.

»Wir packen das, wir packen das!«

»Danke, Mama! Du bist die Coolste.«

»Du auch. Ich liebe dich und bin wahnsinnig stolz auf dich.«

Mein Herz weitete sich wie meine Lungen. Meine Muskeln wuchsen wie meine Lebensfreude. Der Jakobsweg war ein Geschenk! Nachdem Albert für kein Geld der Welt eine Ehetherapie mit mir gemacht hätte, betrachtete ich den Camino als meine eigene.

27

Auf einem Rastplatz entdeckten wir einen Stein auf einem der Tische, darunter lag ein Zettel: »Zimmer zu vermieten, Daniela, Carrión de los Condes, Telefon …« Ich steckte ihn ein. Man konnte schließlich nie wissen.

In Villalcázar lachten uns zwei nette Hostals an, und während Juli in einem schattigen Gastgarten Mia stillte, stiefelte ich beherzt in eines davon und betätigte die Klingel an der Rezeption. In dem Moment fiel mein Blick auf die an der Wand aufgereihten Hartschalen-Rollkoffer der Buspilger. »Ausgebucht«, hieß es dann auch und »voll besetzt« beim zweiten Hostal. Dort standen weithin sichtbar grellbunte Mountainbikes im Garten und funkelten in der Sonne, während sich die fröhlichen Radler bereits im Pool erfrischten.

»Na toll! Das darf doch nicht wahr sein!« Wütend schlug ich auf die Rezeptionstheke. »Die Ersten werden die Letzten sein? Die Bibel irrt!«

Meine tapfere Juli war nicht aus der Fassung zu bringen. »Dann gehen wir eben noch eine Etappe, Mami! Es ist doch noch hell!«

Seit sie wusste, dass Jonas in unmittelbarer Nähe war,

schien sie nur noch zu schweben. Ich hingegen hinkte wie eine alte Unke.

Wenn Juli wüsste, wie schlecht es meinem rechten Fuß seit Tagen ging! Ich hatte die Zähne zusammengebissen, und da ich mich seelisch tatsächlich leicht und frei fühlte, hatte ich die körperlichen Qualen wegmeditieren können. Hätten wir erst Jonas eingeholt, wären wir ein perfektes biblisches Team: ein Blinder, eine Lahme, eine Taube und eine Stumme!

Doch apropos Bibel: Nur noch ein Wunder konnte uns helfen!

Ich zerrte den Zettel aus der Hosentasche, wählte die daraufstehende Nummer und hatte sofort eine nette, Deutsch sprechende Daniela am Telefon.

»Unser Ferienapartment ist schon vermietet!«, sagte sie jedoch. »An eine Familie.«

Ich seufzte laut in den Hörer und sank kraftlos neben Juli auf ein Mäuerchen. »Oh Daniela!«, sagte ich leise. »Wir sind auch eine Familie! Wir haben sogar ein Baby dabei!«

»Ach, ihr seid das!« Daniela lachte. »Ich hab schon von euch gehört!«

»Nee, echt?«

»Ja, die Leute hier haben von euch erzählt! Ihr seid das Wunder vom Camino! Die Pilger wetten schon, wann ihr endlich aufgebt.«

»Wir geben nicht auf. Außer heute, vielleicht.«

Ich hörte förmlich, wie ihre grauen Zellen arbeiteten.

»Hör mal, äh …«

»Katja.«

»Katja. Ich frage meine Gäste mal, ob sie zusammenrücken. Das ist eine Mutter mit ihrem Sohn. Vielleicht gehen die ja zusammen auf ein Zimmer und überlassen euch das andere. Ruf in einer Viertelstunde noch mal an!«

»Oh, danke, Daniela! Sag, ich lad den Jungen auch auf ein Eis ein.«

»Und ich spiel mit ihm«, schrie Juli in den Hörer.

Daniela lachte. »Passt auf, dass er das nicht wörtlich nimmt!«, sagte sie und legte auf.

Juli und ich sahen uns seufzend an. Heute waren wir fünfunddreißig Kilometer gelaufen, und die Aussicht auf eine Ferienwohnung mit Garten, Waschmaschine und eigener Küche war ebenso paradiesisch wie für andere Märtyrer die auf zweiundsiebzig Jungfrauen.

»Weißt du, warum sich radikale Islamisten in die Luft sprengen müssen, um auf zweiundsiebzig Jungfrauen zu treffen?«, witzelte ich. »Weil sie es nicht so einfach haben wie die Christen. Die müssen nur im Kirchenchor singen.«

Juli verstand den Witz nicht. Schade. Ich konnte mich darüber kaputtlachen!

»Jesus wohnt einer Steinigung bei«, versuchte ich erneut, uns die Wartezeit zu verkürzen. »Er dreht sich um und sagt in die Menge: ›Wer von euch ohne Sünde ist, der werfe den ersten Stein.‹ – Sofort fliegt wieder ein Stein. Da dreht Jesus sich um und sagt: ›Heute gehst du mir aber echt auf die Nerven, Mutter.‹«

Juli lachte wieder nicht. Merkwürdig, dass Mütter und Töchter so einen unterschiedlichen Sinn für Humor haben! Das waren nämlich meine beiden Lieblingswitze, die ich gern allen Frömmlern mit auf den Pilgerweg gab! Zusammen mit diesem hier:

Kommt ein Mann in den Himmel. – Pause. – Das ist noch nicht der Witz. – Er steht vor dem Himmelstor in einer langen Schlange, füllt seine Formulare aus und denkt: Heute komm ich hier nicht mehr rein. Schließlich ist er so weit vorgerückt, dass er lesen kann, was über dem Himmelstor steht. »Eingang für Männer, die ihr Leben lang von ihren Frauen unterdrückt wurden.« Mensch!, denkt er sich, da kann ich lange warten. In diesem Moment entdeckt er rechts hinten einen kleinen Seiteneingang, da steht nur ein einziger Mann.

Er geht rüber und liest, was über dem Eingang steht: »Eingang für Männer, die nie in ihrem Leben von ihren Frauen unterdrückt wurden.« Erstaunt fragt er den Mann: »Sag mal, warum stehst du hier?« Der zuckt mit den Schultern: »Weiß ich auch nicht, meine Frau hat gesagt, ich soll mich hier anstellen …«

»Jaja«, sagte Juli ungerührt. »Ist schon gut, Mama. Chill mal.«

Zum Glück meldete sich Daniela wieder und gab grünes Licht: Mutter und Sohn seien bereit, sich ein Doppelbett zu teilen. Somit sei das andere Doppelzimmer für uns frei. Da ihre Ferienwohnung sechs Kilometer vom Camino entfernt liege, mache sie sich jetzt mal mit dem Auto auf den Weg und hole uns ab.

Wir dankten Daniela, Gott und allen Märtyrern dieser Welt.

Daniela kam in einem alten blauen Opel angebraust. Sie hob den sperrigen Kinderwagen in den Kofferraum, aus dem er ein Stück weit hervorschaute, und band die Kofferraumklappe einfach mit einem Seil zu.

»In Spanien nehmen wir es nicht so genau«, sagte sie lachend. Über kurvenreiche Straßen fuhr sie uns nach Carrión de los Condes, wo auf einem kargen Hügel ihr Ferienhaus stand.

Unterwegs erzählte sie, dass auch sie vor Jahren den Camino gegangen sei, einen attraktiven Spanier getroffen und hier Wurzeln geschlagen habe. Das Vermieten des Ferienhäuschens an verzweifelte Pilger, die unten im Dorf vor ausgebuchten Hostals stünden, sorge für ein zuverlässiges Einkommen. Ihr Mann Javier baue bereits dreißig Kilometer weiter ein weiteres, sodass »ihre« Pilger demnächst noch eine zweite Anlaufstation hätten. Mit knirschenden Reifen hielt sie in der Einfahrt ihres Häuschens. Das sah sehr proper aus und machte einen einladenden Eindruck.

»Mutter und Sohn sind wohl gerade ausgeflogen, aber kommt rein!«

Wir bezogen das frei gewordene Zimmer, in dem der Sohn bestimmt schon ein Nickerchen gemacht hatte. Früher hätte ich um nichts in der Welt ein solches Bett benutzt, und auch Juli hätte sich eher ein Bein abgehackt. Aber heute ließen wir uns dankbar darauffallen. Mit schmerzverzerrtem Gesicht schälte ich mir die Socken von den Füßen.

Als Daniela meine Blasen sah, schlug sie die Hände vor den Mund.

»Jesus!« Sofort bot sie mir an, mich zur örtlichen Notaufnahme zu fahren. Sie stehe mir auch gern als Dolmetscherin zur Verfügung.

Mit einem Seitenblick auf Juli, die gerade Mia stillte, nahm ich Danielas Angebot dankbar an.

»Sag mal, warum lässt du dich denn von deiner Tochter so scheuchen?«, fragte sie mich im Auto. »Du läufst buchstäblich auf rohem Fleisch! Mir wird schlecht, wenn ich das nur sehe!«

»Wir laufen wirklich wie auf glühenden Kohlen: Juli will ihren Freund einholen.« Ich erzählte ihr die Sache mit Jonas.

»Der Blinde! Der ist hier genauso Ortsgespräch wie ihr!« Daniela schlug sich vor die Stirn. »Der war erst gestern da! Ihr seid ja 'ne verrückte Mischpoke! Warum geht ihr denn den Jakobsweg? Habt ihr kein Zuhause?«, scherzte sie.

»Juli ist sich nicht sicher, ob sie ihr Leben mit einem Blinden verbringen will«, erläuterte ich der gastfreundlichen Daniela, während wir im Warteraum saßen, umgeben von lauter stöhnenden, sich die Füße massierenden Pilgern. Sie drückte mir ein Glas Wasser in die Hand und befreite mich vorsichtig von meinen Schuhen. Die Socken starrten vor Blut.

Daniela war wirklich ein Engel, es war, als wären wir schon ewig befreundet.

»Sie geht diesen Weg, um Erleuchtung zu finden, denn die Entscheidung wird dann endgültig sein!«

»Euer Jonas ist aber auch ein entzückender Wirrkopf«, bestätigte sie. »Und deine Juli brennt für ihn? Das kann ich gut verstehen. Allerdings wäre es besser, sie würde ihre Entscheidung für ihn nicht rückgängig machen. Der blinde junge Mann wirkt zwar sehr tough, ist aber mit Sicherheit sehr verletzlich.«

»Sie liebt ihn, und er ist auch wirklich liebenswert. Aber sie will niemals so ein Leben führen müssen, wie ich es viel zu lange getan habe.«

»Verstehe. Der große Entscheidungsmarsch.«

»Ich glaube, die beiden gehen den Weg aus demselben Grund. Auch Jonas muss sich darüber klar werden, ob er es mit Juli aufnehmen will. Der Junge ist schließlich auch erst neunzehn.«

Ich spreizte die brennenden Zehen und stellte mein Glas ab. Fast hätte ich »*Capisci?*« gesagt, so wie Albert das immer tat. Ach, Albert war so herrlich weit weg! Trotz meiner mörderischen Blasen wäre ich den ganzen Camino noch mal gegangen, nur um nicht in seiner Nähe sein zu müssen. Was für eine Erkenntnis!

Ich schlug mir vor die Stirn und sah Daniela fest in die Augen. »Auch ich gehe den Weg, um eine Entscheidung zu treffen. Ich glaube, ich bin mit dem falschen Mann verheiratet.«

So. Nun war es heraus.

»In den ersten Wochen bin ich nur hinter Juli hergerannt, damit sie nicht in ihr Unglück läuft. Aber inzwischen weiß ich: Ich laufe den Weg auch für mich.«

Daniela bremste meinen Redeschwall. »Wir sind an der Reihe!«

Sie half mir ins Sprechzimmer, wo eine junge Ärztin mit nichts anderem beschäftigt war, als Blasen von Pilgern zu verarzten. Sie erinnerte mich an die heilige Veronika mit dem Schweißtuch, wie sie da so vor mir kniete und sich den Schaden besah. Die Ärztin schüttelte nur den Kopf. Mitleidig erklärte sie Daniela, was sie zu tun gedenke, nämlich mir die Blasen zu desinfizieren, aufzustechen und anschließend einen Bindfaden einzuziehen. Der sollte verhindern, dass sich erneut Wundwasser staute.

»Jau«, sagte ich und setzte insgeheim die Dornenkrone auf mein Haupt. »Dann mal los!« Ich kniff die Augen zu und biss die Zähne zusammen, krallte meine Hände in Danielas Schulter.

»Denk an was Schönes!«, schlug Daniela vor, aber mir fiel auf die Schnelle nichts ein.

Autsch! Erbarmt euch! Haltet ein! Mir schossen Tränen in die Augen, ohne dass ich es verhindern konnte.

Nach dieser unschönen Prozedur ermahnte mich die Ärztin via Daniela, morgen unbedingt einen Ruhetag einzulegen. Und unbedingt einen oder zwei Tage auf Schuhe und Strümpfe zu verzichten. Außerdem müsse ich mir dringend größere Treter zulegen, ratterte sie auf Spanisch herunter. »Zahlen an der Rezeption. Der Nächste bitte. *Muchas gracias* und *buen camino.*«

Ich bedankte mich höflich für die Schmerzen, die sie mir zugefügt hatte, und für den dreistelligen Rechnungsbetrag, war aber trotzdem erleichtert.

An Danielas Arm betrat ich humpelnd ein Schuhgeschäft, und Daniela fachsimpelte mit dem Verkäufer.

»Größe einundvierzig oder zweiundvierzig? Oder darf's ein bisschen mehr sein?«

Aber mit meinen Fersen, die nur noch aus rohem Fleisch bestanden, konnte ich beim besten Willen keine Wanderschuhe anprobieren, und so ließen wir es bleiben. In diesem Moment musste ich an meinen tapferen Freund und Nachbarn Thomas Laumann denken, und meine Bewunderung für diese Familie kannte mal wieder keine Grenzen.

»*Mañana*«, bediente ich zuversichtlich das Spanien-Klischee.

Oh, Gott, was würde Juli sagen? Kaum hatte das Huhn vom Hahn Kunde, machte die olle Henne wieder schlapp. Während sich das Ei willig über Stock und Stein schleppen ließ. Ein einziger Tag trennte das junge Glück voneinander!

»Ich bin ein Bremsklotz! Sie wird verzweifeln!«

»Hör mal, Katja, du musst dringend lernen, mal an dich zu denken.«

Daniela und ich saßen in einem kleinen Café gegenüber

des ausgebuchten Hostals, in dem sich die Buspilger verlustierten, und ich hielt meine nackten Füße in die Luft.

»Du tanzt ja ganz schön nach Julis Pfeife.«

»Mit diesen Füßen kann ich gar nicht tanzen«, wehrte ich ab.

»Wie bist du dann hierhergekommen?« Daniela runzelte die Stirn. »Auf Knien?«

Sie erzählte, dass sie sogar schon solche Exemplare gesehen habe. Es gebe sogar Typen, die den ganzen Weg auf allen vieren oder barfuß zurücklegen. Mit Ketten, Kreuz, Dornenkrone – alles schon da gewesen!

Das wären doch nette Alternativen fürs »Schlagabtausch«!, dachte ich im Stillen. Der ideale Erlebnisurlaub für Ernas Kunden. Trotzdem beantwortete ich fromm Danielas Frage: »Nein. Aber mit dem Herzen einer Mutter.«

»Papperlapapp! Deine Tochter muss auch mal Rücksicht auf dich nehmen. Sonst wird sie selbst keine gute Mutter. Muttersein bedeutet, zurückstecken, Geduld haben und die Klappe halten.«

Daniela hatte zwar selbst keine Kinder, traf aber den Nagel auf den Kopf. Warum sagt einem das nur keiner, bevor man schwanger wird? Fürs Autofahren muss man den Führerschein machen, aber ins Muttersein wird man völlig unvorbereitet gestoßen!

Ich trank schweigend einen Schluck Wein.

»Ich mach dir einen Vorschlag«, sagte Daniela. »Ihr bleibt zwei Tage in meinem Ferienhaus. Dann hat Jonas zwar wieder einen Vorsprung, aber dafür buche ich euch telefonisch die nächsten Herbergen, sodass ihr nie mehr vor ausgebuchten Hostals steht und blöd aus der schmutzigen Wäsche schaut.« Daniela tätschelte mir den Arm. »Kann deine Juli damit leben?«

»Sie muss!«, freute ich mich. »Das wäre fantastisch! Dann können wir ab übermorgen viel entspannter gehen, ohne den ständigen Druck im Nacken, dass uns die Bus- und Radpilger die Zimmer wegschnappen.«

»Die Letzten werden die Ersten sein«, sagte Daniela und griff zum Telefon. »Das steht schon in der Bibel.«

Ich hob fromm die Hühneraugen zum Himmel.

28

Als ich zurück in die Wohnung humpelte, lümmelte Juli mit Mia am Busen auf dem Sofa. Auf den Sesseln saßen Mutter und Sohn Hilfsbereit. Offensichtlich hatte man sich schon aller Förmlichkeiten entledigt. Vielleicht auch, weil auf dem Couchtisch vor ihnen Gläser mit Rotwein standen. Auch ich bekam eines angeboten.

Die Mutter war etwa siebzig und der Sohn Mitte bis Ende vierzig. Als Erstes wurde ich knallrot, hatte ich doch angeboten, ihm ein Eis zu kaufen. Und Juli hatte gekräht, sie wolle mit ihm spielen. Deshalb hatte Daniela so vielsagend gelacht! Und ganz so prickelnd war es für die beiden wahrscheinlich nicht, unseretwegen in einem Doppelbett zu schlafen! Aber sie erwiesen sich sofort als sehr freundlich und nachsichtig.

»Mama, das ist der Typ, der mir auf dem Monte Alto de Dingsbums geholfen hat!«, meinte Juli und zeigte auf den Sohn.

»Hallo«, sagte dieser und gab mir die Hand. »Ich bin Richard.«

Richard. Schon wurde ich dunkelrot! »Katja«, murmelte

ich verlegen und versank neben meiner Tochter auf dem Sofa. Der Mann sah aber auch wirklich sympathisch aus! In seinem jungenhaften, braun gebrannten Gesicht blitzten graugrüne Augen, und um seine Mundwinkel zuckte es amüsiert. Nach dem zweiten Glas Wein hatte er sogar eine gewisse Ähnlichkeit mit Richard Gere! Kam er mir deshalb so bekannt vor? Ich kniff die Augen zusammen und mich in den Arm. Katja, jetzt trink ihn dir nicht schön!, ermahnte ich mich stumm. Wenn er jetzt sagt: »Darf ich bitten zum Tango um Mitternacht?«, kannst du sowieso nicht tanzen mit deinem Fuß.

Die Mutter hieß Undine und hatte kurze graue Haare, wache Augen und eine warmherzige Art. Beide sprachen leicht Bayerisch, weshalb ich mich sofort zu Hause fühlte. Richard Gere und seine Mutter stammten aus Ottobrunn, was ja gerade mal eine Autostunde von Freilassing entfernt war!

Sie hatten eine Urne mit der Asche von Rudi, Undines Mann und Richards Vater, dabei. Die Urne stand auf der Anrichte und hörte uns zu.

»Sie verstreuen ihn auf dem Camino«, sagte Juli, als wäre das völlig normal.

»Und ich dachte schon, WIR wären völlig bekloppt«, entfuhr es mir.

»Die haben sich total geliebt, Mama.« Juli sah mich vorwurfsvoll an.

Diese Bemerkung traf mich unvorbereitet. Ich nippte an meinem Wein und überlegte krampfhaft, was ich darauf antworten sollte. Mir fiel nichts ein. »Herzliches Beileid«, brach es schließlich aus mir heraus.

»Das könnte man eher zu dir sagen, Mama. Hör dir mal ihre Geschichte an!«

Mein Gott, brachte mich dieses Kind in Verlegenheit! In meinem ganzen Leben war mir noch nichts so peinlich gewesen.

»Sechsundvierzig gemeinsame Jahre.« Undine strahlte. »Und jedes Jahr war ein Geschenk«.

»Das freut mich sehr für Sie!« Ich versuchte, normal zu klingen. Ich meine, wie spricht man bitte schön mit einer frischgebackenen Witwe, deren Gatte auf der Anrichte steht? »Was mache ich falsch, was andere richtig machen?« Fragend breitete ich die Arme aus, beäugte heimlich Richard und erfuhr Folgendes:

»Im Sommer 1967 war ich mit meinen Eltern beim Tanztee«, erzählte Undine bereitwillig. »Da war ein junger Bursch, der hieß Rudi Winter. Als Damenwahl angesagt war, erlaubte ich mir, diesen Rudi aufzufordern.«

»Cool!«, bemerkte Juli und zog die Beine hoch. Mit Mia kuschelnd, sah sie Undine erwartungsvoll an. Mia tat es ihr gleich. Sie machte eine Trinkpause und drehte den Kopf, als wollte sie sagen: »Und? Wie ging's weiter?«

»Undine!«, warf ich ein. »Nach der letzten Geschichte, die Juli gehört hat, hat sie beschlossen, den Jakobsweg zu gehen. Wird's schlimmer?«

»Nein, ganz im Gegenteil!« Undine lachte.

»Vielleicht beschließt sie, jetzt einen Tanzkurs zu machen«, sagte der sympathische Richard lächelnd.

Oh, Gott, würde er wirklich gleich sagen: »Darf ich bitten?« Nur leider war ich nicht so ein anmutiger Schwan wie Jennifer Lopez, sondern eher eine fußlahme, zerrupfte Henne. Unzweckmäßige Röte breitete sich über Gesicht und Hals aus. Woher kannte ich den Typen bloß? Ich starrte ihn so lange an, bis er vor meinen Augen verschwamm. Undine erzählte unverdrossen weiter, wofür ich ihr sehr dankbar war.

»Bei diesem ersten Tanz hat es bereits geknistert zwischen uns. Als Rudi mich an den Tisch zurückgebracht hat, wusste ich: Den will ich. Den oder keinen.«

»Geil«, sagte Juli und parkte Mia um. »Ich will auch Jonas oder keinen.«

»Das ist schön, dass du das jetzt weißt«, sagte Undine freundlich. »Manchmal muss man einen langen, harten Weg zurücklegen, um zur richtigen Entscheidung zu gelangen. Nicht wahr, Katja?«

Was hatte mein vorlautes Kind bloß alles schon über mich erzählt?! Ich spürte Richards forschenden Blick auf mir. Sollte ich mich jetzt etwa öffentlich dazu äußern? Nö. Ich sagte ausnahmsweise nichts.

»Die weiteren Tänze dieses Abends gehörten nur noch Rudi«, überließ sich Undine wieder schönen Erinnerungen. »Am nächsten Tag hat mich Rudi mit dem Zug zurück in mein Internat begleitet. Weil meine Eltern mich zum Bahnhof brachten, ging er eine ganze Station zu Fuß und stieg erst später zu.«

»Süß«, sagte Juli und ließ Mia ein Bäuerchen machen.

»Am Münchener Isartor war die Fahrt zu Ende. Rudi trug tapfer meinen Koffer mit der frischen Wäsche. Das war der Beginn einer wunderbaren Liebesgeschichte.«

Bei diesem Stichwort musste ich wieder zu Richard hinüberschielen. Der betrachtete mich ebenfalls, jedoch eher amüsiert. So als wollte er sagen: »Na, fällt der Groschen?«

»Apropos frische Wäsche.« Die Hausfrau in mir kam wieder durch. Ich wollte schon aufspringen, als mich Richard zurückhielt. »Sie bleiben mal schön sitzen mit Ihren Blasen! Ich mach das schon.«

Das konnte doch nicht sein Ernst sein! Unwillkürlich entfuhr mir ein Kichern. »Aber nein!« Ich zwang mich aufzustehen, musste mich aber stöhnend vor Schmerzen ins Sofa zurücksinken lassen. Juli, so tu doch was!, funkelte ich meine Tochter an.

»Ich schmeiß Ihre mit unserer zusammen.« Der unkomplizierte Richard griff schon nach unseren Wäschehaufen.

Juli sprang natürlich nicht auf. Erstens aus angeborener Faulheit, zweitens, weil sie Mia hatte, und drittens, weil sie die Geschichte weiterhören wollte.

»Das ist mir jetzt furchtbar unangenehm!«, krähte ich hilflos. Doch Richard sortierte schon ohne viel Federlesen nach Koch- und Buntwäsche. Ein echter Profi.

»Aber bitte nicht die Schlüpfer!«, stöhnte ich.

»Mama, geht's noch? Sei nicht so hysterisch! Und außerdem ›Schlüpfer‹! Was ist denn das für ein Wort!«

»Wie sagt man dann?«

»Unterhosen! – Undine soll weitererzählen!«

»Ich hatte noch einige Abschlussprüfungen vor mir, dann war die Schulzeit für mich zu Ende«, fuhr Undine fort. Wieder war ich dankbar für die Ablenkung.

»Wissen Sie, meine Tochter steht auch gerade an diesem Punkt ihres Lebens. Auch sie hat einem jungen Mann ihr Herz geschenkt«, versuchte ich die Peinlichkeit mit den Schlüpfern zu überspielen.

»Mamaaaaa!« Juli verdrehte die Augen. »Das wissen die doch längst!«

»Rudi wurde zur Bundeswehr eingezogen.« Undine blieb unbeeindruckt. »In dieser Zeit entdeckte er zum ersten Mal

Blut in seinem Stuhl.« Während sie erzählte, war der Schmerz in ihrer Stimme war nicht zu überhören.

Hmpf. Ich schluckte. Die Geschichte nahm eine überraschende Wendung. Im Vergleich dazu waren meine Schlüpfer so peinlich auch wieder nicht!

»Vielleicht sollten wir langsam schlafen gehen?«, fragte ich Juli und gähnte hinter vorgehaltener Hand.

»Die Socken sind ja voller Blut!« Richard erschien im Türrahmen und sah mich fassungslos an.

»Ruckediguh, Blut ist im Schuh«, witzelte ich verlegen. »Der Schuh war zu klein, die rechte Braut ist noch daheim!«

»Mamaaaaa! Kannst du BITTE etwas weniger peinlich sein!«, blaffte mich Juli an und sagte erklärend zu Undine: »Sie hat schon ein paar Gläser Rotwein intus.«

»Aber so laufen Sie doch morgen nicht weiter?«

»Mit dem Rotwein oder mit den Socken?«, scherzte ich.

»Katja, Sie müssen einen Ruhetag einlegen«, erwiderte Richard streng. Ich starrte ins Leere, brachte es einfach nicht fertig, Juli anzusehen. Noch hatte ich ihr nicht verraten, dass Jonas erst gestern hier gewesen war. Nicht, dass sie jetzt noch losrannte, mitten in der Nacht!

»Okay«, sagte ich gedehnt. »Wenn Sie das sagen?«

»Mama, wir hatten das doch schon besprochen.« Julis aggressives Zischen führte dazu, dass die Atmosphäre auf einmal furchtbar angespannt war. »Wir gehen weiter und damit basta.«

Richard sah mich fragend an, so nach dem Motto: Lassen Sie sich das ernsthaft von diesem Grünschnabel gefallen?

»Die Frau Fußdoktor hat ihn mir sogar verordnet, den freien Tag«, sagte ich lahm und sah ihn Hilfe suchend an.

Vielleicht würden diese netten Leute mich ja gegen Juli verteidigen?

Ungestüm sprang Juli vom Sofa auf, woraufhin Mia begann zu quengeln. »Die Franzosen haben Jonas gesehen! Er kann nicht mehr viel Vorsprung haben!«

»Wir haben ihn auch gesehen«, ließ Undine ungerührt die Bombe platzen. »Erst gestern war er noch hier. Wir sind zusammen hier angekommen. Richard hat ihn sogar eine Etappe lang begleitet.« Sie nahm gelassen einen Schluck Wein.

»Was?«, schrie Juli. »Und das sagt ihr mir erst jetzt?« Ihre Augen wurden glasig und ihre Stimme schrill. Mia begann laut zu weinen.

»Eile mit Weile!«, sagte Richard, aber aus seinem Mund klang das völlig anders als aus dem von Oberlehrer Roland: besänftigend, nicht belehrend. »Schau dir doch mal deine Mutter an!«

Das tat Juli mitnichten. Ich war Luft für sie.

»Jonas war … hier?«, schrie sie völlig außer sich. Sie tat so, als hätten wir ihr Jonas absichtlich verheimlicht. Ich nahm ihr die heulende Mia ab und küsste dem Kind die Tränen von den Wangen.

»Und was hat er gesagt?«, brüllte Juli, dass die Gläser wackelten. »Wie geht's ihm? Vermisst er mich?«

Richard blieb ungerührt. »Du musst dringend mal auf deine Mutter Rücksicht nehmen. Die pfeift aus dem letzten Loch.«

Ich atmete tief durch. Ein Kompliment war das nicht gerade, aber unter diesen Umständen …

»So 'ne Mutter kannst du mit der Lupe suchen!«, schickte er hinterher. Richard gefiel mir immer besser.

»Ich will aber Jonas suchen!«

»Der ist gestern weitergegangen.« Mit diesen Worten verschwand Richard pfeifend im Keller.

»Dann renne ich ihm jetzt noch hinterher. Ich hab schließlich eine Stirnlampe dabei.«

Juli wollte mir Mia schon wieder entreißen, aber Undine hinderte sie daran.

»Gar nichts wirst du tun. Setz dich!«

Erstaunlicherweise gehorchte Juli sofort.

»Morgen ist auch noch ein Tag.« Undine sah sie streng an. »Wo war ich stehen geblieben?«

»Beim Blut im Stuhl«, sagte ich erleichtert.

»Genau. Die Diagnose zweier Bundeswehrärzte lautete: Darmriss oder Hämorrhoiden.«

»Ich bring nur kurz Mia ins Bett.« Juli schnappte sich das nach wie vor wimmernde Baby.

Ich schluckte trocken und sah Undine entschuldigend an.

»Rudi war jung, man ging von Letzterem aus. Er bekam eine Salbe verschrieben, und damit hatte es sich. Rudi vertraute den Ärzten. Nach seiner Entlassung ging immer mal wieder Blut im Stuhl ab. Rudi hat nicht weiter darauf geachtet.«

»Gute Nacht!«, rief Juli aus unserem Schlafzimmer und knallte die Tür zu.

»Gute Nacht, mein Schatz. Ich komm gleich nach und hab dich sehr lieb.«

Einerseits wollte ich diese unappetitliche Geschichte auch nicht unbedingt weiter mit anhören. Andererseits wollte ich nicht unhöflich sein. Vor allem aber wartete ich darauf, dass Richard mit der Wäsche fertig war und sich wieder zu uns setzte.

»Erzählen Sie ruhig weiter!« Ich nickte Undine aufmunternd zu.

»Als die Klospülung eingefroren war, entdeckte seine Mutter eines Tages, dass die ganze Kloschüssel voller Blut war.«

Aha. Interessant. Prost dann auch. Ich leerte mein Glas.

»Darauf angesprochen, meinte Rudi, das sei bei ihm ganz normal. Seine Mutter schickte ihn sofort zum Hausarzt. Und der wies ihn gleich in die Poliklinik ein. Genau zu diesem Zeitpunkt merkte ich, dass ich schwanger war.«

»Immer wenn man schwanger wird, ist auch anderweitig die Kacke am Dampfen«, sagte ich wissend, um mich gleich darauf furchtbar für diesen wenig eleganten Vergleich zu schämen. Ausgerechnet jetzt kam Richard wieder herein. Ich wurde rot.

»In einer Stunde ist die Maschine fertig. Halten Sie noch so lange durch? Sonst können Sie aber auch schlafen gehen, und ich hänge Ihre Wäsche auf.«

Oh, Gott, was für ein Mann. Er wollte ernsthaft meine Wäsche aufhängen! Dabei waren wir nicht mal verheiratet! Sosehr ich mich auch nach meinem Bett sehnte – bevor der schöne Richard meine Schlüpfer aufhängte, wollte ich doch lieber die Geschichte mit dem Blut im Stuhl hören. Zumal Richard ja gerade selbst ins Spiel zu kommen schien. Warum erzählt Undine mir ausgerechnet jetzt diese Geschichte?, fragte ich mich. Das war doch kein Zufall, dass wir diesen Menschen genau im richtigen Moment begegnet waren! Das hatte doch einen tieferen Sinn. Genau wie die Blasen an meinen Füßen, die uns wieder einen Tag von Jonas entfernten. Es war einfach noch nicht an der Zeit, unser Ziel zu erreichen: herzliche Grüße vom Universum.

»Als ich Rudi erzählt habe, dass wir Eltern werden würden, war unsere Freude erst mal gedämpft. Meine Eltern waren grundsätzlich gegen eine Heirat: Rudi war ein kranker Mann. Außerdem waren wir beide erst neunzehn.«

Das kam mir irgendwie bekannt vor. »Juli?!«, rief ich. »Komm doch noch mal!«

»Was ist denn?«

»Du musst das einfach hören!«

Während Richard uns nachschenkte, kam Juli unwillig aus ihrer Höhle. »Ich hab fast schon gepennt, Mann!« Das übliche wütende Gefunkel ihrer grünen Augen verfehlte seine Wirkung.

»Juli, setz dich hin und hör zu! Diese Geschichte ist wie für uns gemacht.«

Undine nickte freundlich und fuhr fort.

»Wir wollten Ende Februar heiraten, aber da ging es Rudi gar nicht gut, und eine erneute Einweisung ins Krankenhaus stand bevor.«

Juli verdrehte die Augen, und ich stupste sie unauffällig an. »Komm endlich von deinem hohen Ross runter!«, flüsterte ich. »Es geht nicht immer nur um dich.«

Undine lächelte fein.

»Wir verschoben unsere Hochzeit mehrmals, und endlich, Ende Mai, hatten wir einen Termin beim Standesamt in München. Da lag Rudi schon wochenlang in der Klinik, und so musste ich mich allein um alles kümmern. Ich wünschte mir einen Maiglöckchenstrauß zur Hochzeit. Wie die Schauspielerin Maria Schell.«

»Hä? Wer?« Juli gähnte.

»Kennst du nicht, Juli. Vergleichbar mit …?« Ich sah die beiden fragend an.

»Christine Neubauer«, schlug Undine vor.

»Who the fuck …?«

»Oder Lady Gaga«, mischte sich Richard ein. »Kennst du die?«

»Lady Gaga hat also mit Maiglöckchen geheiratet. Und deshalb sollte ich wieder aus dem Bett kommen?«

Richard dachte nach. »Ein zeitgemäßerer Vergleich wäre vielleicht Miley Cyrus und ihre Abrissbirne. Wobei – auch die ist streng genommen mehr Sängerin als Schauspielerin.«

»Boah, Leute, was wollt ihr mir eigentlich verklickern?«

»Am Ende waren es Wicken«, verkündete Undine strahlend.

»Okay. Und dann habt ihr also geheiratet.«

»Genau. Mit den Wicken, Rudis Anzug und Schuhen fuhr ich in die Klinik, half Rudi beim Anziehen, und ab ging's aufs Standesamt. Danach haben wir bei Rudis Mutter Mittag gegessen. Rudi bekam keinen Bissen hinunter und legte sich stattdessen ins Bett. Um siebzehn Uhr brachte ich ihn wieder ins Krankenhaus. Das war mein Hochzeitstag. Der schönste Tag im Leben einer Frau.« Undine nahm einen Schluck Wein.

»Voll kacke.« Juli verdrehte genervt die Augen und ließ ihren Kopf aufs Kissen sinken. Ich wollte ihr einen Tritt verpassen, aber mein Fuß tat zu weh.

Undine stellte ihr Glas wieder ab und lächelte in die Runde.

»Obwohl Rudi und ich eine kleine Wohnung gemietet hatten, wollte ich meine Hochzeitsnacht lieber in meinem Kinderzimmer verbringen. Also fuhr ich mit der Straßenbahn in mein Elternhaus. Zu Hause empfing mich meine Mutter mit einer Ohrfeige.«

»Häh? Warum DAS denn?«, ereiferte sich Juli. Jetzt war sie wieder hellwach.

»Wir hatten sie nicht zum Mittagessen geholt. Rudi ging es zu schlecht.«

Ich tauschte einen Blick mit Richard. Oh, Gott. Diese Augen! Schnell weggucken. Den kannte ich! Den KANNTE ich! Was war nur mit mir los? Welche Hormonbombe hatte da eingeschlagen?

Undine schüttelte traurig den Kopf und strich mit dem Zeigefinger über den Glasrand, sodass er leise summte. »Ich weinte und fühlte mich entsetzlich. Am nächsten Morgen schlich ich mich um fünf Uhr früh davon.«

»Wie scheiße ist DAS denn!«, regte sich Juli auf.

»Ja, romantisch ist wirklich was anderes«, sagte Undine. »Bis acht Uhr bin ich in der Stadt rumgebummelt, dann ging ich zum Dienst. Die nächste Nacht verbrachte ich dann bei Rudis Mutter.«

»Das sind echt krasse Parallelen«, sagte Juli. »Ich bin auch zu Jonas' Mutter abgehauen.«

»Sag bitte nicht, ich hätte dich geschlagen!«

»Nee, aber mein Vater ist genauso scheiße drauf. Mama und er streiten nur noch.«

Undine nahm ihre Geschichte unbeeindruckt wieder auf. »Von diesem Tag an lebte ich bei Rudis Mutter. Die eheliche Wohnung hab ich gleich wieder gekündigt, denn es war nicht abzusehen, wann Rudi aus dem Krankenhaus kommen würde. Rudi ging es immer schlechter, er bekam zahlreiche Bluttransfusionen, Kortison und andere schwere Medikamente. Selbst zwei Weisheitszähne mussten raus, und er wurde von der Poliklinik direkt in eine Zahnklinik gebracht.« Undine blinzelte ein paar Tränen weg.

Richard drückte tröstend ihre Hand.

»Im Juli wollte Rudi heim zum Sterben. Er wurde auf eigenen Wunsch aus der Poliklinik entlassen.«

Mann, das war ja eine grauenvolle Geschichte! Aber dieser Richard ließ mich auf meinem Sofa verharren. »Na so was«, sagte ich mit zitternder Stimme. »Ich meine, wie furchtbar!«

»Mama, du überforderst die beiden mit deiner Geschichte!« Richard sah mich besorgt an.

»Aber nein!«, behauptete ich. »Wie ging es weiter?« Mit einem Blick auf die Urne auf der Anrichte schlussfolgerte ich, dass der gute Rudi ja noch fünfzig Jahre gelebt hatte.

»Wirklich nicht!«, meinte auch Juli. »Seit dem Bestseller ›Darm mit Charme‹ reden die Leute sogar in Talkshows über Furze und Scheiße! Das macht mir nichts aus!«

Richard und Undine lächelten nachsichtig, und ich musste mir das Lachen verbeißen.

»Am 11. September 1972 setzten bei mir die Wehen ein. Rudi konnte mich nicht in die Klinik fahren. Um zehn Uhr elf tat Richard seinen ersten Schrei. Ich hatte einen gesunden Jungen geboren, allen Unkenrufen zum Trotz.«

»Genau wie ich!«, sagte Juli stolz. Sie hielt ihr Kissen umschlungen und sah in die Runde. »Also, ein gesundes Mädchen, allen Unkenrufen zum Trotz!«

Wir grinsten. Richard hob das Glas und sagte: »Prost.«

Plötzlich wusste ich, wo wir uns schon mal begegnet waren. Im alten Zollhäusl! Er war der Mann, wegen dem ich mir damals fast die Kugel gegeben hätte! Ich kniff die Augen zusammen. Aber das konnte ja nun wirklich nicht sein. Hallo? Wir waren hier auf dem Jakobsweg! Andererseits wohnte er gar nicht so weit von meinem Zuhause weg. Tausend Kilometer davon entfernt sahen wir uns jetzt wieder! In einem Apartment, das sogar völlig abseits vom Jakobsweg lag. Nur weil ich diesen Zettel mit der Telefonnummer eingesteckt hatte, den ich unter einem Stein gefunden hatte. Ich starrte Richard an. Hallo, Universum? Was willst du mir damit sagen? Damals im Gastgarten hatte ich eigentlich ziemlich ansehnlich ausgesehen in Bluse, Bleistiftrock und Seidenstrümpfen. Doch damals hatte er mich zunächst ignoriert. Und jetzt, wo ich mit strähnigem Haar in Jeans und ollem T-Shirt vor ihm saß, nahm er mich wahr! Aber so was von! Ich musste schnell weggucken und konzentrierte mich wieder auf Juli.

»Bei mir war's auch so«, sagte mein liebreizendes Kind gerade. »Mein Vater wollte mir auch einreden, ich würde ein behindertes Kind kriegen, und wollte, dass ich abtreibe.«

»Wie könntest du so ein wunderschönes Mädchen abtreiben …« Undines Stimme wurde ganz weich. »Warum ich diese Geschichte auch erzähle, Juli: Du bist ebenfalls dabei, dich für einen gehandicapten Mann zu entscheiden. Anfangs scheint es unmöglich zu sein, dass man es zusammen schaffen kann. Alle versuchen, dir den Mann auszureden, der dich ja nur ins Unglück stürzen kann. Aber wenn man sich wirklich liebt …«

Die Waschmaschine rumpelte im Keller vor sich hin, und ich hoffte, sie würde die ganze Nacht durchrumpeln. Die Geschichte mochte noch so unappetitlich sein – Tatsache war: Ich saß hier neben Mister Prost, ja schlief sogar in seinem Bett!

»Ich will wissen, wie's weitergeht.« Juli konnte es inzwischen kaum erwarten, die Fortsetzung dieser Liebesgeschichte zu hören.

Richard war aufgestanden und schenkte uns nach. Insgeheim sah ich Albert vor mir. Der hätte nur fordernd sein Glas hingehalten, ohne den Blick von Fernseher oder Computer abzuwenden. Und ich hätte mit meinen wunden Füßen aufstehen müssen, um ihn zu bedienen. Wie anders es hier doch zuging!

Undine trank einen Schluck, stellte bedächtig das Glas ab und erzählte weiter.

»Man brachte Rudi mit dem Krankenwagen zu mir. Nachdem er kurz an meinem Wochenbett gesessen hatte, trug man ihn wieder weg. Aber wir haben uns damals geschworen: Wir schaffen das.«

»Genau wie Laumanns«, rief ich Juli in Erinnerung. »Die sind auch so stark!«

»Und wir sind es auch!« Juli saß auf einmal kerzengerade da.

Ja. Das alles hier hatte einen Sinn. Wie gut, dass wir jetzt nicht hinter Jonas hergerannt waren! Es war wichtig, dass Juli diese Geschichte noch hörte.

»Später lebten wir alle bei Rudis Mutter. Zu meinen Eltern hatte ich erst mal keinen Kontakt mehr.«

Juli zeigte mit dem Kinn auf mich. »Hat meine Mutter auch nicht.«

»Wirklich?« Richard musterte mich besorgt. »Warum?«

»Das ist … ähm … wegen Albert. Also, mein Mann ist in ihren Augen nicht der Richtige!«

»Und in deinen doch auch nicht!«, sagte Juli. »Mama hat einen viel besseren Mann verdient.«

Mir wurde ganz warm ums Herz.

»Und in Ihren Augen …?«, fragte Richard. Allerdings nur mit den Augen.

Undine tat so, als würde sie nichts bemerken. Unverdrossen nahm sie den Faden wieder auf. »Nach acht Wochen musste ich abstillen und wieder zur Arbeit gehen – einer musste ja Geld verdienen. Rudi blieb mit Richard zu Hause. Er konnte ihn nicht hochnehmen, wenn er schrie, dazu war er viel zu schwach. Zum Glück war Richard ein ruhiges, zufriedenes Kind.«

Ja, so sah er auch aus! Er wirkte vierzig Jahre später immer noch zufrieden.

»Wie Mia«, strahlte Juli und schaute von einem zum anderen.

»Ja, Kinder spüren so was.« Undine nickte. »Dass sie für ihre Eltern stark sein müssen.«

»Und das musst du auch, hast du gehört?« Richard sah Juli mahnend an. »Morgen ist Ruhetag.«

»Weiter!«, befahl Juli zweideutig. Ihr Ego hatte sie eindeutig von Albert geerbt.

Ja, es war richtig, Jonas nachzulaufen. Ja, wir hatten ihn fast erreicht. Und nein, ich würde morgen nicht weitergehen. Jetzt und hier fasste ich diesen unumstößlichen Entschluss.

»Rudi brauchte eine Bluttransfusion nach der anderen. Irgendwann hörten wir auf zu zählen«, berichtete Undine. »Die große Wende kam bald darauf: An einem Freitag besuchten wir meinen Arbeitskollegen Teddy Dreier. Zufällig war dessen Schwiegervater Willi Stuhlfelder zu Besuch. Er hatte uns noch nie zuvor gesehen und war ganz erschrocken über Rudis Zustand. ›Da kann nur noch der Papst helfen!‹, entfuhr es ihm. Wir dachten noch, was soll da der Papst helfen! So fromm waren wir auch wieder nicht. Aber Herr Stuhlfelder meinte einen Arzt für Naturheilverfahren in Bad

Salzuflen. Er schrieb diesem Dr. Papst sofort einen langen Brief. Meinen Einwand, dass wir uns so einen teuren Privatarzt gar nicht leisten könnten, überhörte er. Kurz darauf rief mich dieser Dr. Papst an und meinte, er könne keine Ferndiagnose stellen, wir sollten zu ihm kommen. Eine Rechnung werde er nicht stellen.«

Die Waschmaschine schleuderte, was das Zeug hielt. Von mir aus konnte sie ewig damit weitermachen.

»Ich überlegte, wie wir Rudi die achthundert Kilometer nach Bad Salzuflen transportieren konnten. Da bat der Schwiegervater meines Kollegen seinen Chef, einen gewissen Herrn Schrader, um Hilfe. Der stellte uns sofort eines seiner Privatflugzeuge zur Verfügung. Mit so einem Angebot hatte ich nicht gerechnet. Auf einmal halfen mir alle! Der Pilot verlangte ein ärztliches Attest über Rudis Flugtauglichkeit. Unser Hausarzt stellte es aus – mit den Worten, in vierzehn Tagen sei sowieso alles vorbei. Ich nahm es, ging nach Hause und erzählte Rudi nichts davon.«

Undine schluckte.

»Während des Fluges schaute der Pilot immer wieder besorgt nach hinten, ob Rudi noch lebte. Ich saß neben ihm. Es war mein erster Flug, doch leider konnte ich ihn nicht wirklich genießen. In Bad Salzuflen lieferte ich Rudi dann bei Dr. Papsts Mutter in der Bahnhofstraße ab. Auch die hielt zu uns und hatte ein kleines Zimmer für ihn hergerichtet. Er war so schwach, dass er sich sofort ins Bett legen musste. Und ich konnte nichts mehr für meinen Mann tun außer ihn noch einmal zur Toilette begleiten: Ich musste sofort zurückfliegen, denn der Pilot wollte noch im Hellen wieder in München landen.«

Juli und ich fühlten nachträglich mit ihr.

»Nun war ich wieder zu Hause bei Rudis Mutter und unserem kleinen Richard. Jeden Abend radelte ich zur Telefonzelle und rief Dr. Papst an. Nach zweiundzwanzig Uhr war es billiger. Dr. Papst erlaubte mir, so spät anzurufen, weil er unsere finanzielle Situation kannte.«

Oh, Gott!, dachte ich. Wie rührend! Richard hatte um diese Zeit bestimmt schon brav im Bett gelegen. Ich konnte kaum aufhören, ihn unauffällig anzustarren.

»Dr. Papst erklärte mir, dass er Rudi erst mal entgiften müsse. Er könne seine Colitis nicht heilen, werde aber versuchen, die Krankheit zum Stillstand zu bringen.«

Undines Blick glitt zur Urne auf der Anrichte.

»Nach einigen Wochen sagte mir Dr. Papst am Telefon, dass nichts mehr weitergehe. Der Grund war: Rudi fühlte sich abgeschoben und war vollkommen apathisch. Er hatte mit dem Leben abgeschlossen. Da hab ich Richard bei Rudis Mutter gelassen, mir unbezahlten Urlaub genommen und bin ihm nachgereist.«

Juli und ich sahen uns an. Auch wir waren Jonas nachgereist. Das fühlte sich gut und richtig an.

»Ich wohnte zwei Wochen mit Rudi in seinem kleinen Zimmer unterm Dach. Er blühte wieder ein wenig auf. Ich kümmerte mich liebevoll um ihn, was bedeutete, ihn wie ein Vögelchen zu füttern und auch seine kleinen und großen Bescherungen wegzumachen.« Sie lächelte Juli an. »Ja, das können sich viele junge Leute heute nicht mehr vorstellen. Aber so was schweißt zusammen. Das kennst du sicher auch von deinem Jonas.«

Juli wurde ein bisschen rot. »So ähnlich. Ich musste auch schon mal mit Jonas aufs Bahnhofsklo«, räumte sie ein.

»Als ich wieder fahren musste, meinte Dr. Papst, das

könne wieder alles gefährden. Aber ich musste doch zurück zu meiner Arbeit und dem kleinen Richard! Also fuhr Rudis Mutter nach Bad Salzuflen und blieb sechs Wochen bei ihrem Sohn. Dort ging es ihm zwar nicht besser, aber auch nicht schlechter. Da hat sie Rudi mit nach Hause genommen.«

Die Waschmaschine hörte auf zu rumpeln. Es herrschte gespannte Stille.

»Weiter!«, bat Juli mit glänzenden Augen.

»Ja, weiter«, sagte ich, meinte aber die Waschmaschine. Richard durfte jetzt auf keinen Fall aufstehen und weggehen. Das würde alles zerstören.

»Im August waren die Blutwerte wieder so schlecht, dass Rudi erneut zur Bluttransfusion ins Krankenhaus musste. Dort hörte Rudi ungewollt mit, wie eine Schwester zu einem Mitpatienten sagte: ›Wenn es heute Nacht etwas laut wird, ist Herr Winter gestorben, und wir schieben ihn nur aus dem Zimmer.‹ Aber er war schon so oft für tot erklärt worden! Auch diesmal überlebte er, wenn auch nur knapp. Wir flogen wieder nach Bad Salzuflen, wieder mit dem Privatflugzeug von Herrn Schrader. Während der nächsten sechs Wochen in Rudis kleinem Zimmerchen bekam ich über Herrn Dr. Papst sogar einen Job vermittelt: Ich musste Bleistifteintragungen in Journalbüchern mit Tinte überschreiben. Es war mehr ein Gnadenakt, kein Mensch brauchte das. Aber ich verdiente ein bisschen Geld und konnte so bei Rudi sein.«

»Süß!«, entfuhr es Juli. »So ein netter Papst.«

»Ja, dem verdanken wir unsere gemeinsamen Jahre.« Wieder wanderte Undines Blick zur Urne. Aufrichtige Dankbarkeit lag darin. Ich beneidete sie in diesem Moment glühend. Wäre Albert in der Urne, kam mir ein makabrer Gedanke, würde ich sie allenfalls in der Abstellkammer aufbewahren.

»Langsam ging es mit Rudi wieder aufwärts. Meinen kleinen Richard musste ich die ganze Zeit bei der Schwiegermutter lassen. Die Wohnverhältnisse waren auch recht beengt. Wir hatten kein fließend Wasser, zum Baden gingen wir manchmal ins Gemeindebad.« Sie lachte. »Unser Schlafzimmer war sehr feucht, im Winter glitzerten die Eiskristalle am Innenfenster. Aber wir hatten uns, und wir hielten zusammen.«

Sie lächelte wieder so warm, dass mir das Herz aufging, so rührte mich ihr innerer Reichtum.

»Mama, guck mich nicht dauernd so an!«, giftete Juli, der meine tränenfeuchten Blicke schon auf die Nerven gingen.

Ja, aber Richard wollte ich auch nicht dauernd so angucken! Also guckte ich Undine an.

»Für weitere Bluttransfusionen musste ich selbst geeignete Spender finden«, fuhr Undine fort. »Die Kasse übernahm die Kosten nicht mehr. Ich schaffte das und fand auch einen Arzt, der bereit war, Rudi über Nacht ans Transfusionsgerät anzuschließen. Danach war Rudi oft dermaßen von Schüttelfrost geplagt, dass ich mich selbst ans Steuer setzte, obwohl ich keinen Führerschein hatte.«

»Wie cool warst du denn drauf!«, sagte Juli. »Mein Jonas ist auch schon ohne Führerschein gefahren.« Stolz sah sie in die Runde. »Gell, Mami? Der ist über hundert Meter den Bürgersteig entlanggefahren, einfach so, nach Gehör.« Sie strahlte.

»Der passt zu dir! Aber es geht noch weiter«, sagte Undine. »Sobald ich das Geld dafür hatte, sind wir mit dem

Auto regelmäßig nach Bad Salzuflen gefahren, siebenhundert Kilometer einfach. Samstags um vier Uhr früh sind wir von München aus aufgebrochen und sonntags wieder heim.«

Richard schenkte Wasser nach, und ich starrte auf seine schlanken Finger. Sofort bekam ich Herzklopfen. Wie konnte es mich nur so heftig erwischen? Parallel zu meinen Gefühlswallungen schilderte Undine ungerührt Rudis Darmkrankheit.

»Rudis Erkrankung verlief schubweise. Es gab Zeiten, in denen es ihm relativ gut ging – den dauernden Stuhldrang und die Durchfälle einmal ausgenommen. Er kannte alle öffentlichen Toiletten in München und in den Kaufhäusern.«

Undine lachte ohne falsche Scham. Es war schon merkwürdig. Da erzählte uns jemand eine im wahrsten Sinne des Wortes beschissene Geschichte, aber genau die machte uns Mut.

»Und jetzt komme ich zu dem, was ich euch eigentlich erzählen wollte!«, fuhr Undine fort. Sie hob den Zeigefinger. »Dr. Papst meinte nämlich, Rudi müsse etwas für seine Muskeln tun. Die waren ja völlig verkümmert. ›Also!‹, sagte ich, ›Treppensteigen!‹ Fitnessstudios gab es ja damals noch nicht, und wir hätten sie uns ohnehin nicht leisten können. Wir fuhren also in eine Hochhaussiedlung, und dort bin ich mit Rudi die Treppen hochgestapft. Ganz langsam, Stufe für Stufe.«

Das muss Liebe sein!, dachte ich.

»Aber die öde Hochhausumgebung gefiel Rudi ganz und gar nicht. Deshalb fuhren wir eines Nachmittags mit dem kleinen Richard an den Spitzingsee.«

»Den kenne ich!«, rief ich naseweis, nur um auch mal was

zu sagen. »Da gibt es ein tolles Wellnesshotel. Man kann direkt von der Sauna in den See hüpfen.«

»Mama, das interessiert doch jetzt keine Sau.«

»Damals stand es da noch nicht.« Undine lächelte nachsichtig. »Wir haben uns unsere Wellness selbst gemacht. Von der Wurzhütte wanderten wir Richtung Rotwandhaus. Richard trippelte auf seinen kleinen Beinchen neben uns her. Er war ja noch nicht mal zwei Jahre alt! Eine Stunde gingen wir langsam bergauf. Normalerweise braucht man für diese Strecke fünfzehn Minuten. Nach einer Erholungspause nahmen wir den gleichen Weg zurück.«

Sie lächelte triumphierend.

»Das war unsere erste Bergtour. Rudi war zwar erschöpft, aber es hat ihm gutgetan. Und der kleine Richard war auch stolz. Er hat gespürt, dass er diesen Weg mit seinem Vater gehen muss. Wie er noch viele Wege mit seinem Vater gegangen ist. Bis zu diesem letzten hier.«

Ich nickte und spielte mit meinem Weinglas. Was sollte ich dazu sagen?

»›Dieser Weg wird kein leichter sein …‹«, gab Juli mit ihrer tollen Jazz-Stimme von sich. »›Dieser Weg wird steinig und schwer …‹«

»Das ist das Lieblingslied unserer Nachbarn«, fügte ich schnell dazu. »Die hatten es auch nicht immer leicht.«

»Wow, hast du eine tolle Stimme!«, sagte Richard.

Auch wenn das Kompliment meiner Tochter galt, wurde mir ganz warm vor Stolz.

»Und Jonas kann ganz toll Klavier spielen!«

»Also ein Traumpaar, wie es im Buche steht.« Richard sah mich lange an.

»Ähm … ja. Genau. Soll es ja geben«, stotterte ich.

Die Waschmaschine blieb stehen. Wieder war es ganz ruhig im Haus, und ich war mir sicher, dass alle mein Herzklopfen hörten. Albert hätte jetzt gesagt: »Auf, Spatzl, Wäsche ist fertig!«

»Wäsche ist fertig.« Richard stand auf und streckte seine Glieder. Ich hätte Undine gern weiter zugehört, fand es aber unhöflich, sitzen zu bleiben. Mühsam wollte ich mich aufrappeln, doch er reichte mir gleich ganz ritterlich die Hand. Stufe für Stufe stiegen wir hinab. Jede Faser meines Körpers schrie vor Schmerz, aber diese Gelegenheit, mit Richard allein zu sein, wollte ich mir nicht nehmen lassen. Gemeinsam hängten wir im Keller die Wäsche auf – schweigend, Schulter an Schulter. Und es fühlte sich völlig selbstverständlich an, obwohl mein eigener Ehemann das in zwanzig Jahren nicht gemacht hatte! Richard lächelte mich so herzlich an, dass ich ganz weiche Knie bekam. Ich beeilte mich, eine seiner nassen Unterhosen glatt zu ziehen. Waschmittelgeruch stieg mir in die Nase – er war betörender als Rosenduft. Und auch Richard konnte ich wirklich gut riechen. Wie konnte die Chemie mit einem fast Fremden so unglaublich stimmen? Hatte ich ihn mir schöngetrunken? Als eine Wäscheklammer zu Boden fiel und wir beide danach tasteten, berührten sich unsere Hände. Wie in *La Bohème!*

»Erinnerst du dich noch an mich? Du hast ›Prost!‹ gesagt!«, platzte es aus mir heraus.

»Beim Zollhäusl«, flüsterte er. »Am neunundzwanzigsten Mai: hellblaue Bluse, schwarzer Rock, Fahrradhelm und zwei Bier. Von denen du eines halb voll stehen gelassen hast.«

Oh, Gott! Er wusste alles noch ganz genau!

»Ich kam mir so blöd vor«, stammelte ich wie ein ertapptes Schulmädchen.

»Ich weiß. Und weißt du noch, was ich gesagt habe?«

»Schade«, stammelte ich, immer noch auf dem Boden hockend.

Meine Güte, ich war auf dem besten Wege, mich in Richard zu verknallen. Aber das ging auf keinen Fall. Schweren Herzens überließ ich ihm die Wäscheklammer und versuchte, so elegant wie möglich die Stufen hinaufzustolpern. Was würde Juli nur von mir denken! Kaum hatte ich Roland, den Schleimer, abgehängt, ging ich mit einem Richard in den Keller, um ... äh ... Wäsche aufzuhängen. Peinlicher konnte ich als Mutter kaum noch sein.

Als wir wieder raufkamen, hatten sich Undine und Juli bereits in ihre Zimmer verzogen. Die Kerze auf dem Tisch flackerte noch. Ich pustete sie entschlossen aus.

»Na dann ... Gute Nacht.« Richard vergrub seine Hände in den Hosentaschen und stand etwas verlegen rum. »Hoffentlich war die Geschichte nicht zu gruselig.«

»Nein, ich fand sie wunderbar.« Ich zog die Schultern zu den Ohren. Plötzlich war mir kalt. »Ihre Mutter ist großartig.« Vorsichtshalber siezte ich ihn wieder. »So eine außergewöhnliche Liebesgeschichte begegnet einem nicht alle Tage!«

»Sie geht ja noch weiter.« Richard lächelte vielsagend.

»Das will ich hoffen!« Wie zweideutig war das denn!

»Gute Nacht!«, stammelte ich und suchte hastig nach der richtigen Tür. Erwischte aber die Abstellkammer.

»Gute Nacht!«, wiederholte Richard leise lachend. »Und, Katja? Morgen ist Ruhetag, versprochen?« Er sah mir fest in die Augen.

»Sagen Sie das mal meiner Tochter!«

Dann machte ich, dass ich ins Bett kam, in dem Juli bereits

schlafwarm neben ihrem Baby atmete. Ganz leise schlüpfte ich unter meine Decke. Und dankte Gott für den Zettel unter dem Stein.

29

Am nächsten Morgen traute ich meinen Augen kaum: Der Platz neben mir im Bett war leer. Juli war weg! Und Mia auch! Das konnten sie mir doch nicht antun! Ich stürmte ins Bad.

Keine Babylotion, keine Windeln, kein Strampler. Keine Zahnbürste, keine Haarbürste, aus der wie gewohnt Julis rote Haare quollen. Ich sah mich panisch um. Kein Stirnband, das sie immer beim Gesichtwaschen trug, damit ihr die Mähne nicht in die Stirn fiel. Sie war weg! Sie war ohne mich aufgebrochen! Sie war Jonas nachgelaufen, ohne einen Gedanken an mich und meine wunden Füße zu verschwenden.

Mir fiel das Herz in die Kniekehlen. Mit hilflosem Entsetzen musste ich erkennen, dass ich meinem Kind keinen Pfifferling wert war. Das innige Band, das uns vermeintlich zusammenhielt, war reine Illusion. Ich starrte in den Spiegel, aus dem mir eine müde alte Frau entgegenblickte. Tränen standen in meinen Augen: Ich hatte bei meinem Kind keinen Kredit! Dabei hatte ich alles für Juli getan. Ich hatte sie gegen Albert verteidigt und beschützt. Ihr ständig mein

Auto geliehen. Sie beim Abitur unterstützt (und zwar zwei Mal!). Ich hatte auch ihren geliebten Jonas verteidigt wie eine Löwin. Mich um ihr gemeinsames Kind gekümmert. Meiner Tochter zuliebe war ich sogar Domina geworden und hatte auch diesen Job wieder aufgegeben, um mit ihr den Jakobsweg zu gehen: auf rohem Fleisch, in blutdurchtränkten Socken. Und das alles wofür?

Damit sie mich bei der ersten Gelegenheit im Stich ließ und ihrer Wege ging? Weil Jonas zum Greifen nah war.

Und was war mit mir?

Ach, ich war doch immer zum Greifen nah! Ich stand doch immer zur Verfügung! Sie musste noch nicht mal mit dem Finger schnippen, schon war ich ihr zu Diensten! Ich kannte ihre Bedürfnisse, noch bevor sie sie kannte!

Hatte ich denn immer noch nichts gelernt?

Ich ließ meine Stirn gegen den Spiegel sinken.

Sie war ohne mich losgegangen! Ohne mich zu wecken, ohne mir Auf Wiedersehen zu sagen! Wie grausam war dieses Kind, es hatte doch meine wunden Füße gesehen! Ich konnte es einfach nicht fassen. Im Flur stand nur noch mein Rucksack. Der Kinderwagen war auch nicht mehr da. Jetzt kullerten wirklich Tränen. Dabei hatte ich mich so auf unseren Ruhetag gefreut – darauf, unsere gemütliche Runde von gestern fortzusetzen. Und Juli hatte das ganz genau gewusst! Sie hatte gespürt, wie wichtig mir Richard war.

Doch genau wie früher war sie auf ihrem Lieblingsspielzeug, das auf den Namen »Mama« hörte, herumgetrampelt. Bis sie das nächste Mal »Mamaaaaaa!« rufen und ihr Spielzeug aus dem Scherbenhaufen zerren würde! Und dann würde ich wieder mit anpacken. Ihren Karren und Kinderwagen erneut aus dem Dreck schieben.

Ich schüttelte nur den Kopf. Sie konnte unmöglich alleine gehen! Das war verantwortungslos und gefährlich! Erschöpft lehnte ich an der Wand im Flur, würgte an einem tennisballgroßen Kloß und suchte nach einem Taschentuch, als sich fast lautlos die andere Zimmertür öffnete. Ich erstarrte. Oh, Gott. Jetzt nicht auch noch Richard. So sollte er mich nicht sehen.

Doch es war Undine, die im langen weißen Nachthemd im Türrahmen stand. Sie hielt einen Zettel in der Hand. »Können Sie das lesen? Ich hab meine Brille noch nicht auf.«

Ich musste mir erst die Tränen abwischen. Mein Herz raste, und meine Finger zitterten, als ich las:

Bin mit Juli vorgegangen, sie war nicht zu bremsen. Passe gut auf sie und Mia auf, macht euch keine Sorgen! Lasst euch Zeit, wir treffen uns spätestens am Ziel.

Buen Camino,

Richard

Ich lachte hysterisch auf.

»Katja, wenn ich Ihnen eines raten darf: Schalten Sie auch mal einen Gang zurück. Hören Sie auf zu heulen. Sie können sich auf Richard verlassen. Für ihn lege ich die Hand ins Feuer.«

Undines Worte hatten eine ungeheuer beruhigende Wirkung auf mich.

»Kommen Sie, wir setzen uns in den Garten und machen uns einen Tee.«

Sie deckte liebevoll den Tisch. »Mütter haben genauso ein Recht darauf, krank zu werden, wie sie das Recht haben, sich einem Wanderzirkus mit Messerwerfern anzuschließen!

Und genau so etwas Verrücktes werden Sie heute tun: nämlich die Beine hochlegen!«

Ich musste lachen. Wir diskutierten lange über Juli, die schließlich das Ergebnis meiner Erziehung war.

»Schauen Sie sich Ihren Albert an«, meinte Undine, nachdem ich mich ausgeweint hatte. »Lieben Sie den noch?«

»Kein Stück.«

»Aber Sie werden nie aufhören, Ihr Kind zu lieben. Sie müssen nur lernen, es loszulassen.«

»Aber sie ist neunzehn und verrückt!«

»Alle Neunzehnjährigen sind verrückt. Es wäre doch schlimm, wenn es anders wäre!«

»Aber sie hat Verantwortung für ein Baby!«

»Richard wird auf sie aufpassen.«

Das war in der Tat beruhigend.

Nach dem Tee machte mir Undine ein Fußbad mit Kamille, und ihre mütterliche Fürsorge tat mir unendlich gut.

Später tauchte wie versprochen Daniela auf und fuhr mich noch mal zu Veronika mit dem Schweißtuch, die mich sehr dafür lobte, dass ich heute einen Ruhetag einlegte.

Undine blieb zu Hause und kochte für uns. Wir machten uns einen gemütlichen Tag und erzählten aus unserem Leben. Irgendwann waren wir beim Du. Sie war so warmherzig, dass ich ganz gerührt war. Es war herrlich, endlich einmal selbst Kind sein zu dürfen! All meinen Kummer konnte ich mir von der Seele reden. Nur über meinen Job als Domina verlor ich natürlich kein Wort.

Am späten Nachmittag – Undine hatte sogar Kuchen für uns gebacken – saßen wir in der Hängematte vor dem Haus und ließen die Beine baumeln. Ich hätte noch ewig hierbleiben können. Aber der Drang, meinerseits Richard nachzulaufen, war einfach stärker. Ich konnte nichts dagegen tun.

»Bitte erzähl mir eure Geschichte weiter«, bat ich, in der Hoffnung, noch möglichst viel über Richard zu erfahren. Undine nickte.

»Rudi ging es langsam immer besser, und auf seinen eigenen Wunsch hin arbeitete er auch wieder – erst halbtags, später ganztags. So konnte ich meine Stunden reduzieren und mich endlich wieder selbst um Richard kümmern. Fünf Jahre später konnten wir uns endlich eine Dreizimmerwohnung leisten. Und nicht nur das: Weil wir so viel wie möglich an der frischen Luft und in unseren geliebten Bergen sein wollten, erwarben wir die Hälfte einer Waldhütte. Zusammen mit Freunden renovierten wir die drei Räume und konnten dort bald den Urlaub und die Wochenenden verbringen.«

Oh, wie süß! Richard in einer Waldhütte! Undine schien meine Rührung zu bemerken. Sie lächelte.

»Durch zahlreiche Gipfelbesteigungen steigerten wir unsere Kondition. Bald genügten uns die Berge in der näheren Umgebung nicht mehr, und wir planten einen Urlaub in Südtirol. Rudi und Richard wollten dort Klettersteige begehen, vor denen ich noch Angst hatte. Also machte ich erst mal einen Kurs, um Sicherungstechniken und den Umgang mit Seil und Haken zu lernen. Nach dem ersten Kursabend überredete ich Rudi mitzumachen. Den Abschluss bildete die Kampenwandüberschreitung im dritten Schwierigkeitsgrad.«

»Ich fass es nicht.« Wie heldenhaft war das denn? »Erst dem Tod von der Schippe gesprungen und dann so was Halsbrecherisches!«

»Wir hatten Spaß daran.« Undine rührte in ihrer Teetasse und freute sich über mein aufrichtiges Interesse. »Rudi hatte endlich wieder Lebenswillen, und Richard hat von Anfang an gelernt zu kämpfen. Den haben wir nicht verwöhnt. Zum Glück!«

»Ja. Find ich auch.«

Sie lachte. »Bald folgten mehrere Klettertouren im Wilden Kaiser oder an den Ruchenköpfen. Schließlich fuhren wir zur Rosengartengruppe in den Dolomiten. Unser Quartier war eine Berghütte mit dreißig Mann im Matratzenlager, im Rucksack war ein Nachttopf. Rudi musste ja noch immer häufig auf die Toilette, und auf einer Hütte war das nachts nicht einfach. Bevor die Ersten wach wurden, war Richard schon mit dem Topf draußen. Als Dreizehnjähriger hat er die Bescherung noch im Mondschein diskret rausgetragen und im Schnee vergraben. Nie hat jemand was gemerkt.«

Spätestens jetzt war ich rettungslos in ihn verliebt: Da stand der Sohn bei Eiseskälte zu nachtschlafender Zeit auf, um seinem Vater zu helfen, während andere Pubertierende bis mittags in den Kissen liegen! Ob Juli das für mich auch gemacht hätte? Lieber nicht drüber nachdenken.

»Doch dann passierte es: Es war Winter, und Rudi trainierte mit Richard am Hang vor unserer Waldhütte das Slalomfahren. Dabei bekam er plötzlich schreckliche Bauchschmerzen und musste sich komplett entleeren. Noch auf der Skipiste rief unser Richard den Notarzt. Rudi wurde sofort operiert. Er hatte einen Darmdurchbruch, und die Ärzte sagten mir wieder mal, dass Rudi das nicht überleben würde.«

Undine war gerade dabei gewesen, die Kuchenteller abzuräumen, hielt aber kurz inne. »Die Bauchhöhle war bereits total vereitert. Wegen der chronischen Colitis war der Dickdarm total vernarbt und ist bei der OP regelrecht zerfallen. Während der Notoperation bekam Rudi einen künstlichen Darmausgang. Dann lag er auf der Intensivstation. An ein Ende konnte ich aber nicht glauben. Er wollte leben! Er war so tapfer und stark und hatte Richard und mir noch so viel zu geben!« Klirrend legte sie die Gabeln auf den obersten Teller. »Das ist jetzt fast dreißig Jahre her! Trotz vieler kritischer Momente durfte ich täglich neun Stunden bei ihm wachen. Noch zweimal sagte mir der Chefarzt, dass mit Rudis Tod zu rechnen sei. Ich überlegte, was mich dann erwartete: Beerdigung, Traueranzeigen und so weiter. Und wie ich es unserem Richard beibringen sollte. Richard hat seinen Vater vergöttert. Rudi fantasierte damals sehr viel und war nicht mehr ansprechbar. Zum Glück hatte Rudi durch Dr. Papst eine Therapie ohne Antibiotika bekommen, was die Ärzte mir gar nicht glauben wollten. Deshalb wirkten die jetzt überlebenswichtigen Antibiotika. Ich notierte mir ständig alle Werte, telefonierte fast täglich mit Dr. Papst. Er nannte mir einige homöopathische Mittel, die die Abwehr stärken sollten und die ich Rudi geben dürfe. Ich machte das heimlich, ohne Wissen der Ärzte. Doch Rudis Darm arbeitete nicht. Die Sondennahrung kam ihm regelmäßig wieder hoch, und er musste sie erbrechen. Was tun? Er würde uns noch verhungern! Schließlich kam ich auf die Idee, ihn mit Joghurt zu füttern wie ein Baby. Löffelchen für Löffelchen. Nach sechs Stunden war der Becher leer. Das war die erste Nahrung, die er seit dem Darmdurchbruch bei sich behalten hat.«

Ich sah, dass Undine in Gedanken ganz weit weg war.

»Als Rudi von der Intensivstation auf ein normales Krankenzimmer verlegt wurde, wog er nur noch zweiundvierzig Kilo. Trotzdem scheuchte ich ihn sofort wieder zum Treppensteigen, begleitete ihn vom Keller bis in den sechsten Stock.« Undine lachte leise. »Er hat mich oft verwünscht, aber das war seine Rettung, denn seine Muskeln kräftigten sich wieder.«

Wie bewundernswert diese Frau doch war. Man muss den Männern einfach zeigen, wo es langgeht!, dachte ich beschämt. Das habe ich mein Leben lang versäumt.

»Bei einer zweiten Operation wurde Rudi dann der Enddarm samt Schließmuskel entfernt, denn die waren besonders anfällig für Entzündungen. Der ursprüngliche künstliche Darmausgang war sehr schwierig zu versorgen. Erst bei einer dritten OP wurde eine endständige Ileostomie durchgeführt: Dabei wird der Dünndarm durch die Bauchdecke ausgeleitet und ragt ein Stück über die Haut heraus. Gleichzeitig wurde das Zökum entfernt.«

Ich schluckte. Keine Ahnung, was ein Zökum war, aber ich fragte vorsichtshalber nicht nach. So genau wollte ich es dann doch nicht wissen. Ich schob die Teetasse weg. Früher hätte ich mir eine so unappetitliche Geschichte nie und nimmer angehört. Selbst in meinem Job als Telefonistin bei der Krankenversicherung hätte ich den Hörer vermutlich auf den Tisch gelegt und mir so lange die Nägel lackiert. Aber jetzt lauschte ich aufmerksam, schließlich gehörte das alles zu einer ergreifenden Liebesgeschichte. Du hast den wirklich geliebt, und darum beneide ich dich glühend!, dachte ich. Du hast den Sinn des Lebens kennengelernt, Undine. Denn nur, wer liebt und geliebt wird, begreift, warum er auf der Welt ist.

Zwei Tage später wanderten wir endlich wieder. Gemächlich liefen wir nebeneinander her. Mein Fuß hatte sich wunderbar erholt. Erst ging es an einem kleinen Kanal entlang, dann wurden die Feldwege hügeliger und natürlich auch steiniger. In stummem Einverständnis behielten wir unser Tempo bei. Es war ein entspanntes Miteinander. Auch ich war deutlich relaxter, seit ich mit Undine ging. Es war herrlich, einmal nicht dem Kinderwagen hinterherhetzen zu müssen, sondern mich auf mich und meine Befindlichkeiten konzentrieren zu können. Undine erzählte, sie sei Richard auch immer zu langsam gegangen. Der Junge war ja erst Mitte vierzig! Deshalb war auch er öfter vorausgelaufen, um dann abends am Etappenziel auf sie zu warten. Ganz nebenbei erfuhr ich, was mich brennend interessierte: Auch Richard hatte einiges zu verarbeiten. Er hatte gerade eine ziemlich hässliche Scheidung hinter sich.

Ach!, dachte ich. Vielleicht war das der Grund, warum er damals allein bei Zollhäusl gesessen und »schade!« gesagt hatte?

Eichenwälder wechselten sich mit Getreidefeldern ab. Irgendwann erreichten wir ein eisernes Wegkreuz. Daneben stand eine Art Vogelscheuche aus Stroh, an der ausgediente Schuhe und andere Pilger-Hinterlassenschaften hingen.

»Wahrscheinlich hatten die noch eine Reserve-Bereifung dabei«, mutmaßte ich laut.

Undine grinste. Plötzlich zeigte sie auf etwas Rosafarbenes, das am Finger der Strohpuppe hing, und mich durchzuckte heiße Freude: Oh wie süß, das waren Mias Söckchen! Die kleinste Pilgerin auf dieser Strecke hatte uns einen Gruß hinterlassen! Ich nahm sie an mich und schnupperte daran.

Sofort schossen mir die Tränen in die Augen. Ich hatte solche Sehnsucht nach meinen Kindern!

Ein Mann, der gerade sein Rad bergauf schob, sah die Söckchen in meiner Hand und berichtete, das dazugehörige Baby habe ihn gestern überholt – zusammen mit einem Mann und seiner Tochter. Gemeinsam hätten sie im Schweinsgalopp den Kinderwagen geschoben. Da wurde mir ganz warm ums Herz! Richard hätte ich gern als Vater meiner Tochter gehabt! Das sagte ich auch zu Undine, die lachend meinte: »Was nicht ist, kann ja noch werden!«

Im Weitergehen sprach ich mit Undine wieder über mein Dilemma mit Albert, und sie hörte stundenlang zu. Meine neue Freundin war zwar völlig anders als Erna, aber was sie mir am Ende meiner Schilderungen sagte, war im Grunde das Gleiche, was mir Erna damals im Flugzeug gesteckt hatte: »Isser nu 'n Arschloch oder isser eins?« Nur mit etwas anderen Worten.

Liebevoll legte sie den Arm um mich und meinte: »Es gibt tausend Gründe, alles beim Alten zu lassen, aber nur einen, etwas zu ändern, nämlich: Ich halte es nicht mehr aus.«

Lange ging ich schweigend neben ihr her. Ja, Undine hatte recht. Ich konnte tatsächlich etwas an meinem Schicksal ändern. Albert hatte keine unheilbare Krankheit. Er war einfach nur ein schrecklicher Egoist. Ich konnte mich von ihm befreien. Ganz ohne Schuldgefühle. Nur für mein Kind war ich zuständig. Albert war erwachsen. Er würde es auch ohne mich schaffen. Ich spürte, dass das wochenlange Gehen eine echte Kur für meine Seele war. All meine Ängste und Sorgen, die ich sonst mit mir herumschleppte, waren auf einmal ganz klein und unwichtig: gehen, essen, schlafen und wieder gehen – nur das zählte.

Inzwischen hatte ich mich gut an Undines Tempo gewöhnt. Es gab keinen Grund, sich zu beeilen. Trotzdem freute ich mich darauf, das Ziel unserer heutigen Etappe zu erreichen, mich in einem hoffentlich schönen Zimmer ausruhen zu können. Nur würde ich dieses Zimmer jetzt nicht mit Juli teilen, sondern mit Undine.

Mir wurde ganz anders, denn das bedeutete im Umkehrschluss, dass Richard … mit Juli? Ich musste schlucken. Als ich diese Möglichkeit gegenüber Undine erwähnte, sagte sie: »Katja, du glaubst doch nicht etwa …«

Sofort schämte ich mich dieser schäbigen Gedanken. »Nein. Entschuldige, Undine.« Ich wischte mir verlegen den Schweiß von der Stirn.

»Richard steht auf erwachsene Frauen. Die eine Geschichte haben. Die ihm das Wasser reichen können. Entspann dich!«

Undine sah mich von der Seite an. »Und wenn du es genau wissen willst: Er mag dich. Ich bin doch nicht blind.«

»Nein.« Ich lächelte schwach.

Obwohl ich diesen Spruch eher mied, seit Jonas in unser Leben getreten war, war er in diesem Moment Balsam für meine Seele. Ich fühlte mich regelrecht davon beflügelt, hätte ewig weiterlaufen können. Und das alles hatte ich nur dieser Frau und ihrem Sohn zu verdanken. Was sie alles geleistet und durchlitten hatten!

30

Am Cruz de Ferro auf dem Monte Irago, dem berühmten Eisenkreuz auf einem langen Eichenpfahl, der auf tausendfünfhundert Höhenmetern wie ein Mahnmal in den Himmel ragte, beobachteten wir, wie Pilger Steine ablegten, die sie von zu Hause mitgebracht hatten. Dieses symbolische Ablegen einer Seelenlast hatte eine tausendjährige Tradition. Undine musterte kopfschüttelnd die Heerscharen, die sich hier drängelten, um ein Foto zu machen. Dabei traten sie rücksichtslos auf die aufgehäuften Sorgensteine ihrer Vorgänger.

Ich hatte es nicht so mit dem Steineablegen und Undine auch nicht. Wenn ich hier etwas ablegen wollte, dann meine Ehe. Statt eines Steines ließ ich meinen Ehering dort: Hier, lieber Gott! Nimm mein Versprechen von den guten und schlechten Tagen zurück. Wenn schon die guten Tage so furchtbar sind, wie sollen da erst die schlechten werden? Ich kann einfach nicht mehr. Bitte sei mir nicht böse. Ich hab's versucht und mein Bestes gegeben. Aber das hat nicht gereicht.

Undine streute vorsichtig ein bisschen Asche aus der

Urne und verschloss sie wieder. Ihr Motiv war ein völlig anderes: Dankbarkeit. Dankbarkeit für fünfzig wundervolle gemeinsame Jahre, wie sie sagte.

So unterschiedlich unsere Ehen auch verlaufen waren: Hier beim »himmlischen Fingerzeig« verabschiedeten wir uns beide von unseren Ehemännern – jede auf ihre Weise.

Während Undine und ich stumme Zwiesprache mit unseren jeweiligen Gatten hielten, schickte ich noch ein kleines Stoßgebet zum Himmel und bat in aller Bescheidenheit darum, Richard noch einmal wiedersehen zu dürfen. In diesem Moment zeigte Undine auf die kleine, mit einem Gitter verschlossene Kapelle: »Guck mal, wer da auf uns wartet!«

Mein Herz machte einen Hüpfer: Auf der Bank davor saß meine Juli und stillte Mia! Sie sah aus wie eine Madonna, und ich war schier überwältigt.

»Juli!«

»Mama!«

Schon lagen wir uns in den Armen und weinten.

»Es tut mir so leid, Mama! Ich war so ein Egoschwein!«

»Wer sagt das?«

»Richard! Er hat mir total den Kopf gewaschen und gemeint, du wärst die tollste Mutter der Welt – bis auf seine eigene natürlich …« Sie sah zu Undine hinüber, die mit ihrer Urne im Arm hinter uns stand, und schluchzte und lachte gleichzeitig. »Ich hab ihm alles erzählt. Von Jonas und so, und was du alles für mich getan hast. Und als wir hier waren, hab ich zu ihm gesagt: ›Ich warte auf euch, ich schäme mich so.‹ Und da meinte er, okay, dann kann er ja weitergehen. Jetzt weiß ich, wie man sich fühlt, wenn der andere einfach abhaut!«

Da hatte Richard meiner Juli eine längst fällige Lektion erteilt. Warum war ich dann so traurig darüber?

Mein Herz zog sich schmerzhaft zusammen. Richard war weg. Er war vorausgegangen, würde längst vor uns am Ziel sein. Andererseits wollte er bestimmt auch mal für sich sein.

Undine betrat die Kapelle und zündete eine Kerze für Rudi an.

Anschließend zogen wir gemeinsam weiter. Meine zwei größten Sorgen hatte ich oben auf dem Berg zurückgelassen, und ich fühlte mich befreit und glücklich.

Plötzlich bot sich uns eine atemberaubende Aussicht auf die Berge der Sierra del Teleno. Und irgendwann erreichten wir Villafranca del Bierzo. Es war ein mystisch aufgeladener Ort, und ich ertappte mich ständig dabei, heimlich nach Richard Ausschau zu halten. Aber der hatte sich in Luft aufgelöst – wie schöne Träume das eben so zu tun pflegen. Wenn man aufwacht, ist man allein.

Auf der nächsten Etappe erzählte Undine noch mehr von Richard, den sie von Anfang an häufiger alleine lassen musste, als ihr lieb war. Als aufgeweckter Junge besuchte er das Gymnasium und ging nach der Schule zu einem Freund, um von dessen Mutter eine warme Mahlzeit und Hausaufgabenhilfe zu bekommen. Undine musste ihr Kind loslassen, um für ihren Mann da sein zu können. Nur dass Rudi es im Gegensatz zu Albert nötig und verdient hatte, darin waren Juli und ich uns einig.

Für zwei Jahre musste der kleine Richard dann sogar auf ein Internat, aber es ging einfach nicht anders. Undines Chef war hilfsbereit und erlaubte ihr bei voller Bezahlung, bereits um zehn Uhr vormittags wieder nach Hause zu gehen, um

Rudi zu pflegen. Undine arbeitete also von halb sieben bis zehn besonders fleißig und widmete sich anschließend Rudi. Die Versorgung des künstlichen Darmausgangs war nicht unproblematisch. Der Beutel für den Stuhl hatte einen viel zu großen Auslass.

»Wir wussten damals noch nicht, dass die Beutelöffnung auf keinen Fall zu groß sein darf. So optimal wie heute war man damals noch nicht ausgestattet«, erklärte Undine ganz sachlich. »Ich habe mir dann ein Fachbuch gekauft, mit dem schönen Titel ›Anus-praeter-Fibel‹.« Sie kicherte. »Dabei bin ich auf eine Selbsthilfegruppe namens ILCO gestoßen. Und stellt euch vor: Der Vorsitzende wohnte sogar ganz in unserer Nähe!« Undine verstummte. »Interessiert euch das noch?«

»Natürlich«, versicherten wir ihr hastig.

»Ich konnte kaum glauben, wie viele andere mit einem künstlichen Darmausgang leben! Damals war ich fest davon überzeugt, mit diesem schrecklichen Thema ganz allein auf der Welt zu sein!« Sie lachte. »Nachdem Rudi damals, nach der OP, aus dem Krankenhaus entlassen worden war – mit den warmen Worten des Arztes, er könne von nun an alles essen und trinken, alles Gute und viel Glück –, waren wir völlig auf uns allein gestellt. Dabei hatten wir überhaupt keine Ahnung, wie wir mit dem Stoma, wie der künstliche Darmausgang fachsprachlich heißt, umgehen sollten! Kaum hatte ich die Adresse dieses Selbsthilfegruppen-Vorsitzenden, schleppte ich meinen Rudi dort hin. Ihm war das zwar genauso peinlich wie mir, aber wenn man zusammenhält, geht alles! Nach dem Läuten öffnete uns ein kräftiger junger Mann. Wir dachten, der sagt jetzt: ›Moment, mein Vater kommt gleich.‹ Doch er war es selbst! Er lebte schon seit zwei Jahren mit einem künstlichen Darmausgang und machte einen kerngesunden, lebensfrohen Eindruck. Das schenkte uns neue Hoffnung!«

Juli und ich lächelten, während wir gemeinsam den Kinderwagen schoben. Undine ging vor uns her und sagte, den Kopf über die Schulter gewandt:

»Das peinliche Thema war auf einmal gar nicht mehr so peinlich. Wir lernten seine Frau und seine siebenjährige Tochter kennen. Und was uns am meisten verwundert hat: In der Wohnung stank es gar nicht!«

In Mias Kinderwagen stank es aber sehr wohl. Da wir unsere Begleiterin jedoch nicht unterbrechen wollten, schoben wir tapfer weiter.

»Ein Stoma-Träger muss zwangsläufig ›riechen‹, hatten wir gedacht. Während wir mit dem Vorsitzenden plauderten, starrte ich die ganze Zeit auf seinen Bauch. Unter seinen Jeans und seinem Pulli malte sich nicht das Geringste ab! Der nette Familienvater empfahl uns ein Sanitätshaus in München. Hier bekamen wir die nötige Erstausstattung: Ausstreifbeutel mit Hautschutzring.«

Ich warf Juli einen Seitenblick zu. Früher hätte sie sich die Ohren zugehalten und laut protestiert: »So einen Scheiß« im wortwörtlichen Sinne werde sie sich ganz bestimmt nicht anhören. Heute nahm sie angeregt an unserem Gespräch teil. Auch das hatte der Jakobsweg aus ihr gemacht: eine reife Persönlichkeit, die nicht nur um sich selbst kreiste, sondern aufrichtiges Interesse am Schicksal anderer Menschen hatte. Oder hatte Richard aus meinem Feuerteufel einen so sanften Engel gemacht? Ich seufzte leise. Ach, Richard! Bitte warte auf uns, egal wo, aber lass mich dich wiedersehen!

Der Weg wurde wieder breiter, und Undine schritt neben uns her.

»Ab und zu passierte nachts ein Malheur, und alles war eingesaut. Mit dem Beutel, der ja durchsichtig war, wollte Rudi nicht mit mir ins Bett gehen, und ich hatte Angst, ihm wehzutun. Wir redeten viel miteinander, und ich nähte einfach einen Stoffüberzug für den Beutel. Auch so was gab es damals noch nicht. Damit war eine ganz große Hürde überwunden. Mit der guten Stoma-Versorgung ging es schon bald bergauf – im Alltag UND im Liebesleben.«

Undine schmunzelte.

»Rudi versteckte sich nicht mehr in der Wohnung. Endlich konnten wir vieles gemeinsam erleben, das zu Colitis-Zeiten nur sehr schlecht oder gar nicht mehr gegangen war. Ständige Schmerzen und fehlende Toiletten waren kein Thema mehr.«

»Wussten denn eure Freunde und Bekannten vom Stoma?«, fragte Juli nach langem Schweigen.

»Ja. Und niemand hat Anstoß daran genommen.«

Gott, dachte ich, es gibt Arschlöcher, die kerngesund sind. Und Stomaträger, die meine größte Hochachtung haben.

Undine strahlte. »Eines Tages bat der Vorsitzende Rudi, in der Selbsthilfegruppe mitzuarbeiten. Das tat er auch und wurde sogar zum Bundesvorstand gewählt. Wir haben viel Freizeit für die Selbsthilfegruppe ILCO geopfert. Rudi hat in München den ersten Krankenhausbesuchsdienst aufgebaut. Gemeinsam haben wir jahrelang Patienten vor und nach einer Stoma-Operation aufgesucht und ihnen Mut gemacht. In der Fachzeitschrift ILCO-Praxis sind mehrere Artikel von uns erschienen«, sagte sie stolz.

»Krass«, meinte Juli anerkennend. Undine legte den Arm um ihre Schulter:

»Während der schweren Zeiten, die wir gemeinsam gemeistert haben, galt für mich stets der Leitspruch: ›Immer wenn du meinst, es geht nicht mehr, kommt von irgendwo ein Lichtlein her.‹ Und das wirst du auch feststellen, Juli. Wenn du deinen Jonas wirklich liebst.«

»Kommt für Jonas auch ein Lichtlein?«, fragte sie mit dünner Stimme.

»Ja. Vielleicht bist du es ja. Und Mia!«

Für sie war Rudi das Licht ihres Lebens gewesen.

Im Vergleich dazu war mein Albert eine trübe Funzel. Wenn überhaupt.

Und Jonas eine leuchtende Fackel. Der wir immer noch folgten.

31

»Morgen führt uns der Camino auf den alten Römerweg!« Undine saß in unserer Pension auf dem Bett und blätterte in ihrem Reiseführer. »Darauf hat sich Richard von Anfang an gefreut!«

Mir gab es wieder einen kleinen Stich. Richard … Undine hatte inzwischen erzählt, wie Richard eigenhändig an einem neuen Haus mitgebaut und mit seinem Vater so manchen Dreitausender bestiegen hatte. Ich hatte Fotos gesehen, auf denen die beiden Männer erschöpft, aber glücklich vor dem Gipfelkreuz saßen. Es passte zu Undine, dass sie jetzt mit Richard und Rudi in der Urne den Jakobsweg ging.

Für mich war der Urlaub mit Albert anlässlich unseres Hochzeitstags eine Qual gewesen – trotz ägyptischer Luxus-Ferienanlage. Spätestens jetzt war mir klar: Mit dem falschen Partner wird selbst das Paradies zur Hölle. Und mit dem richtigen auch der schwierigste Weg ein Genuss.

Der »*Camino duro*« wurde im Reiseführer als besonders reizvoll beschrieben. Natürlich hatte sich Richard darauf gefreut! Und natürlich hatte er dabei weder einen Kinderwagen noch drei plappernde Weiber im Schlepptau haben wollen! Deshalb war er vorgegangen. Jeder, der den Jakobsweg geht, hat ein Recht auf sein eigenes Tempo, darauf, mit sich und seinen Gedanken allein sein zu können. Das verstand ich nur zu gut. Trotzdem war mir das Herz schwer. Außerdem hatte ich Angst vor dieser besonders steilen Wegstrecke. Noch einmal konnte ich Juli nicht vorschlagen, eine Etappe mit dem Taxi zu fahren, denn die Gefahr, dass wir Jonas so überholten, war einfach zu groß. Ich wollte unseren soeben beigelegten Streit auf keinen Fall wieder aufflackern lassen. Deshalb schlug ich vor, mir morgen mit Mia und dem ganzen Gepäck ein Taxi zu nehmen. Undine und Juli sollten befreit von allem Ballast diese schöne, aber anstrengende Strecke zurücklegen. Es tat den beiden bestimmt gut, sich mal allein zu unterhalten. Vielleicht musste Juli auch mal was über mich loswerden.

Zu meiner Überraschung war Juli sofort einverstanden.

»Ja, Mama, danke, dass du das machst.«

So dankbar musste sie mir gar nicht sein! Schon wieder schmerzte mein rechter Fuß wie Hölle.

Nachdem Juli und Undine am nächsten Morgen in aller Frühe aufgebrochen waren, blieb ich noch eine Weile im Bett liegen und schmuste mit Mia. Juli hatte Milch abgepumpt und mir zwei volle Fläschchen hinterlassen. Etwas aufgeregt war ich schon, so ganz allein mit dem Säugling! Aber Mia wirkte völlig zufrieden, wie sie da an ihrem Fäustchen kaute und mich zahnlos anlächelte. Hoffentlich würde das Taxi wirklich kommen, das wir am Vorabend für mich bestellt hatten! Mit klopfendem Herzen wartete ich mit Mia in unserem Zimmer, als auch schon ein Riese von einem Mann im Türrahmen stand.

»Buenos días, tengo mucho equipaje.« Ich zeigte schuldbewusst auf unser Gepäck – immerhin drei pralle Rucksäcke und ein Kinderwagen. Alles musste aus dem dritten Stock nach unten getragen werden. Mit einem Blick auf mich schwaches Weib mit einem Baby auf dem Arm warf sich der Riese zwei Rucksäcke über die eine und einen über die andere Schulter. Als ich dachte, er würde ächzend unter der Last zusammenbrechen, klemmte er sich auch noch den Kinderwagen unter den Arm und polterte die schmale Holztreppe hinunter. Er kam mir vor wie King Kong. Zum Glück unterließ er es, Mia und mich auch noch über die Schulter zu werfen und das ganze Hotel dem Erdboden gleichzumachen.

Das Auto mühte sich von Las Herrerías bis O Cebreiro bergauf. Die kleine Mia im Arm, schielte ich aus dem Fenster. Da draußen krabbelten die Wanderer wie Ameisen den steilen Geröllpfad empor – ja, ich hörte sie förmlich keuchen! Unter ihnen waren jetzt auch meine Lieben … Juli, Undine, Jonas und Richard!

Richard. Den hatte ich ganz automatisch mitgezählt. Halt, halt!, ermahnte ich mich streng. Übertreib mal nicht, du dumme Henne! Der gehört überhaupt nicht in deinen Stall, und wenn du Pech hast, siehst du ihn ohnehin nie wieder. Leicht verschämt küsste ich Mias Glatze. »Deine Oma ist eine blöde Gans«, murmelte ich leise.

»Qué?«, fragte King Kong und musterte mich über den Rückspiegel. *»Nada«*, erwiderte ich.

In Galicien übergab der Gorilla seine kostbare Fracht einem anderen Fahrer, einem jungen Mann, was mir nicht ganz geheuer vorkam. Bitte nicht entführen!, dachte ich bang. Nicht ausgerechnet jetzt, wo es anfängt, Spaß zu machen!

Wir sind doch schon so nah am Ziel! Aber wie sagte Albert einmal so schön, als ich vom Joggen zurückkam und mir ein komischer Typ Angst gemacht hatte: »Spatzl, mach dir keine Hoffnungen: Dich vergewaltigt keiner mehr.«

Als wir abgesetzt wurden, war die Herberge noch geschlossen, und so ließ ich mich mitsamt Sack und Pack, Kind und Kegel am Straßenrand nieder. Eine unglaubliche Ruhe überkam mich. Es war gerade erst halb elf, und meine Wanderer würden nicht vor sechzehn Uhr eintreffen.

Ein steinerner Waschtrog stand am Wegesrand, ständig lief kaltes Wasser nach. Ein altes, verhutzeltes Weiblein watschelte mit einem Korb voller Wäsche zum Trog und wusch dort Kleidung, Bettwäsche und Tischdecken. Schon nach kurzer Zeit waren ihre Hände ganz blau vor Kälte. Hier tickten die Uhren noch anders. Ich musste an Albert denken, dem es trotz modernster Waschmaschine und Trockner nie schnell genug gegangen war. Der verzogene Mann. Ich schluckte. Doch im Moment war ich »verzogen«. Fragte sich nur, wo mein Zuhause war, wenn dieser Weg hinter mir lag.

Bald darauf trafen meine Mitwanderer ein, und wir verbrachten einen wunderbaren Abend zusammen, um den Jakobsweg am nächsten Morgen wieder aufzunehmen.

Drei Tage später erreichten wir vier Mädels einen verwunschenen Gastgarten. Wie immer huschten unsere Blicke von einem dort rastenden Pilger zum nächsten. Doch unter den Leuten, die dort ihre Füße, Rucksäcke oder Pausenbrote inspizierten, waren weder Jonas noch Richard.

Erschöpft nahmen wir Platz und bestellten Obst und Bocadillos, Kaffee und Orangensaft.

Juli stillte Mia, und wie immer wurden wir bestaunt: Vier Generationen auf dem Jakobsweg, Oma mit Opa in der

Urne, Tochter, Enkelin und Urenkelin, dachten die Leute und zückten ihre Fotokameras. Wir waren fast so berühmt wie unsere prominenten Wegbereiter Shirley MacLaine und Hape Kerkeling.

Da Julis Hoffnung, endlich Jonas zu begegnen, erneut enttäuscht worden war, machte sie wieder ein ganz ernstes Gesicht. Doch obwohl mein Fuß wieder angeschwollen war und ich das Gefühl hatte, er könnte jeden Moment platzen, zog es auch mich zum Ziel. Noch hundert Kilometer! Undine untersuchte mithilfe ihrer Lesebrille meinen pochenden Fuß. Besorgt musterte sie meine kleine Zehe, die inzwischen einer zerquetschten Nacktschnecke glich, und versorgte mich mit einer sanften Massage sowie einer kühlenden Salbe. Anschließend nickte sie mir aufmunternd zu. Weil ich sie als mütterliche Verbündete hatte, lief ich tapfer weiter.

Inzwischen hatte ich mir eingestanden, dass ich bis über beide Ohren verliebt war, genau wie Juli. Und verleiht die Liebe nicht Flügel?

Die Landschaft breitete sich vor uns aus wie ein atemberaubender Bildband, und während wir weiterschritten, wurde eine Seite nach der anderen umgeblättert. Das Ziel war zum Greifen nahe.

Von Vilachá aus liefen wir am blau schäumenden Rio Miño entlang. Auf der gegenüberliegenden Seite des Flusses war bereits das Dorf Portomarín zu sehen. Vorher erwartete uns der Stausee, und wir mussten eine lange Brücke überqueren. Sechs Beine und vier Herzen strebten dem Ufer entgegen. Dort führten zahlreiche Betonstufen nach oben in den Ort. Und dort lagerten auch mal wieder Horden bunt gekleideter Radfahrer, die sich in allen möglichen Posen ablichteten.

Undine und ich krempelten schon die Ärmel hoch, um gemeinsam mit Juli den Kinderwagen die hundert Stufen hinaufzutragen, als junge, muskelbepackte Italiener aufsprangen und lachend mit der kostbaren Fracht hinaufstürmten. Juli drehte sich zu uns um, winkte und rannte hinterher. Es war, als hätte der Himmel einen Magneten heruntergelassen. Wir Damen stiegen bedächtig nach. Obwohl wir hier ursprünglich keine Pause hatten machen wollen, lockte ein kleines Café. Es lag direkt am Hang, und man hatte eine prächtige Aussicht aufs Wasser. Sogar Juli, die früher gnadenlos vorangestürmt wäre, ließ sich zu einem Kaffeepäuschen überreden. *Carpe diem!* Genieße den Augenblick! Von unserem Platz aus staunten wir, wie viele Pilger die lange Brücke überquerten. Inzwischen war der Camino geradezu überbevölkert: Nur wer mindestens die letzten hundert Kilometer gegangen war, galt nämlich offiziell als Pilger und würde in Santiago de Compostela die begehrte Urkunde erhalten. Wir musterten belustigt das Gewusel von Last-Minute-Pilgern, die jetzt erst auf den Jakobsweg gestoßen waren. Wir belächelten die gelifteten Damen, die ihr Gepäck mit dem Bus zum nächsten Hotel bringen ließen und in den urigen Raststätten am Wegesrand *low carb* und *sugar-free* erwarteten. Fehlanzeige! Stattdessen mussten sich die neureichen Tanten mit einem zünftigen *Bocadillo de jamón* oder öltriefendem *Pulpo* – Tintenfisch – zufriedengeben. Es machte solchen Spaß, die verschiedenen Pilgertypen zu beobachten, dass sich sogar Undine bald vor Lachen kaum noch halten konnte. Ich hätte noch eine Ewigkeit auf der sonnenüberfluteten Terrasse sitzen können. Doch als die Tassen und Teller leer waren und die kleine Mia nach dem Stillen ihr Bäuerchen erledigt hatte, hievten wir die Rucksäcke erneut auf unsere schmerzenden Rücken. In vier Tagen wollten wir die Kathedrale von Santiago de Compostela erreichen. Und bis dahin wollte Juli unbedingt noch Jonas einholen, und auch ich hoffte, jemanden wiederzusehen. Mit wild klopfendem Herzen setzte ich einen Fuß vor den anderen.

32

Am vorletzten Tag hielt uns nichts mehr in den Betten, und wir brachen früh auf. Dankbar bemerkte ich, wie selbstverständlich Undine uns zur Hand ging. Ohne zu zögern, half sie uns beim Packen und nahm Mia, wenn wir gerade keine Hand frei hatten. Und so wurde sie tatsächlich zu der, wofür die Leute sie hielten: zu unserer fürsorglichen Uroma, Oma beziehungsweise Mama!

Die Sonne ging gerade auf und tauchte alles in rötliches Licht. Es war wie in einem wunderschönen Traum – Glück pur! »Das Glück, das man sich erarbeitet, ist viel wertvoller als das Glück, das einem in den Schoß fällt«, ging es mir durch den Kopf. Laut sagte ich: »In den letzten Monaten ist mir so einiges klar geworden. Ich habe Erna, die Laumanns, Elfriede Schröder, Franziska und euch kennengelernt, Undine! Und gesehen, was echter Familienzusammenhalt bedeutet. Etwas, das ich bei meinen Eltern und Albert nie gefunden habe.«

»Vielleicht haben dich diese Menschen einfach nicht verdient, Katja.«

Undine sprach mal wieder aus, was ich bis vor Kurzem nicht einmal zu denken gewagt hätte.

»Du hast nur ein Leben. Und das ist jetzt zur Hälfte rum.« Pragmatisch, wie sie war, knallte sie mir die ungeschminkte Wahrheit vor den Latz. »Deine zweite Lebenshälfte ist verdammt noch mal viel zu schade, um sie mit den falschen Leuten zu verbringen. Lass dir nie wieder einreden, es sei deine Pflicht als Tochter und Ehefrau, den unteren Weg zu gehen!«

Wenn ich jemandem diese Worte abnehmen konnte, dann Undine.

»Die einzigen Menschen, für die ich immer da sein werde, sind Juli und Mia«, gab ich entschlossen zurück. »Und Jonas. Danke, Undine, dass du mir so die Augen geöffnet hast.«

»Und die Hühneraugen!«, scherzte Juli.

»Ja. Die auch.«

Hinter Ponte Campaña wurde der Weg wieder schwieriger. Zu dritt schoben wir den Kinderwagen mit der schlafenden Mia bergauf, mussten ihn an besonders steilen, holprigen Stellen immer wieder tragen. Wieder mal kam niemand auf die Idee, uns zu helfen – im Gegenteil! Immer öfter sahen wir kopfschüttelnde Gesichter. Manche lachten spöttisch, andere murmelten etwas von »unverantwortlich«, »dumm«, »blauäugig« und »typisch Frau«. Dabei waren das ausgerechnet besagte Last-Minute-Pilger, die nur das allerletzte Stück gingen! In mir regte sich ein heiliger Zorn. Wie kamen die dazu, so über uns zu urteilen? Hatten die denn gar nichts gelernt? Jeder kehre vor seinem eigenen Wanderstab! Was wussten die denn, warum wir das machten? Unter welch chaotischen Umständen wir aufgebrochen waren? Und wie sehr uns der Camino geholfen hatte, unser inneres Gleichgewicht wiederzufinden? Da würden wir die letzten lächerlichen siebzig Kilometer auch noch schaffen! Zumal die Zeit, die ich mit meiner Tochter und meiner Enkelin auf diesem Weg hatte verbringen dürfen, sehr, sehr kostbar gewesen war. Auch wenn es mehr Spannungen und handfeste Kräche gegeben hatte als je zuvor: Diese wichtige Erfahrung konnte mir keiner mehr nehmen.

Auch nicht Albert!, dachte ich. Fälschlicherweise.

Denn genau das versuchte er! Kurz vor dem Ziel warf er mir noch einmal einen Stein vor die Füße, durch den ich ordentlich ins Straucheln geriet. Ein letztes Mal senkte der Stier die Hörner und drohte, alles, was ich mir auf dem Jakobsweg erkämpft hatte, zunichtezumachen.

Dass etwas passiert sein musste, merkte ich daran, dass Juli seit einiger Zeit auffallend still und blass war. Beim nächsten Gastgarten schlug Undine vor, dass wir uns ausruhten und um Mia kümmerten. Vielleicht hätten meine Tochter und ich ja auch noch etwas zu besprechen. Sie gehe schon mal langsam vor.

Die Feinfühlige! Während meines letzten intensiven Gesprächs mit Undine war Juli mit dem Kinderwagen ausnahmsweise einmal hinter uns hergegangen, was mich nicht weiter beunruhigt hatte. Auch sie wollte und musste ja mal mit ihren Gedanken alleine sein. Außerdem hatte sie zwischendurch telefoniert, und dabei wollte sie bestimmt ungestört sein.

Nahm sie mir das etwa übel? SIE war doch die ganze Zeit vorgelaufen, ohne sich ein einziges Mal nach mir umzudrehen!

»Liebes, was ist los? Bist du mir böse?!«

»Lass mich!«, zischte sie giftig.

Moment! Wer stand hier in wessen Schuld? Hatte ich wieder mal was nicht mitgekriegt?

»Was hab ich dir denn getan?«

In Julis Gesicht standen Trotz und Verzweiflung. Bildete ich mir das nur ein, oder versuchte sie tatsächlich, Mia von mir fernzuhalten?

»Juli?« Ich wollte ihr eine Strähne aus der Stirn streichen.

»Lass mich!« Sie zuckte zurück, als hätte ich eine ansteckende Krankheit.

»Geht das schon wieder los?« Ich verschränkte die Arme vor der Brust. »Los, Juli, sag mir endlich, was ich dir jetzt schon wieder getan habe!«

Ein Hormonschub vielleicht?, grübelte ich. Hatte sie etwa erstmals wieder ihre Tage? Prämenstruell, postmenstruell ... Meine Güte, irgendwann war es aber auch mal gut! Um meine hormonellen Befindlichkeiten kümmerte sich schließlich auch niemand. Es wurde wirklich Zeit, dass wir endlich ankamen. »Du gehst mir auf den Keks!«, blaffte ich sie gereizt an.

»Und du gehst auf den Strich!«, brüllte Juli zurück. »DAS hast du mir angetan!« Ihre Augen durchbohrten mich wie zwei Dolche.

Mir wurde ganz anders. Alles Blut wich aus meinem Gesicht, meine Beine gaben nach, und eine riesige Last drückte mich zu Boden.

»Wer hat dir das gesagt?«

»Papa!«, zischte sie. »Papa hat das gesagt!«

»Er war das also, vorhin am Telefon?«

»Wenn du es genau wissen willst: Ja!«

»Hat er dich angerufen oder du ihn?«

»Blöde Frage!«

»Aber das ist nicht wahr ...«

»Man hat dich gesehen!«, giftete Juli.

»Wer? Wo?«, stammelte ich und drehte mich um, in der Hoffnung, dass uns niemand zuhörte.

»Die Typen von Papas Stammtisch. Du gehst auf den Strich, Mama. Herzlichen Glückwunsch!«

Gern hätte ich mit dramatischer Stimme gerufen: »Aber das tue ich doch nur für dich!« Stattdessen zwang ich mich, sachlich zu bleiben.

»Also jetzt bitte mal der Reihe nach!«

Juli presste Mia so fest an sich, dass ich Angst hatte, sie könnte sie zerquetschen.

»Juli, bitte versuch, dich zu entspannen. Soll ich sie nehmen?«

»NEIN!«

Ein heftiger Schmerz durchzuckte mich. Da hatte ich alles für meine Juli getan, für sie gekämpft wie eine Löwin. Und sie? Sie glaubte dem erstbesten Gerücht, das ihr über mich zugetragen worden war.

»Jetzt hör mir mal gut zu: Bei einem meiner Besuche bei Erna bin ich als Empfangsdame eingesprungen. Weil die anderen in die Kirche wollten. Und von da an …«

»Als EMPFANGSDAME!«, höhnte Juli. »Ja, geschenkt! Von wegen, du gehst aufs Zimmer!«

»Juli, ich schwöre dir …«

»Du brauchst mir überhaupt nichts mehr zu schwören! Du bist eine NUTTE!«

Juli versuchte aufzustehen und mit Mia davonzurennen, aber ich packte sie am Arm.

»Juli, ich weiß, dass du völlig außer dir bist. Aber du musst mir jetzt zuhören, so wie ich dir immer zugehört habe!« Ich sah ihr fest in die Augen. Mit einem Klammergriff, der ihr keine andere Wahl ließ, zwang ich sie zurück in ihren Stuhl.

Zitternd vor Nervosität, rückte ich ganz dicht neben sie, wobei ich mir den schlimmen Fuß zu allem Überfluss am Tischbein stieß. Ich sah nur noch Sternchen. Aber da musste ich jetzt durch.

»Wir können jetzt sehr viel zerstören«, sagte ich leise. »Wir können unsere Beziehung jetzt genauso nachhaltig und irreparabel zerstören wie die zwischen mir und meinen Eltern. Unterstellungen sind gefährlich. Sie sind nie wiedergutzumachen.«

»Aber du gehst doch aufs Zimmer!«, beharrte sie. »Ein Stammtischbruder von Papa hat dich erkannt!«

»Ja, ich geh aufs Zimmer.« Ich atmete tief aus. »Eigentlich hättest du das nie erfahren sollen. Aber ich werde dir jetzt die Wahrheit sagen, Juli.«

»Erspar mir die Einzelheiten!«, zischte Juli. »Und sag bloß nicht, dass du es für mich tust. Denn dann muss ich kotzen.«

»Natürlich tu ich es nicht für dich, Dummerchen. Ich tu es, weil es mir Spaß macht.«

Am liebsten hätte ich ihr eine geklebt. Doch stattdessen sprach ich ernsthaft auf sie ein.

»Ich habe mich noch nie von einem Kunden anfassen lassen. Geschweige denn mit ihm Verkehr gehabt, das schwör ich dir!«

»Hä?« Ihre roten Haare flatterten im Wind. »Wie soll das denn gehen?!«

»Liebchen, das ist eigentlich was für Erwachsene.«

»Ich BIN erwachsen!«

»Ich weiß. Du hast im letzten Jahr mehr geleistet und bewiesen als all deine Klassenkameradinnen zusammen. Du bist wirklich erwachsen geworden. Und deshalb kannst du die Wahrheit vertragen.«

»Und die wäre?«

Ich schluckte. »Ich erniedrige Männer für Geld.«

»Bist du eine Domina oder was?«

Ich nickte. »Genau. Ich bin eine Domina.«

Schrecklich, wie laut diese Worte durch den belebten Gastgarten hallten! Doch die Pilger um uns herum tranken Bier und löffelten Eis, als wenn nichts wäre. Dabei war unsere heile Welt in größter Gefahr.

»Was machst du da genau, Mama?«

»Ich geb ihnen, was sie brauchen. Es ist eine professionelle Dienstleistung – nicht mehr und nicht weniger. Es gibt Männer, die das brauchen. Die das WOLLEN. Und dafür gutes Geld zahlen. Geld, von dem wir leben, Mia, du und ich.«

Juli starrte mich fassungslos an. Und ich setzte noch einen drauf: »Außerdem bin ich ein Naturtalent. Alle wollen mich – frag Erna!«

Juli schaukelte mit dem Oberkörper vor und zurück, als versuchte sie ihr inneres Gleichgewicht wiederzufinden.

»Schau, Juli«, bemühte ich mich, die Wogen zu glätten. »Ich bin zu dem Job gekommen wie die Jungfrau zum Kind.«

»Scheiß-Vergleich«, bellte sie zurück.

»Überhaupt nicht. Du bist auch wie die Jungfrau zum Kind gekommen. Guck, da ist es! Was ich eigentlich damit sagen will: Ich bin da so reingerutscht.«

Wider Willen musste sie grinsen. »Weich jetzt nicht aus!«

»Tu ich doch gar nicht. Ich möchte dich nur daran erinnern, dass ich dir auch keine Szene gemacht habe, als du durchs Abi gefallen bist. Als du Jonas angeschleppt hast oder schwanger wurdest. Ich habe dich gegen deinen Vater verteidigt und immer zu dir gehalten.«

»Okay, und weiter …?«

»Als du schwanger geworden bist, mein liebes Kind, hatte ich gerade seit sechs Wochen einen wunderbaren seriösen Spitzenjob bei einer Frankfurter Bank.«

»So einen, wie Papa ihn hat?«

»Nein.« Ich schüttelte den Kopf und hielt ihrem Blick stand. »Nicht SO EINEN. Sondern genau den!«

Juli starrte mich an. »Das versteh ich nicht.«

»Ich habe mich heimlich beworben und bin zum Vorstellungsgespräch eingeladen worden. Ihr habt nichts davon gemerkt. Ich habe nachts für euch vorgekocht, Papas Hemden gebügelt, deine Wäsche gemacht und dir auch noch mein Auto überlassen, damit du Jonas fahren kannst. Tja, und dann hatte ich den Job!«

»Ja, und dann?«

»Ich hätte mich schon damals von Papa trennen können.«

»Und warum hast du es dann nicht gemacht?«

»Weil du schwanger wurdest, mein Schatz.«

»Jetzt bin ich also schuld, dass du …«, brauste sie schon wieder auf.

»Klappe, Kind. Jetzt rede ich!«

Meine Stimme wurde schneidend. Inzwischen war mir völlig egal, ob die Leute zuhörten oder nicht. Juli sank regelrecht in sich zusammen und starrte mich befremdet an. Ich erschrak vor mir selbst. So hatte ich noch nie mit Juli gesprochen. Dieser Ton war nur meinen Kunden vorbehalten. Er verschaffte mir den nötigen Respekt.

»Ich habe sofort gekündigt, weil ich für dich da sein wollte. Wie hättest du das sonst geschafft mit Abi, blindem Freund und Schwangerschaft?«

Juli machte den Mund auf und gleich wieder zu. »Keine Ahnung …?«

»Dann habe ich Papa den Job zugespielt.«

»Nee, Mama, sag, dass das nicht wahr ist!« Juli konnte nicht aufhören, nervös mit ihren Haarspitzen zu spielen.

»So wie ich meinen vorherigen Job Thomas Laumann zugespielt habe.«

»Äh … Ja. Thomas Laumann hat den auch echt verdient. Aber Papa?!«

»Ich gebe den Männern generell, was sie verdienen.« Breit grinsend erschlug ich eine lästige Fliege.

Julis Gesichtszüge wurden weich. »Das machst du doch nicht wirklich, Mama. Sag, dass das nicht wahr ist!«

Ich schüttelte energisch den Kopf. »Es IST wahr. Und ich bin glücklich damit.«

»Du verdrischst Kerle.« Julis Augen leuchteten auf einmal.

»Nur diejenigen, die es brauchen.«

Ich nahm einen Schluck Bier. Mann, tat das gut! Endlich musste ich keine Geheimnisse mehr vor meiner Tochter haben. Diese Heimlichkeiten hatten schwerer auf mir gelastet als mein ganzer Rucksack.

In diesem Moment verdunkelte sich die Sonne. »Ist der Platz noch frei?«

Ich traute meinen Augen kaum.

»Da hab ich mich doch nicht geirrt«, sagte eine wohlbekannte Stimme.

Leider gehörte sie nicht Richard. Sondern Roland, dem Besserwisser. Lieber Gott!, flehte ich innerlich. Schick mir ruhig sämtliche Heimsuchungen des Jakobsweges – wilde Hunde, Schlangen, fotografierende Koreaner und alberne Amerikaner. Aber nicht den hier!

»Nie hätte ich gedacht, dass ich die Damen noch einmal

wiedersehe. Sie haben doch nichts dagegen, wenn ich mich setze?«, fragte er ganz ungeniert.

Ich sah Erna vor mir, die sich in Alberts Liegestuhl gequetscht hatte wie ein Flusspferd, das rückwärts einparkt. Damals hatte ich nicht den Mut gehabt, sie daran zu hindern. Zum Glück! Aber dank Erna hatte ich inzwischen viel gelernt.

Schon ließ Roland seinen Pilgerhintern auf den Stuhl fallen, auf dem soeben Julis Füße gelegen hatten. Sie konnte sie gerade noch rechtzeitig wegziehen. Und bevor ich ihn daran hindern konnte, kniff er die kleine Mia bereits leutselig in die Wange.

So! Bis hierher und nicht weiter! Ich beschloss, Juli eine Kostprobe meines Könnens zu geben.

»DOCH!«, sagte ich mit meiner schneidenden Domina-Stimme. »Wir haben etwas dagegen. Was erlauben Sie sich eigentlich, Sie selbstherrlicher Zwerg?«

Erschrocken fuhr sein Kopf zu mir herum, und ich sah in ein völlig verdattertes Gesicht.

»Meinen Sie etwa mich? Ich bin doch kein Zwerg!«

»Charakterlich schon. Machen Sie, dass Sie hier wegkommen!«

»Ähm … Sprechen Sie … Mit mir?« Er zeigte verdattert auf sich und sah sich verunsichert um.

»Aber nicht mehr lange!«, herrschte ich ihn an.

»Ja, aber … Wieso denn auf einmal?« Schon stand er mit zitternden Beinen auf und hielt sich an der Stuhllehne fest.

Juli parkte schnellstmöglich wieder ihre besockten Füße auf der Sitzfläche. Und Rolands rotgeädertes Gesicht war ein einziges Fragezeichen.

»Sie müssen lernen, die Privatsphäre anderer Menschen zu

respektieren, Roland. Sonst muss ich leider böse werden.« Ich ließ die flache Hand auf die Tischkante sausen, dass Mia erschrocken ihr Gesicht verzog. Juli starrte mich mit offenem Mund an. »Wenn Sie auf dem Camino immer noch nicht gemerkt haben, dass Sie ein armseliger Angeber sind, muss ich wohl deutlicher werden! Sie werden mir noch dankbar dafür sein! Einer muss es Ihnen ja sagen. Sie haben uns kostbare Lebenszeit gestohlen und müssen dafür bestraft werden!«

»Mama!«

»Was ...!«

Ich nahm die Speisekarte und haute sie Roland um die Ohren.

»Au! Sind Sie verrückt geworden? Hilfe!«

»Hauen Sie ab! Wir wollen allein sein! Und wagen Sie es nicht, uns noch mal anzusprechen oder sich uns auch nur zu nähern!«

»Was erlauben Sie sich ... Ich ruf die Polizei ...«

»Und damit Sie es ein für alle Mal lernen: Bitte sehr!«

Ich kippte ihm mein Bier ins Gesicht. Er stand da wie ein begossener Pudel.

Und ehrlich gesagt: Es fühlte sich großartig an. Warum machen wir Frauen das eigentlich nicht öfter? Immer sind wir höflich, bescheiden und wohlerzogen. Scheiß drauf!

Einige Leute um uns herum klatschten Beifall. Besonders jene, die Roland auch schon mit ungebetenen Ratschlägen genervt hatte.

Ich sah meine Tochter genauso triumphierend an wie Meg Ryan Billy Crystal, nachdem sie in einem Restaurant ungeniert einen Orgasmus vorgetäuscht hat.

»Ich will genau dasselbe, was sie hatte«, sagte eine Dame vom Nachbartisch.

»Boah, Mama! Dem hast du es aber gegeben!«

»Gelernt ist gelernt!«

Ihr Zorn war in Bewunderung übergegangen.

»Es ist eine wichtige Dienstleistung«, sagte ich so ruhig wie möglich. »Manche Männer müssen einfach mal einen vor den Latz kriegen. Sonst ändern sie sich nie.«

Warum hatte ich das bloß nicht früher kapiert?

Schmunzelnd setzte ich Mia ihr Sonnenmützchen auf und mahnte zum Aufbruch. Wir wollten schließlich noch Undine einholen. Mindestens!

33

Am höchsten Punkt des Monte do Gozo konnten wir bereits die Türme der Kathedrale von Santiago sehen. Wir hatten unser Ziel greifbar vor Augen! Wir schauten uns an, und plötzlich schossen uns Tränen in die Augen. Wir nahmen Mia aus dem Kinderwagen, drückten sie an uns und verharrten in einer Vier-Generationen-Umarmung. Es war ein wunderschöner Moment, den ich für immer festhalten wollte.

»Von nun an geht's bergab!«

Undine fasste sich als Erste wieder und schritt beherzt ein letztes Mal voran.

Einerseits fieberten wir dem Ziel entgegen, andererseits fürchteten wir uns vor dem, was uns nach dem Jakobsweg erwartete.

»Ob Jonas auf uns wartet?« Julis Stimme war ganz piepsig.

»Bestimmt, wenn Richard ihn gefunden hat …«, sagte ich kaum weniger piepsig.

Undine war auffallend still. Bald würde sie den Rest von Rudis Asche verstreuen – auch ein endgültiger Abschied! Und so hielten Juli und ich rücksichtsvoll die Klappe.

Nach fünf letzten Kilometern standen wir endlich vor dem Ortsschild »Santiago«. Bangend und hoffend stolperten wir weiter, unsere Rucksäcke spürten wir kaum noch, dafür Lampenfieber. Ich kam mir vor, als müsste ich gleich auf die Bühne treten und einen Monolog halten, ohne den Text vorher gelernt zu haben.

Juli stand der kalte Schweiß auf der Stirn. Gehetzt hielt sie nach Jonas Ausschau. Und auch ich hoffte, jeden Moment Richard zu entdecken.

Aber was erwartete ich eigentlich? In meiner Fantasie stand Richard mit ausgebreiteten Armen vor der Kathedrale und wartete auf uns. Wie naiv von mir! Wenn, dann wartete er höchstens auf Undine.

Meine größte Furcht bestand darin, Undine im Getümmel aus den Augen zu verlieren. Wir hatten noch nicht mal Adressen und Telefonnummern ausgetauscht.

Wir überquerten die Straße zwischen Stadtpark und Altstadt. Hier herrschte ein wildes Gewusel aus Pilgern und Touristen. Doch von Jonas und Richard fehlte nach wie vor jede Spur.

Die Nachmittagssonne blendete uns, während wir uns einen Weg durch die überlaufenen Altstadtgassen bis zum großen Tor bahnten. Dadurch betrat man den Domplatz. Von hinten näherte sich eine Horde Jugendlicher, die Arm in Arm laut singend das Ziel erreichten. Es waren vielleicht hundert Mädchen und Jungen. Wir ließen ihnen gern den Vortritt, wollten unsere Ankunft hinauszögern, um sie dann möglichst ohne Getümmel zu genießen. Während wir uns eher schüchtern auf den Platz vor der Kathedrale schoben, sahen wir, wie die jungen, glückstrunkenen Menschen einen riesigen Kreis bildeten. Jedem stand die Erschöpfung ins

Gesicht geschrieben, aber auch helle Freude. Hundert junge Leben, hundert verschiedene Geschichten, die eines Tages erzählt werden würden!

Wir standen also erst mal etwas verloren herum, denn die Aufmerksamkeit der Umstehenden galt zunächst ausschließlich den Jugendlichen. Während Juli Mia im Schatten einer alten Stadtmauer stillte, lichtete sich die »Partymeile«. Eine eigentümliche Ruhe kehrte ein. Doch dann sprang Juli wie von der Tarantel gestochen auf: »Da! Da steht er!«

»Wer?« Mein Herz raste.

»Papa!«

»Papa?!«

»Ich hab ganz vergessen, dir zu sagen, dass er kommen wollte. Wegen des Neuen Testaments.«

»Wie, Neues Testament?« Seit wann war Albert fromm?

Mühsam humpelte ich auf die Gestalt zu, die auf der gegenüberliegenden Seite des Platzes vor einem Luxushotel am Wagen lehnte und mit dem Autoschlüssel spielte.

Tatsächlich. Es war Albert. Sein dicker, blitzsauberer schwarzer Range Rover stand direkt vor dem Hoteleingang.

Meine Füße waren schwer wie Blei, und ich kämpfte mit diesen dreißig Metern, als wären es dreißig Tagesetappen. Was wollte der denn hier? Ich wollte Richard sehen. Und Jonas. Nicht Albert! Das lästige Scheidungsgespräch hatte ich in aller Ruhe zu Hause führen wollen. Beim Näherkommen traute ich meinen Augen kaum: Albert steckte doch tatsächlich in einem Bademantel! Das Fünf-Sterne-Logo des hinter ihm aufragenden Wellnesstempels prangte auf seiner Männerbrust.

»Kneif mich mal«, murmelte ich. »Ich hab einen schlimmen Fiebertraum.«

»Sorry, Mama, ich hab's voll vergessen! Dein Vater ist gestorben, sollte ich dir ausrichten …«, stammelte Juli schuldbewusst, während sie den Kinderwagen neben mir herschob. »Kurz darauf dann auch deine Mutter. Aber nach dem Schock, dass du aufs Zimmer gehst …« Dann drang ihre Stimme wie eine Feuerwehrsirene an mein Ohr: »JOOOONAAAAAS!« Wie ein Wildpferd galoppierte sie mitsamt Kinderwagen von dannen, und ein altbekanntes Bild stand mir ein letztes Mal vor Augen: rennende Mädchenbeine zwischen wirbelnden Kinderwagenrädern, gefolgt von einer Staubwolke.

In meinem Kopf purzelten alle möglichen Gedanken durcheinander wie Lottokugeln im Ziehungsgerät.

Der erste lautete: ALBERT IST DA.

Der zweite: DEINE ELTERN SIND TOT.

Und der dritte: JULI HAT JONAS GEFUNDEN.

Der vierte war ein einziges, großes Fragezeichen: WO IST RICHARD?

Der fünfte galt Undine, die plötzlich mit hüpfendem Rucksack auf jemanden zulief, diesem Jemand glücklich um den Hals fiel und mit ihm auf der Plaza herumtanzte.

Und der sechste meldete: »RICHARD IST DA.«

In diesem Moment stand ich vor Albert, der offensichtlich nur kurz den Fitnessraum oder die Sauna dieses Hotels verlassen hatte.

»Na, Spatzl? Wie geht's?«

»Was willst du denn hier?«

»Meine Familie in Empfang nehmen.« Albert spielte mit dem Autoschlüsselbund. »Hat Juli dir das nicht ausgerichtet?«

»Nein. Beziehungsweise doch.«

»Und? Freust du dich nicht?«

»Nein. Beziehungsweise …« Verzweifelt überflog ich die

Menschenmenge. Dort mussten irgendwo Undine und Richard, Juli und Jonas sein!

»Ich muss dir leider eine betrübliche Mitteilung machen, die letztlich gar nicht so betrüblich ist!« Albert packte mich am Arm und drehte mich so, dass ich im Schatten stand und die ganze Pracht des Platzes und der in Licht getauchten Kathedrale erkennen konnte.

»Du hast geerbt!«

Ich bestaunte die nach Rom und Jerusalem drittgrößte Pilgerkathedrale der Welt. Die Glocken begannen zu läuten, sodass man sein eigenes Wort nicht mehr verstand.

»Das Hotel ist inzwischen zehnmal so viel wert wie damals«, brüllte Albert. »Und die Pächter wollen es kaufen! Sie zahlen in bar! Wir müssen nur noch zum Notar gehen und unterschreiben, uns die Kohle holen. Wir sind reich, Spatzl, wir sind reich!«

Ein Piepen ertönte, als er die Wagentür entsperrte. Und ehe ich wusste, wie mir geschah, drückte er mir einen Riesenstrauß roter Rosen in die Hand. Es war der schönste Strauß, den Albert mir je überreicht hatte. Wenn ich so recht überlegte, auch der einzige.

Wir standen auf einem roten Teppich vor dem Hotelpalast, der laut Schild Parador hieß. Hatte den Albert etwa extra für mich ausrollen lassen? Aber dann sah ich, dass man gerade Königin Letizia erwartete – dafür sprachen die vielen Transparente mit ihrem Konterfei, die überall hingen.

»Und weil die Zeit drängt, hol ich dich ab«, schrie Albert gegen die nach wie vor scheppernden Glocken an. »Die zwölf Millionen hätte ich gern in trockenen Tüchern!«

Wo waren jetzt nur Undine und Richard? Juli und Jonas? Und Mia, mein kleiner Goldschatz?

»*Kapierst du das,* Spatzl? Wir haben ausgesorgt! Wir haben endlich das, was uns zusteht!« Albert hob mich hoch und wirbelte mich mitsamt Wanderrucksack herum.

Mir schwindelte.

»Spatzl! Wir sind Millionäre! Wir können ab sofort leben, wie wir wollen!«

»Ja, genau das hatte ich auch vor«, murmelte ich, ohne den Blick vom Platz abzuwenden. Um dann laut hinzuzufügen: »Können wir das morgen besprechen? Ich bin wirklich müde!«

»Natürlich«, brüllte Albert zurück. »Deshalb hab ich ja das beste Hotel am Platze gebucht! Für dich und mich und natürlich auch für Juli, Jonas und Mia! Wir sind doch eine Familie! Wir haben eine riesige Suite – mit Dachterrasse und Blick auf die Kathedrale!«

Ich sah seinem Mund beim Schreien zu.

»Nach all den Strapazen freut ihr euch bestimmt auf den Wellnessbereich.«

»Ich möchte einfach nur hier sitzen«, brach es aus mir heraus. Auch wenn ich seit über zwanzig Jahren keinen Kontakt mehr zu meinen Eltern gehabt hatte, fand ich es doch pietätlos, ihr Ableben nicht zu betrauern. Das Erbe würde ich unter meiner Handvoll Heldinnen aufteilen. Unter Erna, Franziska, Martina, Undine, Juli und Mia. DAS war meine Familie. SIE hatten mich zu der Katja gemacht, die ich heute war.

Wie kam Albert nur auf die Idee, dass es ihm zustand?

»Spatzl!«, rief er. »Du kriegst jetzt eine Fußmassage, dass du schreist vor Glück!«

Ich starrte mir die Augen aus dem Kopf. Wo waren nur MEINE MENSCHEN geblieben?

Als ein uniformierter Hotelbediensteter vorbeikam, schnippte Albert mit den Fingern und zeigte auf mich. Dann machte er Anstalten, mir den Rucksack vom Rücken zu reißen und dem Pagen zuzuwerfen, aber ich weigerte mich wie ein störrischer Esel. Mein Rucksack gehörte mir! Damit waren alle meine Erinnerungen und Erfahrungen verbunden! Jeder einzelne Schritt des Jakobsweges! Ohne ihn drohte ich das Gleichgewicht zu verlieren, und zwar im wahrsten Sinne des Wortes! Albert verstand mal wieder rein gar nichts.

»Spatzl! Entspann dich doch! Du bist angekommen, lass dir erst mal gratulieren!«

Er wollte mich mit feuchten Küssen übersäen, doch ich drehte den Kopf weg und schüttelte ihn ab.

Endlich verstummte das ohrenbetäubende Glockenläuten.

»Für heute Abend hab ich schon einen Tisch bestellt, für vier Personen«, schrie Albert weiterhin, um dann mit gedämpfter Stimme fortzufahren: »Wir wollen doch endlich Julis Verlobung feiern, und Jonas ist mir als Schwiegersohn herzlich willkommen! Ist ja doch ein ziemlich cooler Bursche, wenn er den ganzen Jakobsweg gelatscht ist, nur um Juli seine Liebe zu beweisen. Das hätte ich für dich auch getan, Spatzl. Wenn du willst, mach ich es jetzt noch!«

»Nein, danke«, sagte ich matt.

»Und der Chefkoch meinte, es sei ihm eine Ehre, für so berühmte *peregrinos* zu kochen. Ihr seid ja eine regelrechte Legende auf dem Jakobsweg, ein Blinder und ein Baby ... Die Presse ist auch schon bestellt, die werden Fotos machen, also, Spatzl, zieh dich um, ich hab dir einen geilen Designerfummel mitgebracht – in den passt du ja jetzt spielend rein. So, und hier ist endlich dein wohlverdienter Champagner.«

Er riss dem uniformierten Pagen das Glas schier vom

Silbertablett. »Mann, hat das gedauert! Meine Frau hat Durst! *Capisci?*« Es war so kalt, dass es beschlug. Prickelnde Bläschen stiegen daraus hervor. Ich griff danach.

»Prost«, sagte eine warme Stimme direkt an meinem Ohr.

Ich fuhr herum. Richard! Die anderen standen hinter ihm. Sie hatten Bierdosen in der Hand und prosteten mir zu. Jonas hielt Mia im Arm und winkte auf Verdacht in meine Richtung.

»Richard hat Jonas die ganzen letzten Wochen begleitet«, rief Juli. »Und ihn seit drei Tagen daran gehindert, nach Hause zu fliegen! Er hat die Überraschung für sich behalten – stell dir vor, Jonas wusste bis heute nicht, dass ich komme!«

»Ja, so langsam hab ich mich schon gefragt, was dieser Typ eigentlich von mir will.« Jonas grinste. »Ich wollte dringend nach Hause zu meiner Juli und meiner kleinen Mia, aber Richard meinte, hier gäb's noch was zu erledigen.«

Ich sah in Richards Augen und bekam weiche Knie.

»Wir haben hier was zu feiern«, verkündete Albert. »Ganz privat. Im engsten Familienkreis.«

»Schade«, sagte Richard.

Das waren seine ersten beiden Worte gewesen! »Prost« und »Schade!«.

»Ich dachte, wir feiern unsere Ankunft gemeinsam.« Er wandte sich zum Gehen.

»Warte!« Ich knallte Albert das Champagnerglas vor den Bademantel und rannte hinter Richard her.

»Wir gehen jetzt in die Pilgermesse. Ich will eure Verhandlungen ja nicht stören, aber …«

»Es gibt keine Verhandlungen.« Ich lachte ihn schelmisch an: »Gib mir mal dein Bier!«

Gemeinsam stapften wir zur Kathedrale hinauf. Betörender Weihrauchduft kam uns entgegen, und ich fühlte mich wie in einer anderen Welt. Und das war ja auch so! Oben auf den Stufen warteten bereits Undine, Juli, Mia und Jonas, der mich grinsend umarmte. »Na, du Wahnsinnige?«

»Na, du Wahnsinniger?«

»Ich würde sagen, wir passen zusammen!«

»Spatzl?«, brüllte Albert, der sich im Bademantel nicht in die Kirche traute und mit den beiden Champagnergläsern wild gestikulierte. »Was ist denn jetzt? Komm zurück!«

Ich holte tief Luft, drehte mich noch einmal um und marschierte schnurstracks auf ihn zu. Ich stemmte die Arme in die Seiten und sagte: »Albert, du hast mal wieder nichts begriffen. WIR haben gar nichts zu feiern. Viel zu lange habe ich immer nur zurückgesteckt. Sogar den Leitungsposten bei der Bank hast du mir zu verdanken. Ich war nämlich deine Vorgängerin.«

Albert fiel ein Champagnerglas aus der Hand. Er starrte mich mit offenem Mund an.

»Ja, da staunst du! Du hast mir das weder zugetraut noch irgendetwas gemerkt. So wie einiges andere auch nicht. Weil es immer nur um dich geht. Aber ohne mich – wir sehen uns vor dem Scheidungsrichter!«

Mit diesen Worten ließ ich ihn stehen, und schon ging er in der Masse der zur Messe drängenden Pilger unter.

»Spatzl!«, hallte es hinter mir her.

»Von mir aus kann er schreien, bis der Arzt kommt«, murmelte ich und nahm einen herzhaften Schluck aus Richards Bierdose.

»Der war schon da«, sagte Richard und sah mich schmunzelnd an. »Aber manchen Leuten ist einfach nicht zu helfen.«

»Du bist Arzt?«, sagte ich lachend. »Was denn für einer?«

»Proktologe«, antwortete Richard ernst. »Ich kenne alle Arschlöcher Bayerns.«

Juli und Jonas kicherten.

»Oh! Ein Doktor Darmspezialist!«, sagte ich beeindruckt. »Das lag ja nahe, bei der Vorgeschichte.«

»Und, darf man zurückfragen?« Richard nahm mir die Bierdose ab und trank auch einen Schluck. »Wenn es nicht zu indiskret ist?«

»Ich kenne auch alle Arschlöcher Bayerns«, sagte ich und warf Juli einen vielsagenden Blick zu.

Die grinste und drückte Jonas einen schmatzenden Kuss auf die unrasierte Pilgerwange.

»Ich hab doch gewusst, dass ihr gut zusammenpasst«, meinte Undine, während sie die Urne mit Rudis sterblichen Überresten aus ihrem Rucksack nahm.

»Also, was ist? Gehen wir jetzt rein?«

Arm in Arm schritten wir zu fünfeinhalbt feierlich in die Kathedrale. Brausendes Orgelspiel hüllte uns ein, und plötzlich kam ich mir vor wie eine glückliche Braut. Wenn auch eine in Wanderschuhen, mit Rucksack und Bierdose. Ohne mich noch einmal umzusehen, schritt ich unserem Ziel entgegen.

DANK

Mein besonderer Dank gilt diesmal zuerst meiner tapferen Heldin Barbara Krenn, die darauf bestanden hat, dass ich den Titel *Eine Handvoll Heldinnen* durchsetze.

Ganz herzlich danke ich Pia Stein. Sie ist tatsächlich mit Tochter und Enkelin den Jakobsweg gegangen und hat darüber das Buch »Drei Generationen auf dem Jakobsweg« geschrieben. Sie gehört zu der Handvoll Heldinnen, die mich zu diesem Roman inspiriert haben.

Aufrichtiger Dank auch an Werner Kunde, der mir sein Tagebuch über den Jakobsweg zur Verfügung gestellt hat.

Ein herzliches »Vergelt's Gott« gilt meiner Tochter Franziska, die für mich immerhin die letzten drei Etappen gegangen ist und mir ihre Eindrücke und Begegnungen brühwarm geschildert hat.

Ganz inniger Dank gilt Familie Thomas und Martina Laumann, die mir ihre wahre Geschichte mit dem Titel *Die Amputation ist eine Erlösung!* zugeschickt haben.

Wahr ist auch die Geschichte von Elfriede Schröder, die mir ihr Neffe Detlev Jarchow freundlicherweise zur Verfügung gestellt hat. Er fand sie im Nachlass seiner Mutter Thea.

Sehr herzlich bedanke ich mich bei Frau Christine Achatz, die mir ihre Geschichte *46 gemeinsame Jahre* und damit das Tabuthema »Stoma« anvertraut hat. Betroffene und Interessierte können sich an die Selbsthilfegruppe ILCO in Bonn wenden.

Spezieller Dank geht an eine echte Domina, Pam aus Baden-Baden, ohne die ich meine Lieblingsszene im »Schlagabtausch« niemals so authentisch hingekriegt hätte.

Auch bei meinen Nachbarinnen in der Jasmin-Bar bedanke ich mich. Ausnahmsweise durfte ich meine Nase in ihr Etablissement stecken und so ziemlich alle Fragen stellen.

Wie immer bedanke ich mich auch ganz doll bei meiner Lektorin und Verlagsleiterin Britta Hansen, die zuerst nix mit Jakobsweg wollte und auch nix mit Bordell und im Titel auch nix mit Heldinnen, die aber immer unglaublich flexibel und zu allen Schandtaten bereit ist, wenn ich sie erst mal mit meiner Begeisterung angesteckt habe.

Auch bei den anderen Teamplayern vom Diana Verlag bedanke ich mich für inzwischen zehn Jahre erfolgreiche, spannende und fröhliche Zusammenarbeit: bei Doris Schuck für die Lesereisen, bei Anna Kalb für die Bearbeitung der wahren Geschichten, bei Julia Winkel und Claudia Limmer für die Pressearbeit und bei Verlagschef Uli Genzler für sein Ja und Amen.

Last but not least bedanke ich mich bei all meinen Leserinnen und Lesern für die Zusendung wahrer Lebensgeschichten, die ich alle selber lese und im besten Fall zu einem Bestseller verarbeite. Bitte mehr davon!